写给年少回不去的爱

一草

作品

HUANGYANGJIAN

WORKS

l o v E ?

那些单纯和美好、疯狂和无助，你还记得吗

湖南文艺出版社
博集天卷
CS-BOOKY

可能是太忙了，就没感觉了吧。现在的你，回答关于爱情的问题时，总是这样笑笑说。
你住的城市人潮汹涌，每个人都和你一样忙忙碌碌。
但总有一些时刻：有时是加班后的深夜推开空房间的门，有时是看到路边的情侣旁若无人地接吻，
有时是走在大街上忽然看到熟悉的面孔，心跳漏了一拍才发现只不过是认错了人。
你忽然发现，原来，你从来都没有遗忘那种感觉。
爱一个人的滋味，怎么可能忘记呢？
年少时候的爱情，就像是一场永不熄灭的焰火。
你也曾经那样毫无戒心地爱过一个人啊，你付出得毫不犹豫，你投入得深信不疑，
连每一次争吵都带着红扑扑的恼人的甜蜜。
你们什么都不管，什么都不顾，只想要每一分每一秒都和对方在一起。
那种疯狂，那种执着，那种坚定和纯粹，究竟，是从什么时候开始消失的呢？

纪敏儿/26岁/市场企划

我承认/到现在为止想起你/我的心都久久不能平静/我不敢回忆/也不敢忘记/我做不到自己说的坦荡荡/也做不到夜深人静的时候不再反复想起你/离开你之后/我学会抽烟/学会一个人喝闷酒/学会面对一段感情的时候不在乎/学会笑着开口说分手/因为你/我不敢再爱了/因为你/我失去了再度相信一个人的勇气/我很忙碌/我不快乐

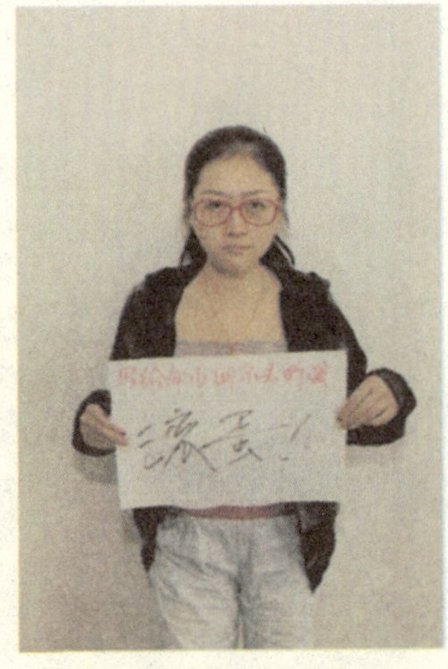

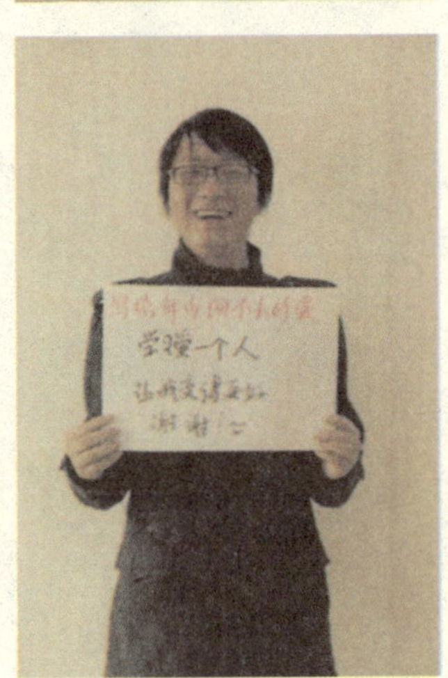

杜一晨/25岁/普通职员

喜欢过的女孩子/听说下个月就要结婚了/当然/新郎不可能是我/我的生活还是一样/刷牙/洗脸/起床/睡觉/在地铁里摇晃/在电梯里等待/二十五岁了/什么都没有变/还是一个人/对着工资卡发呆/对着买不起的房子发呆/对着别人的女朋友发呆/加班到很晚/或许就是为了逃避吧/不敢回家/去独自面对空荡荡的房间/手机报上说/冷空气肆虐/我住的城市快要下雪/冻结成冰的爱情/会再融化吗

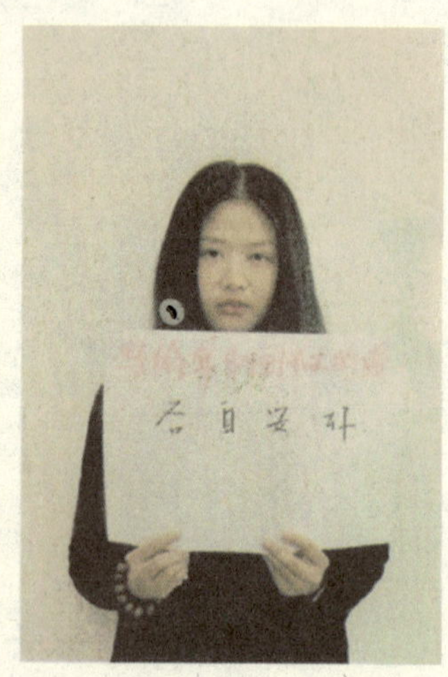

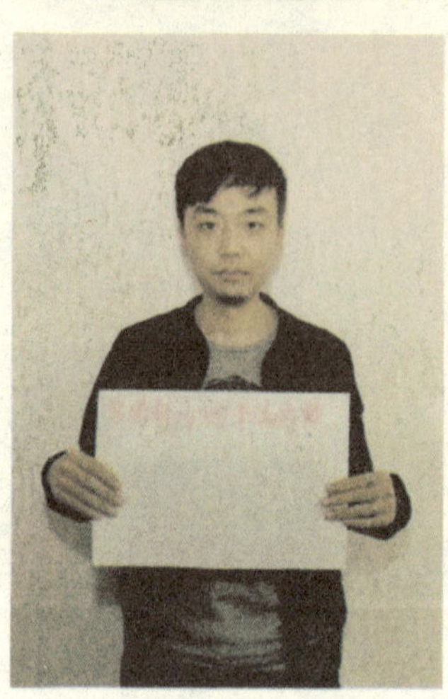

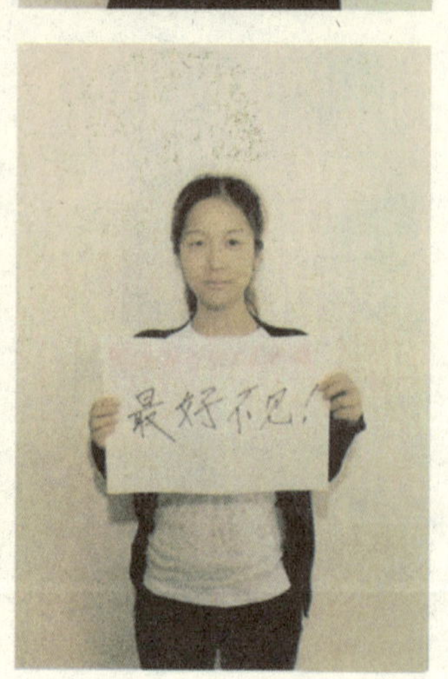

苏青青/29岁/外企白领

记不清楚相过多少次亲了/过年了也不敢回家/回家了也是面对一样的话语/父母的眼神/亲戚的假笑/一切都让人心烦意乱/真的是我挑剔吗/见过各种各样的男人/却从来没有遇见真正喜欢的那一个/有钱的太俗气/有学历的太木讷/谈吐风趣的太胖/长得帅的花心/专一老实的工资低/挑来挑去/身边的闺密们都结了婚/每过一个生日/都有一种崩溃的绝望/我想嫁人/可我嫁给谁

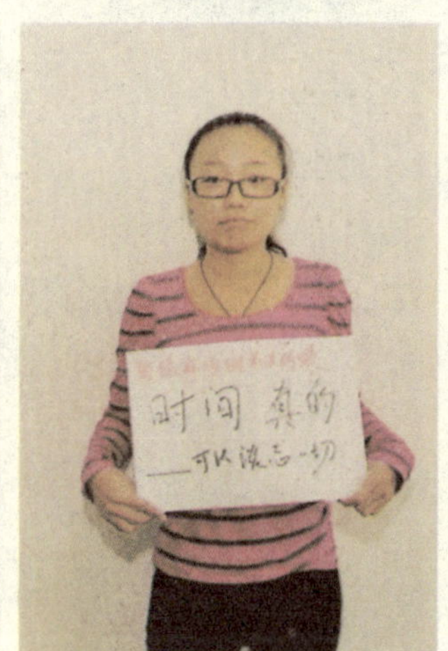

齐鹏/31岁/基金经理

谈过二十一场恋爱/对爱情越来越无动于衷/并不是在这花花世界流连忘返/在一段往事里活了三四年/想要走出来/却一直走不远/你是我无法翻过的一页/你总是太焦虑/你等不到我变得更好/无休止的争吵湮没甜蜜回忆/摔门而去的背影成为永恒定格/你知道吗/你想要的/现在我都有了/那么激烈的分手理由/现在想来是如此可笑/你后悔吗/你幸福了吗

lOVE?
写给年少回不去的爱

年少时爱是全部/长大后却不敢付出太多
你或许曾经被爱伤害过/再爱时已不敢全心投入
你说爱越深伤越深/谁先当真谁先输
你或许刚刚进入社会/压力太大太无助
没有房子、没有高薪、没有好的工作
你说我拿什么给爱人幸福?
你或许在爱中太过现实/喜欢比较、挑剔太多
你说爱很重要但不是全部/现在不慎重将来很痛苦
……
是的，现在的你爱无力又无助/你很孤独需要呵护
可你一定拥有过最美的年少爱情
那时的爱单纯且炽热/什么也不想、什么也不顾
只要好好在一起，哪怕粉身碎骨
虽然时光不能倒流/年少爱已无法挽回
生活就该现实面对/幸福要用双手拼搏
但内心再坚硬，也要留存一片软弱
爱得太累/我们需要休息驻足
一起怀念年少回不去的爱吧/纪念我们美好单纯的青春

目录 | 写给年少回不去的爱

目录 | 写给年少回不去的爱

主题曲

写给年少回不去的爱

小5<写给年少回不去的爱>

我在扛　心在晃　青春沙哑是谁触动了心房
随爱游荡　就算悲剧仍承担遗憾
梦优美啊　梦动人啊　迷雾却扩散
而我痛醒后感伤

曾迷惑曾经狠爱过
知晓承诺是什么
曾经疯狂而荒唐地爱过　现实打醒我
委屈挺着说还能做朋友
其实都冷漠早把心掏空
勉强　我摊牌遗憾

地老天荒　仅属虚像
委屈地承受不堪　放任伤感
爱越心慌　我迷失在奔溃边缘
你纯洁模样殆尽飘散　现实将你中伤
而我心碎得零乱

曾迷惑曾经狠爱过
知晓承诺是什么
曾经疯狂而荒唐地爱过
现实打醒我
委屈挺着说还能做朋友
其实都冷漠早把心掏空
勉强　我摊牌遗憾

序言

桐华

少年

在看似可以无限挥霍的青春里，
年轻的男子被美丽的女子伤害，
他们又把这种伤害传给了每个接近他们的女子。
爱情有毒，每个女孩子都要记住！

一草是以编辑的身份出现在了我的生活中。

不知不觉中，我们已经认识了三年多。

从刚开始的陌生到现在的熟悉。

从刚开始纯粹的编辑身份到现在成为可以讨论私事的朋友。

某种意义上他见证了我写作的一步又一步。

非常有幸，我也能见证他在写作路上的一步又一步。

这是他邀请我为他写的第二本书的序言。

看到书名，我本来以为是一个比较青春飞扬的故事，讲述那些肆意勇敢的爱。

没想到这个故事看得我非常难受。

看完故事，我甚至想立即打电话去质问一草——

这故事里的男主人公苏扬到底有多少是你真实的影子？

因为我听他提过有不少部分是他自己的真实经历。

但最终，我也没有去问，因为我害怕探究。

在这个故事里，有荒唐、疯狂、残酷的爱情。

也有男人对女人的专情、无情、滥情。

我认识的一草和故事里的苏扬非常遥远。

不知道是不是每个爱家、踏实的男人都会有一段疯狂残酷的青春。

在看似可以无限挥霍的青春里，年轻的男子被美丽的女子伤害。

他们又把这种伤害传给了每个接近他们的女子。

爱情有毒，每个女孩子都要记住！

本章插曲

写给年少回不去的爱

赖伟锋<闹够了没有>

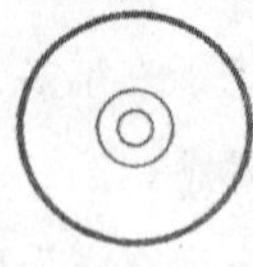

你会找我陪你哭　会让我整夜听你诉苦
总爱让我帮你挑选衣服　我都在你身边当你孤独
你找我陪你无聊　陪你看你最爱的频道
总要让我陪着你睡不着　陪着你吵闹陪着你感冒
我知道你最爱的口味　知道你最爱用的香水
最爱说的词汇　最爱晚睡和你最爱是谁
没有关系我们只是朋友　偶尔会替你分担你的伤口
把我的肩膀借给你当枕头　在你需要我的时候
没有关系我们只是朋友　所以不会有分开的理由
只是偶尔会问自己 我闹够了没有

你告诉我他很好　你想要的他都会知道
喜欢他永远都不会计较　你那些荒唐的无理取闹
你说他对你说谎　说他不再会为你着想
已经对他渐渐感到失望　我只能默默地替你疗伤
为什么要我看你流泪　你的痛都让我来体会。
都由我来安慰也无所谓　不管你爱着谁
没有关系我们只是朋友　偶尔会替你分担你的伤口
把我的肩膀借给你当枕头　当你需要我的时候
没有关系我们只是朋友　所以不会有分开的理由
只是偶尔会问自己　我闹够了没有

你会不会看到有一个我　把你的失落变成我的难过
扮演的角色只能保持沉默　坚持着唯一的执着
我该怎么才能和你配合　要多少虚伪才能光明磊落
有多少次想对你说　你身边还有我

第一章

Chapter

等爱

我总希望有人在什么地方等我，
你也总希望有人在什么地方等你吧？
一个人等太久，
等到连自己都觉得是个笑话。

1

认识何诗诗时，我大四，她大一。那时年少，我还相信世间所有美好。

彼时我人生的最大憧憬就是大学毕业前可以遇见一个美丽善良的姑娘，然后和她展开一段浪漫感人、刻骨铭心的爱情。

这样的梦想其实一进大学时就已经拥有，只是始终无法实现，并且随着时间的流逝，变得愈发渺小，所有的期望，都只剩下绝望。

犹记大一时，我对实现这个梦想还自信满满，我自认为才华横溢，所有人性未泯的女人都会疯狂爱上我，因此找个女朋友那是再容易不过的事情。只是入学没几天这个梦想就无情破灭，首先我悲哀地发现全班的女孩加起来竟然不超过个位数，其次是数量已不多，质量还不好，远看似恐龙，近瞅赛如花，更要命的是，大二、大三、大四的师兄们还个个如狼似虎，不管瘸的还是跛的，只要是母的，一点儿不挑食，压根儿没我们新生的份儿。

好不容易挨到了大二，我也成了师兄，但又悲哀地发现上面还有大三和大四，而且研一、研二的单身猛男们也加入了战场。

大三时，终于熬出了点儿小资本，有机会向师妹们展示我的傲人才华，但这时才悲哀地发现师妹们压根儿不喜欢啥狗屁才华，她们要么喜欢帅哥，要么喜欢钞票，我没钱又没貌，因此又耽误了整整一年。

终于熬到了大四，怎么说也要最后一搏，擦，没有爱情的大学还叫大学吗？上大学不就是为了谈恋爱吗？如果毕业了我还是处男，那得多丢人啊！

妈的，拼了！

2002 年的 9 月，又是一年新生入学时，我翘首以待，望眼欲穿，祈祷这届的妹子能多几个。只是幻想很快再次落空，妹子的数量一年比一年少，质量还一年比一年不好，看着零零散散的新生女孩们，我决定不抱怨，不计较，充分总结前三年的失败经验，先下手为强，趁妹子们还没反应过来，全力以赴，一击必中，确保拿下。

这显然是最后的机会，我志在必得。

信心是有了，战术也不能少，首先得找个机会把新来的姑娘们认识齐全了，而且不能使蛮力，否则只会破坏我英明神武的师兄形象。

我苦思冥想，却始终不得其法，只能每天看着新生姑娘们在操场上军训，期望姑娘们间隙能够看到我，先混个脸熟。

穿着制服的姑娘们一个个英姿飒爽，青春盎然。膨胀的胸部随着身体的跳跃而肆意抖动着。操场边则蹲着一群流哈喇子的老男孩们，一个个摩拳擦掌，蠢蠢欲动。

我一连看了三天，看得眼痛脖子酸，第三天突然感到很绝望，以及荒谬。我实在没有信心能从身边这群饥饿的猛男中间杀出一条血路，成功抱得美人归，这特么比考六级要难多了。算了，人各有命，看来我的大学注定要不完美了。

操场边，我悻悻擦干哈喇子，低头走开。

“苏扬，你过来下。”耳边突然传来一个女子的声音，相当温柔。

我兴奋抬头，却看到班主任老孙那张热情洋溢的胖脸，惊喜立即变为惊吓。

老孙是一位五十岁的大妈，最大的特点就是长得丑，满脸褶皱，一百公斤，但老孙有颗萝莉的心，而且喜欢照着萝莉风格穿衣打扮，怎么幼稚怎么穿，知道的人管那叫人老心不老，不知道的人还以为是变态呢。

平日里老孙为了显示和我们学生的关系亲密无间，每次见面时都很热情，说话时喜欢把胳膊搭在我们肩膀上，然后将全身的重量压过来，一边压一边还埋怨我们："嘿，我说你得站直了，大小伙子腰部一点儿力都没有，像话吗！"

四年来，至少有十个小伙子被老孙压过后就直接去了医院。

我乖乖走到老孙面前，两股战战，果不其然，老孙很热情地把胳膊伸过来搭在我肩上，身体的重量一瞬间完全释放，然后很高兴地对我说："苏扬，我正找你呢。"

我深吸一口气，扎稳马步，腰部硬顶着两百斤的压力，强作欢颜："老孙，您老找我贵干？"

"放心，找你肯定有好事的。"老孙很高兴地将嘴凑在我耳边，喷出一股浓郁的口臭，"我决定委任你做一个新生班级的学生辅导员。"

"擦，这也可以？我没听错吧！"幸福来得太突然，我顾不上老孙的口臭，对着老孙拼命眨眼睛晃脑袋，生怕是幻觉。

"怎么，你不愿意？"老孙故意逗我，"苏扬，我这可是照顾你，你知道做辅导员对你日后找工作会有好处的哦。"

"愿意，愿意！"我连忙点头，"可是老师，我能问个问题吗？"

"嗯哼！"老孙边说边将自己的胖手遮挡在额前，然后眯着眼睛看太阳，仿佛一个怀春的少女。

"为什么会是我？"

"晕，这还要问？因为你最没出息啊，你看看你那帮同学，一个个都心眼儿贼多，让他们做辅导员，我不放心，可你苏扬是个老实人，有贼心也没贼胆，做辅导员最合适了。"老孙白了我一眼，然后又眯着眼继续看太阳，突然伤感起来，“好了，你去吧。唉！这阳光，多美好，只奈何，黄昏将至。”

“明白，谢谢。”我点头，领命而去，生怕走迟了老孙会扑到我怀里哭泣。

待走到空旷无人处，我仰天长啸：“妈的，老子等了四年，终于等到这个绝佳的机会，这下总该发财了！”

2

回到宿舍，我将这个消息告诉了宿舍里的兄弟们，那些老奸巨猾的家伙纷纷向我表示最真挚的祝贺，说我简直太有出息了将来肯定会前途无量，恭维了一番后他们就强烈要求我立即请客，如果我不请客，那就是禽兽不如。

当天晚上我只好请这帮孙子们在门口的湘菜馆撮了一顿，花了老子半个月的生活费。

第二天，我就急不可耐地履行职责，探视新生宿舍——哦也，当然是女生宿舍啦！

我问老马有没有兴趣和我同去。宿舍里，除了已经搬出去的顾飞飞，老马是我关系最铁的哥们儿。

老马很正经地说：“我不去。因为我是有女朋友的人了。”

我说：“肤浅，我们是去关怀新生，帮助她们解决生活上的难题。”

老马立即一脸淫笑：“有道理有道理，这下我就没心理负担了。”

我推了老马一下，说：“你丫说实话，是不是还想找个女朋友？”

老马很认真地回答我：“时刻准备着！

“有前途，走，我们出发。”我吐了口口水，抹在头发上，试图让凌乱的头发变得整齐。只是我的口水太少，头发又太乱，于是又问老马借了几口口水。镜子里的我立即油头粉面，骚得不行。

女生宿舍楼下，我对宿管组的大妈表明来意。大妈虽然老不情愿，却也无可奈何，只能放行。然后我就在宿舍外面蹲着的一群流着哈喇子的色狼们艳羡眼神的注视下，大摇大摆地走进女生宿舍楼。

我负责的新生班一共有八个妹子，住在六楼一间两室一厅的学生公寓内。我们到的时候，她们的寝室门紧闭着，老远就听到里面传来一阵阵的尖叫声、浪笑声、追逐打闹声……

我和老马面面相觑，彼此不约而同地伸了伸舌头表示惊讶，然后又互相淫笑两声。

“冷静，我们是来关心新生的。”

“擦，我差点儿以为我们是来泡妞的。”

“先关心，再泡妞。”

“明白！”

我轻轻敲了两下门，里面立即安静了下来，很快传来了一个特雄浑的女高音：“谁啊！”

“开门！”面对女高音，我虽然加大了嗓门，但还是显得有点儿底气不足。

“来啦！”门应声而开，一个女胖子站在门口，撇着嘴，斜着眼睛看着我，满脸的敌意。

女胖子的腰围比我和老马加起来还要肥，个子也不比我矮，站在我们面前非常具有魄力，由此可见刚才的高音就是她发出的。

在女胖后面站着一群妹子，她们大多穿着睡衣，正在嬉笑打闹，有的手里拿着枕头，有的手里拎着布狗熊，有的站在凳子上，有的做张牙舞爪状，有的还抱在一起，总之是造型万千，而在看到我们两个大男人站在门口时，一个个像见到外星人一样来了个时间停止。

只有一个女孩例外，伊穿着淡粉色睡衣，长发披肩，佩着浅紫色的布艺发卡，正安静地坐在窗台前，表情专注，戴着耳机，捧着红宝书，唧唧复唧唧，认真背着单词。

完全漠视我们的存在。

她是那样美丽，那样恬静，那样自然，那样清纯，浑身散发着无法言说的美好。

我彻底蒙了。我忘了我在哪儿，更忘了我是来干吗的。

“老马，老马，我们来这儿干吗的？”我推了推身边正流着口水的老马，声音有点儿哆嗦。

“泡妞啊！”老马很认真地回答。

对，泡妞，我回过神，开始对女孩子们微笑：“同学们，不要怕，我是来泡你们——不是，是来看望你们的。”

“谁怕啦？有什么好怕的？”女胖一脸敌意，“你们谁呀？来我们女寝干吗？”

“我是你们的辅导员，我叫苏扬。”我一脸正气。

“我叫老马，是你们辅导员——的同学。”老马一脸谄媚。

“哎呀妈呀，真的啊？”女胖是个东北人，她的眼神立即由愤怒转为疑惑，显然她不相信我的话，这也难怪，我们的形象和辅导员相去甚远，新生辅导员应该是君子，最起码看上去是君子，而我们看上去更像是流氓，所以女胖子的怀疑是正常的，可是我的确是她们的辅导员，于是我决定什么都不说就那样有恃无恐地看着她。

我的眼神坦荡如砥，我们互相凝视了一会儿，最后女胖显然被我充满自信的眼神给征服了，只见她突然对我妩媚一笑，然后特温柔地说：“老师快请进吧。”

差点儿没吓死我。

我和老马进屋后立即有人给我们端来凳子送上水果和饮料，然后女孩子们很规矩地把我们围了起来。

“大家好，我是你们的辅导员，你们刚到学校，肯定有很多地方不适应，生活上、学习上有什么困难都可以问我的。”我充分表明来意。

“欢迎，欢迎，我们想问的问题可多了，一直都没有人来管，这下可好了，以后遇到事情有老师给做主了。”女胖或许对刚才的唐突很后悔，现在抓紧机会向我讨好。

“说吧，把你们所有的问题全部告诉我，别憋着，今天我是知无不言，言无不尽。”

“老师您贵姓？”一个女孩子特有礼貌地问。

“我叫苏扬，今年大四，和你们一个系的，你们以后不要叫我老师，直接叫我苏扬或师兄就成，其实我只是你们的学生辅导员。”

“一样的，一样的，辅导员也是老师。”一个满脸青春痘的女孩子打哈哈。

“你们现在有什么问题吗？我给你们现场解答。”我嘴上说着，心里却在想她的青春痘为什么如此茂盛，是不是内分泌失调，是不是需要找人泻泻火？

想到这里，我和老马相视一笑，这孙子肯定想得比我还淫荡。

“老师，我想问热水在哪里打呢？”一个女孩子终于勇敢地问出了她心中的疑惑。

“教工食堂旁边的水房那儿可以打热水，一毛钱一壶，教工食堂你知道吗？”

那个女孩子摇摇头，看到我惊讶的眼神，又连忙点点头。

“到底知不知道？”女孩怯弱的眼神让我充满了男性征服的快感，声音不由自主加重了几分。

“不知道。”女孩委屈得好像快要哭了。

“就在你们女生宿舍后面两百米。”原来吼女孩子是如此有快感的一件事。

“我们学校有澡堂吗？”又一个女孩发问。

“有，刚装修好，特豪华。”

“要钱吗？”

我瞪了她一眼：“废话，当然要了，学校什么都要钱的。”

“哦！”女孩吐了吐舌头，委屈地说，“老师，你好凶的。”

女孩的示弱让我更加激情万丈，我甚至有勇气正视那个穿粉红睡衣的女孩了。然而让我不爽的是，在我强大气场的侵袭下，她依然毫无感觉，一门心思背着自己手中的单词书，唧唧复唧唧。

仿佛我只是空气。

我感到很失落，她究竟是什么人？为什么可以不为所动？难道她没有问题要问吗？

只是我也来不及太过伤心，因为其他女生的积极性都已经被调动了起来，一个个把心中的问题全部问了出来，并且个个富有想象力，比如问哪个食堂的饭菜经济实惠，哪个窗口的大师傅打菜比较多，大学里谈恋爱会不会被开除，考试可不可以作弊，宿舍里会不会有老鼠，从学校到人民广场坐什么车，学校的男生为什么会那么丑，附近哪个院校的男生最多质量最高……

连女胖也不甘示弱，连问了三问题，个个超级傻逼。

我和老马分成两拨，我负责解决生活困难，老马负责进行情感释疑，我们各司其职，忙得不亦乐乎。

我告诉妹子们在未来的四年要努力学习，爱党爱国，刻苦钻研，求实上进，这样等毕业了就可以找份好工作，过上优越的生活，完成屌丝的逆袭——这些屁话都是三年前我刚进校时我的辅导员对我讲的，三年过去我终于知道这些都是谎言，可我虽然痛恨那些欺骗我的人，现在却也振振有词地欺骗着别人，因此我发现所谓谎言总是那么冠冕堂皇而且富有说服力，说谎者其实并不一定都很无耻。

十点半，管宿舍的大妈在楼下拼命摇铃杀猪似的呐喊：“熄灯啦……”

“我们得走了。”我对妹子们说。

“老师，你们什么时候再来啊！”妹子们一脸依依不舍。

“这个就不晓得了，得听系里安排，不过你们以后有什么问题都可以直接找我的。”我把我宿舍电话号码留了下来，然后拉着还在滔滔不绝讲述爱情理论的老马离开。

“记住了，大学不恋爱，赛过王八蛋。”老马临走前还不忘总结式地谆谆教诲。

“嗯，记住了。”妹子们集体点头，欢送我们离开。

回寝室的路上，老马问我刚才为什么那么失态？

我说愿闻其详，有屁快放。

老马说你从头到尾都在看着那个背单词的女孩，就算喜欢她，也不要那么明显吧，那么多姑娘呢，得照顾她们的自尊。

我长叹了一口气，说活到现在终于明白啥叫一见钟情，这世界上原来真他妈有一见钟情。

老马也长叹一口气说：“原来这世界也真他妈有臭不要脸。”

我竟然忘记去打他，而是悻悻地说：“你说我能泡到她做我女朋友吗？”

然后不等老马回答，我就很认真地对自己说：“她真的太美好了，符合我对爱情所有的想象，所以我一定要泡到她！”

老马也很认真地对我说：“神经病。”

3

2002年的秋天，我立志要泡到这个我只见了一面，还不知道姓名的女孩。

这是我活到现在最有意义的人生目标。

甚至，我因为这个目标而产生了一种悲怆感，觉得自己像百余年前公车上书的猛男。

要想打听女孩的姓名自然不难，通过女胖，我很快知道这位美女有一个很好听的名字叫何诗诗。

当喜欢一个人的时候，所有的信息都仿佛是暗示，我觉得何诗诗这个名字充满了韵味和风情，仿佛千年的冰山，地底的火焰，是那样让我沉沦。

啊！何诗诗，你是我的生命之光，欲望之火，同时是我的罪恶，我的灵魂。何——诗——诗，舌尖得向前移动两次，到第三次再轻轻堵在嘴唇前：何——诗——诗。

女胖站在我的面前，歪着脖子傻傻地看着我：“老师，你怎么了？是不是病了？要不要我叫医生？”

我收回幻想，摆出威严：“不得对老师无礼。”

“老师，我没有，只是你流口水的样子也太吓人了。”

“啊！”我低头，地上果然已经被我的口水打湿了一摊。

“老师，为什么你会流口水呢，难道你对我有意思吗？”女胖色眯眯地看着我，“不过我已经有男朋友了，是我的高中同学，我很忠心的哦！”

我强忍着让女胖去死的冲动，只是警告她不要试图了解老师的动机，那非常不礼貌，因为老师的考虑可是很博大精深的，不是她一个大一新生所能洞察的。

没料女胖“嘿嘿”一笑说：“老师，你别装了，你不就是喜欢何诗诗吗？”

我本还想故作镇静，不过在女胖炯炯有神的目光鄙视中败下阵来，只得虚心请教：“敢问女英雄，何以见得？”

“哎呀妈呀，这还要问？你都是这星期第八个向我打听何诗诗的人了，还何以见得呢！”

“有这么夸张？”

“我说你们这帮师兄，见到个美女都一个个跟狼一样，太可怕了。”女胖一脸惶恐，“这哪里是大学啊，这分明就是动物园，野生的！”

我乐了，女胖的这个比喻还真贴切。

接着只见女胖一脸不屑：“我就整不明白了，那何诗诗有啥吸引人的，不就是会装吗？”

“装什么？”

“装清纯呗，你们男人不就喜欢她这样的嘛！越是不理你们，你们就越贴着脸上，男人啊，就是那么贱。”

“你错了！”我认真地看着女胖，“或许别人贪恋的是她的容颜，但我欣赏的是她的灵魂！”

“哎呀妈啊，老师，我走了，你快把我整崩溃了。”女胖一边挥手和我拜拜，一边唠叨，“你要不是我的辅导员我就骂你了，实在太恶心人了。”

我将女胖的表现理解为嫉妒，她这种庸俗之辈岂能理解我眼中的风景？至于那些追问何诗诗姓名的人也都是烂人，我将用我的实际行动给这些烂人好好上一课，什么叫追求真爱。

多少人爱你青春欢畅的时辰/爱慕你的美丽，假意和真心/只有一个人爱你朝圣者的灵魂/爱你衰老了的脸上痛苦的皱纹

我的心中突然涌起叶芝的诗句，然后把自己感动得一塌糊涂。

经过三天三夜的认真部署，我决定主动出击，以情动人，发挥我的长处——写情书。

第一个星期，我给何诗诗足足写了二十封情书，每封不少于一万字，我的情书不但文字优美，情感真挚，而且夹叙夹议，环环相扣，层层递进，充分表达了我对她的爱意和相思之情。

“只因在人群中多看了你一眼，从此忘不了你的容颜。”

写到最后我都被感动了，仿佛自己是一个如假包换的情圣，每一笔，每一字都蘸满了我的感情，溢于纸上，漾在心头。

原来真爱竟然如此动人！啊，我要讴歌所有心中有爱的人！

情书自然是通过女胖传递了，反正在她面前我已经毫无尊严，不过只要能追到何诗诗，任何代价我都无所谓。

情书送出后，我跷着二郎腿，泡杯茶，哼着小曲，静候佳音。

以我的理解，何诗诗只要是一个正常人，看到这惊天地泣鬼神的情书一定会被打动，投怀送抱只是迟早的事情。

可是过去了整整三个星期，何诗诗那边都没有任何反馈，这太让人崩溃了，好比你扔了一颗石头到水里，没反应，你生气，又扔了十颗，还是没啥动静。

这已经不是夸张不夸张的问题，这明明是有违常理，只要这个世界还有重力，只要何诗诗还是人类，就不可能出现这种情况。

唯一的可能是女胖没有把我的情书给何诗诗。

因为，她嫉妒。

“哎呀妈啊，老师，士可杀不可辱，我虽然看不上那女的老装，但也不会变态到私吞你的情书，我说了，我有男朋友的，而且我很专一哦。”

“不是这个意思，女胖，不是，同学，我是说，会不会有其他可能？”

“什么可能？”

“比如你忘记啦，现在学业那么繁重，你一不留神，忘记给她也说不定呢。”

“神经病啊！”女胖忍无可忍，白了我一眼，“老师，你以后找其他人吧，我丢不起这个人。”

“女胖，同学，好人，英雄……”

“滚！”

少了送信的人，形势变得更加棘手。我决定换个打法，暗中跟踪何诗诗，掌握她的衣食住行，然后伺机而动。

何诗诗的行踪并不复杂，除了上课，大多数时候都在寝室，她似乎没有朋友，连吃饭都是独来独往，偶尔晚上也会离开学校，第二天早上才回来，我想应该是去亲戚家吧。

研究完何诗诗的生活习惯后，我开始精心谋划，不时与她在路上“偶遇”，我想不管怎样，我都是她的辅导员，我的大名她总应该听说过，何况有那么多惊天地泣鬼神的情书，怎么着也该有个印象分吧。

每次“偶遇”时我都精心打扮，先用口水将凌乱的头发归拢顺溜，然后漫不经心出现在她面前，突然对她微笑，露出满口黄牙。

有的时候，我则扮出忧伤状，和她擦肩而过的时候，开始吟诗：只因为在人群里多看了你一眼，生命从此换了容颜。

有的时候，我不光吟诗，还放声歌唱：苍茫的天涯是我的爱，绵绵的青山脚下花正开。

可是不管我如何折腾，何诗诗从来就没正眼看过我，仿佛根本不认识我，仿佛我只是空气，甚至，只不过是路边的一摊狗屎。

有几次我真的很生气，恨不得半路将她拦截下来，拖到一边强吻。擦，你可以拒绝我的求爱，但不能漠视我的存在。

然而仅存的理智告诉我，欲速则不达，我要忍。

我要忍，并且要更换打法。

小样儿，情书不回是吧？偶遇不睬是吧？我来更直接的有木有。

我开始直接给何诗诗打电话。

2002 年手机还没有普及，我们用得最多的通信工具还是宿舍里的座机。每天晚上十一点，我都会准时给何诗诗的宿舍打电话，因为我知道那时候她保准在宿舍里。

女胖是宿长，电话归她接，每次听到我的声音后也不多说，就大叫一声：“何诗诗，电话！”

显然女胖还在生我的气呢。

只是每次我都没机会听到何诗诗的声音，因为电话一定会立即被挂断。

打过去，挂断。再打过去，再挂断。

“老师，你还是别打了，她不会和你说话的。”再后来，女胖都同情我了：“哎呀妈呀，我见过痴情的，没见过痴情到老师你这样变态的，把我都整崩溃了。”

我很难受，其实给何诗诗打电话，我并不渴望能说太多，只想亲口对她说一句：我喜欢你。

“何诗诗同学，我喜欢你，从第一眼见到你的时候就已经深深喜欢上了你。”

可是，我连说这句话的机会都没有。

何诗诗，你到底知不知道我的存在？你的内心到底在想什么？你到底是怎样的一个女孩？

4

一个月后，我决定放弃。

只是因为在人群中多看了你一眼，从此忘不了你的容颜，然而想象太美，一切都是我的自作多情而已。

情书不写了，“偶遇”停止了，电话不打了。

我的人生也陷入一片黑暗，虽然之前也没怎么光彩过，但有希望有激情总好过内心一片死寂。

我愿赌服输，然而故事并未结束。就在我停止所有的追求动作还不到一个星期，何诗诗竟然主动找我了，她直接给我宿舍打来了电话，老马接的。

时值正午，我还在睡觉，梦里无数萌妹子环绕身边，一个个性感妖艳，说要非礼我。我半推半就，挣扎着要不要将第一次留给何诗诗，就在我又兴奋又痛苦之际，突然就听到老马杀猪一样嚎叫："苏扬，电话！"

"不接，就说我死了。"我连眼皮都没睁，翻了个身继续大做春梦。

"起来，接，快啊！"老马因为太激动，话都不会说了，"是……诗……诗何，不，诗何……诗，不，何……诗……诗！"

"刷！"老马话音刚落，我已经翻身下床，冲到电话前，中间还咳嗽了两声，清了清嗓子，一把抢过话筒，忧伤的嗓音立即轻轻响起："Hi你好，我是苏扬。"

"我是何诗诗。"

"我知。"

"我想和你见个面。"

"可以。"

"今晚七点，图书馆后的凉亭，不见不散。"

"哦了。"

多么简短却美好的对话啊！挂断电话，我一直抱着话筒YY（意淫），激动之时"嘿嘿"直乐。不见不散，这简直是世界上最美好的词语！何诗诗竟然主动找我约会，她竟然要和我不见不散，原来她一直在考验我，原来我的情书，我的电话，我的"偶遇"已经深深打动了她，原来我的大学竟然可以峰回路转，柳暗花明，我真是太太太幸福了！

一旁的老马看不下去了，推了我一把："苏扬，我发现你真不是一般的贱！"

"谢谢，愿闻高见！"

"你看你刚才打电话，装得还挺像那么回事儿——我知，可以，哦了。"老马压低嗓音学我，"实在太恶心了。"

“这你就不懂了吧，女人不喜欢肤浅的男人，因此得意可以，却绝对不能忘形。”我边说边伸出手，老马立即“吧唧”朝我手上吐了口口水，我接过后在头上抹了起来，“好了，不和你这种烂人谈真爱了，我要好好打扮自己，今晚对我来说，非常关键。”

那天下午，我精心装扮了拯整三个钟头，把整个宿舍的人都动员了一遍，问老马借来上衣，问张胜利借来裤子，问李庄明借来鞋子，还偷了顾飞飞藏在衣柜里的香水，我怕不香，于是喷了又喷，最后能把自己熏死，这才安心。

好不容易挨到七点，我来到图书馆后的凉亭赴约。

凉风习习，柳浪闻莺，正是谈情说爱的好季节。

何诗诗已经在那里了，依然戴着耳机，拿着红宝书，唧唧复唧唧，时不时对着天空翻白眼，一脸苦大仇深的表情。

我远远地看着她，啊！何诗诗，我深爱的女孩，你是那样美丽却又是那样寂寞，让我好想上前安慰她，保护她，告诉她，有我，你不要害怕。

一步步走近，我想应该怎样出现在她面前呢？是悄悄站在她身边沉默不语，脉脉含情，还是像蜘蛛侠一样爬上屋顶然后突然跳下来给她一个惊喜？

就在我满心遐想、神游太虚之际，不知道哪个孙子乱扔了块香蕉皮，老子一脚踩上去，立即“哎呀”一声，摔倒在地。

结结实实一个狗吃屎。

何诗诗应声回头，先是惊愕，接着“扑哧”笑了起来，唇红齿白，妩媚诱人。

我完全看傻了，竟忘记了身上的疼痛，心尖涌上一阵甜蜜。

“Hi，我来了。”趴在地上，我依然优雅地挥手向何诗诗打招呼，我的冷静和大气，让自己都心生敬意。

何诗诗突然脸一沉，冷冷地对我说：“苏扬，你不要再骚扰我了。”

What（什么）？我心一凉，骚扰，天啦！她竟然将我的绵绵情意当作骚扰，怎么可以这样？

我趴在地上，不知道是应该先站起来还是一直保持这个大气的姿势。

“你的行为很可笑，而且毫无意义。这是我第一次找你，也是最后一次。”何诗诗显然想快刀斩乱麻。

“这就是你约我的目的？”我决定还是先爬起来。

何诗诗没说话，点点头，然后把脸转向一边。

我笑了，边笑边掸着身上的尘土，然后对她说：“对不起，恐怕我要让你失望了。”

她疑惑地看着我。

“简单来说，我不是一个轻易放弃的人，特别是在情感上。”我脸上又涌现出发自肺腑的爱意，“何诗诗，为什么不给我一个机会？也给你自己一个机会？你就不怕错过吗？”

“错过什么？”何诗诗一脸疑惑，“我不知道你在说什么。”

“错过这个世界上最爱你的那个人啊！”我放缓语调，一字字地回答，同时无比深情地看着她，于是这么恶心的话因为我的深情竟然变得真诚起来。

“你疯了，你了解我吗？”

“那不重要，重要的是，我喜欢你。”

“我的天，你是不是神经病啊？我说你不要那么可笑好不好？”何诗诗的表情看上去仿佛吃了苍蝇一样难受。

“我就算是神经病，那也是因为太喜欢你。”我决定将恶心进行到底。

“苏扬，我很认真地再和你说最后一句，你根本不了解我，我不是你想象的那种，女孩，请你立即停止骚扰我。”

“谢谢你！”我突然对她深深一鞠躬。

“啊？”何诗诗吓了一大跳。

“谢谢你知道我的名字。”我再次鞠躬，“我突然觉得好幸福。”

“shit（狗屎），我真是见鬼了。”何诗诗已经完全崩溃。

可她脸上的无奈也那么让我心醉，我简直控制不住想拥抱她的冲动。“何诗诗，我承认我还不了解你，可我又是那么庆幸我还不了解你，因为我怕当我了解你之后，就会爱得更加没有顾忌，没有退路，没有理性。”

“苏扬，你好好说话。”何诗诗恶心至极，反而恢复冷漠，“好，我问你，你到底喜欢我的什么？”

“我觉得你很脆弱，我想保护你。”

“哦？”何诗诗突然冷笑起来，“你有这个本事吗？”

“当然有，我认为我是世界上最适合你的那个人。”

“那你觉得一个男人拿什么来保护女人？就凭你这副嘴脸？凭你的甜言蜜语？你有钱吗？你知道我一个月要花多少钱吗？你配爱我吗？”何诗诗冷笑的表情无比邪恶。

我承认何诗诗的话让我有点儿受伤，我最见不得的就是女人谈钱，我真想不到这么粗俗的话竟然是从我深爱的女孩的口中说出来的。

“怎么了？伤自尊了？玩不起别玩。”

“我会很有钱的，十年后。”我很认真地说。

“笑话，那你十年以后再追我吧。”

“何诗诗，你能不能不要那么物质？现在是大学，重要的是感情，钱不是最重要的。”我也有点儿生气了。

“大学怎么了？大学难道就可以很虚幻地活着？大学就可以每天游手好闲，像身边的这些人一样？”不等我说话，何诗诗再次露出冷笑，口气越发尖锐，“你不觉得你们都很可笑吗？一个个活得莫名其妙、幼稚，每天都不知道自己要什么，就知道成天幻想，浪费时光，还沾沾自喜，臭屁。”

“你是说女胖同学吗？”

“是又怎样？”何诗诗流露出骄傲的表情，“不只是她，还有很多人。在我眼里，所有人都一样，那么肤浅，甚至愚蠢。”

“说得好，虽然我也有同感，但是我总觉得我们不能那么现实，否则会很累，不是吗？”

“说你幼稚，你还立即证明。”何诗诗似乎还想说什么，但最终忍住了，只是淡淡地说：“算了，我们压根儿不是一个世界的人，我最后再说一次，请你不要再骚扰我，再见。”

然后头也不回地走掉。

我愣在原地，仔细消化着何诗诗的这些话。

大概过了一个小时，我回过神来，然后很坚定地对自己说：“对不起，我一定会继续骚扰你的。”

5

“朋友，你不觉得一老爷们向一娘儿们弯腰鞠躬，是很变态很屈辱很无良很可笑的行为吗？”

“觉得。”

“那你为什么还这样做？”

“因为我想缓解我内心的尴尬。”

“你的意思是？”

“唉，我还是放弃了吧。”

“那你最后发出的宣言呢？”

“就让它随风而逝。”

“好，拿得起，放得下，果然是真汉子。”

那天晚上，我失魂落魄地回到宿舍，老马明亮的眼眸在看到我的瞬间变得黯然，在听完我简单的描述后，他和我进行了如上的对话，最后安慰我，以他当代情圣的分析，何诗诗所言非虚，我和她确实不是一个世界的人，所以还是趁早了断这份相思，否则后患无穷。为了衬托他的英明和义气，老马在对话的最后不由分说将我的头往他怀里塞。

“我擦，你干吗？”我吓了一跳。

“别动，此刻你需要温暖，来，把你的脑袋深埋进我的怀抱，你就不会孤单害怕了。”老马深情地看着我，一脸的母性。

“去你妈的！”我怒骂，“老马你少落井下石。”

“放松，开个玩笑嘛！”老马脸上立即换成原来那副贱贱的表情，“不过兄弟我还真的有办法安慰你，而且保你满意。”

“真的，有妹子不？”

“有，很多，而且很‘胸猛’。”老马一边说一边用力揉着自己的鸡胸，狠狠地说，“真的很‘胸猛’！有图有真相，请看大屏幕。”

顺着老马手指的方向，我看向老马的电脑，屏幕上的网页五颜六色，最上方有一行大标题：上海市第二届游戏展即将盛大开幕！标题的下面则是各大品牌游戏showgirl（现场表演的女孩）的靓照，一个个青春靓丽，波涛汹涌，仿佛我梦里的萌妹子。

我笑了，老马果然是我的好兄弟，好事都惦记着我，想到这里，胸口的疼痛也好像轻了一些。

回到床上，我打开收音机，塞好耳机，听“相伴到黎明”，这是一栏情感节目，这个城市很多因爱受了伤的男女都会在半夜打电话到电台，抒发自己的情感。有意思的是，这个节目的主持人往往不会安慰这些男女，反而会对他们冷嘲热讽，甚至辱骂，可即便如此，这些男女还特享受，一个个削尖脑袋给主持人打电话，仿佛个个是受虐狂，他们说的故事也都千奇百怪，什么乱伦啦，偷情啦，第三者啦，师生恋啦，姐夫爱上小姨子啦，大家闺秀爱上乞丐啦，反正没有一个是正常的。

我听了难受，这些都是爱情，可为什么和我想象的不一样呢？谈恋爱不就是你爱我，我爱你，你对我好，我对你好，这么简单吗？为什么一定要搞得这么复杂，这么变态，这么让人无法理解呢？

那天夜里，我在梦里又见到了何诗诗，她化身为一只吊睛白额猛虎，扑在我身上，不由分说先把我给强奸了，然后扒开我的皮，撕下我的肉，吃得津津有味……我皮开肉绽、血流满地，居然还没有死，我试图逃脱母老虎的魔爪，奈何母老虎实在太讨厌，不弄死我又不放我走，就把我压在身下，奸了再吃，吃了再奸，边奸边吃，边吃边奸，我始终动弹不得，除了呼天抢地、苦苦哀求外，再也无能为力。

6

第二天中午，我还没从恐怖的梦中缓过神来，班主任老孙打来电话，让我十分钟之内务必出现在她面前。

我吓得连内裤都没穿，连滚带爬冲到老孙办公室。办公室里没几个人，老孙正在对镜贴花黄，几天没见，她又胖了不少，妆也化得更妖艳了。

“苏扬，说说你当学生辅导员的感受吧。”老孙一边涂指甲油，一边用小眼睛瞟我。

“还行，一直谨遵老师您的教导，未敢越雷池半步，更未做出任何伤风败俗之事，给您丢人。”

“不错，不错。”老孙欣喜地站起来，伸出米其林轮胎般的胳膊，搭在我的肩上，我又一次体验到泰山压顶的感觉，“要不说你有贼心没贼胆呢，连看宿舍的阿姨都说你是个老实人。”

“阿姨怎么会知道？”

“她说你统共就去了一次女生宿舍，隔壁班的学生辅导员都去了八百趟了。”

“擦，老孙，你找我来不会是为了取笑我的吧？”我突然悲从中来，

“麻烦您告诉阿姨，今儿晚上我过去就不走了。”

“当然不是啦，我哪里有那个闲工夫，找你是有新的任务派给你。”老孙的口臭更严重了，我一不小心深呼吸了一口，差点儿晕过去。

“游戏展你知道不？”

“知道啊，真的很‘胸猛’。”想起老马屏幕上的美女们，我狠狠咽下一口口水。

“什么乱七八糟的！”老孙没听明白，斜着眼瞪我，见我不语，接着自顾自地说道，“游戏展组委会找到我们学校，让我们出一些女生到展会上做模特，每个班限一个名额，我想也不是什么大事儿，就交给你来处理吧。”

“好耶！”我拍手欢呼，“可是我不明白，为什么每个班就只限一个名额呢？”

“唉！要不说你缺心眼儿呢。”老孙长叹了口气，伸出粗粗的手指头，在我头上点了一下，差点儿没把我点晕过去，“组委会当然希望人越多越好了，比起外面的职业模特，学生便宜啊，可我们学校姑娘的长相也忒吓人了，一个班能出一个就算奇迹了。”

“英明！”我伸出大拇指恭维老孙，“像老师您这样风情万种、美貌和涵养并存的女性实在太难得了。”

“这话我爱听，可见你还不是无药可救。”老孙眉飞色舞，伸出五根手指头，在我眼前乱晃。

我以为她要用五根手指头戳我呢，吓得跳到一边，要是中招了，还不得活活被戳死啊！

老孙却没在意，而是继续晃悠着黑指甲沉醉地问我：“怎样，这个颜色好看吗？我觉得特别性感。”

“性感，绝对性感。”我压抑着心中的激动，“老孙，我发现你不是我的班主任。”

“哦？那我是你什么人？”

“你是我的亲妈，我可以吻你吗？妈！”

“滚，你少和老娘发骚。”老孙笑得一朵花似的，“快去吧，明天把名单告诉我。”

“得令。”我一声轻呼，蹦蹦跳跳离开。

其实我并不知道自己为什么会很兴奋，在老马给我介绍之前，我连世界上有游戏展这回事都不知道，但现在我隐约感觉这事儿不一般，说不定会给我的生活增添新的色彩。

果不其然，我刚回到宿舍，就接到了女胖的电话。

“哎呀妈啊，老师，你最近咋不找我了呢？我老惦记你了。”电话里，女胖倍儿热情，仿佛从来没有和我闹过别扭。

“老师最近很忙，你找我有什么事？”我脑子迅速翻转，确定最近没什么事要求女胖，于是声音立即威严起来。

“不干啥，就是想老师你了呗，咋啦，不能打电话啊！”电话里，女胖的声音特正经，还有点儿小风情，要不是我和她打过交道，一定会相信她是真心实意。

“好了，快说吧，你到底找我干啥，再不说我挂电话了。”不知道为啥，只要和女胖说话，我就充满了自尊和自信。

“老师英明，真是啥也瞒不住你，是这样啊，我说了你可不许生气，你知道游戏展不？”

“知道啊！”

“听说要到我们学校招模特？”

“哈，我明白了，你想去是不是？”

“老师真英明，我确实是这么想的。你看模特都有身高要求，我不穿鞋一米七一，穿鞋得有一米七八，我觉得吧，我挺合适的。”

“好，勇气可嘉，可是你真的不怕吓到别人吗？”

“我才不怕呢，我觉得应该会有人喜欢我这种风情的女生！”

“有道理，我重点考虑考虑吧。”

“真的啊，老师你真考虑我啊，太好了。”电话里女胖兴奋的尖叫声没把我耳朵震聋，“她们都说我癞蛤蟆想吃天鹅肉呢，可我就知道老师你眼光和常人不一样。”

“尼玛，这也太重口味了，你不穿鞋一米七一，尼玛你怎么不说你不穿衣三百斤呢！”挂了女胖的电话，我强忍着恶心，心中暗暗咒骂。

只是还没缓过神来，电话又响了，又是一个姑娘打来电话，也是想做游戏代言模特。

那天下午，我最起码接到五六个姑娘的电话，她们的目的都一样，不管高的矮的胖的瘦的，对当游戏模特都表现出惊人的欲望，我生平第一次被那么多姑娘恭维，恭维到我差点儿忘记我还是一个刚被妹子拒绝的可耻处男。

只是心里还是有点儿失落，所有女孩都动心了，何诗诗却不为所动，她到底是个怎样的女孩？究竟什么才能打动她那坚硬的心？

老马说他出去陪他的外校小女朋友了，说到这个我就更郁闷了，老马这孙子谈恋爱了却死活不让我们看他女朋友长啥样，说害怕我们看了发骚上火，因为他女朋友属于国色天香的级别。这明显属于得了便宜还卖乖，简直欺人太甚，不过恋爱大过天，有女朋友的人就是有说服力，所以我们只能干嫉妒。其他虽然还没有恋爱却想考研的哥们儿也都去自习室悬梁刺股了，宿舍里只剩下一个既不想考研也不想工作的我。坐在床上，我像个傻瓜一样看着电话，期盼它会再次响起。

秋天快到了，天黑得越来越早，我清晰闻到空气中传来悲伤的味道，一首郑智化的《落泪的戏子》随风传来，将我黯然的心映衬得无以复加。

我盯着电话整整看了一个小时，电话都没动静，于是我暗示自己，如果电话响起，我就不放弃对何诗诗的追求。

我刚完成这个暗示，电话就响了起来，吓了我一跳。

于是我继续暗示自己，如果电话是何诗诗打来的，为了她，我愿意失去爱上其他任何人的能力。

“Hi，苏扬，你好，我是何诗诗，我想见你，现在，可以吗？”

7

还是图书馆后的小亭，还是一样的风景，地上甚至还有一块一模一样的香蕉皮，还是一样的我和何诗诗，但是两个人都已经换了心情。

我忧伤着眼睛，悲情着脸，颓废着身体，憔悴着心情。

何诗诗明眸善睐，笑靥如花，看到我默默走了过来，竟然主动摘掉耳机，迎上前来。

“Hi，晚上好，吃饭了吗？”何诗诗特温柔地问我。

我完全没有回过神来，告诉自己，这只是幻觉。

“吃饭了吗？”何诗诗再问。

我依然形容枯槁，不作言语。

“我问你吃饭了没？”何诗诗卸下淑女的伪装，对我大声叫喊。

“啊！”我吓得回过神来，“你是跟我说话吗？”

“这里难道还有其他人吗？”何诗诗厉声反问，接着深吸了一口气，脸上再次浮现笑颜，温柔地说道，“Hi，晚上好，吃饭没？”

“吃了，吃了。”我忙不迭地回答，“对不起，我以为你再也不会理我了，我……真是没想到，我……太紧张了，我……”

何诗诗“扑哧”一笑：“吃的什么呀？”

“鱼香肉丝、宫保鸡丁、红烧狮子头。”我脱口而出，“对了，还吃了两份肉夹馍。”

“食欲不错嘛！”

“化悲痛为力量。”我将慌乱的心情调整好，“何诗诗，你找我不会是想和我讨论美食吧。”

“当然不是，我想拜托你一件事。”何诗诗瞪大了天真无邪的眼睛看着我。

“是不是想做游戏代言模特？”

“你知道了？”

“咳，这不一下午都在折腾这事儿嘛！”我已经完全不再慌乱，恢复主场气势，“坦白说，你是最后一个找我的，我还以为你没兴趣呢。”

“你不会已经将名额给别人了吧？”何诗诗的表情有一丝慌乱，这让我无比满足，原来她并不是神仙姐姐，原来她也有软肋。

“是啊，给别人了，统共就一个名额，我看她们都挺认真的。”

“可恶，你给谁了？”

“你猜猜。”

“无聊，你快说。”何诗诗撕破伪装，又变得六亲不认。

“你太凶了，这可不是对话的态度。”我干脆一屁股坐在栏杆上，装模作样地欣赏亭外的风景。

“我明白了，你骗我，你根本没给别人对不对！”何诗诗狡黠地看着我。

我没摇头，也没点头，我在想这个丫头还真挺古灵精怪的。

“苏扬，你把这个名额给我好不好，我比别人更需要。”

“哦？为什么呢？”我好奇地看着何诗诗，“你很缺钱吗？”

轮到何诗诗默不作声了，她一脸赌气地坐到我的对面。秋风扫过，她的长发飘起，落叶在她身后徐徐下落，风中那首悲伤的旋律再次响起，夕阳西斜，暮色四合，光影中的何诗诗散发着无法言说的伤感，让我心碎。我恨不得冲上前去，告诉她我心里早就一万个愿意将名额给她，我这么做只是为了多和她说上几句话。

“这没什么不好意思承认的，你昨天不还说你很需要钱嘛，坦白说，这次游戏代言出场费还真不少，一天两百元，三天加起来够一个月的生活费了。”

“你错了，如果为了这点儿钱我就和那些女人抢，未免也太可笑了。”何诗诗脸上再次浮现出那种经典的冷笑表情。

“那你到底想要什么？”我再次觉得何诗诗像谜一样深邃。

“我要的东西很多，你不会明白的，算了，苏扬，我不想求你了，你就告诉我你到底给不给我。”何诗诗认真地凝视着我，全身戒备，仿佛我只要说一个不字，她立即转身便走，永不回头。

我的心里在狂喊：我愿意，我愿意，我一千万个愿意，可是我嘴上还是在倔强：“请再给我一个理由，拜托！”

四目相对，时间仿佛停止。

最终何诗诗再度展开笑颜，风情万种地对我说：“因为，我比她们都漂亮。”

时光如此珍贵/我们却一去不回

——珊妮/27岁/写给年少回不去的爱

本章插曲

写给年少回不去的爱

孙子涵陆瑶<陪你到终点>

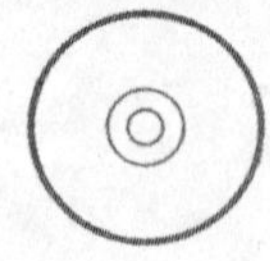

我想要陪你走到终点　回想起最初的那几年
是你的双眼折射思念　又微笑欺骗
我想要陪你走到终点　回想起最初的那几年
是你的双眼折射出思念

我想要陪你走到终点　回想起最初的那几年
是你的双眼折射思念　又微笑欺骗

我放开了手　却张不开口
是你的微笑　让我沉默接受
你是根本都不懂　我想我可以忍受
面对不了你　只好悄悄地溜走
不想　再次看到你的脸　青涩　回忆着我的蓝天
想念　又假装视而不见　时间　都随誓言褪去光线

爱　我不想再去猜　我　早已迷失了未来
你给我的希望　是一片空白
让我怎么再去释怀　微笑等待
思绪要断了　你早就不在　爱　你说

我想要陪你走到终点　回想起最初的那几年
是你的双眼折射思念　又微笑欺骗
我想要陪你走到终点　回想起最初的那几年
是你的双眼折射思念　善意的谎言

loving you baby let it go
回到我身边请别说NO　我只想能够牵你手　没别的意思　请你跟我走
我想　陪你走到终点　可是　彼此都没有时间
想念　又假装视而不见　时间　都随誓言褪去光线

对　我猜不到　我　我忘不掉
当我看到你的微笑　再次浮现在你的嘴角
让我怎么再去释怀　微笑等待
思绪要断了　你早就不在　爱　你说

我想要陪你走到终点　回想起最初的那几年
是你的双眼折射思念　又微笑欺骗
我想要陪你走到终点　回想起最初的那几年
是你的双眼折射思念　善意的谎言

第二章

Chapter

暗恋

暗恋一个人，就像一场歇斯底里的独角戏，
入戏的人是我，浑然不觉的人是你。
我要翻过几座山，蹚过几条河，打败几头恐龙和怪兽，
才能让你回头，看到身后的我？

1

虽然老马已经给我打了预防针，但当我在游戏展现场看到如此众多的美女，如此“胸猛”的波涛时，我还是“震精”了。

2002 年前后，网络游戏开始大行其道，每年的大型游戏展也越来越成为游戏商家推广自己产品的重要舞台，商家们不惜代价寻来最漂亮、最年轻的女孩为自己站台，只为了博取更多眼球，因此女孩们也暗中比拼，一个个穿得不能再少，一个个笑得不能再媚，一个个骚得不能再骚，有萝莉，有御姐，有良家，有禁忌，有手铐，有皮鞭。

那么请体谅一个屌丝处男内心的承受力是何其薄弱，当我发现那么多美女距离我如此之近，对我搔首弄姿，我情不自禁流下了两行悠长的鼻血。

擦干鼻血，我环顾现场，发现有不少和我一样的屌丝，来这里压根儿不是看啥新游戏的，目的都很单纯，就是来看妹子的。只是我和他们其实还不完全一样，因为在我心中已经有一个明确的欣赏目标，那就是何诗诗，我发誓，我百分之九十的鼻血其实都是为何诗诗而流。

因为，cos（动漫角色扮演）后的何诗诗实在太太太漂亮，太太太性感，太太太风骚，太太太诱惑了。

本来对于何诗诗的 cos 造型，我不止一次幻想过，我认为以她青春的外表，淑女的气质，一定会装扮成仙侠里的少女，不食人间烟火的那种，却没想到她第一天cos的竟然是性感尤物不知火舞（游戏《拳皇》中的女性角色），火红的紧身衣将何诗诗玲珑曼妙的身材烘托得一览无余。cos不知火舞的人很多，因为造型简单并且很容易吸引眼球，但传神的很少，因为不知火舞的身材特点太鲜明了，小脸，巨胸，瘦腰，长腿，能够符合此身材条件的女孩本来就不多，加上不知火舞能动善跳，能打善斗，风骚中透露出一丝凶狠，凶狠中流动着撩人，因此能够形神皆备的cos可谓少之又少。何诗诗的出现让现场所有屌丝们一阵喧哗，这第一眼的印象就让所有人都知道，她是cos不知火舞的最佳人选。除了那散发出狂野气息的性感身材，舞台上，何诗诗更是不停挥舞着红扇，做着撩人的动作，呈现出销魂的表情，她吐舌，她伸手，她抖胸，她下腰，她抬腿，她发出性感却又娇嗔的喊叫。

何诗诗的狂野和妖艳吸引了很多观众，她身边的人越来越多，喝彩声越来越大，流鼻血的人也越来越多。

台下的我已经完全被征服，如果说一个月前在女生宿舍第一次见到她，我是被她美丽的外表和高傲的气质所吸引，中间还夹杂了我个人的幻想，现在我则完全发自内心最本质的崇拜，她点燃了我心底的火，将我彻底燃烧，我发誓，她就是我最想拥有的女神，没有之一，是唯一。

随着越来越刺激、越来越销魂的音乐响起，何诗诗的动作也越来越大、越来越诱人，色狼们的情绪已经完全被何诗诗点燃，一个个呼喊着像禽兽一样冲向何诗诗。

人山人海中，我始终牢牢把着最前面的位置，伸开手拼命抵挡着身后色狼们湖水般的冲击，我生怕他们会上前将何诗诗撕碎蹂躏。

很快何诗诗发现了我，对我回眸一笑。

我的世界瞬间安静，那是给我一个人的微笑，我知道。

谢谢你，何诗诗。

何诗诗的微笑让我丧失了抵抗力，很快我被身后的色狼们冲破防线，摔倒在地，色狼们从我身体上方迈过，冲向何诗诗，像膜拜女神一样在她身边，嘶吼，舞动。

而何诗诗面对色狼的挑衅没有任何畏惧，反而更加狂野地扭动自己性感的身体，和色狼们一起将气氛推向最高潮。

2

何诗诗火了。

第二天一大早，在去游戏展的路上，我最起码听到十个色狼说专门去看何诗诗，其中有三个色狼还拿了高倍望远镜，说看何诗诗的人太多，通过望远镜可以微观欣赏何诗诗的性感身体。

我很高兴，真想上前告诉他们，何诗诗是我喜欢的姑娘，是我推荐她来这里的。

但我没说，我才不要把我内心的小秘密小欢喜分享给这帮白痴呢——他们只会欣赏何诗诗的肉体，而我却欣赏她的灵魂，和肉体。

九点整，展览馆大门终于开放，色狼们泄洪般涌进，又潮水般流向何诗诗所在的展台，只是让所有人吃惊的是，销魂刺激的电子乐没有了，取而代之的是伤感的钢琴曲，性感狂野的不知火舞没有了，舞台上，身穿白色婚纱的何诗诗安静地站着，她正含情脉脉地翘首远方，是那么幸福却又那么孤独，宛如待嫁的新娘，等待远方未归的情郎。她虽然没有言语，却仿佛在你耳边情话绵绵，她虽然没有动作，却仿佛和你紧紧依偎，她偶尔泛起的微笑，也如同对你诉说她的梦想，她突然滑落的泪水，又让你心生爱怜，让你渴望将她拥有，保护，珍藏，一生一世。

此时无声胜有声，此刻，她是真正的女神。躁动的人群慢慢安静，每个人都沉浸在何诗诗散发出的感伤之中，享受着她带来的心灵安抚。

我站在台下，看着何诗诗，几欲落泪。何诗诗，我多么想冲上舞台，带你离开，我多想告诉你，有我在你不要害怕，不要委屈，我一定会好好奋斗，出人头地，给你呵护，给你幸福，何诗诗我多么想让你明白，虽然我现在对你的爱显得很肤浅，但只要你给我机会，我将会用一生一世来证明，我是那个愿意陪你走到最后的人。我从来没有如此爱过一个人，体味过什么叫心碎，现在我已经全部明了，谢谢你何诗诗。

想到这里，我真的湿润了眼眶。可就在我为自己如此动情而感动之际，就在我幻想何诗诗因为我的真心真情而走下舞台，轻轻将我的眼泪吻干之际，身边一个又矮又胖的哥们儿突然放声大哭起来，将我苦心经营的情绪全部破坏。

我说哥们儿你为什么哭得这么惨？难道你也爱一个人爱得深沉，却找不到释放的理由，甚至连对她好的机会也没有吗？又矮又胖的哥们儿说想爱不能爱不是傻逼吗？我哭是因为我突然想起我老家被我抛弃的妹子，她说这辈子非我不嫁，要为我生十个孩子，照顾我一生一世，可是我害怕和一个人生活到老，那样的人生太乏味，我更害怕一个人对我太好，那意味着我将失去自由，她会以爱的名义将我绑架，我的任何拒绝都将成为伤害她的匕首，没有自由的人生有何快乐？所以我在一个月黑风高之夜，偷偷离开，逃到上海，这些年一直没有回去，没有她的消息，或许她一直在等我，我突然想知道这些年她过得好不好，她是不是已经做了别人的妻子，还是一直在翘首以待我的归来。

我说：“哥们儿，你写小说的吧？”

他说：“你怎么知道？”

我说：“你也太能扯了，敢问尊姓大名。”

他说：“客气，别人都叫我一草。”

我说：“擦，你长成这样还叫一草？未免太荒谬了吧。”

他说：“生活的本质就是荒谬。”

我说：“废话少说，不管如何，你总归比我幸福，因为你至少还有过一个爱你的妹子，我他妈连恋爱都没谈过。”

他说：“啥也别说了，其实你我都是苦逼人。”

说罢，我俩相拥而泣。

那天我站在人群中守望了何诗诗一整天，何诗诗超级敬业，中午别的showgirl早就躲到后台休息了，唯独她始终一丝不苟地站在台前，将单调无聊的动作认真诠释了一整天，汗水顺着她修长的脖颈流下，为了维护情绪的完整，她擦也不擦，就这样翘首远望，像个傻瓜。

到傍晚散场之际，我突然对何诗诗又多了一份感动和钦佩，觉得她小小的身体里一定隐藏着很大的能量，否则决计不能如此坚强。

第三天，也是本届游戏展的闭幕日，当我赶到游戏展的时候，我发现何诗诗的展台已经被里三层外三层的人包围，游戏展俨然成了她的专场。不过舞台上并未见到何诗诗的身影，显然是主办方已经看到了她的价值，玩起了噱头，今天何诗诗的cos会如何？已经成为所有人的疑惑，主持人也在不停挑逗大家的欲望，一个劲儿说等会儿何诗诗会点燃所有人的热情和梦想，说完台下一帮色狼更加蠢蠢欲动，急不可耐。

十点整，何诗诗终于出场了，人群中爆发出一阵热烈的欢呼，我踮着脚努力伸长脖子，终于看到身穿女仆装的何诗诗，原来今天的她是既性感又清纯的萝莉，拥有最无辜的眼神，最俏皮的小嘴，最雪白的肌肤，最蛊惑的黑丝，最傲人的高跟，手中更是挥舞着皮鞭。何诗诗随着音乐节奏开始热舞，她的眼神如此销魂，动作如此撩人，让人无法分辨她究竟是淫荡还是清纯，是魔女还是女神。很快又上来了四位身材健硕的男dancer（舞者），现场的DJ开始搓碟，并且用喉音发出蛊惑的低吼，何诗诗和男dancer开始舞动，她扭曲着身体，紧咬着嘴唇，挥舞着皮鞭，她眼神迷离，表情痛苦，香汗淋漓，她的笑容时而羞涩，时而淫荡，她用身体上演了一出萝莉猛男sM（sadomasochism，施虐与受虐）的诱惑大戏。

几乎整个会场的气氛都被点燃，在最高潮部分音乐戛然而止，男

dancer 退幕，只留下何诗诗在舞台上，一个身穿西服的秃顶老男人在几个膀大腰圆的保镖簇拥下款款上台，面露微笑，和何诗诗握手拥抱。主持人介绍此人是本届游戏展的主办方，某某游戏公司的老板，现在他们要将本届 showgirl 女王的称号颁给何诗诗，并且聘请她作为下届游戏展的代言人。舞台上何诗诗几乎喜极而泣，舞台下的我同样无比高兴，看着自己喜欢的女孩可以如此风光，我也无比满足，只要她好，我就好，我为自己的高尚而感动，然后不停拍手呐喊，像一个不折不扣的白痴。

我一直守到关门，都没有机会和何诗诗说上一句话。其实我想说的不多，只想告诉她：你太累了，记得多喝水。

展览一结束，何诗诗就被一群人簇拥着，和那个秃顶老男人一起离开了。

临走前，何诗诗突然回头，目光在人群中游走，似乎在寻找什么，但并没有看到人群中毫不起眼的我。我想何诗诗一定在找我，于是我蹦跳着，挥舞着手大声说："这儿，我在这里！"

何诗诗终于看到了我，表情很奇怪。

我顾不得猜测，大声对她说："你太累啦，记得多喝水哦！"

只是人太多，距离太远，等我说完，何诗诗已经消失在眼前。我推开拥挤的人群，追了出去，看到何诗诗上了秃顶男人的奔驰 S350。

我赶紧奔到展馆一侧的马路边，骑上我从火车站花七十块买的自行车，然后疯狂追赶那辆奔驰。因为游戏展刚闭幕，路上车很多，奔驰开得并不快，停在一个红灯前。很快我的自行车就冲到了奔驰车一侧。透过车窗，我看到何诗诗正和秃头老男人有说有笑在聊天。我对着何诗诗大声喊："何诗诗，是我啊，我在这里呢！"

或许是奔驰车的隔音效果太好了，或许是何诗诗太沉浸于和老男人的聊天，她始终没发现一侧的我。

我情急之下伸手拍打起车窗来。

何诗诗终于看到了我，脸上明显闪过一丝不悦。

我对何诗诗大声说："记得喝水啊！你真的太棒了！"一边说一边动作夸张比画做喝水状。

我想何诗诗那么聪明，一定会明白我的良苦用心。

何诗诗看了我一眼，把头扭了过去。

红灯变绿，奔驰车加速，喷出一阵青烟，绝尘而去。

我还没来得及反应是不是要继续追上去，一辆黑摩的为了抢着在灯变红前冲过马路，从我身边挤了过去，车厢狠狠擦到我自行车的后轮，我惨叫一声，重重摔倒在地。

3

"我回来了。"晚上我拖着散了架的身体回到宿舍。

老马正趴在电脑前看黄色网站，听到我的声音他头也没回，只是很神秘地对我说："你回来得正好，我有话要对你说。"

"哎哟，疼死老子了。"我边叫唤边把老马拉了起来，"老马，我也有话对你说。"

"你怎么了？和人打架了？快说是谁，我去灭了他。"老马一脸除暴安良，正气凛然。

"真的假的？老马，你什么时候这么仗义了？"

"我擦，难道哥们儿我一直很孙子？哥们儿什么时候不是最仗义的那一个？"老马激动得头上快出现光环了。估计吹口气他就能飞起来。

"好了，是我自己摔的而已，老马，我真的有话对你说，而且很重要。"我收起笑容，很认真地看着老马。

"我擦，你别这样看着我好不好，我受不了。"可能是我太投入，看着老马时光记得酝酿感情，忘了说话了，老马在被我深情凝望了半个小时后终于崩溃了，"你再这样看我，我就快成同性恋了。"

“何诗诗，何诗诗，她……太……”我太过激动，几近哽咽。

“伺诗诗她到底怎么你了？”

“何诗诗她太美了，比我想象中还要美一万倍，不，十万倍，她不光长得美，而且心灵美，我真的庆幸我第一个深爱的姑娘就是她，我真的很感动。”

“你说完了？”轮到老马很认真地看我。

“说完了。”

“这次是来真的了？”

“嗯。”

“好吧。”老马突然叹了口气。

“哎，我说你叹气干吗？”我不高兴了，“还有你刚才要告诉我什么？快说吧。”

“没什么。”老马突然高深莫测，“有些事你还是不要知道的好，再说了，可能也是我想得太多了。”

“搞什么搞，懒得理你。”虽然老马的样子很可疑，但他一向不靠谱，加上此刻我心中全部是何诗诗，没心思探寻究竟。我很快瘫倒在床上，考虑着下一步该怎么办。

下一步该怎么办呢？那一夜我彻夜难眠，何诗诗已经进入我的骨髓，如果说一开始我对她的追求还有投机成分，现在已经成为我生命中最重要的事，可我究竟该如何才能打动她的心？

原来爱一个人，不只是甜蜜，更多的是痛苦！

第二天是周六，我那帮猪一样室友们不睡到十二点是打死也不会起床的，而我则失眠了整整一夜，凌晨五点就起床，然后失魂落魄地走出男生楼，没有方向地往前走。

我这是要去哪里呢？我问我自己，没有答案。

十分钟后，我来到了女生楼。呀，原来我是要来这里啊，我向往我心之所向，英明！

女生楼很安静，姑娘们估计还都在做着春梦，多么美好的人生啊！

我抬头，在心里估算了下，何诗诗的宿舍在六楼，离我的直线距离不超过一百米。百米之内就有我心爱的人，这种感觉真好啊。

于是我闭上了眼睛，轻轻呼吸，仿佛都能嗅到何诗诗那迷人的体香。

皮鞭、手套、黑丝、蛊惑的眼神、欲望的舌头。我拼命摇晃脑袋，试图把这些画面甩掉，取而代之的是何诗诗的认真、忧伤、清纯、迷惘。

嗯，不错，我应该喜欢何诗诗这些方面，而不是那些方面。

就在我 YY 之际，我听到何诗诗的轻声呼唤："苏扬。"

轻轻的，柔柔的，带着一点儿沙哑，仿佛很憔悴。

奇怪了，YY 都能如此惟妙惟肖，什么情况。

"苏扬。"又是一声呼唤。

我猛睁开眼，吓了一大跳，何诗诗竟然活生生地站在我面前。

"你……你，我……我。"我激动得语无伦次，"早上好，早饭吃了吗……我随便溜达溜达的，没其他意思……我先走了。"

说完我扭头就走，虽然我那么想见何诗诗，但见到她，我却只有惶恐。

"苏扬，你别走。"何诗诗竟然伸手拉住我胳膊，"谢谢你！"

"谢谢我？"我的语气表示很奇怪。

"嗯。谢谢你给我的机会。"

"千万别，没有人比你再适合了。"

"还是要谢谢的，我们找个地方吃早饭吧，我请你。"何诗诗竟然对我发出了邀请。

"好啊，可是现在，会不会早了点儿？"我看着何诗诗，她穿戴整齐，面色发白，一脸憔悴，不像刚睡醒的样子，难道她也和我一样彻夜未眠？

难道她在思念我？

“没事，我不困的，你在这里等我，我马上就下来。”

“好，好，好！”我忙不迭地回答，看着何诗诗消失在门洞，幸福感油然而生。苍天啊，大地啊，何诗诗竟然拉我的胳膊了，竟然还要请我吃饭了，那离我泡到她还远吗？不远了，胜利就在眼前，我要记住今天，这就是我感情的独立日。

何诗诗说她马上就下来，结果马上了整整一个小时，虽然我像一个傻瓜一样站在女生楼下，紧张得连厕所都不敢去，但我还是幸福的，我曾经无数次听老马讲述他等待他女朋友时一脸的贱样，是那样打动我心，我一直期待着这一天，没想到不经意就到来，而且是等待我心爱的何诗诗。

七点整，女生楼下开始有一些人，看到我很奇怪地矗立在女生宿舍楼正门口，一动不动，一言不发，以为我是一个变态色魔，想看好戏，围着我指指点点，议论纷纷。

而我丝毫不以为然，很骄傲地挺直胸膛，恨不得举个牌子：亲，我在等何诗诗呢。

七点半，何诗诗终于下来了，她换了一身衣服，头发湿淋淋的，还化了淡妆。

“不好意思，我刚洗了个澡。”何诗诗走出门洞，就“嗵嗵”小跑了过来，还愧疚地对我吐了吐舌头，“我头发都没顾上擦干就下来了。”

“没事，没事。”我看着何诗诗，觉得她真可爱，同时又感动，她竟然向我解释了，证明她在乎我。

“我们走吧。”何诗诗冲我明媚一笑。

“好。”我回何诗诗温柔一声。

走出校门，何诗诗问我想吃什么？我说随便。

何诗诗皱了下眉头说：“男人不能没主见的，更不能随便说随便。”

我苦思冥想说：“要不去学校附近的农贸市场吧，那里有卖生煎小笼包还有馄饨，价格便宜还好吃。”

何诗诗听了又皱了下眉头，然后说带我去一个地方，然后径直向前走去。我紧紧跟上，又不敢走得太近，感觉她的心情似乎突然就变得不好起来。

一路上何诗诗都没有言语，而我千言万语也只能憋在心底，自己和自己对话，却始终没有勇气，主动打破我们之间的沉默。

十分钟后，何诗诗把我带到一家名为浮士德的西餐厅，何诗诗说这里的芝士蛋糕非常好吃，是她的最爱。我看着处处充满小资文艺气息的茶餐厅，突然产生一种强烈的羞愧感，似乎意识到刚才何诗诗皱眉的原因——我的生活属于菜场，属于大葱蘸大酱，何诗诗却属于咖啡馆，属于咖啡加牛奶。我俩压根儿不是一个世界的人。

这话何诗诗第一次就和我说过，我却不以为然，现在想想，或许是我真的自以为是。这多少让我觉得沮丧。

坐定之后，何诗诗问我昨天是不是有什么话要对她说？我说是，可惜一直没让你听到。何诗诗一边用小勺喝着牛尾汤一边不经意地问：“那你现在快说吧。”

我说：“我就是想让你好好休息，记得多喝水。”

话音刚落，何诗诗“扑哧”一声，把刚喝到嘴里的汤喷了出来，然后用匪夷所思的眼神看着我好半天才说：“不会吧你，你骑车追我，还摔了一跤，就为了说这个？”

我嘴上说：“不然呢？”心里则想：擦，原来你看到老子摔跤了，都没下来，真够狠心的。

何诗诗意识到自己失态，赶紧擦干汤渍，随即又露出一副清高、不可一世的表情：“苏扬，你说我是把你当作一个笨蛋看呢，还是觉得你很可爱好呢？”

何诗诗的话让我又惊愕又心痛，我只能强忍着吐血的欲望，翻着白眼问她：“请问有什么区别吗？”

“也对哦，笨蛋也可以很可爱，不过我想告诉你，再可爱的笨蛋也还是笨蛋。”

“不好意思，何诗诗同学，我真不知道你到底想要和我说什么？”

“其实我只想对你说两句话，第一句话，谢谢你；第二句话，你不要再对我好了，因为我们真的不是一个世界的人。”

说完后，何诗诗怔怔看着我。

尴尬、疼痛、无助、委屈、绝望，各种情绪混在一起，让我的表情变得很奇怪，我想流露出悲伤状，那样或许会获得何诗诗的同情；可我又想做出不在意的表情，那样或许我会更像一个爷们；我想放声大哭，说何诗诗你不能如此绝情，你这样生生把我拒绝还不如要了我的命；我又想微微一笑说这里的芝士蛋糕真好吃今天的天气也不错，你说我们是不是应该感谢生命，憧憬未来，淡定得仿佛我真的有一颗强大的内心。

可是我只是一个渴望爱情却总是得不到的处男，我只是一个没有什么生活品质人生追求的屌丝，我真的做不到不在乎，做不到说放就能放说忘就能忘。所以一瞬间我情绪翻天覆地，我各种无助，各种慌乱，各种手足无措，各种莫名其妙，我甚至连声音都发不出来，只能愣在原地，傻傻地看着何诗诗，这个我深爱的女孩，离我那么近，又那么遥远。

“对不起，苏扬，你是一个好人，但你真的不是我喜欢的菜，人的口味是很难改变的，感情的事是勉强不来的，长痛不如短痛，所以请你忘了我吧。”何诗诗说了一大堆，见我没有反应，叹了口气，叫来服务员，从手包里掏出一百块钱，说了一句不要找了，然后轻轻起身离开。

留下一个脆弱不堪的我，傻傻呆在原地，承受着天昏地暗。

我在西餐厅足足待了一个多小时，我想我的表情一定糟糕透了，因为最后连服务员小妹都看不下去了，小妹跑过来说：“先生你没事吧？要不要我帮你打 120？”

我说："谢谢，暂时我还死不了。"说完深呼吸一口气，艰难挪动脚步，离开西餐厅。

我走到大街上，阳光正好，车水马龙，一片繁华热闹的景象。我看到一个戴着墨镜的老太婆正在路边栏杆边练习压腿，她向空中高高跷起她颤悠悠的左腿然后放在和她一样高的栏杆上，一连做了几个标准的下压动作之后她那布满沟壑的脸上仿佛充满了自豪。我看到路上有一个猥琐的老头正沿着街角缓慢地行走，他隐晦的面容上写满了忧愁，我猜想这个伤感的老头肯定刚刚和自己的老婆分手，他走在路上让冷风吹着一定在思考爱情的意义。我还看到一个留着长发的年轻人正躲在对面路上偷偷撒尿，撒尿完毕之后他消瘦的肩膀抖了两下似乎很快乐。我看到两个戴着红领巾的小孩子依偎在一起恋爱，女孩无比幸福无比满足，男孩无比骄傲无比坚强，我看到他们稚嫩的脸上写着的爱情是那么坚贞不渝，让我又开始相信爱情可以天长地久……

4

生活总还得继续，回想过去的大半月时光，犹如春梦一场，春梦了无痕，徒增几许悲伤，中间虽然也有一些风光，但整体而言，算不上精彩难忘。

那天回到学校后我先是大病一场，浑身乏力，上吐下泻，每天足不下地，只能躺在床上休养，和植物人别无二致。

度日如年，痛定思痛，病好后我发誓好好改变自己颓废的生活，将注意力转移到其他事物上，重新恢复我并不阳光但还算健康的生活，我先是决定参加考研大军，虽然离考研已经时日无多，但紧迫感更能让我全情投入，我一口气买来大大小小数十本各科考研参考书，每天疯子一样躲进一间教室从早学到晚，中间只吃一顿饭，厕所都舍不得去几次，就怕耽误时间。开始几天感觉还不错，找到了高三那种不疯魔不成活的快感，只是没过一个星期就彻底泄气，原因是觉得考研实在太难了。就在打退堂鼓之际突然看到杂志上有一个叫一草的青年作家到处宣扬“大四不考研是找死，但考研是等死”，觉得话糙理不糙，顿时悲从中来。

这个一草名字很特别，觉得在哪里见过，仔细一想才发现不是游戏展上在我身边哭泣的那个又矮又胖的哥们儿嘛，我想连他那样的矬人都领悟到考研如此变态我还有什么理由执迷不悟，于是愤怒之下把所有的考研参考书通通推倒在地，然后大吼一声：“去你妈的考研，老子不陪你玩了！”

教室里那帮正痛苦备考的哥们儿个个抬头迷惘地看着我，过了没多久集体爆发出掌声和欢呼，在他们羡慕的眼神中，我大摇大摆地离开，第一次活得那么像个爷们。

我前思后想决定还是开始找工作，这事儿比考研要靠点儿谱，虽然我曾经立志毕业后绝不为五斗米折腰，而是应该背上行囊，孑然一身，四处流浪，去新疆，到西藏，上凤凰，游丽江，哪怕风餐露宿，也要追求灵魂的自由。可是现在我只想找件事折腾折腾，否则只要稍微空下来，对何诗诗的思念就犹如蚂蟥一样进入血管，吞噬我的肌体，那种疼痛无法形容。

我用两天时间写了一封前无古人后无来者的求职信。别人的求职信顶多一千字完事，我写了小一万字，别人顶多情真意切表达自己渴望拥有一份工作的心情，我则夹叙夹议，从我小时候的故事讲起，描述我的人生观价值观历史观，最后得出的结论是我乃跨世纪惊天地泣鬼神的超级人才，不录用我的单位都是没有希望的企业，不录用我的HR都是白痴笨蛋。写完求职信后我藏到了电脑最隐蔽的文件夹里，那个文件夹以前我都是用来放A片的，我怕被老马他们看到了会抄袭我的故事，虽然我自信我的成长无法复制。

写好求职信后我又用了两天时间写了一份求职简历，我发现简历这玩意儿很不好。因为不像求职信那样可以发挥，基本资料写完了就没啥好填的了，因为大学四年我竟然没有考过什么证书，也没有什么资历，除了有一项学生辅导员的帽子看上去还不错，其他条件简直可怜，这让我有点儿小头疼。于是我悄悄进入老马存A片的文件夹，果然发现那里躺着一份简历，我打开，浏览，看完很生气，因为老马竟然也说他是学生辅导员，如果这还不算过分的话，老马更恬不知耻地说他是学生会主席，市优秀大学生，擦，老马连学生会和同盟会、科学松鼠会有什么区别都不知道，竟然也好意思这样写。我在老马的简历上批注：人不要脸天下无敌，老马，你的无耻用心已经被识破，你可以去死了。

退出老马的电脑后我突然灵感乍现，立即打开自己的简历，毫不犹豫也在上面写上：校学生会主席、文学社社长、市优秀大学生、知名大学生创业家、著名青年作家……看着花花绿绿的十几个头衔，我顿时信心爆棚，看来不是世界五百强企业我还真是没有时间考虑呢，这样惊天地泣鬼神的求职信和简历会不会引起人才市场的轰动呢？我接着在求职网站找了上百家用人单位，邮件群发了过去，然后躺在床上“嘿嘿”直乐，恨不得立即就有面试电话进来。

老马刚进来，看到我的模样很是疑惑，问我怎么了？是不是吃摇头丸了？反正兴奋得有点儿不正常。我说没事没事刚看到一个人特别不要脸觉得很可乐。老马一听倍儿有兴趣问谁怎么不要脸了？我说有一个白痴连学生会门在哪里都不知道都好意思说自己是学生会主席。话音刚落，宿舍里至少三个人一起蹦了起来质问我是不是偷看他们简历了，我这才知道原来我校至少有一半毕业生都是学生会主席，由此可见，学生会已经烂大街了，以后想骂谁，可以说：你是个学生会主席，你们全家都是学生会主席。

虽然我自信满满，但现实还是让我大跌眼镜，自打发出简历后，我大门不出，二门不迈，天天躺在床上等电话，结果头几天一个找我的电话也没有，我开始慌神了，琢磨是不是简历没发出去，于是又群发了一遍。到了第三天终于有电话找我了。一接是个保险公司，让我第二天就去上班，我说不是要先面试吗？对方说你不需要了，我一听挺自豪，看来是我惊天地泣鬼神的求职信和简历起作用了，结果对方说他们谁都不要面试，只要能说话会识字都能去上班。我说那请问我的月薪有多少呢？对方说月薪三百，外加提成，我说那请问有没有车贴和饭补呢？对方说屁贴都没有，一切得靠业绩说话。我又问那你们给不给我缴四险一金？对方纳闷说四险一金是什么玩意儿？我最后问能不能帮我转上海户口？对方终于忍无可忍爆发了，对方说你他妈十万个为什么啊？拜托，我们只是卖保险的，卖保险你懂不懂，需要装孙子的，你还要转上海户口，你是不是疯了？你个白痴。然后“啪”一声把电话挂了。

我拎着电话愣在原地，好半天才反应过来，骂了一句然后悻悻地回到床上，刚躺下老马从自己床上扔来一本书，拿起一看，书名叫《毕业了我们一无所有》。我问老马啥意思。老马说最近这本书可火了，看了这本书就知道再怎么努力找工作都是白扯，我们表面上读了四年大学，拿了一张文凭，实则屁本领没学到，经济形势又不好，找工作只能将就，就别挑肥拣瘦了。

老马接着哼哼说：“你别说简历上写的是学生会主席、辅导员、大学生创业家了，就算把自己简历上写满了神童、科学家、东方不败都没戏，照样得受人蹂躏。”

老马话一说我就知道他肯定看过我的简历了，可见我的 A 片仓库也已经被他发现。我愤愤不平，却也找不到反驳的理由，只能翻开这本《毕业了我们一无所有》，结果一看作者，擦，竟然又是那个一草。我想我和这又矮又胖的矬人是不是前世有缘今生有仇，为啥哪儿都能遇到他，而且孙子还特爱讲道理，下次遇到他看不打他一顿，让孙子再说风凉话。

第四天，我又接到一个面试电话，对方声音比较苍老，给人一种可信任的感觉，我心有余悸问对方是不是卖保险的，对方一听不屑一顾地说我们是大财团大公司，五百强的日化企业，我一听五百强精神为之一振，说五百强好我喜欢的，什么时候去面试？对方说不需要面试，直接来上班即可，只要会说话能识字即可，我说奇怪了，五百强的面试要求怎么也这么低了，但又不敢多问，怕对方再骂我白痴丧失机会，坦白说，昨天熬夜看了一草的《毕业了我们一无所有》，成功被这哥们儿洗脑，决定不再挑肥拣瘦，先找个机会实习起来。于是爽快答应对方工作要求，让我高兴的是，对方最后说他就是这个公司的老板，他对我的回答非常满意，许诺一定会重点栽培我。挂了电话我情不自禁哼起快乐的小曲儿，觉得人生简直一片前程似锦。

老马有点儿坐立不安，试探地问我："啥好事？"

我微微一笑说："小事，就是找到工作了。"

老马说："真的？"

我说："废话，不真的还煮的？明天哥们儿就去上班了。"

老马叹了口气说："我擦，看来多写几个头衔还是管用啊！"说完打开自己的简历，很认真地把神童、科学家、东方不败加了上去，笑得我快岔气了。

一夜没睡踏实，脑子里反复想的就是自己进入五百强后一路飞黄腾达，最后成为驰名海内外的企业家，不知道到那个时候何诗诗会不会后悔无情拒绝过我，如果何诗诗后悔了我是不是应该给她一个机会告诉她这些年我一直在等她，还是觉得她已经人老珠黄我应该一脚把她踹开然后重新找个90后或者00后的小姑娘。想到这里我突然忧伤起来，我真想狠狠责怪何诗诗你为什么那么无情把我拒绝，不给我一点儿机会，如果可以一起奋斗，那么就可以一起享受，从一而终，至死不渝，该多么幸福和美好。

可能是想得太多，第二天一大早，我头疼欲裂，挣扎着爬起来，梳妆打扮，背起公文包，出校门，在路边买了两个包子囫囵吞下，然后坐公交，倒地铁，再坐公交，花了两个小时路程才赶到目的地——位于闸北区的一幢老旧居民楼临街的小门脸。我怀疑自己走错了，可对照着门牌确定这小门脸就是我要找的五百强的日化企业无疑，我徘徊在门口犹豫是不是要进去，里面突然冒出一个穿着破旧西服的老头，老头一看到我便热情地迎上来说："小伙子你是来上班的吧，快请进。"

我硬着头皮走了进去，里面堆满了廉价的牙膏牙刷毛巾衣服挂。我说："请问你们真的是五百强？"

老头很自豪地说："如假包换，绝对是俺们村的五百强。"

我强忍着要晕倒的冲动问："那请问我来这里做什么呢？"

老头递给我一把牙刷说："你的任务就是到菜市场把这些牙刷卖掉，卖掉一把牙刷提五分钱。"老头语重心长地拍了拍我的肩膀说，"小伙子你好好干，业绩好了我每把牙刷给你提七分钱，是不是很有诱惑力？"

我用了两个小时的时间好不容易逃离老头的魔窟，老头说他等了三天才等到我一个笨蛋来上班，死活不让我走，最后我简直要哭出来给老头跪下求求他老人家大发慈悲放了我这个不开眼的笨蛋吧。老头说你走可以但需要再给我找个人，我说这没问题我认识一个哥们儿特别适合你这五百强的企业，然后毫不犹豫地把老马的联系方式给了他。

从老头那儿离开后我没有立即坐车离开，我怕回去被老马他们发现真相会将我无情嘲笑，我看时间反正还早，要不在大马路上逛逛，碰碰运气看能不能找到新工作。我边走边唱，东摇西晃，我幻想会不会人品爆发，突然有一份好工作主动找上门来，想到这里我情不自禁地笑了起来。就在我心花怒放之际，突然有一个人在我肩膀上重重拍了一下，吓了我一跳。我回头，看到一个衣着夸张、戴着墨镜、尖嘴猴腮、油头粉面的光头正用一种非常激动甚至感动的眼神看着我，嘴里还叨叨絮语："我的天啊，终于找到你了，太不容易了。"

我说："哥们儿你干吗啊，认错人了吧？"

光头哥们儿突然表情亢奋，坚定地打断我："No，绝对没有认错人，我找的就是你，我在这里等你已经等了三个月了。”

我说：“你等我干吗，劫财我没有，难道你要劫色？”

那哥们儿不停摇头：“No、no、no，兄弟你想多了，不要怕，我先介绍下自己，我是著名的星探，在我的手中打造出过很多娱乐明星，江湖人称——中华第一星探皮特张。”

我说：“皮特张景仰景仰，可是这和我有毛关系？”

皮特张说：“大有关系，三个月前我的老板让我在这个路口等待一个酷似汤姆·克鲁斯的人出现，老板说那个人将是未来的天王巨星，让我一定不能错过。我等了三个月，无数次望眼欲穿，本以为已经错过，没想到今天，竟然遇见了。”说完皮特张竟然有抽泣的感觉，看来孙子真是感动坏了。

我激动地问：“难道，你说的人，是我？”

“正是，可谓皇天不负有心人，我们终究有缘分。”

“谢谢，实不相瞒，我一直觉得自己长得很像汤姆·克鲁斯。”

“这就对了嘛！”皮特张点燃一根烟，惬意地抽着，“我不会看错人的，我可是中华第一星探。”

“可我的同学都说我长得像郭德纲。”

“那是他们鼠目寸光。”皮特张义愤填膺，“实话告诉你兄弟，我们找到你就是要打造你，把你打造成亚洲一流的影视歌巨星，人气超过李宇春，片酬高过刘德华。”

“太好了，我终于知道老天让我一直找不到工作的真正原因了，原来是安排我做明星。”我兴奋地拉住皮特张的手，“兄弟，事不宜迟，我们这就开始行动起来吧。”

轮到皮特张疑惑了：“行动啥？”

“当明星啊！”

“哦，对！不过在当明星前，我们必须进行苛刻甚至残忍的培训，时间长达几个月，请问，你有问题吗？”

“绝对没问题，我其他没有，就是时间多，而且能吃苦。”

“好，为了让这个培训效果更好，我们将邀请世界顶尖的舞蹈、声乐、造型老师，为你量身指导培训。”皮特张说得唾沫飞溅，“而你拥有这一切只需要付出一点点代价，我们的培训费原价八千八百八，今天你我如此有缘，给你八八折优惠，再抹去零头，你只需要付出七千元，就可以成为明日之星，怎样，你干是不干？

“干，我干你老母。”

5

那天下午，我在上海的大街小巷一直游荡，四处打量，突然觉得很有意思，因为我发现这个城市的闲人特别多，别看每个人好像都忙忙碌碌，但谁真忙谁无聊一看就知道，或许这和我此刻也是一个闲人有关吧，总是可以更容易也更准确去分辨人群之中哪些是闲人。

比如前面那个背着公文包的胖子，看起来好像是个上班族，但没准儿刚被炒鱿鱼，否则哪里有心情在同一个地方晃荡了半个小时。你再看他表情呆滞，显然在思考如何回去向女友交代，如何才能让自己的女人继续相信自己将来会出人头地，让她不要放弃他再给他一点儿时间去证明，当初选择他不是愚昧，不过，这可真是一件很困难的事情啊！胖子，祝福你。

你再看那个穿着挺时尚，染着一头黄发的年轻女孩，我怀疑她是个小姐，现在是大白天，她无事可干，于是坐在街边晒晒太阳，心中或许在盘算晚上究竟是继续接客还是从良，如果继续接客自己身体是否吃得消，良心会不会继续受谴责，如果从良又如何获得丰厚的报酬去养活山区老家的弟弟和哥哥，她或许觉得人生是一场太艰难的选择，这些年她一直在选择中沉沦，她一点儿都不快乐。

还有那个中年男人，他哭丧着脸，显然是被自己的悍妇赶出了家门，手上的累累伤痕说不定是被自己老婆撕咬的印迹，曾经他以为那个女人会爱他一辈子，可是才过了三年就彼此嫌弃，因为生活太现实，曾经的激情早已荡然无存。他没有太多的技能，也不善于钻营奉承，所以他一直无比尴尬地生存。他不能满足老婆提出的要求，哪怕只是吃一顿并不昂贵的西餐，所以他宁愿忍受老婆的辱骂和厮打，宁愿离家出走，憋屈得像个娘儿们。

我发现我身边不光闲人多且很有意思，就连这个城市本身也很特别，因为以前一直蜗居在校园里，和这个城市并没有太多的接触，上海对我而言还是非常陌生的，听不懂的吴侬软语，看不惯的石库门，拥挤的小弄堂，洋气的陆家嘴，有的太细腻我看不清，有的太遥远我看不见，有的太真实我融不进去，有的太虚幻我拔不出来。我会留在这个城市还是回老家？我会不会在艰难的现实面前低头，为了生活改变自己的个性，放弃自己的梦想？谨小慎微，唯唯诺诺，成为一个油头粉面的小市民？和千万人一起，精打细算过着日子，娶个妻子生个孩子，用半辈子的积蓄买座房子，到老的时候才发现哪儿也没去，什么也没做，像个傻子？

曾经那么爱的人/也成为了一个永不上线的灰色头像

——齐铭/23岁/写给年少回不去的爱

本章插曲

写给年少回不去的爱

Xun<课桌上的青春>

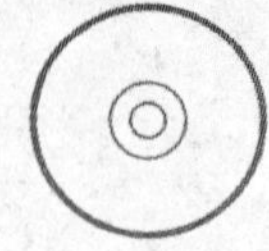

小时候的朋友　这么多年以后
你们是否都还记得我
曾在同间教室　用同一张课桌
纯蓝色的天空　唱着童年的歌
蝉的叫声在静静伴奏　在不知不觉中我们都已成熟

那稚气的面容　青草香的微风
看夕阳在操场上洒落
那面刻过爱谁的围墙已斑驳
花再开的时候　各自都有未来要走
让我道声珍重　曾有过的梦也都不再懵懂

时间就这样一点一点匆匆溜走
我们再也不能回到那小时候
上课写情书一起翘课踢球
还有那些和我牵过的手

现在各自都忙碌着工作和生活
谁也没有再为谁等候
某天是否会偶然相遇在某个街头
也许某天　相遇在某个街头

第三章

Chapter 3

表白

究竟要如何才能让你明白？
像个傻子一样爬上你的窗台唱歌？
像个疯子一样彻夜呼喊你的名字？
你是柔软的，神秘的，忧伤的，明亮的，触手可及却又遥不可及的。

1

那天我从中午走到傍晚，从阳光灿烂走到暮色四合，从精神亢奋走到筋疲力尽，从心情明媚走到情绪压抑，而头始终很疼，里面仿佛有一个不安分的小人，挣扎着要破壳而出，我想头疼欲裂这个成语简直太传神了。晚上八点整，我终于走不动了，我一步都不想再迈出，于是一屁股坐在马路牙子上，大口喘气休息，路灯早已经亮起，晚风也渐渐大了起来，我发现每阵风过后都会飘下很多落叶，路上的行人也已裹上厚厚的大衣，我这才意识到上海的深秋已经来临。而我已经一个多月没有和何诗诗有过联系了。这样的发现让我又悲又喜，喜是觉得时间飞快流逝，我的生命中没有何诗诗也照样能活着，悲是没有何诗诗我竟然还能好好地活着，由此可见我当初的诺言也只是肤浅的暗示罢了。

想到何诗诗让我彻底元气大伤，再无精力将这个城市细细打量，于是赶紧坐车回到了学校。宿舍里空空荡荡，自从大四后，我发现宿舍里的人就越来越少，每个人似乎都找到了自己生存的轨迹，活得欣欣向荣，唯独我一个人寂寞无聊，活得没有方向，没有希望。头疼得更厉害了，我不想吃饭，也不想上网，就像僵尸一样躺在床上琢磨着以后怎么办，自己会不会也像今天看到的那些闲人一样，漫无目的地在这个城市流浪。

这样的想法让我变得更加悲伤，我打开从五角场花了八十元买的旧电视，并把声音调到最大，然后像个白痴一样躺在床上看电视。一个频道在用英语说新闻，我听了半个小时，除了听明白几组数字之外，其他的都犹如天书，另外一个频道在放什么有氧操，一帮女人围着个皮球又是蹦又是跳，非常无聊，还有一个频道在宣传治疗便秘的药，号称只要吃了这神药，从此大便绝无烦恼。我把这几个台来回调了几十遍，总算消耗了不少时光。

大概十点钟，电话突然响了，本来我无论如何都不会去接的，只是电话铃声一直很坚挺，而我突然想到万一是找我的电话，万一这个电话能让我无聊的生活中多点儿事做也不是什么坏事，于是我像神经病一样从床上蹦了起来冲到电话前。

话筒刚拿起来就听到女胖急切恐慌的声音："苏扬老师，不好了，何诗诗跑掉了！"

我承认听到何诗诗这三个字的时候还是为之虎躯一震，灵魂仿佛"呼啦"飞了出去然后又"呼啦"飞了回来，但我愣是没听明白啥叫跑掉了，于是我质问女胖到底发生什么事情了。女胖一开始还支支吾吾地说也没什么，就是何诗诗没和大家打招呼就一个人跑出去了，她们挺担心的，于是给我打电话，说完还"呵呵"傻乐两声。

我说："女胖你他妈就别装了，一听就知道你在撒谎，首先何诗诗又不是神经病，干吗这么晚一个人出去，其次就算她是神经病一个人出去，为何你们会如此慌张？你要说你们真关心她我把头割下来给你们当球踢，你他妈快说到底发生什么事了？"

在我逻辑清晰、推理缜密的强力质问下，女胖终于坦白说刚才宿舍里的姑娘集体和何诗诗吵了一架，因为大家一直都看不惯她，所以联起手来把她狠狠羞辱了一顿，话说得很难听，正常人听了肯定得崩溃，结果何诗诗受不了刺激穿着睡衣当场就摔门跑了出去。她们一开始还很庆幸，觉得出了一口恶气，可越想越害怕，虽然她们并不担心何诗诗会想不通做出什么傻事，在她们眼中何诗诗活得比谁都明白和现实。可她们害怕何诗诗会遇到坏人遭到不测，因为最近世道不太好，犯罪率比较高，就在两个星期前隔壁化工学院一个女生被奸杀碎尸的传闻让她们不寒而栗，听说那个变态色魔一直潜伏在大学城附近，如果他看到穿睡衣的何诗诗肯定会狂性大发，想也不要想必须先奸后杀。虽然何诗诗是死是活她们本来不关心，但现在要是何诗诗万一出了问题和她们都脱不了干系，罪名估计等同于谋杀，因此她们越想越害怕，又不敢报警怕把事儿闹大，最后商量后决定向我求助，她们认为我身为她们的辅导员，此刻必须责无旁贷去找到何诗诗，并且将她安全送回，否则造成的一切后果都必须由我一个人负责。

女胖越说越激动，最后简直是对我声嘶力竭的指控，仿佛我做了一件天理不容的坏事，被她发现了她正在路见不平。

我听后狠狠骂了一句："回头再他妈找你算账！"然后撂了电话就往外奔，连外套都没顾得上穿。只是奔出宿舍楼后我四顾茫然，我应该往哪个方向寻找？我们学校说大也不太大，上百亩的而积，有坡有湖有小树林，要是谁存心藏起来估计这辈子别人都找不到。只是此刻来不及细细思量，我强忍头疼，头一埋冲进黑夜里，开始漫无目的地寻找。

虽然我着急忙慌，但也没有丧失思考的力量，我第一站去的就是图书馆后面的小凉亭，结果那里除了一地香蕉皮空空如也。我又开始在周边寻找，围着土坡和湖边走，边走边叫唤，结果惊吓起数十对正在野战的鸳鸯。虽然这一幕让我极度兴奋，但我还是控制住了欲望快速离开，换一块地方继续寻找。

一直找到午夜三点，我都没有发现何诗诗，但凡我能想到的地方都找过了，再找下去只能去校外了，我又紧张又沮丧，考虑要不要报警，不过何诗诗失踪还没有超过二十四小时，报警估计也不会受理。那现在又该怎么办？头越来越疼，身子越来越冷，我拖着筋疲力尽的双腿慢慢往宿舍走。

2

月光很美，让我眼前的世界影影绰绰，夜晚的校园别有一番风味。微风吹来，寒意四起，我突然诗意大发，自古文人墨客大爱悲春悯秋，而所谓千古佳句多出于苦痛之际，看来我在写作上的境界是提升了，这让我悲伤了一天的心情有了一丝小兴奋，于是打算找个地方好好酝酿诗意。凉亭显然是最佳选择，那里地势颇高，和月光最近，让我可以尽得月之光华，那里花草茂密树木成林，可以让我浸淫草木灵气。最关键的是那儿是我和何诗诗唯一约会过的地方，虽然不欢而散，但空气中已留下我激情和耻辱的信号，在那里我会情绪饱满，痛并快乐着，最有可能写下千古流传爱的诗篇。

我转身向凉亭大步走去，走近时突然发现凉亭里有一个黑影在轻轻晃动，我吓了一跳，本能反应这是野战的男女，我想疯了，这半夜三更还在继续 PK 得多大的瘾啊，之前因为心忧何诗诗安危没有心思偷窥，错过了不少精彩好戏，现在干脆好好欣赏，看动作和姿势是不是和 A 片里的一样。于是我悄悄蹲入草丛中，举目凝望，又是一阵冷风吹过，吹散了遮住月光的云彩，我看到凉亭里的黑影是个长发女孩，虽然看不清女孩的脸，却能看到女孩抱腿蜷缩坐在栏杆前，女孩一只手夹着香烟，一只手握着啤酒，黑暗中烟头忽明忽暗，飘起几缕青烟袅袅，女孩身后树影幢幢，风过后女孩的长发与身上宽大的衣服随风飞舞，这让女孩竟显出几分诡异幽怨之色。我正懊恼为啥 A 片瞬间变成了鬼片，突然灵光乍现心想这女鬼会不会是何诗诗啊，可之前来这里没发现有人啊，还是当时我太急了没看清？我尝试着轻喊了两声：“何诗诗、何诗诗？”

女孩闻声回头，月光下，她两行清泪，眉头紧锁，一脸忧愁，不是我的何诗诗又是谁。

“何诗诗……”我大喊，兴奋地冲到她身边，“你没事吧？吓死我了。”

“你终于来了。”何诗诗幽幽地看了我一眼。

“对不起，我来晚了。”我无比心疼，却不知所措。

“你为什么要来？为什么总是你？你为什么要阴魂不散地跟着我？你也不看看你是谁？你他妈怎么好意思？你很贱你知不知道？”月光下何诗诗突然诈尸一样对我怒吼。

我没有反驳，静静承受着这些伤害我自尊的言语，内心仿佛被凌迟。我让何诗诗骂了个痛快，在她骂累大口喘气时才对她深情地说：“何诗诗，你尽情骂吧，如果骂我你心情就能好些的话，我通通愿意承受。”

“谢谢，我好多了。”何诗诗发泄完，抬手仰脖，将手中啤酒一口气喝完，然后甩手将易拉罐扔到对面。我看过去，那里已经横七竖八地躺着十几只易拉罐了。

“你酒量这么好啊！真厉害。”我不是调侃，而是真心感慨，酒量好的男人我见过不少，酒量好的姑娘我还是第一次碰到。

“你讨厌。”何诗诗嘴里说我讨厌，但眼神似乎没那么讨厌了。

“何诗诗，你怎么知道我会来找你呢？”我顺势在何诗诗身边坐下。坦白说，本来我打算一找到何诗诗就送她回去，但现在我决定先和她聊聊天，首先是我发现她没有什么异常现象，其次是这黑夜，这月光，这冷风，这凄凉，我能感觉此刻和她聊天会和往常不一样。

何诗诗没有回答我，或许在她眼中我的问题永远都是那么无聊和可笑吧。何诗诗狠狠吸了一口烟，轻轻吐出，露出美丽而孤独的笑容，然后自顾自地说：“她们都说我是婊子，臭不要脸，公共汽车，人尽可夫，浑身都很脏，都快烂大街了。”

何诗诗说这些话的时候很用力，咬牙切齿，几乎是一个字一个字蹦出来的，表情更是我前所未见的凶狠，甚至狰狞，可说完最后一个字她突然对我温柔一笑，吓了我一跳。

“苏扬，你说我是婊子吗？”

“什么？”我简直不敢相信自己的耳朵，“何诗诗，你没事吧，要不我先送你回去？”

“我不走，我想说话，你陪我好吗？”何诗诗的语气几乎成了哀求，如果我不是早认识她，我真会以为自己遇到了一个女神经病。

“我当然愿意，可是你能不能正常说话，你现在这样，我害怕啊！”

“我就是在正常说话，你听不懂而已。”何诗诗又恢复了一脸冷艳，发出一声冷笑，“哼，她们以为这样就可以伤害我，做梦，我可不是那么好欺负的，我受伤害的时候，她们都还没发育呢。”

“就是，她们这样说其实只是因为嫉妒你。”

“嫉妒我什么？”何诗诗看着我，仿佛打量着外星人，“苏扬，你说说，我有什么好嫉妒的？”

“嫉妒你漂亮啊！”

“还有呢？”

“还有……还有……”我愣住了，我他妈怎么知道女生们嫉妒她什么，我本来就是随口一说想安慰她而已。

“看，你和她们一样肤浅，你们根本就不了解我，却随便给我下定义。”何诗诗一脸无助和愤然，又开了一罐啤酒，大口喝了起来。

“何诗诗，你别喝了，你说我不了解你，你给我机会了解了吗？”我的声音有点儿大，这几乎是我第一次反问何诗诗。说完后我有点儿害怕，怕她生气不理我。

没想到何诗诗听后却很认真地看着我说：“那好，我今天就告诉你我是什么人。苏扬你认真听好了，她们确实是嫉妒我，不只是因为我比她们都漂亮，还因为我比她们都成熟，比她们都活得明白，我特知道自己想要什么，而不会像她们那样浪费时间，活得不知所谓；我比她们都认真勤奋，我获得的每一样东西都不是莫名其妙来的，都是我通过自己努力付出争取到的，因为我讨厌没有目标地活着，更讨厌不劳而获。两年前我就对自己说，一定要来上海，然后一定要出国。我知道这个目标并不容易，所以她们在打游戏上淘宝睡美容觉的时候我都在学英语，她们在谈恋爱逛商场买衣服的时候我都在努力赚钱，我比她们都有野心，我最厌恶一事无成。庸庸碌碌的人生，我要我的人生轰轰烈烈无限风光，只有那样才能体验活着的快感，只有那样，我才不会让我的爸爸对我失望，只有那样才会让伤害过我的人难过后悔，因为他错过了他这辈子能够遇到的最好的姑娘，他有眼无珠。”何诗诗说着说着又开始咬牙切齿起来，真不知道她为什么有这么强烈的情绪。

我真想问何诗诗的爸爸是干吗的，是怎么教育她这个女儿的？她口中那个有眼无珠的人又是谁，给她种下了怎样的恨？但我意识到何诗诗其实并不是真和我在分享她的内心，她只是在一次又一次地暗示自己，所以我乖乖地闭嘴，只是不停点头，给她继续讲下去的鼓励。

可何诗诗还是停了下来，淡淡地对我说：“我说完了。”

“嗯，谢谢你说了这么多，让我更了解你了。”

“不用谢，因为你了不了解对我来说不重要。”

“可对我很重要。”

“随便你，你可以走了。”

“嗯……不，我想陪你。”

“你走吧，我想一个人静静。”

“那我也要陪你。”

“苏扬，我发现你真的很不像一个男人，一点儿骨气都没有。”

“那只是对你，在你眼中我是什么人都不重要，重要的是我能陪你。”

“好吧，我服了你了。”何诗诗无奈地叹了口气，突然直直地看着我，“我好冷。”

“你的意思……我可以抱你吗？”我狂喜，简直不敢相信自己的耳朵，浑身激动地颤抖起来。

“滚！你把衣服脱了给我穿。”何诗诗的话瞬间破灭了我的幻想。

“哦，好的。”我真后悔出来太急忘了披件外套，此刻我身上只穿着一件薄薄的套头衫，先前因为着急找何诗诗还没觉得太冷，现在安静下来，已经冻得不行。

“怎么？你不愿意吗？”见我动作慢，何诗诗有点儿不耐烦，“不脱算了，我不稀罕，你就看着我冻死算了。”

看到何诗诗那副半生气半傲娇的表情，我是又急又高兴，想也不想就一把将套头衫脱了下来，递给何诗诗：“快穿上吧，我没事，胖子抗冻。”

何诗诗也不客气，将我的衣服披在身上，“真舒服，能够感受到你的体温。”

“谢谢！”我赤裸着上身，瑟瑟发抖，但内心甜蜜。

“苏扬，我说你是不是真神经病啊？这么冷的天，我穿你的衣服，让你挨冻，你应该恨我才对。”何诗诗说完眨巴着狡黠的眼睛看着我，“你现在相信我是一个现实并且狠毒的女人了吧，我只会考虑如何达成自己的目的，不会在乎别人的感受的。”

“嗯，感受到了。”我抖得更厉害了，头疼得已经快麻木。

“你别抖了，因为我不会把衣服还给你的，除非你放弃，怎样？”

“不放弃。”

“那好，这一切都是你自找的，看谁挨得过谁。”何诗诗干脆将头转了过去。

“我愿意。”我站了起来，走到何诗诗面前，“我说过，只要能让你高兴，我做什么都可以。”

“你要干吗？”何诗诗看着我，不明就里。

“我要跳舞。”我大声回答，然后开始不停跳动，真的实在太冷了，虽然我追求悲情的效果，但我也不想被活活冻死，虽然我长得像笨蛋，但我又不是真正的笨蛋，此刻我唯一取暖的方式就是运动，所以我开始不停地跳动，拼命挥舞着胳膊，这样就能让我忘记寒冷，跳着跳着我来了点儿感觉，把自己从电视上看到过的各个舞种混合到了一起，一会儿是伦巴恰恰，一会儿是 poping & locking（舞蹈的一种），一会儿是慢三快四，一会儿是斗牛桑巴。

我的动作和表情肯定很滑稽，像个小丑，但我全神投入，自得其乐，边跳还边邀请何诗诗。

何诗诗则边看边无奈地摇头说：“苏扬，我见过很多自以为是的男人，可你和他们还真的不一样。你不但自以为是，爱耍小聪明，而且愚蠢、固执、脸皮超厚，不过，也还有一点儿小可爱。”

何诗诗的话让我更加兴奋，我干脆说：“那我学动物给你看吧，我学得可像了。”

“好啊，你先学大猩猩吧……哎呀，还是不要学了。”

“为什么？”

“因为我觉得你长得就很像大猩猩。”何诗诗说完竟然“扑哧”笑了，笑靥如花，让我陶醉。

我犹如战场上获得开火命令的战士，无比兴奋，高举双手，双腿半蹲，使劲儿向前伸出下巴，瞪大了眼睛，摇摇晃晃走向何诗诗，走到她面前时不停拍打胸膛，发出嘶嘶猿啼。

何诗诗被我逗得笑出了声，前摇后晃说：“小狗狗。”

我立即趴下，发出汪汪声，在她脚下来回蹭，不停撒娇。

何诗诗边笑边拍我脑袋：“乖狗狗，是不是饿啦，妈妈给你买好吃的吧。”

何诗诗入戏比我还要快。

那个夜我给何诗诗扮演了十几种动物，几乎是我认识的所有动物，到最后我筋疲力尽，何诗诗也乐得不行，我不但不冷了，甚至大汗淋漓，头疼竟然也好了。我不知道是否有人在暗中偷窥，如果有，我相信他也一定会被我感动，在这个凄冷的深秋，在这个微寒的夜晚，一个白胖子赤裸着上身，如此投入如此真诚地表演，不计形象，只为博取心上人一笑，想起这个，我都会心酸。

何诗诗一直笑一直笑，最后的最后，她说："苏扬你别跳了，我想和你说件事儿。"

我立即停下来，看着她。

何诗诗说："我们逃学吧，去旅游如何？"

我张大嘴巴："啊？你说什么？"

我是真的没听懂。

"我说我心烦，想出去散散心，你陪我一起去吧。"

"那不上课了？"

"不上啦。"

"不怕学校处分？"

"不怕。"

"太疯狂了吧。"

"疯狂不好吗？"

"不是不好，只是我还没反应过来，太突然了。"

"别废话了，你是不敢？还是不愿意？我数三、一、二……"

"好，我去，我去，我反应过来了。"

"这还差不多。"

"你想去哪里？"

"凤凰。"

“太好了，说真的，我一直都想去那儿呢，我们这个周末出发？”

“不，我们现在就出发。”

“啊……不会吧，这也可以？拜托，我又反应不过来啦！”

3

第一次知道凤凰，自然是在沈从文的《边城》里，知道那是一个浪漫美丽、遥远神秘的地方。再后来是在黄永玉的回忆中，明白永远回不去的地方叫故乡。接着就是大大小小的旅游帖子，凤凰华丽转身成了一个文艺小资的天堂。彼时中国有几个地方是文艺青年集体膜拜的对象，名声最大的自然是丽江、乌镇、阳朔和凤凰，我曾经以为它们应该都一样，直到都去了之后才发现彼此大不相同，各有风韵，谁也不是谁的备份。

我曾无数次幻想过去凤凰的情景，最多的就是毕业后一个人穷游，骑车或者徒步，再不然搭车也可以，总之要是极度辛苦却又极度自由的那种。从上海出发，奔江宁，再南下一路至南昌，过长沙，游览张家界，然后入凤凰，再一路向南到贵阳、昆明，游大理和丽江，继续往东南，进入广西境内，阳朔、北海，一路至海南，躺在三亚的海边喝椰汁，喝饱后开始北上，广东、福建，接着进入浙江，最后回到上海，这样几个月的时间可以把小半个中国旅行完，浪漫不浪漫？等恢复体力直接去西北，从成都到陕北到甘肃到宁夏，然后入藏，最后的目的地则是遥远广袤的新疆，这条线路时间会很长，少则一两年，多则一辈子，路上会遇山见水，遇险涉难，遇见狂风暴雨，遇见泥石流，遇见人情风土，遇见缘分，遇见诺言，遇见爱情，遇见九死一生，遇见悠悠乡思，遇见跟不跟我走的纠结，遇见继续还是回头的彷徨，遇见不一样的自己，遇见内心的脆弱和坚强，每一种遇见于我都是崭新的，每一种遇见于我都是期待的，因为人生本就是一场旅行，我们每天都在遇见，在路上，我们才可以把灵魂放下，活得自然。

只是我想得再多，也没想到第一次去凤凰竟然如此突然，甚至慌乱，却也是如此刺激和浪漫。那天夜里我蹑手蹑脚地回到宿舍，简单拿了几件换洗衣服，背上双肩包，写了一个字条给老马，告诉他我出去旅游了，不要大惊小怪以为我失踪。写完之后我塞到了老马枕头下，可等我刚走出宿舍门又觉得自作多情，老马这个浑蛋，我就算突然死掉了他估计也要半年后才知道吧，算了，他不仁我不能不义，何况白天我刚把他出卖给了“乡镇五百强”老头，算是扯平，想到这里我安心了不少。

按照和何诗诗的约定，我在校门口等她，虽然何诗诗说自己也只是简单拿点儿东西就出来，但我还是等了一个多小时，六点刚过，何诗诗一身休闲装，戴着帽子，无比清新地出现在我面前，哪里像一夜没睡还受了刺激的人。让我讶异的是，她拉了一个很大的旅行箱，还背了很大的一个包，我想至于吗？不就两三天时间嘛，里面都什么东西啊，看来女人就是麻烦。

何诗诗见到我后不咸不淡地说：“我们出发吧。”

何诗诗的这句话让我无比感动。出发——这对我是多么重要的指令啊，这些年我一直在等待出发，只是在起跑线上站得太久，以为那就是全部的风景，没想到我的面前，也会拥有奔腾的大河，广袤的森林，我的身边也会有美丽的女孩，温柔的声音——我们出发吧。

“好，我们出发。”我接过她的箱子埋头往前走，被何诗诗叫住了，“你干吗呢？”

“出发啊，前面就有到火车站的公交车，五点半就有首班车，现在过去没问题的。”

“不，我们打车去。”何诗诗脸上又浮现出那种鄙夷的神色。

“哦。”我赶紧伸手拦车。

很快停下来一辆出租车，我放好行李，打开后车门，何诗诗一低头钻了进去，我刚准备上车坐她身边，结果何诗诗“啪”的一声把门重重关上，然后摇下车窗指指副驾驶：“你坐前面。”

“哦。”我乖乖坐到副驾驶位置，心中又懊悔又委屈，心想我肯定又跌份让她瞧不起了，我他妈就是一个土老帽儿，后面一定要倍加注意，不能再让她瞧不起。

清晨的上海很安静，出租车在南北高架上飞驰，我透过反光镜看到后座上的何诗诗，她正深情凝望着车窗外的城市，此刻的她在想什么呢？她会和我一样对这个城市有着丰富的联想吗？她未来的人生又会如何？我们的未来又会怎样？是否有在一起的可能，还是说此刻的接触只是两条直线短暂的交会，从此以后就会渐行渐远，从此永不相见？

我情不自禁回头问：“你想什么呢？”

她没说话。

我又说：“要不你先闭眼休息会儿吧，不然身体吃不消。”

她还是没说话。

我又想说什么，她却不耐烦地喝我：“别说话，讨厌。”

从她的眼神我看出这次是真讨厌。我只能乖乖闭嘴，这个女孩说翻脸就翻脸，究竟是她太无情还是我太软弱，还是我们在一起根本就是个错误。

来不及胡思乱想，上海南站已经到了，我赶紧掏出钱包付了车钱，何诗诗没有任何反应就下车了，仿佛理所当然，不过我心中总算好受了一些，觉得自己掏钱的动作挺爷们的。

因为非节假日，火车站人并不多，凤凰不通火车，我们买了到凤凰刚近的吉首的票，买票的时候我又抢着掏钱对售票员说来两张硬座，何诗诗说是我提议出来玩的，还是我请你吧，然后对售票员说来两张软卧。我说那哪行呢，我是男人怎么可能让女人花钱，然后问售票员软卧多少钱一张，售票员早不耐烦了没好气地说五百一张，我倒吸了一口冷气，不由自主地说怎么这么贵啊！

何诗诗招牌式冷笑一声说："你们男人就是虚伪，不管有钱没钱都一样。还是我来吧。"说完从钱包里掏出一沓钞票，结果又被我拦住了，我说："还是我来，软卧就软卧。"

售票员崩溃了，说："你们还买不买了？不买站一边去商量，真够磨叽的。"

何诗诗脸上挂不住了，冷冰冰地对我说："那我们AA好了。"然后掏出五百块递给售票员，"一张软卧。"

何诗诗拿了票转身走了，我已经没有太多时间思考到底买什么票，不由自主地也掏出五百块递给售票员，就在售票员要出票的时候，我嘴一颤抖："一张硬座。"

拿到硬座票，我是悲喜交加。首先我庆幸自己太英明且临危不乱，一张火车票就省了三百多块，这几乎是我半个月的生活费了，但同时内心也有浓郁的羞辱感，觉得不够爷们，不过我很快就成功安慰了自己：我之所以不买软卧倒不完全是我没钱也舍不得花钱，更主要是我不觉得坐硬座有什么不好，同样都能到，就算辛苦也不过二十个小时出头，忍忍也就过去了。当然了，总有一天我会很有钱的，到时候再去我他妈的包个飞机去，凤凰没机场？没关系，没有我就修建一个，他妈的——阿Q式的意淫让我很快又恢复了好心情，屁颠屁颠跟上了何诗诗。

火车十点发车，候车期间，何诗诗买了一些水果和零食，分成两份，扔给我一份。上车时，我先送何诗诗到她的车厢，软卧条件真好啊，四个人一间，窗明几净，空气中还飘着淡淡的清香，我婆婆妈妈地叮嘱何诗诗一定要好好休息后下车再上车，然后随着人流挤进了我的硬座车厢，里面早已人满为患，臭气熏天。我挤了半天才找到自己的临窗的座位，身边是一个比我胖两倍的黑胖子，对面是几个衣服又黑又脏的民工，脚下则是几个大麻袋，留给我的空间只有我身体的一半。不过也无所谓，忍忍很快就过去了，我坐了进去，发现还挺舒服，黑胖子身体比沙发还软，靠在上面睡觉很有安全感，麻袋可以搁脚，怎么踩都可以。民工们都很本分，不会对我冷眼相加，我美美吃了一个何诗诗买给我的苹果，顿时更觉得幸福，接着强烈的疲劳感袭来，我头一歪，枕在黑胖子的肩膀上，很快进入了梦乡。

火车停靠在吉首站是第二天下午五点，下车的时候我骨架都疼得快散掉了，原因是我失算了，本以为背靠胖子好睡觉，结果半途中黑胖反客为主，仗着力气大，竟然压在我身上睡了一路。要不是被老孙压了多年练就了抗压童子功，我很有可能被活活压死。我摇头晃脑，挥舞着胳膊，忍着疼痛，走到何诗诗车厢前，把何诗诗接了下来。何诗诗似乎休息得并不好，黑眼圈竟然加重了，不知道她又在操什么心思。我心疼何诗诗，更心疼钱，买软卧还不好好睡觉享受，这不扯嘛，以后有机会一定要好好管教管教她。

吉首火车站门口有很多跑凤凰的出租车，我们和另外几个学生模样的游客拼了辆面包车，开始向凤凰进发。一路上何诗诗都拉着脸始终不语，而且仿佛随着离凤凰越近越不爽，我问了几句她没有回答，我也不好自讨没趣，所幸拼车的人比较聒噪，让我的尴尬可以得到掩饰。

凤凰和吉首相距不过五十公里，可面包车在山路间跑了一个多小时还没到，四周越来越荒凉，哪里有半点儿文艺小资的影子。就在我心生疑惑之际，突然车一拐弯，就看到远处的山坡上灯火点点，仿似许多灯笼高悬空中，进而开始出现房屋和人群，一条大河突兀地横亘在我的面前，河水湍急，两岸有着高高低低的吊脚楼，顺着河流远处有着一座造型独特的大砖石桥，然后面包车一个急刹车，司机说：“都下车吧，凤凰到了。”

4

彼时七点不到，但天已全黑，透过阑珊灯火正好可以丈量整个凤凰，似乎很小，那条大河应该就是沱江吧，那座石桥显然就是虹桥，除了沱江两岸的灯火层次丰富且明亮，其他地方几乎都是灰暗。我站在沱江边看着脏脏的路面以及更脏的江水，有点儿失望："天哪，这就是我魂牵梦萦的凤凰吗？真是比我想象中差远了。"

何诗诗先是冷笑了声，接着说了两句话，第一句话是："这不能怪凤凰，要怪只能怪你的想象，你们总爱把很多事物想得太好，然后发现和自己想得不一样，还怪罪对方。"

第二句是："你了解凤凰吗？你看到的就是她的全部吗？说来说去，只能说明你肤浅幼稚，因为你太容易下结论，这真的非常不好。"

何诗诗说完径自往前走去，留下我傻傻愣在原地。如果不是夜色已黑，我脸上窘羞的颜色一定很难看，其实我不怕被打击，我只是突然害怕何诗诗之所以叫我一起来只是为了随时有一个发泄的对象，而不是真的想让我陪她游玩，从上车后的种种迹象表明，很有可能是这种情况，也就是说我天真地以为我和她的关系有了转变，然而实际上一切美好依然只是我的想象。

只是来不及多想，何诗诗已经消失在我的面前，我提着她的箱子赶紧追上前去，何诗诗仿佛对这里很熟，因为她一直没看风景，也没有看脚下的路，而是一会儿左拐一会儿右拐，顺着山坡上上下下，仿佛在寻找着什么。最终她在虹桥北侧的某处山坡上停了下来，那里有一个客栈名叫：相思。

何诗诗说："今晚我们住这里。"

我说："好啊，这地方看来不错，我们开一间房？"

何诗诗狠狠瞪了我一眼，然后对前台小姑娘说："我想入住三楼的'诺言一生'，谢谢。"

小姑娘查了下电脑说："抱歉，'诺言一生'已经没有房了，其他房间可以吗？"

何诗诗脸上明显流露出失落，沉吟了好半天才落寞地点头说："那随便吧，不过‘诺言一生’如果空出来了麻烦立即告诉我，我要换进去。”

说完，何诗诗办理了登记，从我手中接过箱子，然后独自上楼去了。我则郁郁上前办理入住，小姑娘问我要哪间房，她们现在还有“浪漫一生”“恩爱一生”“感动一生”都还空着。

我没好气地说：“别整那些虚头巴脑没用的，给我开间最便宜的。”

小姑娘温柔一笑说好，然后给我房卡，我一看，好嘛，我的房名叫：孤独一生。八十元一晚，比其他房间都便宜一半，估计是这个名字太不吉利了。

我虽然不喜欢，不过也无所谓，好话固然好听，但日子能过成啥样还得靠自己，世上那么多人，白头偕老、至死不渝、到老相伴的又有几个？背叛离弃的又有几个？

我爬上二楼，推开“孤独一生”的房门，里面条件挺好，阳台下面就是沱江，打开窗户立即传来附近酒吧喧嚣的吵闹声，阳台上还吊挂着一个秋千，我坐了上去，摇摇晃晃，心想是先休息呢，还是去找何诗诗，邀请她夜游凤凰。虽然理智告诉我何诗诗现在心情不好，邀请估计没戏，但总有一种冲动想让我试试看，万一何诗诗答应了，那该多浪漫啊，我决定碰碰运气，立即从秋千上跳下，简单梳洗后换了身衣服，兴致勃勃地来到何诗诗住的“厮守一生”，深呼吸了两口气，轻轻敲门，里面没有声响。就在我疑惑何诗诗是不是不在时，门开了，何诗诗僵尸一样站在门前，脸色苍白，毫无表情，只是两只眼睛又红又肿，显然刚刚痛哭过。

我说：“何诗诗你怎么了？是不是哪里不舒服？”

何诗诗则答非所问：“你有什么事？”

我心中说想邀请出去玩，嘴上却说：“没事，没事，就是想看看你，你要不方便我就先走了。”

何诗诗没说话，不由分说直接将门关上了，从头到尾表情没有变过。

我又在门外徘徊了半天，直到服务员警觉地过来问需不需要什么帮助，才悻悻回去。

躺在床上，联想何诗诗这两天的表现，总觉得怪怪的，仿佛隐藏着巨大的秘密，但又无从问起。何况一和她说话，就会遭受打击，让人郁闷，加上两天一夜火车上过度劳累，我竟很快昏昏睡去。

第二天早上我被敲门声吵醒，以为是服务员，就去开门，因为在宿舍习惯了，总喜欢穿着内裤到处走，换了个地方也没反应过来，等打开门发现竟是何诗诗。何诗诗的表情比昨天丰富了不少，看到我只穿了条内裤脸上居然立即出现了害羞的色彩，让本来尴尬的我竟然得意起来：“何诗诗，我曼妙的身材就这样被你看见了。”

何诗诗娇嗔地说：“去死，谁要看你啦！肚子上全是肉。”

我还想贫两句，何诗诗转身走了，边走边说：“快起床吧，我在楼下等你。”

我以光速穿好衣服，牙也没来得及刷，脸也顾不上洗，就冲下了楼。

何诗诗正弯腰逗着门口的小黑猫，阳光穿过群山，透过森林，越过江水，投射在她的身上，让何诗诗身上的色彩层次分明。我站在她身后悄悄观察了她一会儿，此刻的何诗诗轻盈、真实、纯洁，有着说不上的美好。我忽然很感动，情不自禁地唤了一声：“何诗诗。”

何诗诗回头，对我淡淡一笑，有点儿逆光，但她的笑容发出了比阳光还炽热的力量，让我眩晕。我突然眼眶一热，鼻子一酸，如果眼前的何诗诗能够永远如此恬静自然，如果我们能够永远如此相敬如宾，如果老天突然降下大雪，如果大雪可以封山，如果江河突然断流，如果我们被永远囚禁在此，也未尝不好，因为不管如何只要阳光在，空气在，何诗诗在，对我就是全部的人生。

5

我和何诗诗在隔壁的小店里吃了点米粉，然后顺着沱江往下游走，何诗诗虽然话依旧不多，但至少不会像昨天那样对我不理不顾，她的情绪虽然依旧不高，但至少她已经在照顾我的情绪，面对我讲的一些并不好笑的笑话，她还会报以无聊的笑容。甚至在一阵较长沉默的当口，她突然对我说："苏扬，对不起。"

我吓了一跳说："什么情况？"

"我不应该对你态度那么不好的，你又没做错什么。"

"拜托，你不要这样反复，我吃不消的。"

"哦？现在就吃不消了？"

"不是这个意思。"

"那是什么意思？你想放弃了？"

"怎么会？其实我想说，我没问题的。我没什么强项，除了承受力强，脸皮厚，所以你尽管打击我吧，只要你高兴，嘿嘿。"虽然我也觉得这话一点儿也不好笑，甚至有点儿委屈，但不知为何还是傻笑了两声。

结果何诗诗还真配合，立即冷冷回了句："我看你不只是脸皮厚，关键是贱，你们男人都很贱。"

我看她又来了，跟发癫痫一样，时好时坏，吓得赶紧转移话题："何诗诗，我们就这样干走吗？"

何诗诗点头说："是啊！"

我说："要不要到哪里去玩呢？比如租条船泛舟沱江，或者去附近的猛洞河漂流，或者去沈从文故居也行，总比在这儿傻走强。"

何诗诗的回答让我大跌眼镜。何诗诗用一种无辜的眼神看着我，然后反问："为什么要去玩？谁说我们来这里是来玩的？"

"啊！我们来这里不是玩是干吗？"我是真的 hold（把持）不住了，跳到何诗诗面前，瞪大着眼睛看着她。

"唉！"何诗诗突然长长叹了口气，叹得百转千回，叹得我心又软了。

“我也不知道为什么要来，我以为这辈子都不会再来了，可是我控制不住，每年都会过来，都会住在同一家客栈，走同样一段路程，看同样的风景。”

我越听越糊涂，敢情何诗诗不是第一次来凤凰啊，难怪她那么熟悉，以前她又是和谁一起来的？现在那个人又在哪里？

就在我胡思乱想之际，听到何诗诗在我耳边轻轻地说：“苏扬，你不是一直想知道我的故事吗？想知道我到底是一个怎样的女孩吗？”

我看着她说：“你已经告诉过我，你成熟勤奋，现实冷酷，目的性极强，知道自己要什么。”

何诗诗点头：“是的，这些都是现在的我，可是你想知道过去的我是什么样子吗？你想知道为什么我会变成现在的我吗？”

“我当然想知道，我想知道你的全部，你的过去、现在和未来，只是我不会勉强你。在你想说的时候，我就会安静聆听；在你心烦的时候，我就会默默走开；在你需要保护的时候，我会第一时间出现；在你想发泄的时候，我就是你最好的受气包；在你无聊的时候，我愿意学动物逗你笑；在你悲伤的时候，我愿意把胸膛给你倚靠。我不奢望成为你的骄傲，也不想成为你的负担，我只想成为你生命中的存在，或许渺小，但很真实，多年以后当你回顾一生，你或许忘记了很多轰轰烈烈，忘记了很多风起云涌，但你忘不了有我这样一个卑微却真实的存在，曾经在你我青春最美的时光里，对你真挚热爱，默默付出。如果可以这样，我已经心满意足，并且感恩，我会对老天说，谢谢你，让我遇见何诗诗，遇见我人生最美的女孩，让我可以对她好，让我这辈子都不再有遗憾。”

我不知道为什么我突然能一口气说这么多，这么煽情，有可能是情深所致，有可能是环境使然，有可能是我言情小说看多了记住了其中的某一段，但这些都不重要，重要的是我说了出来，而且是那样情真意切，在何诗诗最渴望倾诉却又最迟疑的关口，我的话让她感动并且不再犹豫。

“谢谢，苏扬，我都被你说得快哭了。”何诗诗说完，眼圈真的一下子就红了。

“你还想不想听，我还能说两个钟头，昨儿夜里刚从电视里学的。”

“你讨厌，不理你了。”何诗诗破涕为笑，然后走到前面江边的一座码头，坐在了高高的台阶上面。

我赶紧追上，在她身边坐了下来。阳光就在我们正前方，沱江波光粼粼，山间炊烟袅袅，当地的妇人们在江边洗衣，用棒槌敲打着河面，一切是那样真实，又那样虚幻。

“你说男人的话都是那么动人，明明知道是假的，明明知道当不了真，可为什么还是想听？”何诗诗凝视着江水感慨，似问非问。

“你是在说我吗？”

“所有男人，当然也包括你。”

“何诗诗，我想你一定受到过深深的伤害，导致你现在的不信任。”

何诗诗竟然没有否认，竟然还点了点头，这是否充分暗示，她的内心已经向我打开？如果说即将呼啸而来的倾诉是高潮，那么刚才所有的对话都是前戏，何诗诗可真是一个内心坚硬情感冷冰的女孩啊，直到现在才放下对我的防备，倾诉她隐秘凛冽的过往曾经。

就在我以为何诗诗要深情倾诉之际，她突然很认真地问我：“对了，苏扬，你知道我是哪里人吧？”

我蒙了，我还真不知道她是哪里人，因为这对我而言并不重要，所以一直没打听。

我实话实说：“不知道。”

结果何诗诗生气了：“哼！看来你还是不够关心我。”

我又紧张又好笑，紧张是生怕我酝酿到现在堪称完美的前戏被这个小插曲突然打散，而错过了这次估计永远都没有这么好的机会了，好笑是觉得女人真的太有意思了，不管是谁，不管什么时候，都渴望被关注被呵护。对于男人，山盟海誓的诺言可能也就是随口一说，对于女人，任何一个眼神都不能示错。男人在乎的只是当下和结果，女人在意的是过程和感受，男人说你伤害我千百次没关系，只要一朝拥有，所有苦痛都可以既往不咎，女人说你对我好一辈子也不够，我要的是天长地久，你犯一次错你所有的好都将一笔勾销。只是女人大多还很作，喜欢欲说还休，擅长表里不一，你如果在她不需要关心的时候强加关心，她会说和你不是一个世界的，没有这个必要，你如果在她需要你关心的时候，关心过头了，她又说你限制了她灵魂的自由，这不是她要的关系，整到最后你都不知道该如何对她，真恨不得打她一顿，然后怒斥一声“老实点儿，再作揍死你”，这才过瘾。

我通过内心一阵复杂而缜密的YY，迅速调整好我的情绪，偷偷瞅何诗诗，或许她只是习惯性反问，看来情绪并没有受到太大的影响，看着江水又百转千回地长叹了一口气后，何诗诗终于开始了她艰难而曲折的诉说。

本章插曲

写给年少回不去的爱

常定晨<不用谢谢我>

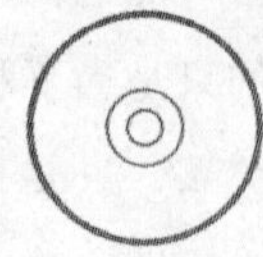

都怪我没用　话不多
像个死胡同　就是走不通
都怪我　没错　太好了
像一个劳模　所以你选择　要走

我可以想念你　辗转反侧
我要的不多　只要你一直都爱我
我可以为了你放弃原则
不管你怎么对我　我都会接受的

我一向都是尊重你的
你决定的事我不说
我不用你来谢谢我　只要你肯了解我
我的心为你上了把锁
只把你深深藏着
我一生只爱你一个

第四章

Chapter

拥抱

爱情的感觉，

就像是宫保鸡丁里不小心嚼到的花椒。

你以为没有它的生活无限和谐完美交融，

它却一瞬间就让你的味蕾一败涂地。

1

“我是甘肃人，家在河西走廊中部一个名叫张掖的小城，张掖有着悠久的文化历史，是丝绸之路的必经之路。我很爱我的家乡，虽然她不大也不繁华，但她真的很漂亮。‘不望祁连山顶雪，错将甘州当江南’说的就是我们张掖。直到现在，我来到了上海，也走过了那么多地方，可是我梦得最多最美的地方还是张掖。在那里，我有着非常幸福美满的童年时光，这得益于我的爸爸对全家的照顾和对我无微不至的呵护。我爸爸是张掖县的常务副市长，他是一个很坚强很有主见也很有能力的男人，在我心中他是完美的，是无人可及的，我在很小的时候就对自己说，长大了一定要嫁一个像爸爸一样的男人，如果找不到，宁可终生不嫁。

“爸爸在张掖的口碑非常好，因为他人很好，对同事好，对父母兄弟姐妹好，对我妈妈好，对我更好。爸爸的能力也非常强，因为是常务副市长，所以什么事儿都管，爸爸在任的那几年，张掖的经济发展速度很快，大家都说是我爸爸的功劳。总之我的童年有着最幸福的家庭，身边总是有着别人羡慕的眼神，有着别人的奉承，不管我要什么都能在第一时间得到，不管我遇到怎样的挫折，我的爸爸都能替我解决，不让我受半点儿委屈。我天真地以为人生本来就是如此美好，充满了鲜花掌声和赞美，这一切直到十六岁我高一入学前才突然破灭，爸爸被‘双规’了。

“我记得很清楚，那是一个星期天的下午，有着和现在一样温暖美好的阳光，我正在院里预习高一的课程，妈妈在厨房里张罗着晚饭，空气中弥漫着我最喜欢吃的红烧带鱼的香味。爸爸坐在院子里一边听戏一边看报纸，边看边催促我快点儿做作业，做完他和妈妈带我去买衣服，爸爸说我上高中后就是大孩子了，得打扮得成熟一些，这样老师和同学才能更快更好地认可我。爸爸总是无微不至地照顾着我，不会错过我成长中的任何细节。现在想想那是个多么美好的下午啊，一家团聚，其乐融融，生活充满了幸福和希望。只是大门突然被推开，进来好多警察，为首的警察和爸爸没说几句话就带走了他，爸爸走得很匆忙，甚至连眼镜都没来得及拿，不过从头到尾他都很平静，出大门的时候他转身看了我一眼。就一眼，可我终生难忘，那眼神包含了太多太多，足够我回味一辈子。

“爸爸被‘双规’轰动了全城，检察院很快指控爸爸贪污受贿多年，总金额吓死人，我当然不相信，因为从小到大爸爸一直都告诉我做一个诚实善良正直无畏的人，不为利益所动，不因威胁而动容，我的爸爸怎么会做出犯罪的事情呢？从小到大爸爸都很节俭，虽然爸爸位高权重，但我们家的生活只是小康水平，没有任何奢侈过分，我真的不相信也无法接受这个事实，我和妈妈都坚信爸爸是被冤枉的，是被他的仕途对手搞垮的，加上爸爸为官这些年触犯了很多人的利益，着实树敌不少，现在他落难肯定是被阴谋报复。妈妈四处求人，想尽办法终于获得了短短十五分钟的探视时间。

“在冰冷的收押室里我见到了爸爸，虽然才隔几天，但爸爸已然苍老了至少十岁。妈妈一个劲儿地哭着问爸爸这一切到底是不是真的，只要他说不是，妈妈就算拼死上访也要把他救出去。我死死盯着爸爸，心中疯狂呼唤希望爸爸摇头说这不是真的他是被冤枉的，我看到的却是他缓缓点头，那一瞬间我眼前一黑，信仰瞬间崩塌，天啊！原来我的爸爸真的是罪犯，原来这么多年他一直瞒着妈妈和我在贪污在受贿，原来他说的一切都是虚伪的谎言，原来他高大伟岸的身影背后竟然是那么卑鄙龌龊，原来男人的话都是那么虚伪，原来再美好的事物都只是表象，真实都是那么残酷！可是他是我的爸爸啊……这个世界上对我最好也是我最重要的人，不管他到底是怎样的一个人，我只知道我爱我的爸爸，我不能没有他。我无法控制自己的情绪，紧紧抓着爸爸的手，质问他为什么要这样做？为什么要欺骗所有人？爸爸也哭了，面对我的时候他再也无法控制自己的情绪。爸爸说他贪污受贿只是想等我长大后把我送到国外，他说他走上仕途的那一刻就知道他已经身不由己，他能做的事其实并不多，这些年他看到这个世界有太多的不公平，这个社会有太多的问题。他痛心疾首，他想改变，但他发现他根本无能为力，再大的官都无能为力。他看到有人家破人亡，有人流血牺牲，有人上不起学，有人找不到工作，有人看不起病，有人莫名其妙被抓，有大桥突然就倒塌，有列车追尾，有人喝水也中毒，有牛奶生产日期随便改，有重度污染，有自家房屋被强拆，有城市下雨就被淹，有各种光怪陆离不靠谱，有各种匪夷所思不讲究……他默默目睹着这一切，却找不到解决的方法。

"爸爸哽咽着说女儿我爱你，无论如何我都不想让你承受这些苦难，所以等你高中一毕业我就会把你送出国去，并且把你在国外这辈子的积蓄都准备好，确保你不受到半点儿委屈和伤害。爸爸说这些的时候越来越亢奋，仿佛他又变成了一位好领导和一个好父亲，然而最后他再次号啕大哭，他自顾自地说我不怕坐牢，这是我应得的报应，可我没法再照顾我女儿了，她还那么小，就算我能活着出来，我也错过了我女儿那么多年的成长，我不但不能照顾她，还要连累她，让她抬不起头来，女儿，我对不起你啊！爸爸痛哭的样子很吓人也很让我心疼，奇怪的是，我突然没有了眼泪，我突然觉得哭泣是那样无能为力，现在我已经知道了真相，我也知道了生活远远不是我想象中那样的简单和甜蜜，我要考虑的是如何面对这一切，并且解决剩下的麻烦，我真的好讶异我会突然变得那样冷静和理性。我拉着已经快哭死过去的妈妈说，时间到了，我们走吧。然后对爸爸说：爸，你保重，我和妈妈会好好的，我们会一直等到你出来的那一天，再见。”

2

“虽然生活还得继续，可是我的生活已经支离破碎，爸爸没有了，幸福没有了，赞美没有了，家产也全部没有了，反而是嘲讽和白眼多了不少。妈妈虽然是成年人，可这些年她在爸爸的呵护下一直养尊处优，变得比我还天真，现在面对生活的骤变，她比我还不能适应，很快积郁成疾，只能住院疗养。而我也变成了一名寄宿生，我的高中是省重点中学，人很多，同学都是从各个学校考进来的优等生，在那里我感到了前所未有的压力，我的成绩其实一直平平，能够进入这所学校也是爸爸托的关系，现在想想那是爸爸为我做过的最后一件事。压力大对当时的我而言其实不算坏事，最起码让我觉得生活不那么空虚，我讨厌空虚，因为一闲下来我就会胡思乱想。

“高一第一学期我的生活还算平静，在我的刻苦学习下，我的成绩也能维持在中等，除了经常有一些小痞子骚扰我说我漂亮要和我做朋友外，没有太多人会注意到我，我也刻意和所有人保持距离。我知道在她们眼中我不光彩，因为我有一个贪污犯爸爸，可是我也不愿意对她们低三下四，因为人格上我没有比她们矮小。我以为我会一直如此平静地生活下去，直到我高中毕业，离开我的家乡，却没想到高一第二学期刚开始，我就遇见了他，开始了我人生至今最无法承受的痛。

“他是新调来我们学校的，我最初注意到他是因为他长得很像年轻时候的爸爸，特别是笑容，让我感到又温暖又安全。他很爱笑，所以我总是不由自主地看着他，让我高兴的是，他似乎也在人群中第一眼就看到了我，因为我能感受他的很多笑容都是给我一个人的。我开始关注他、接近他，慢慢发现他不但才华横溢，而且酷爱运动，总是可以看到他在球场上打球时健硕的身姿，慢慢他成了我们女生议论的中心，我身边很多青春期的姑娘都很仰慕他，甚至有几个大胆的女孩直接给他写了情书表白。也就是那时候我知道其实他是有爱人的，还有一个两岁多的儿子，不过他的老婆孩子都还在他原来工作的城市，在张掖他是一个人生活。这让喜欢他的女生们很兴奋，他的单身宿舍里总是有女孩以请教问题的名义过去，待着就不走，这些当然也都是装作不经意听别人说起的，听的时候我酸酸的，应该是吃醋了，心里还有点儿责备他，觉得他太随便了，我也很想到他宿舍找他聊天，不过我不敢，自尊也不允许我这样，我就在远处注视他，感受他对我的每一丝微笑，足够温暖我一整天。在那段孤寂的岁月里，他的笑容几乎可以算作我最为珍视的礼物。真的，我一点儿都没有奢望太多，经历过生活的打击后，我其实挺害怕也很拒绝拥有幸福，因为我总觉得幸福都是假象会突然消失，留下难以承受的痛。

“只是我不是生活的导演，我的人生永远无法按照我的希望发展，我站在人群之外，他却拨开人群向我走来。我告诉自己不要在意，他却向我伸出双手，给我关爱，他似乎知道我的故事，因为他总是给我很多鼓励，告诉我一切都会过去，一切都会好起来的。不知道为什么，如果别人这么说我只会觉得虚伪恶心，可这些话从他口中说出来却是那么让我安心和接受，我俩的关系越来越暧昧，是一种只属于我俩才能体验的暧昧，一个眼神就足以说明，在别人眼中或许我们还是陌生人，在我心里他却成了精神寄托。或许我挣扎又禁忌的眼神刺痛了他，那年四月的一天晚上，在芬芳的栀子花下，他竟然向我表白了。他说他看到我第一眼的时候就爱上了我，因为我的眼神纯净又复杂，他说他看到了疼痛和怯弱，也看到了倔强与坚强，这让他很心疼，他说十七岁的我承受了太多不属于我这个年龄的压力，他想为我减压，让我寻回一个十七岁少女的天真和快乐。他还说他在认识我之前一直以为自己不会为哪个女人真正心动，包括他的爱人也只是父母的安排，他愿意为那个女人负责但他对她真的没有爱，而现在生活中虽然有很多女孩主动示爱，但他压根儿无动于衷、心如止水，直到看到我，才重拾青春悸动和懵懂，重燃激情和冲动，他说这一切都是上天安排好的命运，我俩是对方逃不过去的宿命，我们都是生活可怜的人儿，遇见彼此就要负责将对方拯救。

“他的甜言蜜语让我很感动，他真挚含泪的眼神让我不得不选择相信，而且那时候我真的需要一个厚实的胸膛，让我抵抗爸爸离开引来的黑暗世界，因此我选择了相信他，相信他给我编织的美好未来。我开始和他偷偷交往，白天继续在人群中默默欣赏他，他真的很帅，浑身散发着成熟男人的味道，偶尔还有一丝历经风霜的沧桑感，这些都像极了我的爸爸，而且他真的好有才华，从他那里我知道了很多历史人文知识，古今中外，洋洋洒洒，他都信手拈来，讲到动情处还会哽咽流泪。他的深情和细腻更让我痴迷，我开始相信遇见他是老天对我伤害后最好的补偿，我的人生还是彩色的，我对未来又充满了信心和期待。

“前年夏天，也就是我高一的暑假，他突然说要带我私奔，真的吓死我了，可是我又觉得很刺激很向往，他真的要放弃自己打拼多年拥有的一切带我浪迹天涯吗？如果这是真的，那我也愿意放弃所有，只要每天和他在一起，一分一秒都不分开。我激动得彻夜未眠，幻想了一整夜，我幻想我们会去哪里流浪，幻想什么时候给他生一个宝宝，幻想以后安心当一个全职主妇每天做好晚饭等他下班回家吃，幻想晚上入睡前我会给他轻轻按摩唱着歌儿哄他入睡，他在我的怀里会恬静得像个孩子。第二天一大早他来接我看到我的黑眼圈时吓了一跳，等知道原因后用手在我头上揉了揉说我的笨诗诗，我只是想带你旅游啦，美其名曰私奔而已。虽然当时我有点儿失落，但还是很开心，因为只要能和他在一起，眼前就是最美的天堂。我问他要带我去哪儿，他说带我去凤凰，那是他文化偶像沈从文的家乡，多年前还是少年的他第一次彻夜通读《边城》时就痴迷上这个边陲小镇，并发誓一定要带着自己的‘翠翠’去那里。这些年他走过人山人海，经历世事浮沉，却始终没有找到自己的‘翠翠’，就在他以为那只是少年时期对爱情美好的幻想，只是伟大文学作品中点燃的虚妄，就在心灰意懒决定接受生活给予的平淡和荒芜之际，他突然看到了我，重新点燃了他对爱情对美好的欲望。所以他迫不及待要带我来这里，来这个萦绕在他少年情怀里的凤凰，犹如一个信徒千山万水走过只为那一眼的真诚朝拜。

“我们是坐长途大巴过来的，一路上他都紧紧拥着我，和我一起看着窗外的风景，看着黄土地慢慢变黑，看着荒凉的平原渐渐绿树成荫，他说旅行多好，让我们不会故步自封，让我们的人生得到拓展，他还说有我多好，让他的生命重新焕发青春，而我什么都没说，我只在意和他的点点滴滴，他在身边，世界和我无关，因为他已是我的全部世界。

“我们坐了两天两夜的车终于来到凤凰，几乎刚下车我就爱上了这里，因为这里有着浓郁的人间烟火，一点儿都不虚幻，我看着山间升起的袅袅炊烟，看着沱江上洗衣洗菜的妇女，看着古城里安静怡然的苗族老人，看着巍峨庄严的大山和孤寂的虹桥，我突然有想哭的冲动，这里是那么安静，仿佛躲避人间已经千年万年，这里又是那么喧闹，爱恨情仇一点儿也不少，如果能够一辈子待在这里那该多好！我终于控制不住自己的复杂心情，压抑了好多年的委屈瞬间爆发，我在他怀里大哭了一场，告诉他我已经深深爱上了他，告诉他他是我的信仰我的命，告诉他我希望一辈子和他在一起。那夜，就在我们入住的相思客栈的‘诺言一生’里，他深深吻着我，对我许下了永不分开爱的承诺，他发誓说一定会给我幸福，不再让我受苦。那夜我毫不犹豫地把自己的第一次给了他，我相信这是我人生做过的最伟大的决定。在凤凰的三天，也是我最快乐的三天，我们泛舟沱江，我们探幽寻古，我们长峡漂流，我们对月当歌，我们像真正的恋人一样毫不避讳地爱着，我们像真正的夫妻一样幸福地生活着，我的笑声超过了爸爸出事后一年时光的总和，而我的身体在他的调教下更是感受到前所未有的快乐，总之我是幸福的，幸福得那么真实，那么深刻，就算现在想起，也宛若眼前。

“我天真地以为这一切都可以延续，这一次谁也没法夺走我的幸福，却没想到生活再次欺骗了我，高潮之后就是枯萎，盛夏过后便是晚秋，从凤凰回去后他突然对我变得很冷淡，一开始我还以为他忙，一开始我还坚信我们的诺言一万年不变，直到一个月后他正式向我提出分手，没有确凿的理由，只有淡淡的一句：对不起，我们不是一个世界的人，你忘了我吧。”

3

说到这里，何诗诗已经浑身颤抖，泣不成声。

我赶紧掏出纸巾，递给何诗诗一张，而内心则翻江倒海，无比郁闷，我想他妈的又是这句话，这句话简直他妈无敌通用，谁想和谁在一起时都可以恬不知耻地来一句：我觉得我们上辈子就认识，我们天生就应该在一起。而谁要和谁分手，就可以故作无奈来这句：我们不是一个世界的人，不合适。他妈的，不合适，早干吗去了？还他妈上辈子就认识呢，人啊人，虚伪至极。

我们都是自私的、险恶的、趋利避害的、阴险狡诈的、无情刻薄的，我们都有罪，应该受到惩罚。

何诗诗接过纸巾，轻拭眼泪，然而薄薄的纸巾根本无法阻挡她汹涌的泪水。

我愤怒地质问：“那个人到底是谁？他凭什么说你们不合适？”

或许何诗诗沉浸在自己的回忆中无法自拔，或许她压根儿不在意我的问话，现在她要的只是尽情抒发，总之她没有回答而是擦干眼泪继续诉说。

“我当然知道这是虚伪的借口，我当然不会就这样罢休，我紧紧抓着他的胳膊不让他走，就像当年我追问我爸爸到底有没有犯罪一样，我需要的只是一个真实的答案。面对我的纠缠不休，他终于恼羞成怒了，他指责我给了他太大的压力，让他不自由，他嘲笑我是一个没大脑的白痴，竟然天真到想纠缠他一辈子，他说自己已经错过一次，选择婚姻就足以让自己懊恼终生，他不会再让自己的灵魂被哪个女人羁绊，他说在凤凰我表现出的依赖让他害怕，他怕随着时间递进我对他的依赖会加深，最后会连累他一起沉沦，因此他要悬崖勒马，长痛不如短痛，早分手早安生，从此我俩各不相犯，他继续追求他要的潇洒人生，我也可以找到一个愿意终生厮守的爱人。看着他表情阴冷地说完这些话，我的心完全冰冷下来，我知道他说的都是真的，我知道一切都已经无法挽回，我在内心给我们的爱宣判了死刑，他在我的眼中突然变得那么丑陋，让我恶心到窒息，我头也不回地跑掉了，我再也不想看见这个人，永远都不想看见。

“分手后，我的世界完全崩塌了，我不停地哭，没日没夜地哭，眼睛像漏了一样，时时刻刻都在流眼泪，我把自己关在宿舍里，三天三夜滴水未进，像个死人一样躺在床上，三天后我的身体已经极度虚弱，可肉体上的痛和内心的痛比起来简直九牛一毛。我真的看不到未来看不到希望，我真的对人生不再抱有任何幻想，我的爸爸离我而去已经带走了我的半条命，现在他抛弃我又将我剩下的半条命活活扼死，我活着还有什么意义？我决定自杀，我拿起刀想也没想就朝手腕割去，只是滑稽的是，我虚弱到连自杀的力气都没有，血流了一床，伤口却没深到致命，晚自习回来的同学吓坏了，赶紧报警把我送到医院。我被抢救了过来，在医院躺了整整两个月，其间很多老师同学过来看我，他却始终没来，班主任问我到底发生了什么事情，我始终一言不发，因为那个时候我还深爱着他，我怕说出来会耽误他的事业他的人生，就这样我以我十七岁的身体承受了所有的痛所有的罪。

“出院后学校怕我再做出傻事，派了一个女同学整天陪着我，现在想想学校这样做还真救了我，否则我真的会承受不了再自杀的，那些天我表面上和正常人没有太多区别，可内心深处却时刻犹如火山喷发一样备受煎熬，我想不通为什么那么好的爱情说没就能没，我想不通为什么那么好的人说变就能变，我想不通为什么他从头到尾都没有过来看我一次安慰一句，变得那么绝情那么残忍，我想不通为什么到这个时候这个地步了我还在维护他还在挂念他我他妈的还深深爱着他我是有多贱啊！我想不通的事情越来越多，而最最让我痛苦无法承受的是，虽然我那么不想看见他但我每天都会见到他，他还是那样英俊潇洒，还是那样才华横溢口吐莲花，他仿佛没有任何愧疚任何不安，甚至看我的眼神都那样平静，没有人会把我的痛苦和他关联。而我只能无可奈何地看着他，仿佛看着自己已经腐烂的伤口，看着他无动于衷，看着他和别的女孩谈笑风生，看着那帮愚蠢的女孩对他流露出爱慕的眼神发出崇拜的赞美。这些都仿佛尖刀一样对我的灵魂进行凌迟，我真想对天下人宣告他是个骗子是个魔鬼。可是我什么都不能做，我连自杀都不可以，我只能像个白痴一样傻傻看着前方静静流泪，一流一整天，我只能在夜深人静的时候无法承受那快要把我撕碎的痛，突然像只濒临死亡的兽发出可怕的哀号。我怕吓到我的室友，只能将被子紧紧裹住身体，然后在里面拼命摇头张牙舞爪在自己身体上咬着抓着，让肉体的疼痛来暂时缓冲内心无边无尽的煎熬。

“我没有死，我坚强地活了过来，我用了整整一年的时间才让自己有勇气再次面对这个现实残忍的世界，我又自我催眠了小半年才让我对人生又有了点儿期待。从那个时候开始，我就对自己说，这世界压根儿就没有真爱，也压根儿没有诺言，男人都是骗子，不管他是多么道貌岸然，多么才华横溢，都抵不过一颗自私虚伪的淫恶之心。也是从那时候开始，我发誓要离开张掖，离开西北，我要考到中国最时尚最繁华的地方，然后再从那里出发，去世界最时尚最繁华的国度，实现我爸爸对我的希望，我要靠自己的努力，像候鸟一样，飞到世界最温暖的中心，寻找属于我的幸福，而不是忍受贫瘠，被命运掌控。

“只是留给我的时间已经不多了，再过半年就要高考，而过去的一年半我每日犹如梦游，根本没心思学习，成绩早就一塌糊涂，我再这样下去，不要说没法出国，就算离开张掖都是痴人说梦，我吓得浑身哆嗦，开始警醒，没日没夜地学习，过去数年我承受的苦痛也不是一无是处，因为这些经历让我变得很残忍，不光对别人，对自己也一样，我不再接受任何借口，只要我明确了目标就一定要完成，哪怕粉身碎骨。那些天我每天最多只睡四个小时，除了吃饭喝水上厕所，所有时间都用来学习，看书看到恶心了也强迫自己继续。就这样我的成绩在短短四个月内突飞猛进，高三前的最后几次模拟考试时，我都能稳稳进入学校前三十名，高考我更是发挥超常，成功考到了上海，考到了我们学校，所有人都愕然，连我们校长都认为这是一个奇迹，到处演讲说他创造了一种新式高考冲刺学习法，只要半年就可以让一个差生脱胎换骨考进重点院校，我就是最有力的证明。

“高考录取分数线下来后，我们所有上榜的同学集体邀请老师们聚餐。那天真的很热闹，压抑了三年的同学们都尽情宣泄，学生和老师们一起大口喝酒，一起互相打闹。那天我收获了很多人的祝福，不管平时对我好的还是看不惯我的人，都对我真心佩服，我获得了前所未有的满足感，原来通过自己的努力征服别人是那么快乐。那天他也来了，敬酒的时候他和其他老师一起笑嘻嘻地对我说了一些冠冕堂皇的套话，眼神还是那么自然，仿佛曾经的甜言蜜语都是浮云，曾经的伤害都不存在。那一刻我突然觉得很恶心，像吃了苍蝇一样，我本来想扭头就走，可是我变了，我不再是那个很容易哄骗很容易被抛弃的人，我不再是那个谁都可以欺负都可以踩两脚的人，不管谁得罪我都要付出代价，反正我也要离开这个让我伤心的地方，我没有什么好顾忌的，所以我突然上前猛抽了他一个耳光，把酒泼到他的脸上，并且大骂他是骗子。他吓得面如土色，傻傻地愣在原地，让我意想不到的是，竟然没有人阻止我的行为，反而在我的带动下，又有几个女孩哭着上前对他又打又骂，而他也终于无法继续装作无辜的样子，只好带着满身的污秽离开。他离开后我们又继续喝酒，直到每个人都把自己灌醉，我也不例外，我醉倒前一秒觉得自己自由了，我的前十八年拥有过许多幸福，也承受过很多痛苦，很多人爱我护我，也有很多人骗我恨我，不过这些都已经不再重要，我完成了自己的涅槃，酒醒我将离开这个地方，从此一去不返，在这块土地上发生的所有恩怨，通通一笔勾销。

“再见了，张掖；再见了，家乡；再见了，爸爸；再见了，妈妈；再见了，我的十八岁，再见，我残忍而破碎的青春。”

4

那天上午我听何诗诗边哭边回忆着自己的故事，心中感慨万千，除了渐渐明了她为什么会成为现在这样的女孩，也感慨自己的成长虽然平淡，但未尝不是一种幸福。

我出生在江苏扬州一个普通的教师家庭，父母为了省事干脆给我取名苏扬，我性格温和，个性中庸，还有点儿小懦弱，与世无争，这让我从小就风平浪静地过着日子，循规蹈矩地成长着，没有获得太多耀眼的记录，也没有经历任何苦难的生活，小富即安是我对生活全部的企图。我想如果何诗诗的这些遭遇发生在我身上，身为男人的我肯定都无法承受，由此可见何诗诗其实是个坚强的女孩，值得有人为她牺牲，虽然她极有可能选择永远都不再信任。

我不知道何诗诗为什么选择告诉我她的全部，是没有把我当外人还是因为我只是一个陌生人，因为陌生人最安全。我只知道听了何诗诗的故事后，我不但没有心生畏惧，反而更加爱她，因为我理解她所有的苦痛，所有的无助，所有锋芒背后的不容易，所有坚硬背后的软弱，此刻我真想把她拥入怀中，告诉她我要好好爱她好好照顾她，可是我很快打消了这个可怕的念头，因为就在同样的地方，一个男人说了同样的话然后将她深深伤害，我如果也这样做也这样说只会让她对我更加反感。更何况，我拿什么去爱她？我和她真的不是同一个世界的人，虽然我无比不待见这句空话套话，但又不得不承认这句话杀伤力巨大，可以抹去所有的爱恨，仿佛什么都没有滋生。

何诗诗终于不再哭泣，她轻轻问我在想什么。

我说："我想我应该已经知道自己该怎么做了。"

何诗诗"哦"了一声，说："可以告诉我吗？"

我迟疑着，不知道应不应该告诉她我已经决定不再打扰她，今晚我就想离开，从此以后我只在她背后注视着她，暗中祝福着她，而不会给她带来任何麻烦，这是我深思熟虑后能够为她做的全部，以我目前的道行和能力，真的无法让她重燃爱火，无法给她她想要的幸福。我深呼吸了两口，决定不再逃避，只要我说出来，一切都可以了结，我又可以轻装上阵，做一个没心没肺的屌丝，过着不咸不淡的生活。

只是我话还没来得及说出口，就看到何诗诗脸上滚下豆大的汗珠，她的脸色突然煞白，声音也颤抖起来，她撑着双腿试图站起来，只是刚起身又立即弯下腰，拼命捂着肚子痛苦万分地说："肚子，我的肚子好痛，啊……"

"何诗诗，你怎么啦！"这突如其来的一幕吓得我手足无措，看到何诗诗捂着肚子喊痛几欲昏倒的模样，我再也不多想，一把抱住她，将她托了起来，然后向岸边跑去。我边跑边大声说："何诗诗你不要害怕，坚持住！我这就送你去医院，你不会有事的！"

何诗诗在我的怀里疯狂喊着好痛，脸部因为疼痛已经扭曲变形，眉头紧锁眼睛瞪圆，额头则青筋暴露。突然我的胳膊传来一阵剧痛，原来何诗诗疼到无法忍受，竟然用尽全力狠狠掐着我的胳膊，我疼得差点儿将何诗诗扔了出去，等反应过来后屏气凝神，咬牙强忍，继续向前冲去。

古镇上游人很多却没有医院，我抱着何诗诗犹如困兽，在人群中不停地发问："医院在哪里？请告诉我医院在哪里啊！"然后顺着不同人指示的不同方向东突西奔了好久才找到通往风凰新城的道路，何诗诗已经痛得半晕过去，眼睛无神地看着我，连掐我胳膊的手也没有了力量，我拦下一辆出租车对司机大声说："快送我们去医院，快！"

十分钟后，出租车在凤凰第一人民医院门口停下，我抱着何诗诗冲进了医院急诊室。医生在紧急诊断后对我说："急性阑尾炎，得立即做手术。"

何诗诗已经醒了过来，疼痛似乎也轻缓了些，她对我摇头说："我不想做。"

何诗诗说她害怕，她觉得自己会死在这里。

我安慰她："傻丫头，阑尾炎只是一个小得不能再小的手术，虽然疼起来要命，但做起来很简单，而且肯定安全。"

何诗诗疯狂摇头说："不是这样的，我有不祥的预感，我的病绝对不会是阑尾炎这么简单。"何诗诗哀声求我："苏扬，求求你，带我回张掖吧，就算死，我也要死在家乡，死在父母身旁。"

我说："何诗诗你肯定是疼糊涂了，真的不会有事的，我会一直在你身边照顾你，直到你康复为止。"

我们的对话让医生很不爽，医生说："你们是不是偶像剧看多了？在医院谈情说爱？你们到底做不做手术了？"

我们同时回答。

何诗诗说："不做。"

我说："做。"

医生蒙了，说："什么情况？我到底听谁的？"

何诗诗对医生说："听我的，他又不是我什么人！"

我对医生说："听我的，我是她男朋友。"

我说这句话的时候是如此坚决，坚决到连何诗诗看我的眼神在我强大的气场下都慢慢柔软。

我第一次在何诗诗面前如此强大，我不知道自己是哪儿来的勇气，但我知道我只想保护她。

我深吸了口气，缓缓对医生说："我把我女朋友的生命看得比我的命都重要，她受了太多的苦难，我不会再让她受半点儿苦，所以这个手术我们一定做，现在她受点儿苦，把阑尾割除，以后就再也不会因它而痛苦，否则留在体内，迟早都是隐患。"

医生乐了，说："小伙子，你别对我说啊，这些话你应该讲给你女朋友听。"

我低头，深情地看着何诗诗："相信我，你会好起来的，一切都会过去，我知道我没有资格说这些话，但我说的全是真心话，求求你，相信我。"

何诗诗的眼泪又流了出来，她闭上了眼睛，慢慢点头。

医生似乎也被感动了，说："小伙子你够痴情的，肯定是偶像剧看多了，好了，别煽情了，你赶紧去交费吧，下午就做手术。"

手术费加住院费要三千块，我没带那么多钱，赶紧找了部公用电话给老马打电话求助，电话里老马特兴奋地说："你他妈在哪儿旅游呢？老子我发达了！有一个世界五百强找到了我，说让我去工作呢，你说我到底去不去啊？"

我打断他说："快别他妈废话了，赶紧给我打三千块，回去还你。"

老马说："你要那么多钱干吗？我账上也没那么多钱。"

我说："那你就赶紧去借，我这儿有急用，这些天发生了太多事情，回去再和你说。"

老马还想和我讨论下他去五百强工作的事，我已经不耐烦地把电话挂了。走出电话亭，我突然有一种长大了的感觉，我告诉自己，从现在开始，我要变得冷静、积极、高效，至于那些想对何诗诗说的话，等她身体好了再说不迟。

老马挺靠谱，没过半小时就收到了他打过来的钱，我顺利交了手术费和住院费，然后又买了一些水果和营养品，在手术室外静静等候。阑尾炎的确是个小手术，从头到尾不过四十来分钟，何诗诗从手术室里被推出的时候精神有点儿恍惚，可能是麻药还没过劲的缘故，不过她的思维应该还是清楚的，因为她看到我一脸悲伤苦大仇深的表情时，还有心情说了我一句："讨厌，我又没死掉。"

我说："看到你受罪就难受。"

她说："那你这几天就好好照顾我吧，你要说话算数。"边说边伸出手。

我点头，也伸出手，却不知道该握不该握，我渴望，但害怕，所以愣在空中。

何诗诗低声说："抓住我。"

我立即紧紧握住何诗诗冰冷的手，并将之放入我的怀里取暖。

何诗诗，如果可以，我愿意照顾你一生一世。

可是我知道，等你身体好了，一切都会结束。

你依然是那个历尽风霜、高高在上、志存高远的女王。

我依然是那个经历简单、一无所有、胸无大志的屌丝。

我们之间的距离，绝不会因为此刻的感动而消失，回到上海，我们都将回到现实，原来我还可以装疯卖傻，死缠烂打，可是现在我知道了你的故事，我连装傻的理由都没有了，何诗诗，我会找准自己的位置，寻找合适的存在，默默地爱着你，不再给你带来任何麻烦。

何诗诗，我的这些心思，你又何时能知？

我真的不知道何诗诗会不会知道我的这些心思，她又关不关心，我只知道在何诗诗术后恢复的那一周我们是简单而快乐的，我退了回去的车票，安心陪何诗诗养病。何诗诗似乎也不再想那些让自己心烦的事情，每天都过得恬静而安逸，开始几天她还不能下床，我就在床前给她端茶倒水，陪她聊天，她如果不想说了，我就看着她休息。我总是看不够她，因此很多时候她睁开眼睛都会愕然发现我保持着不变的姿势看着她，同病房的病友们都夸我人好，说何诗诗好福气，找到如此情深义重的男朋友，现在靠谱的男孩不多了，她得好好珍惜。何诗诗笑笑也不解释，仿佛默认了我们的关系。

后面几天，何诗诗能下床了，我租了个轮椅，每天推着她到沱江边，看流水，晒太阳，我们之间的话依然很少，但能感觉到两颗心很静，有的时候我会给何诗诗唱歌听，说起来唱歌可能是我唯一有天赋的技能，不管什么旋律我听上一两遍后都能够唱出。何诗诗最喜欢的歌手是王菲，最喜欢的歌曲是《红豆》，最喜欢的歌词是那句：有时候，有时候，我会相信一切有尽头，相聚离开都有时候，没有什么会永垂不朽。何诗诗说这是她宿命的写照，每次听到这句的时候都会想哭，可还是那么想听，于是我会一直唱一直唱这首《红豆》，很多时候她都在我轻轻哼唱时安静地睡去，我会继续吟唱，然后推着她轻轻走过美丽而悠长的沱江。

术后第七天，何诗诗伤口恢复得很好，顺利拆了线，我们买了回程的车票，走前最后一次来到沱江。何诗诗面对着江水伸开双臂，闭上了眼睛，犹如鸟儿一样沐浴在江风中，阳光在她身上洒下，让她通体透明，过了好半天她突然睁开眼睛，双手聚拢在嘴边，对着江水大声叫喊：“我想留下来！我不回去了！”江水不语，而群山则留下了她的回音，她转过身来，已经泪流满面。

何诗诗张开双手，突然扑入我的怀里，紧紧将我拥抱，哽咽着说：“这些天我真的很宁静，苏扬，你是个好人，谢谢你。”

恋爱最珍贵的纪念物/是你留在我身上的那些改变
——陆佑嘉/26岁/写给年少回不去的爱

本章插曲

写给年少回不去的爱

王熹蛮<喜欢你的小秘密>

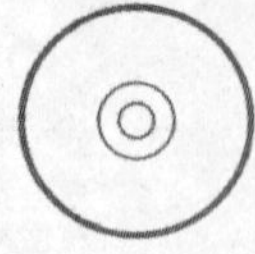

今早起床的时候突然好想你
为什么拿起手机　没有你的讯息
熟悉的号码拨出　想听你声音
在哪里　好想你　我该说哪句

每天都在等爱神的降临
期待丘比特的金箭会射中我和你
我小心翼翼偷偷喜欢你
只是你还没注意　我的那点小情绪
全都藏得很仔细　没关系

喜欢你的小秘密　现在就说给你听
自从那天遇见你　我就迷失了自己

好多写给你的告白信　从来没勇气给你
相不相信是命运　让我们相遇
想和你在一起

第五章

Chapter

无常

总有那么一天，
你会对我失望，我也会对你失望。
就像从前经历过的所有爱情一样，
开始那么甜蜜，最后又是那么哀伤。

1

回程的火车上何诗诗依然是软卧，我依然是硬座，我们之间的话依然不多。到了上海站，何诗诗叫了一辆出租车问要不要一起回学校，那冰冷的表情明显表示我只是客套问问而已。我说：“不了，我坐公交车。”何诗诗也没强求，对我淡淡说了一句“再见”，然后自己就先走了。

虽然我已经做好了足够准备，但面对何诗诗呼啸而来的冷漠还是觉得心疼，我拖着疲惫的步伐走到公车站，等了好一会儿公交然后晃晃悠悠坐了半天才回到学校。

老马看到我回来特别高兴，说有特大喜讯告诉我，我说是不是“五百强”的事，老马说正是，他已经去面试过了，并且和那老头相见恨晚，俩人整整聊了十个小时，彼此情投意合，喝酒立誓一起做一番惊天地的大事。我看着老马吐沫飞溅神采飞扬真怀疑自己穿越了，我询问了几句确定老马和我见的是同一家公司同一个人无疑，于是只能感慨世界真奇妙。老马说自己压根儿没给这家公司投简历，因此现在这一切都是命运的安排，他老马注定今生飞黄腾达不可一世，说完还用同情的眼光看着我安慰我面包总会有的，找工作一定不能急，只要人品好，工作主动找上门，他是最好的证明。

老马可能是太想我了，喋喋不休还想说些什么，我却爬上了床说太累了，想先睡觉。

老马突然白眼珠一翻说："对了，我刚在网上看到一个很给力的帖子，里面还有你熟人呢，你快看看吧。"

我狐疑说："啥帖子？"然后赶紧下床冲到老马电脑前。老马登录的是一个境外中文网站，需要翻墙才能浏览，上面总是有各种国内网站看不到的消息，大多涉黄涉政治，我看到老马已经点开了一个名叫"游戏展showgirl援交价目表"的帖子，上面说现在游戏展的showgirl接受援交已经是公开的秘密，游戏展表面上是推荐游戏，暗地里则是选拔援交少女，然后由专门的公司组织进行配对援交或者包养。帖子上面还罗列了数十名援交女郎的资料、收费标准以及可以提供的服务，看着花花绿绿的女孩照片还有触目惊心的服务标准，我的心慢慢往下沉。人气和收费越高的援交女郎越排在后面，我足足看了十分钟才看到最后一页的最后一个女孩，我一个字一个字地默读着这个女孩的资料：何诗诗，19岁，在校大学生，身高1. 68m，三围85cm，58cm，85cm，每星期可以服务两次，每次收费2000元。我边读边说不可能，肯定是重名了，然后颤抖着点开照片，很快出现在我面前的正是让我魂牵梦萦、让我快乐痛苦的何诗诗，照片上的她穿着性感的三点式，双手紧握在胸前，淡淡微笑却明显忧伤地看着前方，犹如一个找不到天堂的天使，那么蛊惑，又那么让人心疼。

老马得意地显摆："怎么样，我厉害吧，这个网站一般人上不去的。"

我没有说话，我脑子里满是，怎么会这样，怎么会这样，何诗诗怎么会这样？

老马继续没心没肺地调侃："我说哥们儿，你是不是特恶心？你喜欢的是一只鸡唉！说实话，我第一眼看到她就知道不是什么好东西，特能装，他妈的，有啥好装的啊，不就是我们没钱吗？有钱她就服帖了，让她干吗就干吗，擦，就是一只小鸡。"

我突然勃然大怒，猛站起来对老马大吼："去你妈的，你他妈有种再说一遍。"

老马愕然："你发什么火啊？我又没有瞧不起你。"

我说："反正不准你这么说何诗诗。"

老马也生气了："我为什么不能说，她能卖，我就能说，擦，我明天让全校人都知道。"

我已经忍无可忍，生平第一次朝别人挥舞了拳头，用尽全力。

老马被我打蒙了，很快从地上爬起来，咆哮着说："苏扬，你竟然为了一个女人打你的兄弟，你他妈还是人吗？"然后疯了一样对我还击。

我压根儿没躲，老马的王八拳一拳拳抡在我脸上，火辣辣的，竟然不疼，还挺舒服。

我说老马："对不起，我不配做你兄弟，你打死我吧。"

说完我突然哭了起来，我蹲下，紧紧抱着头，痛苦万分："我擦，怎么会这样？怎么会这样？她为什么要这样做？"

老马也愣住了，好半天才长叹一口气说："作孽啊，早知道你这么当真投入，就不给你看了。"然后转身离开了。

我已经没有力气上床，干脆躺在地上，这些天发生的事情太多，我的脑袋已经有点儿反应不过来，但还得细细琢磨，回忆倒带，将所有线索结合，我终于明白何诗诗为什么苦苦请求我一定要让她去游戏展做showgirl，终于明白她说这次机会对她很重要的深层含义，终于知道她在游戏展上如此卖力表现堪称完美背后的动力，终于知道游戏展闭幕时带走她的老板意欲何为，终于知道第二天清晨在女生宿舍楼遇见她时她刚做了些什么，终于知道她说自己是一个目的性很强的女人所言非虚，何诗诗确实工于算计，并且执行力超强，她正在下一盘很大的棋，可是她这样做的目的究竟是为了什么？是自甘堕落？是为了报复那个男人？还是有着其他可能？

不管如何，本来我已经下定决心不再继续纠缠何诗诗，因为我知道那是一场没有胜算的战役，何诗诗的幸福不是我能够给予的，可是现在我又改变了主意。是，我确实没有本事让她相信，也没有本事让她能够过上她要的生活，可是她现在在作践自己，在进行一场危险的游戏，稍有不慎会将自己毁掉的，我不能坐视不理，我一定要将她拯救，等她悬崖勒马、金盆洗手后我再从她生命中消失不迟，想到这里，我内心又充满了大男子主义英雄情结，并且为再次找到和何诗诗交往的完美借口而欣喜不已。

2

我决定第二天就找何诗诗深聊一次，我有信心可以说服她，不过在和何诗诗聊天前，我得先和老马谈一次，不管如何，刚才我先动手是我不对，老马虽然人有点儿神经兮兮，但这些年一直是我最铁的哥们儿，我有事他从来都没有袖手旁观过，我大学爱情梦是没什么指望了，不能再失去我的好兄弟。

我等到十二点，老马都没有回来，我只能去找他了。找老马不像找何诗诗那么费劲，这孙子吃喝拉撒的行踪我通通掌握，这么晚不回来，用脚趾也能想到他在附近网吧通宵打游戏。果然，我刚走进我们经常玩儿的网吧，就看到老马正全神贯注在玩“帝国时代”，我拿起老马面前的烟，点燃一根，老马看了我一眼，没说话，继续狂打游戏，感觉鼠标都快被他按坏了。我就在旁边静静看着老马，等一局过后，老马把耳机一摘，鼠标一扔，对我说：“走，喝酒去。”

我们校外有很多通宵营业的大排档，除了不健康，价格和口感都没得说，大排档的主人基本上都是夫妻，偶尔也有一些姐妹花店主，那么她们家生意保准火爆，学校里的小伙子们一个个干柴烈火，几乎每晚都钻进姐妹花的排档里，一边喝酒吃肉，一边和姐妹花店主瞎贫。姐妹花们也不吝，荤的素的都能接，不怕你来，只要你有，兵来将挡，水来土掩，颇有龙门客栈里金镶玉的风韵。几年一晃，大一的孩子变成了大四的老菜皮，玩笑是越开越过分，有的时候还动手动脚，更有人对姐妹花投入了真感情，于是等毕业后离校多年，教书育人的师长是早已记不得了，唯独姐妹花的风情犹在心头，咂摸一下，酸酸的，甜甜的，还有点儿疼。

我和老马本来想去一对四川姐妹花开的排档喝酒。那对姐妹花里的妹妹长相酷似汤唯，和其他姐妹花店主不同的是，她有点儿冷，不太会接我们的话，有的时候玩笑开重了，她还会脸红，然后娇羞说我去看菜好没，逗得我们一个个倍儿有满足感。而姐姐则开朗大方，风情万种，并且能说会道，特有眼力见儿，和她说话都会产生一种幻觉，好像在和她恋爱。这对一冷一热的姐妹花几乎涵盖了所有男生喜好的种类，是全校男生集体YY的对象，因此她们家的生意也一直最好。没做几年两人就分别在上海买了一套房子，然后找的老公也都有头有脸，据说日子过得挺幸福，姐妹俩的故事给我们这些屌丝们上了一堂励志课。

那晚我和老马过去的时候已经人满为患，无奈只能到隔壁的一对安徽夫妻开的排档，里面竟然一个人也没有，夫妻俩都哭丧着脸，仿佛谁都欠他们两百块。我点了几份小炒，对店主说再来四瓶纯生，冰的。老马打断说来八瓶，我瞅了老马一眼，然后说："那就八瓶。"

菜还没上来，我和老马已经对吹了四瓶，却一句话都没说，仿佛谁心中都憋着一口气。等喝到第三瓶的时候，我感觉有点儿急了，再这样喝下去我就得醉了，何况我找老马又不是拼酒的，于是我想向老马先道个歉，只是我刚开口，老马就打断了我。老马大手在空中一挥，一脸豪情："苏扬，你放心，我不会把何诗诗的事情说出去的。"

“不是，我……”

“这跟我没关系，我告诉你，我还真没那个空，明儿我就去上班了，五百强，老头特喜欢我，我有的是事做，我告诉你。”我这才发现，老马舌头已经有点儿大了。

“老马，我找你不是为了这事。”

“你拉倒吧，你不是为这事你能主动找我？你多牛啊，为了一女的能打你最好的兄弟，苏扬，你还有良心吗？我对你多好？哪次考试我不给你创造作弊机会？没有我你早退学了。不说远的，就前两天你突然问我借钱，擦，我也没有啊，我二话没说，宿舍挨个儿借个遍，都快借到隔壁宿舍楼了，你还打我，真是伤透我心了。”老马看来是真伤心了，一边说一边喝酒，排档灯光朦胧，我总觉得他眼眶都红了。

我按住老马的手，我说：“老马，你对我是很好，我一直庆幸能遇到你这样的兄弟，这次呢是我不对，我他妈这几天经历的事有点儿复杂，都快把我整成神经病了，我也挺痛苦的，不说那么多废话了，我干了瓶中酒，你就原谅我吧。”说完，我一仰脖，把手中新开的一瓶酒一口气喝完。

喝完后我通体舒畅，过了理智的临界点后，人的酒兴反而高了起来，我对老板高声说，“再来八瓶，还有菜快点儿上，都没人，还这么慢，不像话。”

老板显然不乐意了，但看我们酒喝多了的样子，也没多说话，转身拿酒去了。

老马听完我的表白心情似乎好了一些，一边喝酒一边调侃：“苏扬，你够可以的啊，旅游一趟胆儿肥了，不但敢打我，还敢凶别人了，你不怕他们在菜里吐两口痰，给你吃吗！”

我说：“我不怕，再恶心的我都吃过，再憋屈的我都做过，我他妈现在什么都不怕，擦，我算个屁啊，我屁都不是，我他妈一天到晚只知道为了别人想，我他妈够贱的了。”

说这些话的时候我想起了何诗诗，酒壮屄人胆，强烈的委屈涌向心头，何诗诗，我那么爱你，在我心中，你冰清玉洁，你怎么会自甘堕落，做这种皮肉生意呢？我他妈以后怎么好意思说我爱的姑娘太美了太有气质了太有内涵了太有志向了太完美了，可她是个小姐，你让我怎么说得出口啊，何诗诗？

仰脖，抬头，又是一瓶见底。

新上来的八瓶啤酒分分钟又被我干掉三瓶，我喝得眼睛都已经直了，心情却是前所未有的舒畅，我压抑了太久，需要发泄，酒是最好的载体，喝了酒后我不再怯懦，我可以直面自己内心所有的压抑和无助，仿佛是另外一个人，正对自己进行无情的批判，越是批判得严厉，自己越是痛快。

后来老马都吃不消了，老马说：“好了，别喝了啊，我原谅你了还不行吗？我压根儿没生你气，我们多少年的兄弟啊，真是！”

我推开老马，我说：“你滚开，跟你他妈有毛关系，你懂个屁啊……老马，你说实话，我他妈爱的人竟然是个小姐，你是不是特别瞧不起我？我他妈还天天渴望给小姐幸福，渴望让小姐相信真爱，是不是很贱？”

老马眼睛一眯，脖子一横：“你是很贱，不过我没有瞧不起你，我他妈哪里有资格瞧不起你？我他妈比你更贱你知不知道……擦，你最起码还有一个爱的姑娘，我他妈连个 YY 的对象都没有。”

我说：“你别他妈饱汉不知饿汉饥，站着说话不腰疼了，你他妈都有女朋友了，还 YY 个屁啊。”

老马突然大笑起来，边笑边摇手：“哈哈哈哈，没有，都是假的，我骗你们的，我他妈压根儿就没有过女朋友，哪个妹子会看上我啊？我他妈不爱慕虚荣吗？怕你们瞧不起，希望你们觉得我牛逼，就编了一个，哈哈，没想到你们还都上当了，你说，我是不是很贱啊！”

“擦，你他妈是够贱的，好，从现在开始我是天下第一大贱人，你是天下第二，咱俩……真是他妈好兄弟，来……好兄弟，喝一口。”

老马也乐了，拍打着桌子说：“说得好，我们都是贱人，谁他妈也别装牛逼，来，贱人苏扬，贱人老马再敬你一瓶。”

那晚我们到底喝了几瓶酒，对我而言多少年来都是个谜，我只知道是我喝得最大的一次，也是最酣畅淋漓的一次。从某种角度那顿酒解救了我，让我直抒胸臆，没有憋屈死。后来我在床上躺了三天三夜都没力气下床，等第四天走出宿舍时浑身神清气爽，颇有重新活过来的感觉。

3

那是 11 月底的一个星期二下午，我来到教学楼，坐在前面的花圃台阶上，一边抽烟一边等何诗诗。今天下午她们在这里有两节必修课，此前我电话打到她宿舍，女胖告诉我何诗诗从凤凰回来后第二天就搬走了，据她无敌可靠消息应该是和一个高帅富到校外同居了。女胖说这话的时候很得意，她说看来那天晚上集体和她吵架就对了，因为以前她还老装清纯，现在干脆公开了自己放荡的生活，真够嚣张的。

如果是以前我肯定会立即破口大骂女胖一顿，但这次我只是随口说了一句“你牛逼”就挂了电话。没办法，既然何诗诗已经不住宿舍，就只能在教室门口堵她了，虽然我也觉得这样做影响有点儿不好，但想对她说的话必须说完，这对我而言责无旁贷。

四点整，下课铃准时响起，我冲进了教学楼。何诗诗上课的教室就在一楼，我站在教室后门，透过门上的玻璃看到何诗诗正低头收拾着课本，长发遮盖住了她秀美的脸庞，她衣着时尚，气质优雅，将身边的女孩映衬得犹如丑小鸭。她没有急着离开教室，而是等人走得差不多了才一个人匆匆离开。

“Hi！”何诗诗刚走出教室我就轻轻叫她，声音有点儿抖。

何诗诗压根儿没抬头，继续往前走，看得出来她有事想匆忙离开，她这么忙到底是要去干啥呢？是忙着去卖吗？我无法控制地去这样想，无法控制地因此而悲伤。

“何诗诗！”我加大了声音。她应声而停，抬头，看到我后脸上掠过一丝惊讶，客套地说，“苏扬，好巧！”

“我是专门来找你的，我可以和你聊会儿吗？”我决定开门见山。

“哦？”她迟疑，看得出来她在挣扎。

“拜托了！有很重要的话对你说，就半个小时。”我几乎是在哀求了。

“现在不行！”她瞬间稳住了情绪，又拿出一副女王的表情，“要不明天中午十二点，我们浮士德见。”

“能不能……”

“不能。”她不耐烦地打断我，“如果你等不及，就算了，我还有事，先走了，拜拜。”说完，她伸出手对我摆了两下，动作透露出说不出的风情。

我真是痛恨我自己啊，都这个时候了，刚被人像打苍蝇一样无情拒绝，还有心思欣赏她的美，由此可见，我真不是一般的贱啊！

可是没办法，不管何诗诗是什么人，不管她说什么话，做什么动作，我都会立即沉沦。现在我能做的只是苦苦地等。回到宿舍，我躺在床上，看着时间，心想何诗诗现在应该回到高帅富给她安置的家里了吧，现在高帅富应该也到了吧，何诗诗应该正在洗澡吧，接着应该给高帅富脱衣服了吧，现在两人应该滚床单啪啪啪了吧。何诗诗最喜欢什么体位呢？我看那个价目表上说她可以接受口做，她的技术是不是很好呢？她会有快感吗？她会有高潮吗？他们一夜做几次？她是做完就立即收钱吗？整个过程她会想到我吗？她会知道我正像一个变态思念着她，幻想着她的一举一动吗?

好不容易挨到第二天上午，我早早来到浮士德咖啡馆，要了一杯柠檬水，然后焦灼不安地看着门口，等待何诗诗的到来。如我所料，十二点时我连何诗诗的影子都没看到，我一直等到一点半，才看到戴着大墨镜、提着宽大皮包的何诗诗款款而来。何诗诗坐在我面前，浓郁的香水味儿立即传来，是那种我以前路过高档商场时才能闻到的香水味，眼前的何诗诗哪里有一丝学生模样，完全是如假包换的白富美，我看着何诗诗，想着不过一周前我俩还在千里之外的凤凰一起看风景，紧紧拥抱，现在回到上海又变得如此陌生如此冷漠，嘴角不由自主一阵苦笑。

何诗诗摘下墨镜，说："不好意思，我来晚了，有点儿累，多睡了会儿。"

我心想：可不得累嘛，战斗了一夜，看来这钱也不好赚啊。

何诗诗从包里拿出一个牛皮袋递到我面前："还给你。"

我打开一看，是一沓钱，我问何诗诗："什么意思?"

"我的手术费和住院费，我还没好好感谢你呢!"何诗诗一边说一边翻菜单，"今天我请客，你想吃什么?"

"不必了。"我把钱递还给何诗诗，心想这钱应该是男人们刚给她的卖肉钱吧，好像还残留着她的体温呢，这钱我他妈可不能要。

何诗诗抬起头，她似乎发现了我的一丝异常。而我也没有躲避她的眼神，我的目光有一丝愤怒，还有一丝埋怨，就这样直勾勾地看着她。

"啪!"何诗诗把菜单重重丢到了桌上，挑衅地问，"苏扬，你想怎样?"

"不想怎样!"我热血上涌，眼神没有一点儿怯弱。

"你不是有话要对我说吗?那就快说。"何诗诗在我的逼视下竟然退缩了，"等会儿我还有事。"

"好，听说你已经搬出去了。"我本来想说的是"你迷途知返吧"，但不知道为什么一张口却是这样一句不痛不痒的话。

“是啊，搬出去了，我不想和那些女人一起生活。”何诗诗很大方地承认，“你不会是想劝我搬回来吧，那没可能的。”

“你和别人同居了？”

“怎么会？我自己租的房子。”何诗诗笑了，说不上是冷笑还是自嘲，“再说了，我又没男朋友，和谁同居？”

我没有说话，我在酝酿着待会儿究竟该如何捅破这层窗户纸，固然应该直接，可我总不能直接说：“何诗诗，你别当小姐了好不好，你迷途知返吧。”

“原来你找我就说这个啊，我还以为多大的事呢！”何诗诗显然放松了不少，她柔柔地斜靠在沙发背上，点燃一根烟，继续挑衅地问我，“苏扬，我说你是不是没事闲的？你别怪我说你又自作多情自讨没趣，你有什么资格来过问我的生活？你是我什么人吗？啊，对了，你是我的辅导员，你总不会要告诉我学校规定在校生不能在外租房子吧。”

“你放心，我肯定不会拿校规来吓你，你犯不着来堵我嘴。何诗诗我知道你一直看不起我，但你也别小看了我。”何诗诗的挑衅让我热血上涌，我也冷笑着对她说，“你当然可以在外租房子了，谁他妈也没法干涉你，但何诗诗你扪心自问，你租房子的目的到底是什么？只是因为不待见那些傻逼女人？别装了，你租房子是为了更好地接待男人吧，何诗诗！”

我的声音有点儿激动，这些压抑了许久的话终于喷薄而出，大快我心，原来对女人吼是这么爽的一件事儿。

“苏扬，你说什么？我不明白。”何诗诗突然像只刺猬绷紧了身体。

她的反应再次让我心疼，我想当年她在得知自己爸爸被“双规”，自己初恋情人突然说分手时应该也是这副紧张不安的表情吧。我的语气一下子软了下来，近乎哀求：“何诗诗，你的事我都知道了，我不想说什么大道理，我只想说你不能再执迷不悟了，那些男人玩弄的是你的身体，而你消耗的却是你的灵魂，这样下去你会越陷越深，最终会毁了自己的。”

何诗诗脸色一会儿青一会儿白一会儿红，仿佛武侠高手在修炼内力大循环，就差头顶冒烟了。过了好半天她才喃喃地问我：“你为什么会知道？还有谁知道？”

没等我说话，她又自言自语：“算了，谁知道已经不重要，在我决定这样做的那一天，我应该想到会有这样的结果。”

我还是没说话，何诗诗的反应没有我想象中的强烈，这似乎也是她心智成熟的重要表现。她大口喝着杯中的柠檬水，似乎在努力调整着自己不安的情绪，过了好一会儿，她才惨然一笑对我说：“苏扬，我可能真的是前世欠了你什么，为什么总是你。”

我也无奈地笑了，我说：“这句话我也想对你说，为什么总是我？我以为我们不会再有瓜葛，从凤凰回来我就已经做好了决定，你还记得那天在沱江边，你问我想明白了什么吗？那时候我就想明白了，我注定不可能拥有你，因为我压根儿不是你喜欢的那种男人，我更没有能力满足你的欲望，给你幸福，我最应该做的就是悄悄离开，躲得远远地去祝福你。可是，我突然发现你的秘密，我告诉自己不能无动于衷，我不能只是袖手旁观，哪怕我没有能力将你拯救，我也要放手一搏，因为，我知道我是在对你好，我知道这样做是对的。”

“谢谢，你现在一定觉得我很脏吧，说真的，我挺不愿意让你这样以为的。”两股泪水从何诗诗的眼睛里涌了出来，“虽然我早就不在乎别人怎么看待我，但你和别人不一样，虽然我也知道我们没有可能，但我挺想在你心中留下一个完美的形象的。”

“没有，我不觉得你脏，我只是舍不得你，我心疼，你知不知道？我希望你快乐，我希望你幸福，我希望你一辈子都可以快乐幸福地活着！”

这些都是我的心里话，我感觉我也快哭了。

“谢谢，我会的。苏扬，其实我没打算一直这样做，我都早已经计划好了，到明年夏天，我就收手，还有半年，到时候我就会离开中国，没有人会知道我的事的。苏扬，你答应我，不要告诉别人好吗？求求你了。”

“你放心，我不会告诉别人，只是你能不能答应我，从今天开始你就收手，你搬回来，我会替你搞定宿舍的事情，不会有人欺负你的。”

“不行，真的不行啊！”何诗诗边哭边摇头，“我答应你，最多还有半年，半年后我一定不会让你失望的。”

“为什么？”何诗诗的回答已经让我失望了。

“钱，我需要很多钱，苏扬，你知道我一定要出国的，可是你知道现在出国需要多少钱吗？五十万啊！爸爸进去后我们家所有的钱都被法院没收用来还债，到现在还欠好几十万外债，我拿什么去留学？我除了靠自己的身体还有什么办法？我真的是一点儿办法都没有。”何诗诗双手插入自己的长发中，表情痛苦，“你以为我真的自甘堕落？你以为我会喜欢和一个又一个陌生男人上床？你知不知道那些人有多变态，他们的年龄基本上都可以做我的爸爸了，每次和他们做爱的时候我都感觉很恶心，觉得自己是世界上最肮脏的女人，可是他们有钱，他们迷恋我的身体，他们舍得在我身上花很多很多钱，只有他们可以让我在最短的时间拥有五十万，让我拥有出国的资格，我真的没得选择的。”

“是，你说的都没错，可是出国真的对你那么重要吗？你不觉得把所有的问题都建立在这个基础上很荒谬吗？”

“不荒谬，我一定要出国，因为这是我爸爸对我唯一的期望。”

“好，那你为什么不能等到大四，然后通过正常途径考取国外的大学，如果能拿到奖学金，根本是用不了多少钱的。”

“我当然知道，可是我等不及，我一天都不想待在这里，只要待在这里我就想起我的爸爸，想起那个伤害过我的人，想起所有让我不爽让我恶心的事情。如果能早一天，哪怕我少活一年都愿意。”

“那你就想办法赚钱啊，你可以去打工啊，你可以去做家教啊！难道只有现在这样一条途径？”

“笑话，打工才能赚几个钱？你现实一点行不行，你打工一辈子都抵不上有钱人一天赚的多，他们一顿饭的钱能让你十年都花不玩，打工赚钱出国真的不现实的。”

“那照你这么说，除了出卖自己的肉体，就没有其他途径了？”

“对，我把所有的途径都想过了，真的没有其他办法，一开始我也抗拒，可后来我想明白了。我年轻，漂亮，但需要钱，他们年老体衰，但有很多钱，所以我们各取所需，我们做公平交换，这也没什么见不得人的。你想想，做小姐的人多了去了，但也不是每个人都值我这个价钱，对很多人来说，就算出来卖，要想半年赚到五十万也是痴人说梦。因此我拥有的一切依然是靠我自己努力换米的，就算做小姐，我依然是最优秀的那一个，我没什么好后悔的。”

我看着已经疯狂的何诗诗，心慢慢凉了，何诗诗困在自己编造的逻辑中无法突围，她的理由强大且有力，虽然于别人而言是荒谬，对她自己而言却是永恒的真理。这个世界就是这样，每个人都信守着自己的生存法则，坚信正确无疑，并且死活不让别人入侵，于是这个世界每天都有无数光怪陆离的悲喜剧，你会感慨为什么会有女人开车把人撞了反而会脱光衣服躺在救护车前，你会感慨为什么有老人摔倒在地，好心人搀扶反而被讥笑是傻逼，你会发现有明星公布恋情结果无人祝福因为大家觉得那女人很贱，你会发现陈冠希一次又一次玩弄女孩但就有人说那是真英雄……如此种种，早非一句命运可以解释。

我知道多说无益，反正该说的我也说了，我已问心无愧，我再次将钱递给何诗诗说：“你那么需要钱，这钱你就留着，祝你幸福。”然后起身离去。

我分明看到何诗诗突然伸出手在空中抓了抓，最后胳膊无力垂下，她还给我一个凄美的笑容。

这个画面一直定格在我的心头，很久很久。

4

冬天很快来了，我们开始做毕业设计，我每天宿舍和教室两点一线，两耳不闻窗外事，日子过得倒也轻快。老马已经去“五百强”上班了，本来我以为他干不了几天就会回来，没想到他越干越有劲，说老头许诺他一年后就让他做华北大区总监，并且会给他价值几百万的公司干股，因此对于未来，他充满信心。宿舍里另外几个兄弟也基本上落实了工作，不管是留在上海，还是回老家，总算有了归宿，只剩下我还漂着，似乎也不着急，乐悠悠过着小日子。寒假我也没有回家，就待在宿舍里，每天看书，打游戏，思考人生。

除夕那晚，我一个人趴在窗前，看着满城的烟火，孤独喝着小酒，一根接着一根抽烟，然后把烟头弹到空中，看着红红的烟蒂划过黑夜，算作给自己的祝福。祝福自己来年可以找到一份称心如意的工作，祝福自己来年可以谈一场轰轰烈烈的恋爱，祝福自己不再傻逼可以活得自我，梦想成真。

许完愿我就沉沉睡去，等醒过来已是阳春三月，前面两个月的内容因为足够单调而且每天重复，所以可以忽略不计。3月伊始，校园里又是姹紫嫣红，姑娘们早早穿上了短裙和黑丝袜，性感地招摇过市。小伙子们则露出雄壮的肌肉，在球场上拼抢。而在校园各个隐蔽的角落，横七竖八躺着废弃的安全套，就连空气中都弥漫着浓郁暧昧的味道。

啊，多么美好的3月！

可是这么美好的3月和我无关，毕业设计已经到了最紧要的时候，我每天都闷在制图室里画图，一画就是七八个小时，直到大脑缺氧，头昏脑涨之际才出去溜达。溜达时我喜欢背着手，弯着腰，那种姿势最自在，天气越来越暖和了，可我还穿着冬天的厚棉服，头发蓬乱，满脸胡子，顺着操场一圈一圈地走，偶尔对着迎面走来的姑娘呵呵傻笑，吓得姑娘们尖叫逃跑，从中我获得了不少快感。突然一只足球蹦到我面前，然后就听远处一个同学对我大声叫喊："大爷，麻烦把球踢过来，谢谢。"

在这期间我一次都没遇到过何诗诗，也没听到任何关于她的事情。女胖倒是偶尔还会找我倾诉，不过很少提及何诗诗，从女胖口中我知道何诗诗搬走后就不再是矛盾的焦点。只是姑娘们依然闲不下来，很快就树立了新的阶级敌人，这次竟然是此前大义凛然的女胖同学。女生们一致反映女胖为人刻薄阴险，爱好挑拨离间，平时不注意卫生，体味五里地外就能闻到，手脚还不太干净，逮着谁的东西都当自个儿的使，总之人人厌恶。女胖实在找不到人倾诉，只能找我，因为我竟然还有时间和心情听她白话。

女胖总爱一把眼泪一把鼻涕地问我："哎呀妈呀，老师，你说这日子还咋过啊？她们就是欺负人，要不我退学算了。"我听了之后也不安慰，就"呵呵"直乐，每次都乐得女胖浑身发毛，以为自己在和一个神经病说话。

我以为我毕业前再也看不到何诗诗了，我甚至以为我这辈子可能都见不到她了，再过两三月就放暑假了，何诗诗也就走了，从此我们真正天各一方了。不知道何诗诗到了她梦寐以求的资本主义国家会不会消停些，还是会继续祸害洋人，想想这些都挺有意思的。

3月底的一个黄昏，我照例在制图室画了一天的图，画到最后自己都恶心了，赶紧住手，然后来到操场上溜达。今天的天气格外好，操场上的帅哥美女也格外多，我心情也非常不错。迎面走来了一个高个儿女孩，我因为没戴眼镜，加上好几天没洗脸，眼屎遮盖住了目光，所以看不太清女孩的长相，光从身材判断应该是个性感姑娘。于是走近时我照例露出满嘴大黄牙对着女孩“嘿嘿”一笑。我本以为姑娘肯定会吓得尖叫逃跑，然后就会让我真心愉悦，这是我每天都要做的游戏，屡试不爽，也是那段荒芜寂寞的岁月里，我最深的依赖。可是这次那女孩不但没尖叫逃跑，反而在我面前站住了，不但站住了，反而叫了我一声，不但叫了一声，反而叫对了，女孩说：“苏扬，你好。”

我吓了一跳，赶紧用手将眼屎擦去，定睛一看，擦，女孩竟然是何诗诗。

一瞬间我是悲喜交加，喜的是我竟然又见到了何诗诗，见到她我还是那么紧张激动，悲的是本来我就不帅，但至少还能看，可现在的样子和一胖老头差不多，简直石可碜死了。可我总不能说何诗诗你等会儿，我先回去洗个澡，理个发，刮了胡子，换身衣服我们再来相遇吧。唉！本来上次和她最后一次谈话我多少还算潇洒，现在好了，一下子又回到原始社会了。

我愣在原地胡思乱想，可何诗诗看着我的邋遢模样，以为我深受重伤，她不无关心地问我：“苏扬，你怎么变成这样？发生什么事了？”

我尴尬地笑了笑，手不由自主在头上抓了抓，结果一下子抓出一大团污垢，我吓得赶紧弹掉。然后决定还是立即回去洗个澡，理个发，刮了胡子，换身衣服再过来，于是转身就走。

“苏扬，你站住。”何诗诗竟然追了上来，拦在我的面前，质问，“你为什么要走，难道你就那么讨厌我吗？”

“不是……我……”我张口，发现太久没说话了，声音都不能顺利发出来，然后又不由自主吐了一口浓痰，正好吐在何诗诗脚前。

“好，我明白了。”何诗诗吓得往后连跳两步，粉脸一变，“苏扬，算你狠，我知道你会讨厌我，可你也用不着这样嫌弃我吧。”说完跺跺脚，转身就走。

我知道她误会了我，再也顾不上太多，赶紧追上前去，结果还没走两步，一只足球又滚到我面前，差点儿绊我一跟头，然后又听到上次叫我的那个傻逼远远对我说："大爷，麻烦把球踢过来，谢谢。"

我气得一脚把足球踢向天空，然后愤愤骂了一句："去你大爷的。"再回头一看，操场的跑道上满满是人，哪儿还有何诗诗的影子？我不甘心，到处寻找，围着操场跑了好几圈，一连认错了好几个姑娘，也没再看到何诗诗，最后只能无奈作罢，心想：算了，到底没缘分，本以为会死灰复燃，没想到是回光返照。

就在我决定放弃离开时，突然听到身后传来一声幽怨："别找啦，你个大笨蛋，再找一万年你也找不到我。"

我回头，发现何诗诗就站在我身侧，噘着嘴，可又分明在笑。

我也笑了，手又不由自主在脑袋上抓了抓，结果又抓出一团污垢，这次我怕又误伤到何诗诗，吓得赶紧又塞回原处。

何诗诗娇嗔地说："好几个月没见了，你还是那么笨，我一直在看台上看着你，可你就是找不到。"

我说："拉倒吧，我逗你呢，再说了，你就确定我在找你？"

何诗诗说："当然确定了，因为你是苏扬，而我是何诗诗啊！"说完得意扬扬地看着我，一副吃定我的样子。

我不好意思说："真没想到还能见到你，真巧啊！"

"不是巧，我是专门来找你的。"何诗诗说完一脸臭屁，"我一找就找到你了，不像你，笨死了。"

我"呵呵"一笑说："难得，难得，请问有何指教？"

何诗诗又不乐意了，何诗诗说："我怎么感觉你那么冷淡呢，是不是我主动了，你就瞧不起我了？"

我彻底无语了，我想何诗诗你和我非亲非故，你也说我不是你什么人没有资格没有立场管你，所以我就躲得远远的，结果又不对了，你到底要闹哪样嘛！可是我不敢说，我怕再把何诗诗气走，天晓得，对于她的突然出现，我有多快乐。

于是我认真看着她说：“何诗诗同学，你知不知道我一直在等你找我，我感谢你还记得我，为了这一天我时刻准备着呢。”

何诗诗满意了：“这还差不多，我找你是想请你帮我一个忙，我想来想去，这个忙只有你能帮。”

我拍着胸脯说：“尽请吩咐，我一定全力以赴，赴汤蹈火，在所不惜。”

何诗诗凄然一笑，无限感伤，何诗诗说：“对不起，我每次找你都是有事麻烦你，我不需要你赴汤蹈火，也不需要你全力以赴，我只希望你能陪陪我，和我说说话。我现在挺烦的，有点儿不知道该怎么办了，我想请你和我一起面对承担，如果你不为难的话，我……我……怀孕了。”

5

那天晚上，我买了两斤生梨，洗净、削好，等老马回来后塞到他嘴里。一开始老马死活不肯吃，说我无事献殷勤，其间必定有诈，我说大哥您先吃吧，等会儿有事情求您。老马在我殷切注视下一口气吃了两个大生梨，然后被我拉到水房。我给老马递上烟，打火，点燃，然后神秘兮兮地告诉他，何诗诗可能怀孕了，说完之后我无比绝望地说：“现在该怎么办啊？”

老马吓得呛了一口烟，咳嗽了好半天才缓过神，然后满脸通红，气急败坏：“擦，为什么要问我？我他妈怎么知道怎么办？我他妈又没让女孩子怀孕过。”

“嘘！你小声点儿，那么激动干吗？”我环顾四周，无人在意，然后继续吹捧老马，“我说你别装了啊，这世上还有你老马不知道的事？我怎么就不相信，不要说女人怀孕了怎么办，就说如何让男人怀孕，你都知道怎么办。”

我的恭维让老马很受用，他一脸得意接我的话：“让男人怀孕我还真有研究过，其实也没有想象中那么难。”

“是不是，是不是，我就说你什么都知道吧，我就奇怪了，有你存在，还有百度什么事，我估计李彦宏特恨你。”

“恨死他才好，那小子我还真不待见，百度啥玩意儿？懂得还没我多呢。”老马感觉棒急了。

“好了，咱回头再收拾那小子，你快说我现在该怎么办吧。”

“OK！”老马点了点头，目光炯炯先问我，“你搞大的？”

“我擦，当然不是了，我都仨月没见她了。”

“那你紧张个屁啊？做了或者生下来，跟你都没关系。”

“我说朋友你能不能正经点儿？这事虽然不是我惹的，但不能说和我没关系，何诗诗找到我了，希望我和她一起面对，我就得把这事管起来。”

“贱人！”老马白了我一眼，“真没见过比你更贱的人了，那你现在想怎样？照顾她把孩子生下来，然后告诉孩子你是他爸爸？”

“我有这么想过啊！”我坦白承认，其实当何诗诗说自己怀孕时的瞬间，我感到的并不是慌张，而是惊喜，我想告诉她不要怕，如果她愿意，我愿意照顾她，并且做孩子的爸爸。可是我欣喜的眼神在遇到何诗诗的目光时立即熄灭，因为我知道这显然不是她找我的目的。

果然，老马立即嘲笑我：“我发现你不但贱，还很幼稚，想问题特奇怪，难怪何诗诗看不上你。”

我也不乐意了，我说：“好了老马，找你来不是让你打击我的，是帮我解决问题的，你快说现在我该怎么办吧？”

老马又抽了一口烟说：“简单，如果何诗诗找你是希望你能帮她解决问题，那么你有两个路径可以选择。一，药物流产，也就是打胎药，你需要找个性保健品商店购买，千万别去药房，因为肯定不卖，这种打胎药是禁药，而且据说风险较大，一般药房不敢卖。二，人工流产，这个就比较简单了，几乎所有医院都能做，不过费用比较高，而且容易走漏风声。对了，前阵子我打“拳皇”的时候认识了一个在医院工作的哥们儿，说不定他可以帮上忙的。”

老马一口气说了很多，理性、熟练、专业、严谨，让我好生佩服。我情不自禁竖起了大拇指。老马很高兴，拍拍我的肩膀让我无须紧张，总之有他老马在，任何棘手的问题弹指间即可灰飞烟灭。

听了老马的话，我安心了不少，翻来覆去想了一夜，决定还是先买打胎药，毕竟这个相对省事，比较适合学生。第二天一大早我就来到学校刚近的一家私人性保健用品商店，刚进门，店里一个老女人就猛对我招手，“小伙子”“小伙子”地叫个不停。老女人问我是不是要买避孕套，我回答不是，结果老女人立即又问：“那你就是买来打胎药的吧？”

我一听差点儿晕倒，老女人笑着让我不要惊讶，因为我们学校 N 个小伙子在她这里买过打胎药了。说话间，老女人把我带到里面一间房间，然后在一只抽屉里掏了半天掏出一包外包装已经发霉的药片。老女人对我说：“小伙子，这些药片就是打胎药，你只要让你女朋友按照说明书服用就可以了。”我问成功率有多少？老女人不屑地说当然 100%了，你们学校在这里买打胎药的不下一百个了，还没有一个回来说有问题的。我说对人安全吗？老女人说当然安全了，怀孕又不是什么大事，特别像你们这个年龄，年轻体力好，恢复得也快，绝对安全的。

经过老女人一番说教，最后我以三百多的优惠价格把那包药买了下来。回去的一路上我无比紧张，紧紧揣着那包白药片，仿佛怀揣着希望。

中午我和何诗诗约在布鲁斯一起吃饭，一见面我就把药片塞给她。

她接过去，有点儿愕然：“这是什么？”

“嘘！”我紧张地东张西望，然后认真地对她说，“你把这些药吃了，记得分五天吃，前面三天吃这个白药片，一天两顿，一顿一颗，第四天休息，第五天把这灰色的药片吃了就可以了，记住了，前面三天只是辅助，这第五天才是最关键的。”

何诗诗“扑哧”笑了，然后一扬手，把药片扔到了垃圾桶里。

“干吗你这是？”我赶紧弯腰去捡，却被她制止住了。

“苏扬，你真可爱。”她玩弄着手中的饮料吸管，“我知道你是为了我好，可是我不想吃。”

“为什么？难道……你改变主意了？你想把孩子生下来？”

“你讨厌！当然不是了。”何诗诗摇头，瞪了我一眼，“我害怕！”

“放心，很安全的，卖药的人告诉我成功率100%。”

“不这么说怎么把药卖给你？要不说你最傻呢，谁骗你都容易的。”何诗诗很认真地看着我，“这种药的副作用特别大，吃了很可能会终生不孕，早就不让卖了。”

“天哪，这么可怕！”我从垃圾桶里把药捡起来，“不过不能就这样算了，我得找她退钱去。”

何诗诗笑笑，趴在桌子上，却一脸惆怅。

不知道为什么何诗诗再次出现在我面前时，整体变得温柔恬淡了不少，很多时候我都怀疑面前的这个姑娘究竟是不是那个冰冷无情、现实嚣张的女王。难道说怀孕的女孩都会性情大变？温柔的变得暴躁，凶残的变得可人？想来想去，也只有这个解释了。

我没问孩子的父亲是谁，我怕何诗诗也不知道。

“对不起，我确实很傻，什么都不懂。”我心生愧意。

“没关系，本来也和你没关系。”何诗诗一脸黯然。

“我们还是去医院吧，我有一个朋友在医院工作，我这就回去联系。”说完我起身欲走。

何诗诗探身拉住我的手：“等会儿吧，先一起吃饭。”

我说：“不了，先把事儿落实，否则食之无味。”

何诗诗说："苏扬，不管怎样，我都要谢谢你，谢谢你无论我遇到什么事，你总是在我身边，不离不弃。"

我几乎有点儿受不了何诗诗如此煽情了，我早已经习惯了她对我颐指气使，习惯了她对我冷嘲热讽，习惯了她对我呼之即来挥之即去，现在的她温柔得有点儿不真实，难道这也是她的策略？为达目的，不择手段？

我心中虽然思绪万千，但流露出的依然是真诚一笑，然后对她深情地说："谢谢你给我对你好的机会，我会做得更好。"

回到宿舍，我把最新进展告诉老马，老马真仗义，当场给他在医院工作的朋友打了电话，挂了电话后特神气地对我说："好了，一切搞定，周末你们就过去吧。"

我真的曾以为/能和你白头偕老

——安蒙蒙/19岁/写给年少回不去的爱

本章插曲

写给年少
回不去的爱

孙子涵<一千个分手的理由>

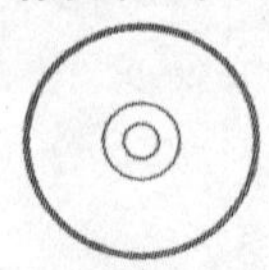

已经没力气再征求什么　何况懦弱并不是我风格
抛下了一句随便吧　我无奈久了反倒变洒脱

那些说好的永远算什么　坚定还是被现实冲淡了
到抉择时是谁怕了　谁把温柔换成一脸冷漠

一句sorry就理所应当地走　all　right
你说不想再听我挽留　all right
你有千个分手的理由　allright
我有沉默不说的资格

一句爱我像是要我命的毒　all right
宠我却又逼着我认输　all right
陌生后你可以低着头　all right
当作从来没有见过我　怎么都行了

你说爱情并不等于生活　电视里的话你全学会了
若认为离开是对的　索性我也没有什么好说

安静是因为我最后认了　至少那些年都狠狠爱过
别怪我再见都没说　转身抽泣是我忍不住了

一句sorry就理所应当地走　all right
你说不想再听我挽留　all right
你有千个分手的理由　all right
我有沉默不说的资格

一句爱我像是要我命的毒　all right
宠我却又逼着我认输　all right
陌生后你可以低着头　all right
当作从来没有见过我　怎么都行了

第六章

Chapter

悲伤

有些爱情好像指甲一样，
剪掉可以再重新长出来。
有些爱情好像牙齿一样，
失去了就永远没有了。

1

周六中午，我和何诗诗来到虹口第二人民医院，在医院门口见到了一个长得挺像克林顿的小伙子。

小伙子迎了上来问我们是不是老马的同学，并自报家门说他是老马的朋友，叫陈家明。

我说："陈老师你好，要麻烦你了。"

陈家明说："没事，老马的朋友就是我的朋友，以后我们可以一起打游戏。"

我说："好啊，我最喜欢打拳皇九七了，你喜欢用什么人？"

陈家明说："太好了，这也是我的最爱，我最喜欢八神和大门，你呢？"

我说："我也喜欢大门，不过不喜欢八神，觉得用他的人太多了，我就不喜欢。"

陈家明连连点头，笑起来后脸颊会浮现两块肉坨坨，更像克林顿了。陈家明似乎很兴奋，他突然问我："对了，苏扬你多大了？"

我说："二十一啊，你呢？"

陈家明特高兴："我十九，你比我大，以后我就叫你大哥吧，亲切。"

我还是第一次遇到有如此想当别人小弟的人，而且还是他在帮别人，由此可见，陈家明还真是一个简单善良好说话的朋友，是我喜欢的那种类型，于是立即点头答应下来，然后继续聊我们的拳皇97。总之我和陈家明相见恨晚，完全忽略了一旁的何诗诗，直到她在我后背掐了一把，我“啊”地叫了一声，陈家明才反应过来，不好意思地说：“差点儿把正事儿给忘了，快进去吧，我都安排好了。”

等进了医院我才发现这个叫陈家明的哥们儿果然很给力，从检查到做手术，一路都是VIP，如果没有他，这些事估计得分好几天完成，人折腾不说，钱还得多花，现在一个下午就能完事。

由此可见，在中国做事，什么都得讲究人脉关系，有人好办事，没人难死你。

何诗诗做手术的时候，陈家明依然拉着我和我讨论拳皇97，并且在空中比画着，仿佛在操控着游戏手柄。我虽然嘴上附和着，但心中还是在担心何诗诗的身体，并且试图多从陈家明那里打听相关知识，我装作不在意地说：“女人就是比男人麻烦，男人做爱就只有爽，女人不小心就得怀孕。”

“那可不，怀孕了不管是生产还是打胎，都很痛苦的。”陈家明果然接过了话题。

“那你说做人流是不是很疼啊！对了，我女朋友这次是做的无痛的吗？”

“应该不是，她好像做不了无痛的。”

“为什么啊？”

“刚才我在检测室，医生对我说你女朋友可不是第一次做人流手术了，之前至少还做过两次，现在她的身体条件不是很好，不允许再打大剂量麻药做全身麻醉了。”陈家明说完似笑非笑地看着我，“苏扬，我发现你够猛的啊，怎么总是那么不小心呢！”

我立即尴尬地说：“是、是，以后注意，以后注意。”然后装作很懂的样子说：“其实我这次本来打算给她药物流产的，结果她害怕，胆儿可真小。”

“别，可千万不能那样。”陈家明停止比画，认真看着我，“你女朋友的身体做药物流产就更不可以了，会出大问题的。”

我看着陈家明认真的样子，知道他不是吓我，赶紧谦虚地请教原因。

陈家明还真好为人师，认真对我讲解起来，“药流和人流原理不一样，药流就像在子宫里放了把火，把子宫绒毛烧没了，受精卵找不到孵化的温床，自然会死掉。可子宫绒毛没了，再怀孕的话，自然不能再放火烧啦。人流则是直接把受精卵拿出来，刚刚不说了嘛，你女朋友以前怀孕过，做过两次流产，其中有一次就是药流，所以再吃药就没用了，只能人工流产，并且不能是无痛的，回答完毕。”

我的心中又是一阵绞痛，我一直以为何诗诗已经把所有的秘密都告诉我了，却没想到她还是隐藏了那么多，我一直以为我已经有足够的资格了解她，却发现她对我而言依然是一团谜。她到底还有多少故事瞒着我呢，我现在又到底在做着什么？

我是一头雾水，陈家明却丝毫不以为然，又兴致勃勃和我探讨起拳皇97。

何诗诗的手术做得很快很顺利，从手术室出来后我赶紧上前将她轻轻抱起，她脸色苍白，浑身无力，双手紧紧拉着我的脖子，头深深倚靠在我的胸前。我可以清晰闻见她的发香，这一切和半年前在凤凰是如此相似。半年了，在她最疼痛无助的时候，依然是我守候在她的身旁，只是希望下次我们如此接近，不要再是她受伤。

陈家明好人做到底，竟然给安排了一张病床供何诗诗休养。陈家明说人流手术虽然简单，但对女孩的伤害很大，这几天你让你女朋友安心在这儿养病，你就好好照顾他，有空了就和我一起聊游戏，我在药房上班，每天不要太无聊，和你聊天可真开心。

我说：“好，谢谢！”

把何诗诗送到病床上，盖好被子，她很快就迷迷糊糊睡了过去。我痴痴地看着她，想着这八个月的点点滴滴，觉得真的很不容易，泪水不由自主流下，一滴滴打在洁白的床单上。

陈家明突然深深叹起气来，听那声叹息百转千回，简直比我还伤心。我很是疑惑，问他为何如此感伤。陈家明又叹了一口气说：“唉！我被你感动了。你一定很爱很爱你的女朋友，可是我的生命中只有游戏，我还从来没谈过恋爱呢，我突然觉得自己很可怜！”

我突然不知道如何安慰陈家明，因为我也觉得他确实挺可怜的。

“大哥，爱一个人到底是啥滋味？是不是和痴迷游戏一样，你能告诉我吗？”

“不，爱一个人和痴迷游戏完全是两回事，爱一个人你会觉得特神圣，身上有用不完的力量。”我深情地看着熟睡的何诗诗，“爱一个人，你会迅速从一个乳臭未干的男孩变成一个敢于担当的男人，你会变得胸怀宽广，可以接受她所有的缺点，包容她所有的问题；你会变得勇敢，不管遇到什么麻烦障碍你都能想办法克服解决；你还会变得浪漫，再甜蜜的话语你都可以张口就来因为那些都是你的真心真意。爱一个人，你吃饭的时候会想她，睡觉的时候会想她，时时刻刻都会想她，每次想到她的时候你会笑，因为在你眼中她是那么可爱。爱一个人你会知道拥有不是唯一的结局，只要她幸福，哪怕你消失在她的视野中也值得，因为爱是无私的，是的，只要你幸福，就是我的全部。”

最后那句话我是握着何诗诗的手说的。我发现何诗诗紧闭的眼睛里突然渗出了一滴晶莹的泪珠，划过了她秀美的脸庞。

“哇，真有这么美好吗？”

“嗯，比你能想象到的还要美好一万倍。”

“如果爱情真像你说的这样，那我一定要谈恋爱，其实医院里有个护士对我挺不错的，我要是追她，保准成功。”

“你喜欢她吗？”

“蛮喜欢的，她很可爱的哦，而且很有女人味，又成熟，我是喜欢成熟一点的女孩子的。”

“既然这么好，干吗不追呢？”

“她形象不是特别好，有点儿胖。”

“胖点儿有啥关系？健康啊，再说了，只要人好就成。”

“嘿嘿，你说到我心坎里去了，那我回头就请她吃饭，向她表白。”陈家明开心得眼睛都没了。

“好啊，这才是爷们儿嘛！对了，她到底有多重啊？”我突然想起了什么。

“不到二百斤，比我重八十斤呢。”

“靠，那算了，你还是别表白了，安全第一。”

“哦！”陈家明应了一声，满脸落寞，“时间不早了，我得先回药房工作了，明天我再来找你玩吧。”

陈家明走后，我一直拉着何诗诗的手，一动不动地坐在她身边，我全情投入地凝视着她，我怕我再也没有这么好的机会将她打量，我要将她的每一寸轮廓，每一丝汗毛都印刻到我的脑子里，即使过去千年万年，我也要念念不忘。

2

何诗诗的身体恢复得很快，过了三四天就已丝毫看不出刚刚做过手术。出院后她请我吃了一顿饭，我们的关系又恢复到那种不咸不淡的感觉。我发现何诗诗总是有一种本事，在需要我的时候会表现得无比让我心疼，在不需要我的时候，让我觉得自己多余。也不知道是她故意为之，还是我自己内心的暗示，反正我发现她没事需要我做的时候，在她身边我反而不自在。

何诗诗说她已经联系好了几家留学中介，等人一结束就会以私人身份出去，目前各项条件都还不错，中介说她的成功率很高。何诗诗说这些的时候很高兴，而我却怎么也高兴不起来，本来就觉得不舒服，听着自己爱的女孩要离开，更是别扭，简单敷衍了几句，逃跑一样离开了。

生活再次恢复单调，不过也有喜事发生。首先是工作落实了，上海一家国营制药厂看了我的毕业设计后大为欣赏，决定录用我做一名QA（Quality Assurance，品质保证）人员，也就是负责质量管控的，虽然薪资并不高，但最起码能够留在上海，而且活儿不算太累。

其次是我成功落户到了上海，这是一件还挺神奇的事情，因为上海户口很难解决，毕业生想直接拥有上海户口更是难上加难，得专业热门，成绩优异，然后还得拼人品碰运气。我的人品一向不好，虽然每次考试都奋力作弊，但还是有两门必修课光荣挂科。我去系学生处办公室拉成绩单时，学生处的白痴老师们在明白我的来意后，纷纷从鼻孔发出冷笑。甚至有个脸上长满青春痘的上海老女人不无讥讽地对我说："人要有自知之明的，你这种成绩也想落户上海？只会让人发笑，说我们学校教学质量有问题。"

我没理会这些白痴的讥讽，而是勇敢地将成绩单和其他资料交给了上海高校毕业指导中心。

大概两周后，我的上海户口被批了下来，比那些所谓优异的学生都要快很多，让很多人目瞪口呆。

这件事显然无法解释，所以那些讥讽我的老师就用我"额头高，运气好"来说服自己，这些伪科学工作者，其实个个都是老迷信。

工作顺利解决了，户口也落实了，似乎真的是时来运转，不过当时我最大的愿望不是工作和户口，而是何诗诗能够再次出现在我的生命中，然而这一点始终未能实现，因此我拒绝相信自己真的是运气转好。我一直默默关注着何诗诗的行踪，只是整个5月何诗诗突然音信全无，没有人能够联系上她，本来这种情况也不算少见，只是何诗诗和同学的关系不好，结果旷课第一天就被女胖她们无情出卖。等五月底她才回来，虽然她向系里解释说大病了一场，但我知道她在说谎，学校虽没有深究，但还是给她记了一次大过。

没有何诗诗的5月，我竟然无聊到开始尝试网恋。虽然上网有一阵子了，也看过身边不少人网恋的故事，但内心一直对这样的行为嗤之以鼻，觉得特别不靠谱，而且肤浅。可现在眼瞅大学就快结束，自己的梦想还未实现，常规手段肯定不现实了，不如“自甘堕落”网恋一次，说不定有意外惊喜呢。

很多事情一旦花心思去做，效果总归不错，我充分发挥了自己文笔好又不要脸的特长，很快就和网上几个姑娘聊得热火朝天，偶尔的一瞬，我竟然产生了爱上她们的感觉，甜言蜜语张口就来，海誓山盟随口就说。本来我以为对何诗诗的爱已经病入膏肓，没想到现在还有余力疯狂，这让我又欢喜又慌张。

网恋只是手段，目的还是现实中在一起。5月下旬我频繁见网友，期待丰收。我见的第一个网友家住徐汇区，芳龄十七，职业护士。是和我在网上聊得最情投意合的一个，我们也打过很多次电话，每次她都用悦耳迷人的嗓音暗示我她是个漂亮妹子——清纯超过林青霞，性感气死麦当娜，更重要的是，她还对我一见倾心，强烈愿意以身相许，和我在这个美丽的城市开展一场美丽的爱情，为此我兴奋过度导致连续失眠了好几天。直到后来我和她在人民广场的大屏幕下见了面——当时大屏幕还没被拆除，那可是上海网友见面的圣地啊——事实证明，这个女人欺骗了我，而且情节极其严重，这个我心中的超级无敌美少女只是个身高不到一米五，脸上纵横着疙瘩和暗疮，鼻孔里还长黑毛的丑丫头。此外，非常值得交代的是，她完全没胸脯，因此刚开始我几乎不能判断她是个女人。

那次见面我惊吓不轻，回去休养了好几天才恢复对网恋继续憧憬的勇气。后来，我又陆续见了几个网友，却悲哀地发现她们个个长得千奇百怪，一个比一个造型怪异，仿佛全上海最丑的女人都让我见到了，几次受伤后我开始对网络彻底失去信心，再也不轻言见网友。

毕业前关于爱情唯一的希望就此破灭，生活仿佛一潭死水，永无改变，偶尔冒出几个泛白泡泡，算作高潮。

3

6 月初，何诗诗突然找我，而且言明要喝酒，我知道她肯定又遇到什么麻烦事儿了。

在校外的一家湘菜馆里，时隔一个半月，我再次见到了何诗诗。这次她穿得很随意，妆也没化，蓬头散发，仿佛刚从被窝里爬出来一样，眼睛红肿，一看就知道没少流眼泪。我不知道又发生什么事情了能让她如此性情大变，难道又怀孕了？擦，那我还真就不管了！

点好菜后她也不说话，就一个劲儿喝酒，等两杯酒下肚，才带着哭腔对我说："苏扬，我出不了国了。"

"怎么了？上次你不还说肯定没问题吗？"这的确是一个让我很讶异的消息，虽然我还挺高兴。

"我没赚够钱，我以为我肯定能够赚到五十万，我高估自己了，那些男人都很现实，一分钱都不愿意多给，我恨他们！"何诗诗边喝边说，一眨眼的工夫，又是两杯酒下肚。看来她今天就是过来买醉的。

"你……还差多少？"

"十五万，你知道吗？有一个老头本来已经答应，只要我陪他一个月，他就给我十五万，我真的好高兴，我逃学陪了他整整一个月，差点儿被学校开除，可是他最后扔给我五万块说已经对我很好了，如果我不高兴尽管去告他！”何诗诗细眉上挑，咬牙切齿，“真不要脸，可你说我有什么办法？我怎么告他？我说警察叔叔，他天天睡我还赖账，好没有人性，警察叔叔，你帮我主持正义吧。”

何诗诗一边控诉一边表演，看来她已经快进入醉酒状态了。

“擦，警察不以为我是个神经病啊！”何诗诗咕咚咚又灌下一瓶，“总而言之，男人都是骗子、贱货，不得好死。”

我沉默不语，脑子里飞速算着我能凑齐多少钱，我算了好几遍，把方方面面的可能都想到了，悲哀地发现怎么算加起来都超不过五千块。虽然杯水车薪，但聊胜于无。我对何诗诗说：“我后天先拿五千块给你吧。”

何诗诗听了突然哈哈大笑了起来，好像刚听到一个可笑至极的笑话，何诗诗呛我：“苏扬，你拉倒吧，五千块你也好意思说出口？有个屁用啊！放心，我不会要你钱的，因为我找你可不是来借钱的，我想借钱就不找你了，你又没钱，五千块，哈哈哈，真好笑啊！”

奇怪的是，面对何诗诗的无情嘲讽，我竟然一点儿感觉都没有，我想是我已经适应了，而且她说的也是实话，我确实没有钱，这没什么好失落的。

“但是我想和你聊天，每次我不爽的时候，我第一个想到的就是和你说话，说完我就舒服了，苏扬，你可比那些有钱的男人好多了，你就像……就像……我的闺密一样，对，你是我最好的朋友。”何诗诗嘀咕了半天，终于找到我在她心中的定位。

我说：“谢谢你啊，给的地位还挺高。”

“怎么啦，你不愿意啊？”何诗诗的眼神又挑衅起来，“苏扬，我知道你想做我男朋友，可是这没可能的，你根本受不了我。”

“我知道，我知道，咱不说这个行吗？”我心想这个问题还有什么好再提的呢？如果这是哥德巴赫猜想，我他妈早八百年前就证明了无数次了。

“你不知道，擦，你才知道多少事啊，你就知道自以为是，你以为我什么都告诉你了？做梦吧，我的故事多得是，说出来吓死你。”何诗诗突然像母兽一样对我龇牙。

我没说话，我知道她已经完全醉了。我以为，喝醉酒的女人都会很疯狂，酒精赐予了她们疯狂的力量，她们会像最变态的暴露狂那样打开自己，将所有的欲望和痛苦尽情释放。

此刻的何诗诗果然变得很疯狂，眼神说不清楚是得意还是痛苦，是无所谓还是很在乎，总之她突然直勾勾地看着我，声音很大，大到整个餐厅都能听到——

“苏扬，我打过五次胎，你能接受吗？”

“苏扬，我和三百个男人上过床，你能接受吗？”

“苏扬，我可能永远都不能生孩子了，你能接受吗？”

“苏扬，我这辈子都不会再爱任何人了，你能接受吗？”

整个喧闹的餐厅瞬间安静了下来，所有人的目光都齐刷刷看着这个长相甜美却披头散发的女酒鬼，以及女酒鬼身边那个其貌不扬面如死灰的我。

仿佛他们都在期待着我回答到底能不能接受。

时间静止了，空间凝固了，人们期待的只不过是高潮后的一句回答，至于高潮本身，是正是邪，是对是错，其实可以忽略。

在众人的逼视下，我鼓足了勇气说：“我……能……吧！”

我确实可以，经过这么多事，何诗诗就算被毁容，就算身染艾滋，我相信我都可以接受。

因为在我心中，何诗诗已经是我的信仰，而不是一具美丽的皮囊。

人群中一片哗然，只是表情各异，有人摇头叹气，显然认为我骨气尽失不配当男人；也有人鼓掌，显然认为我心胸宽广是个真汉子，几个激动万分的女服务员甚至集体欢呼：“结婚，结婚！”

“可是我不能！”女酒鬼何诗诗突然嘶声厉喊，她似乎把现场当作了话剧舞台，正在做落幕前最后的独白，她痛苦地哀号着，“我不能接受我自己，不能接受自己失败，不能接受自己出不了国，我受了那么多苦，付出了那么多，如果最后还是出不了国，那我所有的努力都白费了，我的人生就是失败、耻辱。”

人群中又是一阵哗然，显然他们也以为在看话剧，并且逐渐明白了情节。

我再也坐不住了，立即埋了单，然后搀扶起何诗诗，“你喝醉了，我们回去吧。

何诗诗却赖着不走，她还想继续耍酒疯，像个小丑一样逗别人。我不由分说将她扛到肩上，大步向外走去。刚出门口，风一吹，她就“哇”的一声全吐我后背上了，一边吐还一边拼命蹬腿，像哭又像在唱歌：“我不会放弃的，我一定还会回来的，I will be back，yeah！”

已是午夜，背着何诗诗走在大街上，四顾茫然，去哪儿呢？何诗诗住在什么地方我不知道，这个样子回学校也不合适，可就这样背着也不是个事儿，一路上很多人已经侧目注意，弄不好还真会把警察叔叔招惹过来。饶是我自诩应变能力强，可现在这种情形我还真是第一次遇到，手足无措在所难免，思前想后还是决定送她回去，我说：“何诗诗，你住哪儿，我打车送你回去吧。”

何诗诗一听又开始蹬腿说：“我不回去，我没有家，你讨厌啊！”边说还边掐我。

我强忍着疼痛又问：“那你说去哪儿嘛！”我想以后一定不能让女人喝酒，再美再可爱的女人喝完酒都是神经病，不可理喻。

何诗诗听后胳膊一抬指着左前方，我顺势看过去，一家快捷酒店巍然矗立在眼前。

4

这是我第一次和女生开房，没想到还是一个女酒鬼。开房时我还有点儿紧张，但前台见怪不怪的眼神给了我不少安慰。推开房门，我先把何诗诗扔到了床上，然后立即到洗手间脱去我的外套，上面全是何诗诗吐出来的污秽，熏死人了，我用水简单冲洗后回到床前，何诗诗已经昏睡过去。我想起看过的很多狼友写的帖子，讲述他们是如何把姑娘灌醉，然后拖到房间滚床单，他们说喝醉酒的女人就和死人一样，随便你怎么玩弄她们都无动于衷，而且喝醉酒的女人身体特别敏感，该紧的很紧，该松的很松，让男人可以欲仙欲死。

我贪婪地看着何诗诗，干咽了口吐沫心想我要不要也尝试一下？可我很快又否定了这个欲望，我对自己说苏扬你他妈虽然不是什么好东西，但你不能对何诗诗这样，因为你对她是真爱，你这样虽然得到她的身体，可是得不到她的心，只会让她更厌恶你，朋友都没得再做，还是忍忍吧，要不到洗手间自己解决一下，也好过乘人之危。主意拿定，我转身要去洗手间，却听到何诗诗在我身后呼喊："抱抱我，求求你快抱抱我。"

我愣住了，回头，床上的何诗诗已经翻转过身来，双手伸向空中。

对于何诗诗的要求，我一向无法自拔，这次也不例外，我迟疑地在她身边躺下，轻轻搂住她的细腰，而何诗诗早就像水蛇一样紧紧缠绕在我的身上。

"吻我！"这是何诗诗对我下达的第二个指令。

我再次犹豫，不是我不想，也不是我不敢，而是我怕何诗诗搞错了人，照现在这个情形很有这个可能，说不定她把我当成了那个伤害她最深的初恋情人。

"苏扬，我要你吻我，快吻我。"何诗诗的话彻底打消了我的顾虑，事实上，她说完这句话后已经化守为攻，她将脸凑到我的面前，长发覆盖住了我的脸庞，重重的呼吸打在我的脸上，她的嘴准确而有力地找到正确的方向，然后将她柔软而坚硬的小舌头伸进我的口腔，宣布夺走了我的初吻。

她是如此疯狂，如此一气呵成，如果不是那弥漫整个房间的酒气，你一定会以为这是她预谋好的一场游戏，游戏还在继续，而且越来越刺激。我开始还略显被动地回应着她的吻，等反应过来的时候开始疯狂褪去自己和她身上的衣服，这个时候我已经顾不得紧张，也顾不得任何理性的思维，我只知道我爱这个女人，我要拥有她，没有什么力量可以将我和她分开。

整个脱衣的过程何诗诗都紧闭着双眼，嘴角流露出享受的笑容，仿佛对我的反应很满意，很快何诗诗犹如婴儿一样赤裸裸地呈现在我的面前，我们终于做到了赤诚相见，裸体的她是那样美丽，那样不真实，却又那样清晰，触手可及。那一瞬间我竟然有点儿看呆了，停止了下一步的动作，这个我幻想了千日万日的场景，一朝成真，我突然不知道应该怎么办，是像绅士一样细细品味，还是如野兽一样疯狂进食，我完全迷茫了。关键时刻，是何诗诗再次伸出双手，打消了我的顾虑，替我指明了方向，助我完成了人生的第一次灵与肉的交合。

是的，这是我的第一次，说恶心一点就是我的初夜。关于这个初夜我曾经有过无数次可笑的想象，比如我想身体会不会很痛，经验丰富的你肯定会嘲笑我的浅薄无知但是事实上我真的为此担心了很久，并且差点儿成为了心理负担。我曾问老马这个问题，结果老马听错了，老马以为我问女孩子第一次会不会很痛呢，于是他一边用手在我胳膊上拧一边说，“不要太痛啊，就像这样痛……”

现在，我终于知道我的担心是多余的，不但不痛，而且是前所未有的快乐，虽然多年来，我一直有着自慰的习惯，但双手的感觉和何诗诗的身体相比简直天上地下。虽然我是一个如假包换的雏儿，但我已经看过N部黄碟，我洞晓每个姿势每个动作，此刻何诗诗就是最好的检验对象。而作为一个和三百个男人上过床的姑娘，她表现出的技战术让人真心称赞，醉酒并没有影响她的发挥，反而大大刺激了她的战斗力，只有你想不出的技术，没有她做不出的动作，她像个饥饿的母兽，一边疯狂呻吟，一边将身体扭曲成各种匪夷所思的姿势，配合我一次又一次的进攻，实现一次又一次完美的着陆。

那个疯狂的夜，我忘记和何诗诗一共做了多少次，感觉把我二十年来的阳元积蓄全部掏空，最后我们都昏死过去。等醒来的时候已经是正午时分，阳光透过厚厚的窗帘洒在我裸露的身上，我摸了摸身旁，空空如也，我惊起，然后听到洗手间传来的流水声，过了没多久，何诗诗裹着浴巾走了出来，看到我，很自然地招呼："早！"

我却很不自然，心中涌出重重的愧意，我说："何诗诗，对不起！"

她冷笑："你有什么对不起我的？"

我说："你昨晚喝多了，我……我……没能控制住。"

何诗诗突然脸色一沉，"你知道就好，现在你有两个选择，要么给我钱，十五万，一分钱不能少。"

我没说话，我不知道何诗诗这到底唱的是哪出戏，不过如果她真的想要钱，也未免太狮子大开口了吧，何况她知道我没钱的。

"要么我就告你强奸。"何诗诗说完恶狠狠地盯着我，

"对不起！"我垂头丧气，"不管怎样，事是我做的，我敢做敢当。"

"哈哈哈……"何诗诗突然笑得花枝乱颤，她一边擦拭头发一边说："苏扬，你真傻假傻啊，瞧把你给吓得，强奸我？你还真以为你那么能耐啊？借你两个胆试试！"

我疑惑不解地看着她，我是真心糊涂了。

何诗诗拉开厚厚的遮阳窗帘，阳光透过一层薄纱罩在她身上，她扯掉身上的浴巾，青春胴体立即散发出炫目的光彩。她回头，因为逆光，

我看不清她的表情，只听她柔声说：“笨蛋，你以为昨晚我真醉得不省人事？我是自愿的。”

“啊？”我简直不敢相信自己的耳朵，难道烂醉如泥的何诗诗也是装的？那她还有什么是真的？她为什么要这样做？

“苏扬，你对我太好了，我想报答你。”何诗诗突然说出了偶像剧里的狗血台词，吓得我差点儿从床上摔下去。

“谢谢！”除了这句话我不知道说什么。

“好了，现在我安心多了，感觉不欠你什么了。”何诗诗故作轻松地耸耸肩，声音却有点儿颤抖。

我思绪极乱，不知道如何作答。

“从此以后，你我各不相干，井水不犯河水。”何诗诗几乎要哭出来了，“我就算死了也不会找你，你也不要再来关心我，我们已经没有关系了。”

我依然一动不动，一个大胆而疯狂的念头突然涌向心头。

“苏扬，想不到你也真够现实的。”何诗诗开始慢慢穿衣服，“你不会一直就在等着和我上床吧。”

我依然没有任何反应，脑海里却在飞速盘算。

“我说是不是现在觉得特满足啊？满足得连话都不会说了，你要是就图和我上床，你早点儿和我说啊！犯不着演那么长的戏，我本来就是出来卖的，你是熟人，我给你打个折不就完了，费这事干吗。”何诗诗冷嘲热讽。

经过一番剧烈思考，我心中已经拿定主意，虽然我的外表依然没有任何反应。

何诗诗突然冲了过来，抓住我的胳膊，狠狠咬了一口。

“啊……”我疼痛难忍，爆发出一阵狮子吼，灵魂回窍。

“去死吧！男人就没有一个好东西！”何诗诗说出这句经典台词后，

拿起地上的挎包就要往外冲，可见她真的气急败坏了。

“何诗诗，不要走！”我突然发出有力的毋庸置疑的呼喊，在她打开门的一瞬间。

等她停步、回头，再看到我的时候，我已经单膝跪倒在地。

当时我身上没有衣服，因此我的动作一定很滑稽，但我的眼神是真诚而炽热的，我生平第一次做到了未语泪先流。

“何诗诗，我爱你，做我的女朋友，好吗？”

何诗诗匪夷所思地看着我，眼泪也流了出来，继而她疯狂摇头：“不可能的，苏扬，你为什么还要提这个要求？你明明知道我们不可能的。”

“是，我知道，我很早以前就知道，所以我一直都做好失去你的准备，所以每天我都只是在默默等待你的消息，从不敢主动，就是因为我知道我们之间不可能。我真傻，我从来就没有勇气去向你当面表白，我忍受着思念你的痛苦，忍受着随时都可能没有你消息的煎熬，忍受着眼睁睁看到你那么无助却不知道如何帮你的愧疚，这一切的一切都是因为我给了自己一个前提——我们不可能。你也很傻，你受了那么多苦，你被男人深深地伤害，你也在自己心中种下了一个牢笼，总是暗示自己不可能再找到真爱，所以你总是习惯性拒绝，拒绝别人，也拒绝自己。你以为不要开始就不会再有结束，不再投入就不会再受到伤害，可是你毕竟是个女孩啊，你已经承受了太多的委屈，你已经有着太多的不容易，可你再怎么强大，也只是一个十九岁的女孩，你需要有人呵护的，你需要有人关爱的，你需要有人和你谈心的，你需要在自己苦闷的时候有人陪你流浪，在你生病的时候有人把你照顾，在你不爽的时候有人为你出气，在你筋疲力尽的时候拥着你幸福入睡。”

何诗诗瘫倒在地，用手捂着嘴，呜呜哭泣，我知道我已字字如针，刺进她的心里。

何诗诗的反应给了我足够的鼓励，我心中压抑多时的表白继续喷涌而出，“而所有的这些我都做到了，我虽然不帅，也没钱，不是最好的那个人，但我是对你最好的那一个。何诗诗，我相信你也是喜欢我的，是不是？你喜欢我，所以你更加痛苦更加挣扎，你怎么也无法接受自己再去喜欢一个人，所以你会故意逃避，可是你的眼神告诉我这一切都是真的，何诗诗，你为什么不能给自己一个逃出去的窗口？窗外可能是万丈深渊，但也可能是明媚的天空，与其在黑暗中痛苦，还不如勇敢一跃，我会和你一起飞翔，不管地狱还是天堂，你的身边永远都会有我，永远！”

如果说昨夜我用自己的身体给了何诗诗一次又一次的高潮，那么现在我用自己的表白让何诗诗再次陷入癫狂，一个女人的灵魂和肉身都被你征服，那么她没有任何理由再将你拒绝。我听到何诗诗“哇”的一声大哭，然后一头扎进我的怀里，她的手指甲在我后背上狠狠地抓着，肯定抓出了道道血痕，以此表达她此刻复杂而剧烈的心情。我强忍着疼痛紧紧将她拥抱，我希望能够给她战胜自我的力量，已经到了关键时刻，何诗诗能否重燃爱火，重拾信心，在此一举。

“答应我，做我的女朋友，我们好好恋爱。”我在她耳边再次坚定不移地发出爱的呼唤。

何诗诗在我怀里胡乱地点头，哭泣声越来越大了。

我露出心满意足的笑容，从来没有一次像现在这样让我感到幸福。

“不要……”只是还没等我反应过来，何诗诗突然大叫一声，用力将我推倒，然后自己哭着跑了出去。

前后不到五秒钟，怀中的何诗诗就完全消失在我的眼前，留下裸着身体、傻傻坐在地上的我，目瞪口呆。

我再也不会奋不顾身地去爱一个人了/我会更爱我自己

——米小琪/24岁/写给年少回不去的爱

本章插曲

写给年少回不去的爱

常定晨<等你回来抱抱>

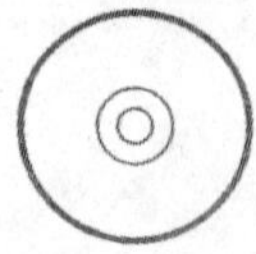

我不睡觉　等你回来抱抱
等不到我受不了　多想你撒娇
你的笑没收了　你给的我都要
请你不要转身就走掉

这一次聊天希望不会再吵
这一次恋爱希望时间不少
我对你的好像空气将你围绕

我陪着你看我的日志　你哭到不行用我手当纸
我现在开始对你投降一直用过的招式
我爱你这简单的几个字　说几千遍也无济于事
我的心你读懂　就可以

我知道我付出太少　这些缺点我都自己找
可是我对你的好　是来自心灵的煎熬
虽然我不是有钱的阔少　也没有车房能让你依靠
我们可以共同去创造

看那些有钱人的世界　我想应该会更孤单一些
我们不学不屑　珍惜我们的一切
让我们的感觉　永不停歇
我唱的这不是寂寞　是自己写的歌
希望大家珍惜眼前的一切　我唱到这里开始沉默

我陪着你看我的日志　你哭到不行用我手当纸
我现在开始对你投降一直用过的招式
我爱你这简单的几个字　说几千遍也无济于事
我的心你读懂　就可以

我知道我付出太少　这些缺点我都自己找
可是我对你的好　还没有任何人得到
虽然我不是有钱的阔少　也没有车房能让你依靠
我们可以共同去创造

第七章

Chapter

分开

我以为随着每一秒钟的流逝，伤痛会渐渐湮灭成灰。
但残酷事实是：想念会和时间一起，变得越来越悠长。
我的世界终于停滞在你离开的那一天，
不再前行。

1

落寞地回到宿舍，我琢磨了整整一下午，过去的二十四小时发生了太多的事情，我竟然神奇告别了处男生涯，并且是和我最爱的女孩，并且那么疯狂那么完美，更神奇的是我竟然向我最爱的女孩表白了，关键时刻我超常发挥把自己都感动了，最最神奇的是女孩接受我的求爱然后突然又拒绝了。我不是想不通这一切为什么，我只是觉得很神奇而已，而且我希望把神奇延续，让神奇变成生活的一部分。

晚上我把老马等兄弟们都叫到身边，我认真地对他们说："还有一个月就毕业了，我们就要天各一方了，想想这是多么让人伤感的一件事儿，为了让我们的青春留下浓墨重彩难忘的回忆，毕业前你们想不想和我一起做一件疯狂的事情呢？"

老马他们听了都很激动，然后集体摇头说不想。

老马说："安全第一，别疯狂过头毕不了业，那就傻逼大发了。"

我说："你们这帮孙子太现实，算了，那你们想不想看我做一件很疯狂的事情呢？"

老马他们"嘿嘿"一乐说这个可以有，我们最喜欢把你当疯子了。我说没问题，明天我就会是最疯狂的人，不过兄弟们得配合，每个人先借一千块给我。

老马说："我擦，你要那么多钱干吗，你不会是想去买欢吧，对了，你还是个处男呢，得，这事儿还真有点儿小疯狂，我们得支持。"

我说："老马你拉倒吧，哥哥我已经成功告别处男人生了，哥哥明天要做的事情可比买欢浪漫多了，你们都听好了，明天我们一起来演一出毕业浪漫疯狂大戏。"

我把我的构思和大家伙儿细细说了，每个人都很兴奋，特别是老马，说听了我的方案就有感动流泪的冲动，他一定会好好表现。我再三叮嘱各位千万保密，然后自己兴奋了一夜睡不着，就等着我人生最浪漫疯狂的时刻来到。

第二天一大早，我们分头行动，到虬江路的花卉市场、董家渡路的服装市场和城隍庙小商品批发市场买来各种道具，运回学校后装置好。中午十二点整，何诗诗下课后走出教学楼，习惯性地低头走在最后面，突然她发现前面拥挤的人群自动让开一条大道，然后在大道的尽头她首先看到的是两只很大很大的气球，各自悬挂着一面条幅，一面写着"何诗诗我是真心爱着你"，另一面写着"请你做我的女朋友吧"。在她面前的地上则是玫瑰花瓣摆放成硕大的心形图案，这还不算震撼，震撼的是图案中间用白色玫瑰花瓣摆出了何诗诗的形象，虽然很抽象，但一看就知道。玫瑰花阵后面站着十几位小伙子，一水儿衬衣西服，扎着领结，倍儿精神，每个人手中都捧着一份纸稿，最中间是一个微胖的小伙子，捧着 999 朵玫瑰花，双目含情，翘首以待。

小伙子看到何诗诗后，面露微笑，开始深情独白："何诗诗，我爱你，请接受我的爱，做我的女朋友吧。"

何诗诗不知道是感动还是惊讶，总之她愣在原地。在她还没有反应过来之际，小伙子们整齐划一、雄浑有力的朗诵开始了——

"何诗诗，苏扬爱你，请接受他的爱，做他的女朋友吧。"

集体朗诵开场后是分人朗诵，第一个出场的是老马，老马显然有点儿紧张，因为他嘴一张就说错了。

“啊！何诗诗，我是那么爱你，操，不对，苏扬是那么爱你，请你接受他的爱，做他的女朋友吧。第一次见到你的时候，是在女生宿舍里，你是那么与众不同却又让人一见钟情，从那天开始他相信缘分，而你就是他缘分的唯一。”

“啊！何诗涛，苏扬是那么爱你，请你接受他的爱，做他的女朋友吧。那天回去之后，他开始失魂落魄，鼓足勇气后决定追求你，他绞尽脑汁，用尽全力，却无法换来你的正眼一窥。在他心中，你是神秘的，是圣洁的，是高不可攀的，是充满魅力的，你犹如冬日里的暖阳，夏日里的凉风，那么让他痴迷，却又让他琢磨不定。”第二个发言的是张胜利，张胜利嗓音很低沉，非常适合这样的独白。

“啊！何诗诗，苏扬是那么爱你，请你接受他的爱，做他的女朋友吧。给你的情书你不回，唱给你的歌谣你不听，打给你的电话你不接，他六神无主，每天失落，活着也像死去，他祈祷上天可以明了他对你的真情真意，哪怕只换回你的刹那微笑，也是对他最大的肯定。”现在朗读的人是顾飞飞，顾飞飞为了我专门回到学校助拳，他说话虽然有点儿娘，但好在情真意切，感觉他说到最后的时候声音都在颤抖，眼睛已经含泪。

……

一个哥们儿接着一个哥们儿朗读着，真诚诉说着我和何诗诗过往的点点滴滴。如果说何诗诗一开始还有点儿拒绝，甚至反感，慢慢她开始动容和接受，这从她的面部表情的变化可以清晰地看到。然而更加动容的则是围观的女孩们，特别是何诗诗班上的女孩们，她们紧紧围在何诗诗身后，仿佛是她的后援团，其中尤以女胖最为激动，自从她也被孤立后似乎变得多愁善感起来，此刻女胖早已 hold 不住，泪流满面，浑身颤抖，两只小胖手轮番擦泪，极具视觉冲击力。

在所有兄弟们都朗读完后，我开始最后的总结。我手捧玫瑰慢慢走上前，眼神的焦点始终在何诗诗的脸上，走路的姿势沉稳而有力，走到离何诗诗一米距离时，我单膝跪地，真诚而不突兀，我嘴角露出浅浅笑容，痴情而不轻浮，我内心最重要的表白呼之欲出。

“何诗诗，其实已经对你说了太多的话，却发现想对你说的话永远都说不完，每次说的时候我都很紧张，因为都怕是最后一次，我再也没有机会让你知道我心中最真实的话语。在遇见你之前，我一直渴望遭遇一场刻骨铭心的爱情，我以为爱情就是两情相悦，你侬我侬，简单得不能再简单。我太天真了，原来爱一个人除了感受浪漫和甜蜜，还会体味残酷和痛苦。何诗诗，谢谢你让我把这些感受通通经历，也正是经历了所有的这些，我才更加坚定我对你的爱，更加明白自己要做什么，所以，此刻我鼓足勇气，告诉自己这是我的使命，神圣的使命，我要做你的男朋友，我要给你幸福，我要照顾你一生一世，我有这个能力和信心，何诗诗，我是那么爱你，请你接受我的爱，做我的女朋友吧！”

说完，我将玫瑰花缓缓举过头顶，让花绽放在何诗诗的眼前。

我在等待何诗诗接下我的玫瑰花。

何诗诗没有伸手，因为她已经哭得不行。

女生们已经沸腾，集体高喊：“接受，接受，接受！”

男生们也齐声附和：“在一起，在一起，在一起！”

鲜花、掌声、祝福、喝彩、感动、泪水……在如此强大的气场下，坚硬的顽石也会感动，广袤的天空也会动容，更不要说血肉之躯的何诗诗了。在经过漫长的一分钟等待后，我终于看到她露出了幸福的笑容，一边擦眼泪，一边点头，然后伸手接过我的玫瑰花。

人群中爆发出更热烈的欢呼。

“抱一个、抱一个……”这是女生们的心声。

“亲一个，亲一个……”这是男生们的呼喊。

我站了起来，紧紧抱着何诗诗，此刻的她在我怀里犹如最温驯的小鸟。何诗诗闭上了眼睛，长长的睫毛上还挂着泪水。我也闭上了眼睛，然后低头在她的额头深情一吻，于是便拥有了整个世界。

2

我和何诗诗恋爱了，最起码在别人眼中如此。我的求爱被全校师生视为挺轰动的一则新闻，其实我知道大家关注的倒不是形式本身，而是女主角何诗诗太漂亮，男主角我太平庸，这给了数以千计的男屌丝们强烈的暗示：只要你坚持，只要你够胆，只要你放下尊严俗称不要脸，癞蛤蟆吃天鹅肉绝不是谣言，屌丝苏扬就是最好的榜样。很多人甚至肤浅地以为我只是靠教学楼前的那场浪漫求爱就突然追到何诗诗的，于是短短一个星期内，教学楼门口就发生了七八场的求爱仪式，不过他们虽然模仿了我求爱的形式，却没有学到我求爱的精髓，最后结果也大多啼笑皆非，徒增一笑而已。

只是恋爱后的我也并不轻松，因为此前我没有谈过恋爱，一直想象不出恋爱的时光到底是什么模样，而何诗诗虽然阅男人无数，但也从没有正儿八经恋爱过，所以一开始我俩都显得有点儿紧张，有的时候话说着说着都会笑出来。

我说：“何诗诗，我们之间的谈话怎么还这么冷静啊？恋人之间不是应该很炽热的吗？是不是我们哪里出了问题？”

何诗诗很认真地想了半天，然后说：“有可能，别人都说自己眼中的男朋友像王子，可我眼中的你还是像猪头。”

除了开始有点儿刻意，整体来说我们的恋爱还是很浪漫很甜蜜，我几乎是用自己的生命爱着何诗诗，虽然那么青涩，虽然有点儿笨拙，但也充满了质感和力量。比如何诗诗很爱吃一种新出来的街头炒冰，我觉那玩意儿又不好吃又不卫生，就是自来水加香精，可何诗诗她就是爱吃，甚至痴迷。面对我的反对，何诗诗正好以此证明她眼中并非只有那些华而不实的高消费，何诗诗总是对我说吃炒冰和找男朋友一样，最关键不是营养和卫生，而是口感喜不喜欢。何诗诗这样一比喻，我就明白了，我就是冰激凌中的那个炒冰，虽然只是个地摊货，但就是对她胃口。想到这里我对炒冰立即燃起了强烈的爱意。只是当时卖炒冰的地方并不多，离我们学校两站地有一个小门脸，何诗诗最爱吃他家的芒果炒冰，每次见面前我总会到那里买一杯芒果炒冰，然后飞快奔回学校教学楼，这个时间得掌握恰好，快了炒冰容易化，慢了让何诗诗等更不行。于是每每放学前半个小时，我会冲到炒冰店买一份芒果炒冰，这个过程需要十分钟左右。然后飞快跑回学校，这个过程需要一刻钟。从学校大门到教学楼五分钟路程，我拿着炒冰冲到教学楼门口站定后，差不多正好铃声响起，这样只要再等五分钟就会看到我美丽的女孩何诗诗款款走来。然后赶紧递上一杯尚未融化的炒冰，看着她大大吃上一口，甜意立即沁上我的心头，美极了。

只是也不是每次都能把时间算得那么好，有的时候何诗诗的授课老师会拖堂，我拿着炒冰在外面干等也不见她出来，看着手中炒冰慢慢融化心急如焚，因为化了就不好吃了，于是内心开始斗争，是继续等还是立即回去买杯新的。一旦决定买新的，就拿出百米冲刺的速度，一路上祈祷何诗诗不要突然下课，原本半小时的路程二十分钟就解决，人则累得想晕倒。等回来如果何诗诗还没下课，心中庆幸自己决定英明，如果下课了看到何诗诗噘着嘴一脸委屈，就立即道歉，还不能告诉她真正的原因，因为恋爱中的女孩只看结果，不管理由，更何况看到何诗诗生气撒娇对我而言也是一种享受。

很多时候，我看着何诗诗明眸善睐，唇红齿白，青春时尚，美丽性感，我就会莫名其妙眼眶湿润，我会想这么优秀这么美好的女孩怎么会属于我呢？她一定不会属于我，她只是上帝交给我暂时保管，可是我那么贪心，我想要永远占有她，我该怎么办？

反正自从成功抱得美人归后，我和何诗诗几乎每天都要约会，绝大多数时候还是在学校，我们牵手走过花前月下，一起在食堂吃饭，一起到图书馆看书，一起到电影院看电影……和校园里所有的恋人们一样，闹中取静，享受着甜美的二人世界。不相信爱的人一旦沉溺于爱反而更单纯，何诗诗和我在一起的时候，她眼中的世界只有我，而我却还打量着整个世界，她早已不在乎流言蜚语，我还竖着耳朵四处留神，因为我知道始终有无数双眼睛在背后悄悄打量着我们，然后是无数的咒骂和艳羡，而这些都让我感到无比自豪，仿佛此前为这份爱受再多累、吃再多苦也都值得。每天在学校约完会后我们会各自回去，何诗诗虽然有自己单独的房子，但我们并没有同居，何诗诗曾经提出让我也搬过去，这样每天至少能多七八个小时在一起。我虽然也很想，但还是拒绝了，我嘴上没说原因，心中其实是讨厌那里，因为那里留宿过太多的男人，在她的床上我会情不自禁地联想，最后一定会恶心到阳痿，因此我宁可花钱在外面开房间也不愿意在那里和自己深爱的女人缠绵。何诗诗似乎也明白，被我拒绝了两次后也就不再争取，似乎并不生气，只是无奈地对我说：“苏扬，我发现你还真不是一般的小气呢，而且真够大男子主义的，不过既然做了你的女朋友，我也就没什么好抱怨的，等下个月房租到期，我就搬回学校吧。”我说我不是小气，我只是太在乎你，我不是大男子主义，我只是太爱你，等我一毕业我就租房子，到时候我们就可以每天在一起了。何诗诗幸福地点点头，然后用手捏着我的脸说：好的，我会等到那一天。

如果说恋爱的最初是紧张和甜蜜，那么随着时间飞速流逝，我们之间的感伤和忧心则越来越强，因为再过一个多月我将彻底离开学校，虽然我留在了上海，但毕竟上班了就不再自由，不能像现在这样想见立即能见，想在一起一分钟都不分离。然而毕业还不是我们最大的挑战，真正的挑战还是何诗诗要出国，虽然因为财力受阻，何诗诗无法按照意愿这个暑假就离开，但出去的梦想她从来没有破灭，而且愈发坚定决心，只是她已经答应我绝不会再靠身体换钱，从做我女朋友的那一刻开始她就要解甲归田，做一个真正的良家女子。

我相信我的这个要求并不过分，试问天下有几个男人可以做到看着自己深爱的女人每晚流连在不同男人身体之下？或许有人做到，但反正我不行，我勉强可以做到对她之前不在乎，不追究，但对于今后，我首先要求彼此忠诚，所以在第一天，我便找她认真提出了这个要求，这也是我对我们的爱情提出的唯一要求。

一开始我还很忐忑，我怕她会拒绝我，因为这几乎是断了她两三年内出国的路，没想到何诗诗听完后没有思考，说就算我不提，她也会这样做。何诗诗请我放一万个心，她承诺身为我的女朋友，她绝对不能容忍自己背叛出轨，因为她知道被背叛是多么伤心欲绝，她已经承受了这样的痛，不会让我再受到同样的伤害。那一瞬间我感动万分，觉得自己真是爱对了人，我激动地向她承诺自己毕业后一定会发愤努力，脚踏实地，好好赚钱，早日送她前往梦想的国度，这将是我工作的唯一动力和目标。

何诗诗听了笑笑，伸手摸摸我的脸说："谢谢，有你真好！"

我知道她其实并不为我的话而动容，因为在她眼中我短时期想赚够她出国的钱无非痴人说梦，对此我虽然失落但也不敢反驳。刚毕业我的月薪刚过一千五，一年不吃不喝也攒不到两万，靠这种速度要想够本得到猴年马月。正经来钱快的唯一可能就是自己创业，可我压根儿就不是做生意的料，更没有什么核心技术和资源。除此之外还有什么办法能够实现财富的迅速积累呢？我思来想去，惊讶地发现最简单最高效的竟然只有卖身，我想要不干脆让我去做援交算了，就不晓得我这种质量的男人有没有富婆要，这显然是一个黑色幽默，在强大的经济压力下，我再次感受到了个人的渺小和无助，也再次理解何诗诗的不易。对此，何诗诗似乎还没有我在意，她不停宽慰我不要太纠结，现在先别想这些让人郁闷的事，她回头再好好琢磨琢磨，反正自己一定会有办法的。

我感动于何诗诗可以为我着想，为我减压，同时也疑惑何诗诗的“自己一定会有办法”，她会有什么办法呢？她又会做出什么让人匪夷所思的事情吗？不知道为什么，自从成为何诗诗的男朋友后，我反而变得更紧张，更多疑，更加大男子主义。

总之，在毕业前拥有何诗诗的日子里，我是幸福的，我也是不安的；我是激情的，我也是无助的，我患得患失，还斤斤计较，我很快就明白原来恋爱的滋味，并不只是甜蜜，而是一种五味俱全的味道。

我以为这样的情绪和生活会一直延续，直到毕业，然后开启一段新的人生，可能很苦，应该很累，但我也已经做好了准备，以爱之名，我决定为了我和何诗诗的幸福未来好好打拼，却没想到变化突如其来，让我和何诗诗都无法防备。多年以后，当我历经人情世故，感受岁月变迁，我才明白，生活中所有看似突然的转折，其实都是最合理的命运安排。

3

5 月底，我以辅导员的身份最后一次出席院里组织的工作会议，院长破天荒亲自主持。在长达两个小时的会议上，院长首先用大量的褒义形容词对自己进行了无情的赞美，表示我们学院在他英明的带领下发展神速，已经跻身国内一流学府，照此速度发展，再过两年，北大、清华必将俯首称臣，追齐耶鲁、哈佛也只是时间问题，现场爆发出阵阵热烈的掌声。

会议的最后，院长激动地宣布自己上个月出国考察的成果，在他卓有成效的公关下，我院已经成功和美国某知名大学结成兄弟院校，今后双方除了加强科研教学合作外，更要加强人才的交流。从今年开始，每个系都要挑选一名最优秀的学生前往美国交流深造，所有学费由学校承担，对方学校还负责提供高额奖学金，而且如果毕业成绩优异，可以继续留美考研读博。总之对于想出国留学的同学而言，是一次绝佳的机会。院长在描述完这次合作的战略意义以及美好前景后再次强调一定要派出最优秀的学生，不但成绩好，还要思想好，形象好，总之一定要能体现我院的精神气质。院长最后要求第一批交流生的挑选工作即日开始，系里先负责上报候选人名单，他将亲自主抓此项工作，并决定最终人选。

听完院长废话连篇、矫情恶心的工作报道，我只记住了委派交流生出国这一点。一开始我特别兴奋，觉得何诗诗出国有戏了，后来想想这事儿似乎和她关系不大。虽然何诗诗的成绩很好，但刚因为旷课被学校记了一次大过，所以可能性直接降为不可能。想想还真是可惜，不过遗憾的同时我又莫名地高兴，自从我和何诗诗对于未来达成共识后，我已经认定要靠我的努力完成何诗诗的梦想，而不是其他乱七八糟的方式，因此我思前想后，我决定向何诗诗屏蔽这条信息，免得她又多想，节外生枝。

那天晚上我照例和何诗诗进行约会，不知道为什么我兴致很高，吃饭的时候我说了很多甜言蜜语，不知道为什么何诗诗心事重重，很多次欲言又止，菜也没怎么吃。

我说：“诗诗你是不是哪儿不舒服？”

何诗诗皱着眉头先说没有，接着又补充一句就是心中难受。

我说：“你看你果然有心事，那快说出来吧，不管有多苦，请你不要一个人承受。”

结果何诗诗突然将筷子一扔说：“苏扬，我要的不是这种感觉。”

这话不轻，我吓了一跳，赶紧停止吃饭，专注地看着她，关切询问到底怎么了。何诗诗眼圈一红说她感觉自己变了，变成自己厌恶的那种人，因为她自己原来目的明确，方向简洁，做事只求结果，为达目的，不择手段，可现在变得多愁善感，优柔寡断，想说什么不敢说，想做什么不敢做，感觉非常不爽。

我听后稍微放心了，“呵呵”一笑说：“那你现在想做什么就尽管做吧，我都支持你。”

何诗诗说：“我现在想打你骂你离开你，你也支持吗？”

何诗诗看着目瞪口呆的我说：“我不是和你开玩笑，我感觉我们并不合适，我一直以为你是真的对我好，可是我越来越发现你不但自私而且大男子主义还非常腹黑，你明明知道院里有委派出国的机会，可从见面到现在已经两个小时了你提也不提，你是不是生怕我知道？出国对我而言是原则性问题，你这样做我真的很失望。”

何诗诗一气儿把心中的憋屈说完，我算是明白了她不爽的来龙去脉，我在反思为什么我不告诉她，第一层反应是说了也白说，因为她的条件不符合要求，更深层次的反应是千万不能说，何诗诗有的是办法，多一事还不如少一事。现在看来何诗诗已经洞察我的狭隘内心，我除了坦诚别无选择。我说不是我不想告诉她，而是觉得时机还不成熟，我建议先观察一年，如果这事儿确实靠谱，明年再争取不迟。

我觉得自己说得合情合理，没有把话说死，也给自己找到了台阶。没想到何诗诗为出国这事已经偏执，她听完后竟然把筷子重重一拍，然后恶狠狠地对我说：“苏扬，我真想不到你说这些，什么叫时机不成熟？机会说没就没，不成熟也要全力争取，什么叫先观察一年，我恨不得现在立即马上就离开，我没有时间再在这里耗费。你可以不为我争取，因为你很自私，但我绝对不能坐视不理，因为我要对我的人生负责。”

说完何诗诗甩头就走，留下一脸愕然和尴尬的我，对着四面投来的好奇的目光，装作无所谓来了一句：“女人都这样蛮不讲理，我压根儿就不搭理她。”然后慢慢走出店门，用眼角余光看四下无人，立即狂奔追上前去。

那晚我和何诗诗不欢而散，我追上何诗诗进行了真挚的道歉，并且保证一定会去找人说情公关，做到不求结果，但求全力以赴。对于我的态度转变，何诗诗没有表现出原谅我的态度，只是淡淡地说随便，她已经对我不抱希望。何诗诗的话让我难过，我想就算我有罪也罪不至此，怎么可以将我之前的好全部抹杀？不管如何，我必须证明自己，换回她对我的期待。

第二天上午，我便恪守承诺，去找所有能够帮助何诗诗的力量，我虽然是学生辅导员，算是个小小的学生干部，然而平时不屑和领导走动，关键时刻自然也没有太多办法，厚着脸皮找几个管事的领导试着说情，结果话还没说上两句，就被领导们以太忙为理由请走，最后我把全部的希望寄托在班主任老孙身上。老孙倒很愿意和我聊天，在她的办公室里我先把她赞美了半天，老孙兴奋的表情犹如怀春的少女，最后我看时机成熟就对老孙表明来意，老孙听后少女羞涩的表情立即变成妇女现实的表情，让我再次感慨女人之善变。老孙说："苏扬你就死了这条心了吧，想都别想，你知道吗？昨天这消息一出，到晚上就报名人无数，现在想走后门都没门了，竞争惨烈程度不亚于某选秀，首先得比硬件条件，其次院长还会亲自面试挑选，谁去谁不去最后就他一人说了算，找谁都不好使。至于你想到院长那里说情，那更是没有可能，因为院长日理万机，见面都不容易，就算见着了也得先排队，估计前面等着说情的已不下百八十人，其中还有不少背景深厚的，像我等一介平民，想获此良机出国，纯属癞蛤蟆想吃天鹅肉。"

老孙又说："虽然你小子运气好已经成功吃到了一次天鹅肉，但那纯属意外，奇迹不可能发生两次，听我一句话，回去洗洗睡吧，该干啥就干啥，别想这没用的了。"

走出老孙办公室，我觉得天昏地暗，虽然这个结果我并不意外，但此刻宛如被医生宣判了死刑，我该如何对何诗诗交代呢？告诉她对不起我没有做到让她失望了，还是告诉她难度太大真的不怨我？我思前想后，纠结挣扎，突然觉得很悲哀，对自己的女朋友说话为什么要如此紧张？我又没有真的做错什么，如果她因此迁怒于我，那只能说明我们的爱并不纯洁，早晚都得出问题。总之我没有害怕的道理，我决定和盘托出，我打电话给何诗诗约她一起吃饭，何诗诗说不了她还有事，我吞吞吐吐将情况描述，对于这个结果何诗诗并不意外，她甚至很客套地说了声谢谢，并强调这是她自己的事情，她来想办法解决。我问她有什么办法，她说还没想好，但不管有多难，她都会竭力争取。电话的最后她告诉我接下去的一个星期她要认真复习，准备期末考试，让我不要再找她了，何诗诗说这话的时候很冷漠，让我一下子想起了刚认识她时的模样。过去的一个月我过得实在幸福，何诗诗每天犹如最温柔的天鹅，以致我再次听到她冷漠的声音，竟然有种无法接受的痛楚，并隐隐觉得过去的幸福甜蜜只是一场梦幻，而现在梦即将苏醒，迎接我的将是无穷无尽的黑暗。

是啊！我多么希望自己能够相信何诗诗说要好好复习是真的，我多么希望何诗诗说我自私大男子主义说我俩其实不合适是假的，我多么希望我还能够像没有成为她男朋友前那样什么都能接受什么都能忍受，我多么希望她能够永远像成为我女朋友后那么温柔懂事始终在乎我的感受。我多么希望曾经的伤害可以让她更加明白什么叫珍惜，她不能再轻易将自己的身体出卖，因为那意味着灵魂的背叛，我多么希望自己懂得继续装糊涂，只要还能和她在一起，凡事都可以睁一只眼闭一只眼，我多么希望后来我看到的都是假的，她对我说的话也都是假的，如果我的希望都可以成真，那么世上或许就少了一个怨妇般的男人，多年以后还在喋喋不休这段并不光彩的初恋，并且四处高呼所有女人都是骗子，所有诺言无比恶心，这个世界根本没真爱。

4

那天挂了电话我便到银行取出了我所有的积蓄，然后在附近的商场买了一只美丽的钻戒，接着打车前往何诗诗租房住的小区，下车后我没有直接上楼，而是悄悄坐在她家门洞对面的小花园里，然后死死盯着前方，手中则紧紧攥着那只钻戒。

我知道我为什么要来，来这里是要干什么，我知道自己这样做其实不妥，因为如果我的猜测成真将宣告我初恋的突然死亡，但我就是控制不了自己的欲望，我像个走火入魔的神经病一样疯狂，早已忘记身后是深渊万丈，我要做的只是求证求证再求证，求证何诗诗是不是真爱我，求证何诗诗是不是真的为我而改变，求证我们的爱情能否经受现实挑战，如果求证成功，那我将不再对我们的爱有半点怀疑，并且将手中的钻戒献给她，恳请她做我的新娘，如果求证失败，那么我的心也将随之彻底死掉，万劫不复。

我从下午一直坐到晚上，姿势宛如雕像，却早已头昏眼花，浑身僵硬。我一直告诉自己等一会儿再等一会儿，只要何诗诗一个人回来我就立即回去，并且从此再也不强迫自己故作玄虚。一直等到十一点何诗诗都还没回来，我身上的血都快被蚊子给吸干了，难道何诗诗真的是在认真复习？难道一切都是我太在乎太敏感太多疑了？想到此我冰冷的心才有了点儿宽慰，我挪动了下早已麻木失去知觉的脚，心想，算了，不管真相如何我都不要在乎了，从此我就好好对何诗诗，不管她说什么我都听，她要我做什么我都愿意，哪怕在爱中彻底没地位，也要对爱不怀疑，否则自己真是太累了。

就在我打算离开时，我听到了何诗诗的脚步声，黑暗中无比清晰，那是我非常熟悉和喜欢的声音，因为每次在等待她的时候，我都会闭上眼睛，聆听着她的脚步声，那是一种幸福。听着她的脚步声由远及近，停止在我的面前，我微笑着睁开眼，就能看到我最爱的女孩，每当这个时候，何诗诗都会捏着我的脸说苏扬你好傻哦，你就不怕我躲起来你找不到我？我说我不怕，你的脚步声已经深深烙在我心里，无论你走到哪里，我都会紧紧跟随。

此刻，这些甜蜜的话语还在耳边，可何诗诗的脚步声明显有点儿慌乱，仿佛很着急，继而黑暗中又传来更缓慢沉重的脚步声，一前一后，声音越来越近，我血流加速，身体却纹丝不动。很快我看到何诗诗出现在我眼前，她丝毫意识不到黑暗中最爱她的那个人正在凝视着她，我看不清她的神情但能感受到她的紧张。她站在门洞处四处张望，没有发现异常，然后伸手对着后方轻轻招手，沉重的脚步声再次响起，很快大腹便便的院长便出现在我的面前。院长似乎久经沙场，经验老到的他在靠近何诗诗的瞬间伸手搂住了她的细腰，两人相视一笑，然后同时走进楼道，很快消失在黑暗中。

我也笑了，却不知道是笑自己太英明还是太愚蠢，反正笑得挺动容，我继续站在花园里，继续让蚊子疯狂地叮咬，继续一动不动像个白痴，继续强迫自己等会儿再等会儿，我想看看尊敬的院长大人究竟能够坚挺多久，我想看看我的女朋友到底有多温柔可以将院长尽情挽留。我真想立即冲进去，将这对狗男女现场捉奸在床，现场屠杀，然后肢解焚尸，以泄心头之恨，可是我不敢，我真的害怕，我唯一能做的只是拼命傻笑，不停流泪和疯狂等待，我想我会一直等下去，等到这对狗男女偃旗息鼓，然后悄悄走到他们面前，让他们知道一切都在我的掌握之中，一切都会有报应。我以为我会等一夜，那样我可能会在他们停止战斗前自行死亡，因为每多等一分钟对我而言都是对生命的煎熬，我死死咬着舌头，让自己意识保持清醒，我一定要坚持到底，等到自己最爱的女孩再次出现，这对我而言已经是彼时唯一的信仰。

或许我的愚昧和执着感动了上苍，那次的等待并没有想象中漫长。凌晨一点刚过，我就听到楼道里再次传来纷乱的脚步声，很快我的眼前再次出现我尊敬的院长和我深爱的女孩，他们筋疲力尽却含情脉脉，空气中仿佛都充满他们爱液的味道。校长临走前不忘再次将何诗诗紧紧拥抱并且深吻，然后心满意足地离开。我看到何诗诗一直满脸堆笑，神情妩媚，直到院长消失在她的视野她才一脸憔悴，几乎瘫倒在地，何诗诗表现出的一切让我心疼，甚至掩盖了愤怒，我缓缓走出小花园，走到她的面前，死死盯着坐在台阶上的她。她慢慢抬起头，疲惫的脸上眼神黯然，看到我时先是惊讶瞬间又变成惊恐，她的表情是我看到的所谓痛苦，我听到她从灵魂深处发出一声绝望的哀号："不要……"

这几乎是我听过最为惨烈的哀号，迅速将我剩余的愤怒击溃，我弯腰伸手试图将她搀扶，我想不管怎样先送她回去休息，然后明天有话再好好和她沟通。虽然我知道自己的行为极度可笑和愚昧，但她是我最爱的女孩，我看到她绝望真的无法做到无动于衷。只是我的手指在触及她皮肤的一瞬，她突然像过电一样从地上跳了起来，然后发疯一样向前冲去，我下意识伸手抓住她的胳膊，苦苦哀求她不要走。可是她想也没想就回头在我手背上狠狠咬了一口，然后趁我疼痛难忍之际继续往前冲，没有方向，不顾一切，留给我一个慌乱、惊恐、无助、拒绝的身影。这竟是我见她的最后一面。

我在何诗诗家楼下等了一夜，都没有等到她回来，直到我最后体力不支，昏倒在地。

等我醒来的时候，人已经在医院，我不听劝阻立即停止一切治疗回到学校，却被告知何诗诗已经办理了休学。

从那天开始一直到毕业前夕，我去了所有能去的地方，都没有找到她。

6 月底，我正式从学校毕业，走向社会，成为一名制药厂的基层工作人员。我的工厂在上海东南角的一处农场里，临近东海，荒芜贫瘠。只是我的工作没有想象中那么忙，朝九晚五之余还能够和陈家明经常一起玩游戏。

我从未放弃过寻找何诗诗，通过各种可以想象的方式，但始终没有任何消息，她仿佛从这个世界突然凭空消失，没有一点儿踪迹。

直到当年 11 月底，一个偶然的机会，我才得知早在 7 月初，何诗诗便作为系里唯一的交换生候选人，飞赴美国深造，而此消息学校整整封锁了三个月才低调报道，这一切都体现了院长的老谋深算。至此，虽然争议不断，但木已成舟，一切无法挽回。

那天我站在大海旁，眼睛眨也不眨地看着天边，任凭泪水无声流下，突然暴吼一声，将手中紧握的钻戒扔向海中，接着我坐在海边，时而沉默无言，时而喃喃自语，时而幸福微笑，时而呜咽哭泣，直至黑夜来临，吞噬世间万物，以及我那颗早已伤痕累累的求爱之心。

两年后，故事在继续……

本章插曲

写给年少
回不去的爱

小峰峰<卖萌症>

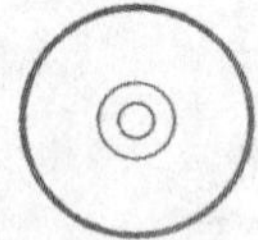

ney glrl
你有一双漂亮的眼睛
精致小巧的脸形
照片全都是无辜表情

宅男们个个被你迷得不行
留言有各种点评
也偶尔出现一些神经病

画胡子在嘴角
皱起眉头嘟嘴拍照
你对着镜子练习微笑
以为可以把别人都迷倒

不要再伪装去卖萌
做自己也是美好风景
可爱装不出　自然是天生

不要再故意去卖萌
天然呆不是每人都有
大眼睛如果依赖美瞳
你有自恋症

夜深了你还在意你的发型
看窗外数小星星
怕睡在枕头上会变形
你也开始发现你有点神经
但是这种自恋症
其实就是养成了习惯性

第八章

Chapter

不醒

想要忘记一段感情，方法永远只有两种：
时间和新欢。
要是时间和新欢也不能让你遗忘，原因也只有两个：
时间不够长，新欢不够好。

1

人生再苦，终要面对。

在工厂待了小半年后，我因为身不由己参与了厂长和总工之间的权位争斗，最后被洗牌出局，开始了我支离破碎的工作经历，一年多的时光更换了七八份工作，长的两三个月，短的四五天，日子过得要多悲催就有多悲催。直到 2004 年年初才在一家成天嚷嚷着“今年过节不收礼”的保健品公司谋到一份文案的差事，算是暂时稳定了下来。只是好景不长，2004 年 9 月，我突然从这家公司辞职，开始了一段漫长且百无聊赖的无业生活。

辞职的原因是多方面的，一是工作毫无激情，每天像乌龟一样缩在狭小的格子间里写巨无聊的产品文案，夸它多么多么好，闻了就能回到十八岁，吃一次终生不感冒，坚持服用长生不老……

虽说撒谎一直是我的强项，但天天如此冠冕堂皇地说谎，毕竟还是需要很大的勇气。我无耻，可还没无耻到那份儿上，更何况靠我无耻赚来的钞票都流到老板口袋里去了，如同你花言巧语骗来的女人却和别人上了床，这显然不合理。所以我内心一直在挣扎，究竟要不要将这么无耻的工作进行到底。

还有一个更主要的原因：我的编辑一再要求我不要再继续这种糟践文学才华的工作。忘记交代了，因为毕业后的生活太苦闷，我开始尝试写作来泄愤，并且获得了巨大的安慰，一度我认为自己存活在这个世上的意义就在于我还能写作。不过，在我还没有成为真正的作家之前，我的才华只被少数人欣赏着，这位女编辑就是其中一位，照这姐们的意思，我在文学上极具有天赋，天生就是吃文学这口饭的，每天除了吃喝拉撒消耗点时间外必须伏案写小说，做其他任何事都是浪费光明，不但天理不容，她也不容，所以劝我辞职成了她人生一大乐趣。

我的编辑是一位四十岁左右的北京妇女，姓李，任职于一家文艺出版社，我本来叫她李老师，但遭到了她的强烈反对，她说她们北京那嘎瘩喜欢管男人叫哥，女人叫姐，因此我应该称她为李姐。我本来不愿意如此轻易听人安排，特别是女人的安排，在男女关系上，我一直喜欢主导，但看在她极有可能给我出书实现我梦想的分儿上，我选择了屈从。

我想只要她别让我管她叫妈，我都不会有什么反对意见的。

认识李姐的时候我正好写完了长篇处女作。

2004 年年初，我感觉自己终于可以从何诗诗带给我的伤痛中走出来了，于是决定好好纪念一下这段爱情——如果这也是爱情的话。

说到纪念爱情，每个人的表达手法不尽相同。有人喜欢把爱人的名字刻在身上，爱一个人就刻一名字，认为这样不但会铭记于心，而且会永恒。结果没想到这辈子爱的人实在多了点，到老的时候一看，浑身都是名字，脱了衣服装黑社会，连装都不用化。当然了，也有比较文明的纪念手法，比如把自己的爱情写成小说，不但唯美感人，而且运气好还能赚点儿钱，失恋也算失得有价值。

我就是属于后者的文明人，我用了小半年的时间将自己和何诗诗的故事写成一部长篇青春爱情疼痛残酷小说，取名为《那时年少》。写完后我反复看了十遍，每看一遍都觉得他妈的写得实在太好了，我认定这么一部惊天地泣鬼神的作品出版简直太他妈天经地义了。于是我开始偷偷用公司的电话给出版社打电话毛遂自荐，电话里我用颤抖的嗓音深情朗读着《那时年少》里的感人片段，结果最后我都快把自己给恶心到了也没能打动那些编辑坚硬的内心。他们问我是不是韩寒、郭敬明，我说不是，他们又问我是不是韩寒、郭敬明的亲戚，我还说不是，他们就说你小子这也不是那也不是还他妈想出个屁书啊，回家洗洗睡吧。

于是稿子一直拖着，别说出版，连出版它妈长啥样都没弄清楚。就在我心灰意懒之际，《那时年少》辗转反侧流落到李姐手里，结果第二天就接到她的电话，电话里她无比兴奋，说非常看好我这部小说，并愿立即出版。

“小伙子，我要把你包养成第二个韩寒。”电话里，李姐无比激动地对我承诺。

“什么？包养！”我惊愕万分，我擦，难道出一本书非得被潜吗？难道这就是我们写作者的命运吗？我在内心叩问着自己，顿生悲凉之意。可转念一想，生活犹如强奸，若无力反抗，不如顺从。

电光石火之间我已认真考虑了十个来回，最终决定放弃抵抗，“谢谢，那就请你好好包养我吧。”

“没问题，包养你——什么乱七八糟的，我说的是包装、打造你。”电话那头李姐刚反应过来，气急败坏，“小伙子，李姐要把你打造成当代最有影响力的青年作家，相信我，没问题的，李姐认识很多人的，作协那帮老家伙，我都熟得很呢。”

“好好好……”我收起心中的失落，热情应允着，心想只要能给老子出书，不管包养还是包装，我都来者不拒。

第一次通电话，我们亲热交谈了五个多小时，鬼知道我和一大妈怎么会有那么多话要说，总之，电话最后，李姐让我放一万个心，她会像对待儿子一样对待我的小说，两个月内保证出版，随后在全国展开盛大巡回签售，接下去还要推荐我加入中国作协，明年就把我介绍到法兰克福全球书展，后年就要申报诺贝尔文学奖。

“小伙子，你就等着出名吧，哇哈哈哈……”通话的最后，李姐突然大笑起来，仿佛她刚说了一个天大的笑话。

2

人生的悲剧在于你永远只能猜得中开头，却猜不中结局。

出书的事根本不似想象中那样顺利，按李姐的意思：小说会在 2005 年 5 月出版，但到了 8 月还悄无声息，其间我给李姐打了不下一百个电话，每次她都笃定地对我说：“快啦，快啦，再过半个月肯定出！”

我很奇怪为什么她每次都能这样光明正大地对我撒谎，前面说了，我也是个擅长撒谎的人，但像她这么大年龄，还能如此不要脸讲假话的人，我还头一次碰到，我真想拜她为师。

9 月底，小说还没出版。此前我已和全天下我认识的人说过我要出书了，所有人都祝福我，让我请客，并诅咒不请就是王八蛋。为此我把工作三年攒的钱花得一干二净。最后当我清楚地意识到，如果小说再不出版，稿费再不到手，这个冬天我很可能会活活饿死时，我最后一次给李姐打电话，恶狠狠地威胁她如果还不出版我的小说，我就要起诉她，虽然罪名我还没想清楚，并且法院大门在哪里我也不知道，但没什么可以阻止我报复的欲望，妈的，老子可是卖保健品的人，什么坏事都干得出来。

李姐听完我恫吓后无动于衷：“小伙子，不要紧张，你小说里的色情内容太多了，冠希哥看了也自叹不如，露露姐看了都不好意思，你写的哪是文学作品啊，简直就是在教唆青少年性犯罪嘛。”

“擦，我这写的不是青春小说吗？谁青春期还没点性行为啊！怎么能叫色情呢？再说了，现在都啥时代了，网络上天天这个门那个门的，也没见几个青少年看了就成强奸犯的。”

我觉得自己摆事实，讲道理，反驳很有力度，没料这个老家伙却压根儿对之不理不睬，只是狠狠地对我说：“嘿嘿，说那么多也没用，总之政府最近正在扫黄打非，你得好好修改你的小说，否则就算出版了，肯定也会被打成禁书，嘿嘿，到时候，你会人财两空，小伙子，可别说李姐没提醒你哦，嘿嘿。”

我他妈真不知道这事有啥好“嘿嘿”的，但看李姐把政府都搬出来了，自知情节严重，于是不敢再辩驳，只能诺诺央求，瞬间从黄世仁变成杨白劳。

挂了电话，我有种强烈的愿望想直接晕倒在地，李姐啊李姐，小说给你都快半年了，现在才说我色情太多，你早干吗去了？又想：在这个鬼公司连上厕所的时间都不够用，哪里有空去修改小说？

思来想去，恶从胆边生，决定辞职。

对于我的辞职，所有人都感到可惜，特别是公司领导，因为在他们眼中，我天生不要脸，能吹会扯，是卖保健品的不二人选，就此退出保健品界，实属行业一大损失。

唯独两个人拍手称快。

一人自然就是李姐，得知我辞职的消息，她第一时间给我打电话：“小伙子，恭喜你，终于可以全身心投入文学创作了，可喜可贺啊！”

我抱怨：“您老先别恭喜，我怕在全身心投入前就饿死了，要不您给我点钱先。”

结果正如我所料，她“嘿嘿”傻笑两声后就把电话挂了。

还有一人就是我的好兄弟陈家明。家明作为继老马之后我最铁的哥们儿，自打三年前和我相识的那一天开始，关系就一发不可收拾。三年来我从制药工厂混到保健品公司，从东海边的农场混到徐家汇的金玉兰广场，他始终在我身边，不离不弃。

陈家明是我见过人品最好的老实人，一生没有什么远大理想，每天就指望能够尽情玩游戏不受打扰，在该恋爱的岁月可以遇到一个美丽而风骚的女孩，在该结婚的时候和这个女孩结婚，然后再每天玩游戏不受打扰，直到最后终老。总之就是普通宅男的一生。

按道理来说像他这样不求上进的宅男生活压力会很大，但陈家明的命很不错，医院的工资虽然不高，但福利不少，加上从医药代表那里收的回扣，每月收入大几千。在我们一帮穷鬼屌丝中，陈家明绝对属于先富起来的那部分人。

陈家明快乐的原因是以后我能常陪他玩了，我说我会饿死的，陈家明立即摆出兄弟义气：“大哥，别怕，有我呢，饿不死的。”

我很感动，觉得有兄弟就是好，更加为辞职无怨无悔，虽然时间很快证明他并没完全履行诺言，但我还是很感动，正如对穷人施舍，不一定要给他真金白银，只要让他看到钱的方向就足够了，而诱惑一个老光棍，也不一定非得给他一裸体美女，给他看盘 A 片附送一充气娃娃，他保准就感激不尽。

3

老实人陈家明其实有点儿臭屁自恋，一直号称自己长得风流倜傥、英俊潇洒。远看像普京，近看像克林顿，反正横竖不是中国人，只可惜一直没女人。2003 年年初好不容易谈了个名叫欧阳明菲的上海女孩，两人感情很好，天天幸福得像一对白痴，结果天有不测风云，欧阳明菲没过几个月去了日本，从此杳无音讯，估计早就叛国跟鬼子好上了。2003 年年底又嗅到一东北姑娘，人长得虽然有点儿傻，但总算有胸有屁股，横看成岭侧成峰，陈家明颇为得意，有事没事就拉着这东北姑娘到处乱晃，跟遛狗似的。可等上床时突然发现该女有狐臭，且性欲旺盛，动不动就要亲吻陈家明生殖器官，陈家明是老实人，做爱只知道男上女下，换种姿势都觉得不道德，因此和此女做爱总有一种被强奸的感觉。如此被强奸了几次后终于变得一蹶不振，不是早泄就是阳痿，最后连脱裤子的勇气也没有了，万分无奈之下，只好把此女休了。

从此以后，陈家明每次遇到我时都说自己很可怜，浑身布满爱情伤痕，跟祥林嫂似的，要多烦有多烦，说到动情处，保准还会疯狂摇晃我脑袋，大声质问："苏扬，请你告诉我，我为何没真爱？"好像我抢了他女人一样。

"爱情是谎言，女人是魔鬼，有什么好的？看你这屌丝样，比死了亲娘都伤心，真是莫名其妙。"每次我都不忘狠狠打击他。

他反驳："爱情是谎言，但我需要，女人是魔鬼，但我喜欢，无论如何，吾将于茫茫人海，寻吾之唯一伴侣，得之，我幸，不得，我命……"

"打住，打住……敢问英雄，这么沧桑的话你从哪儿学来的？"

"哦，不好意思，最近我正在研究现代诗歌，忘告诉你了。"

"我擦，你还是好好看你的医药专业书吧，研究什么诗歌？你不在药房发药难道还想当诗人吗？"

"我有想过啊！"

"滚，有出息了，去死吧你。"

说真的，我真不晓得陈家明为什么一天到晚嚷着要谈一场惊天地、泣鬼神的恋爱，总有一天，他会为自己这种幼稚的想法付出惨痛代价的。不过每次看到陈家明一副天真纯情的模样，我都很舍不得，因为像极了年少的自己，又想正好趁火打劫，于是积极许诺给他介绍个好姑娘，不过前提是请我吃饭。陈家明虽然一千个不情愿，无奈对爱情憧憬实在太深，又一直坚信我可以弄到数不尽的女人，因此在我失业的那段为期不短的日子里，居然没饿死，也就不足为怪。

4

关于辞职后的生活，我曾犹如一个怀春少女憧憬性生活一样做过美好幻想：每天睡到自然醒，中午懒洋洋起床，下午晃晃悠悠到街道图书馆看书，傍晚万分惬意地去附近的大学打篮球，晚上无比轻松地和朋友泡吧跳舞，最后午夜十二点开始幸福写作，写到凌晨四点才睡觉。这样的生活自由自在，既强身健体，又提高知识情操，还能创作文学作品赚点小钱，精神文明和物质文明两手都能抓，两手都能硬，真是想想都开心啊！

然而事实再次证明“想象远比现实美好，也比现实无耻”这个千古不破之真理，辞职后我并没按照计划过上那样的生活，事实上我每天除了埋头大睡就是找陈家明吃喝玩乐，什么强身健体、博览群书，还有写小说全都忘得一干二净。

有时我也会觉得过分，心中有种犯罪感，可就是不想改变，也无法改变，一种乏力感爬满了我的身体，让我甘于堕落，并且习惯重复。

这感觉很有点儿类似妙龄少女经过十年发愤成长，终有一天为人嫁娘，可新婚之夜等人揭开面前红纱时，才发现心中白马王子只是又丑又黑的武大郎，痛心啊！悔恨啊！可是，既为人妻，就该遵守妇道，心中藏着一千个西门庆都没关系，晚上却只能给武大郎焐炕头，否则就要被拉出去砍头，或者浸猪笼，再心不甘，情不愿，也只能认了。

对这种既无聊又无奈的生活，我也认了。

总之，整个10月份，用一个成语足可概括我的生活状态，那就是“空虚不已”。陈家明不上班时还好，一旦上班了我简直成天抓狂，为打发时间，我甚至会一个人到公园游荡。

离我家两站路有个很大的公园，里面有山有水有老虎有野兔啥都有，就是没有人，除了早上还有些老头老太打拳跳舞外，白天简直空荡荡。地大人少势必会闹出一些事，比如我常在某个假山之上发现正在调情的中年男女，女人臃肿的身体坐在男人腿上撒娇，她脸上的黄褐斑像璀璨的灯笼，双方含情脉脉注视好一会儿后开始疯狂接吻，我可以向上帝保证他们绝对不是合法夫妻，没有人调情愿意放弃床上的温柔而躲到这个鬼地方寻找几块大石头。走过他们身边时我故意大声咳嗽，试图引起他们的羞涩，可偷情中的男女大多比较勇敢，我微不足道的呐喊只会刺激他们的器官，让其变得更加敏感。

到了傍晚，公园里的人才开始慢慢多了起来，其实还是早上晨练的那帮老头老太，他们会在湖边放个小录音机，然后扭着他们行将枯萎的身体，一起高唱《走进新时代》。

一些表情神秘的中年妇女背着二十年前的“上海牌”小皮包悄悄出现在你面前，她们说自己是半仙，如假包换，她们通晓世上所有人的命运，功力强劲，超过九段，如果你给她一块钱，她就会给你掐指算命，告诉你未来是福是祸，是喜是悲。

十五六岁的男孩女孩，手拉着手恋爱，他们嘻嘻哈哈、欢乐开怀，他们迎面走来，对满脸颓废的我不理不睬。

我就这样夹杂在各色人群之中，没有目的地四处游走，晃来晃去，偶尔在热闹的地方停下来，跟着别人乱笑一气，没有人意识到我的存在，没有人在乎我的悲哀。

到了五点钟，一个工作人员举着个小喇叭说：“关门啦，关门啦，明天再来。”

我心中暗喜，想：嘻，一天就这样过去了，真好。

5

10 月底，我想无论如何都不能再懈怠下去，于是每天闷在家里，将小说的一些情色内容进行了删减，又加了点新的情色内容，结果一个多星期就全部修改完毕。我赶紧把新稿子给李姐发了过去，心中顿时如释重负。

稿件修改完工让我很是开心，还有件事让我也挺高兴：老马给我介绍了一个 1986 年出生的实习护士，是他在行贿医生时认识的。老马毕业后在“五百强”浪费了两年生命后终于觉醒，老头表面上给了他公司股份好像便宜了他，实则是将他牢牢绑架，最要命的是那些股份其实一文不值，两年来他一直被欺骗。如果再不改变他的人生将会无比悲催，于是他和老头大吵了一架然后愤怒辞职，并且在陈家明的介绍下，成功当上了一家医药公司的医药代表。老马干了两天医药代表后说这才是他可以为之奉献一生的职业，因为每天做的事儿都是那么让他心醉——提着一大包钱奔走于各个医院之间，给医生发钱，请医生吃饭、请医生洗桑拿、请医生玩小姐。虽说做的全是见不得人的违法事，但他就是无比热爱，且全身心投入，几乎不给自己任何时间休息，活得那叫一个意气风发，让我等闲人看了无比嫉妒。

老马告诉那女孩我是一作家，精通天文地理，还会掐指算命，并且人脉极广，早年和拉登老师关系密切，现在刚认识了一位哥哥名叫卡扎菲……总之把我说得特别不像人。在老马安排下，我和那小护士吃了顿晚饭，席间交谈相当热烈，护士惊叹我简直就是上帝赐给她的天使，当晚便强烈要求跟我回家，说要与天使切磋床上技艺，天使自然欣然同意。

一夜云雨后，此女技术之娴熟、意识之大胆、想象之丰富，让我充分明白了什么叫后生可畏。第二天早上醒来，我怕女孩尴尬，故意逗她说我们的身体挺和谐，要不我们来谈场恋爱，结果女孩脱口就问我月薪有没有三千块，我说不好意思三百都没有，结果女孩很生气地穿衣下床，对我嚷嚷："朋友，你不要搞笑了，你在上海月薪都没有三千，是没有资格谈恋爱的，我们还是不要再联系了，拜拜。"说完拎起包头也不回地离开，仿佛昨夜缠绵完全不存在。

我愣在床上目瞪口呆，过了半天才哑然失笑，我还天真地担心这个城市的女孩会为爱受伤，殊不知她们内心已经无比现实和坚强，爱情在她们眼中只是一种物质，可以用货币来衡量。或许这并不是什么坏的思想，而是这个城市的爱情法则，我们都不应该嘲笑和拒绝，否则将会和爱情渐行渐远，我们应该发奋赚钱，赢得我们恋爱的资格。想到这里，我再次为自己的幼稚和无知感到脸红，在这个城市我已经生活多年，却还没有触及其实质，我至今孤身一人，看来实属活该。

废话少说，11 月初，陈家明告诉我他请了一个月的长假，从此可以天天陪我玩了，听到这话我比什么都高兴，顿时觉得人生充满激情和希望。

陈家明住在上海的东北角，从五角场坐车过去还要半小时，是名副其实的城郊结合处。那里不但有连绵的工厂，还有一座听都没听过的寺庙，只是不晓得里面有没有和尚或尼姑，里面的和尚或尼姑是不是和我一样寂寞无聊。

一条宽大、破旧的柏油马路横亘在工厂和寺庙中间，上面奔驰着各种载重卡车，丁零当啷地飞驰而过，激起漫天尘雾。马路边横七竖八立着几幢老公房，其中某一幢楼的某一层的某一室就是陈家明的藏身之处。

那并不是陈家明的家，只能算作宿舍。陈家明是长兴岛人，老爹任上海一家国有物流公司的副总，他那宿舍所在的老公房就是他爸公司的物业。陈副总坚持“有权不用，过期作废”精神不动摇，将公房里不下十套房间纳为己有，分别给子女、亲戚、狐朋狗友、情人、二奶居住。陈家明住的那套房间面积颇大，设施齐全，除非他老爸被“双规”或者突然死掉，否则就可以无限期入住。水、电、煤、宽带费等乱七八糟费用还全部免缴，简直比共产主义还共产主义。

我和陈家明在一起的生活非常简单：不是打游戏就是到处闲荡，实在无聊就睡觉。陈家明的床够大够舒服，软绵绵的，陷在里面人都找不到，我们能从第一天早上睡到第二天夜里，醒来后还哈欠连天、睡意十足，仿佛我们上辈子都是女人。

日子进入 11 月后，天就一天比一天冷，有时我会莫名从梦中突然惊醒，陈家明一定还在呼呼大睡，空气中弥漫着浓郁的臭味，那是我们三天没洗的脚的味道，在密封的房间里发酵，闻上去倒也颇温馨。世界很安静，我看着窗外惨白的天，好像清晨，更似黄昏，不停有落叶从窗口飘落，偶尔也有羸弱的飞鸟斜斜掠过，在空中留下几许孤独的涟漪。时间仿佛静止，万物早已凝固，一千年，一万年，没人知道这种寂寥要持续多久，何时才能改变？还会不会改变？

整个世界与我无关。

我是个爱撒谎的人，更是个爱伤感的人，每当那时，我保准会瞪大眼睛，看广袤的天，看寂寞的地，心想着流逝的青春，怀念着过往的人们，所有意境在脑中纷纷呈现，然后便会感到很悲伤、很悲伤。

我没将心中的感伤说给陈家明听，我知道说了他也听不懂，肯定还会笑我多愁善感，我最好的兄弟并不能体味我的内心，这个世界上没有人可以明了我的感情，如果我说其实我很孤独，请相信那不是我在矫情。

落叶还在空中飘，耳边还在回响着歌谣，寒冷的冬天进行得无比风骚。新闻联播里，一个中年女性抑扬顿挫地告诉天下人我国经济正快速发展，2004 年又是一个丰收年；神舟飞船早已上天，杨利伟成了国家英雄；一个叫小布什的老头顺利蝉联了美国总统；台湾的阿扁哥还在想方设法搞台独；中东地区那个一辈子都裹着花花绿绿头巾的阿拉法特含冤离开人世；飞机不停从天上往下掉，煤矿不停发生大爆炸；世界卫生组织说全球即将爆发大流感，死亡人数超过一千万；印度洋突然发生海啸，三十万人一下子全部死掉……

乱糟糟，一切真是乱糟糟，生活仿佛改变了很多，可这些真的都与我无关。

6

百无聊赖的日子终于在 11 月行将结束时有了实质性改变，一位名叫叶子的女孩走进我的生活。

正如你想的那样，生活中出现一个女人，多少会发生一些值得纪念的事。更何况这一切还和爱情有那么一点关系。

还是先说说这位名叫叶子的女孩吧，1985 年生人，天蝎座，A 型血，眼睛大大的，鼻子挺挺的，个子矮矮的，小腰细细的，皮肤白白的，头发长长的，说话嗲嗲的，耳朵上有很多的洞，肩胛处有朵很大的莲花文身，眼神时而欲望遍布，时而空洞无物。

是那种看上去典型的伪文艺女青年。

我俩认识时，她和我一样，属于无业游民。这个身份奠定了我们能在一起鬼混的充分必要条件。事实也正如此，从2004年11月到2005年2月，叶子几乎天天和我泡在一起。

第一次见到叶子，是在文学青年张大利家。

11月中旬，张大利在自己那间位于提篮桥的老公房里搞了场party（派对），号称要在party上研讨我国未来二十年的文学走向，并且选举出非官方作协主席，以此抗衡日趋腐朽的作协官僚机构。

张大利打电话给我，死活要我参加，并且恐吓我说如果我不参加，我国未来的文学史将会有很大缺陷，为了相国和人民，参加这场party，我责无旁贷。

文学史有没有缺陷我压根儿不关心，我关心的只是我已好几天没吃过肉了，陈家明和我鬼混了一段日子后，终于发现我光说不练骗吃骗喝的险恶用心，于是就谎称自己上火了不能再吃荤，每天只和我吃馒头蘸老干妈，差点儿把我吃成老干爹，走在路上看到有人遛狗都想抢回去炖了吃。因此，我一听说有白食可吃，立马欣然应允。

和以往N次一样，那场party从头到尾连文学他妈的影子都没提到，全部内容只是喝酒吹牛讲黄色笑话。到场的文艺青年倒不少，得有十来个，男男女女将张大利那小破屋塞得满满的。绝大多数人我都不认识，甚至听都没听说过，不过这些人个个看上去沧桑无比，鼻孔纷纷朝天，尽翻白眼，仿佛都身负盛名、不容亵渎，虽然我知道，他们其实都和我一样，只是来吃白食的。

没办法，这年头，会写点儿字的人都酷爱装十三，一个个装得知识渊博，情趣高尚，殊不知他们本质上就是一群名副其实的白痴。

“喝，今儿个谁不喝高，我和谁急。”酒过三巡，张大利挥舞着小胳膊、摇晃着大脑袋对所有人豪气冲天地如是说。张大利是上海人，却喜欢学北方人讲话，又学不像，真滑稽。

喝酒吃饭不是干苦力，不用动员也会全身心投入，众人积极响应张大利的号召，甩开腮帮子大口吃菜，大口喝酒，完全没了文学青年的儒雅作风。不过这帮孙子看起来威猛，实则无用，没过一小时纷纷趴下，且丑态百出：主人张大利撅着肥硕的屁股，高歌着一曲《青藏高原》，正一个劲儿往桌下钻，说要爬到泰国去嫖妓；一个叫李震强的哥们儿喝醉后要给大伙表演钢管舞，然后脱得只剩条内裤，舌头伸出三尺长，抱着门槛一边狂舔一边猛往上蹿，跌倒在地后干脆一个劲儿地打滚，边滚还边用手拍打自己白花花的肚皮，说这是正宗肚皮舞；还有个笔名叫黑乌鸦的伪先锋诗人醉酒后思念起了他的初恋情人，一屁股坐在地上号啕大哭，比刚死了儿子的女人还要伤心万分……

我酒量尚可，加上一直没有被他们变态的情绪感染，没豪饮，所以没醉，静静看着眼前狼藉一片，觉得很有意思，心想这个世界真他妈的病态，虚伪和谎言充溢着生活的每个角落，社会在进步，真实却变得前所未有地脆弱。

你看这些人，平时个个衣冠楚楚，张口哲学闭口诗歌，生怕别人不知道他们是知识分子，并且依仗着这层浮华的外衣到处行凶作恶，欺骗良家妇女，骗吃骗喝，坏事做尽——我承认，我说的这些话有点儿刻薄且极端，或许这些人并没有我说的那么坏，而我也不见得比他们好多少，可当众人皆醉唯我独醒的那一刻，我想到的只是腹诽和诅咒。

我一点不为自己的险恶用心感到脸红。

而时间流逝，让荒诞变得更加不堪。我突然开始厌倦这样的场面，觉得反胃，于是起身离开。

门口，黑乌鸦还在伤心哭泣，只是身边多了一个漂亮女孩。黑乌鸦正拉着女孩的手，一把眼泪一把鼻涕深情诉说着什么，情绪激昂，表情夸张。说到动情之处，突然猛扯自己头发，并用手掌对自己消瘦的脸庞实施无情打击，啪啪作响。

女孩满脸惶恐，似乎是被吓到了。

我走过去，掰开黑乌鸦拉扯女孩的手，然后牵着女孩走了出去。

黑乌鸦完全没反应，继续对着空气哭泣，比画，诉说。

走到门外，我松开手，问女孩："没事吧你？"

"谢谢，我很好。"女孩对我笑，在走廊昏暗的壁灯映射下，我看到女孩有着很美的小虎牙。

"这里太闷了，我想出去透口气，要不，一起走走？"我装作若无其事地邀约。

"好啊！"女孩爽快点头，随我并肩向街头走去。

彼时大约凌晨两点，提篮桥依然车水马龙。

风很大，冷。我俩趴在路边的铁护栏上，看着眼前一辆车接着一辆车飞速驶过。

"那些人可真好玩。"好半天，女孩转过脸，对我耸肩，眼神里透出一股无辜。

"有啥好玩的？装呗！"我掏出一根烟，点燃——其实我一直学不会抽烟，但觉得这时候点一根烟，真他妈酷。

"嗯！"女孩点点头，"你知道刚才那个人对我说什么吗？"

见我没说话，女孩自顾自地说："他说他十三岁时就爱上了他们村一个比他大二十岁的女人，他这辈子最后悔的事情就是没有勇气去面对这份爱情，因为那个女人是他的舅妈，他说自己很懦弱，想爱却不敢爱，所以不停打自己，说只有自残才能让他有勇气去继续爱自己的舅妈。"

"哼哼，你相信吗？"我冷笑，冷冷地看着女孩。

"没什么信不信的。就是听听而已啊！"女孩的回答云淡风轻，"好了，不说他了，我觉得好奇怪，你怎么没醉呢，而且，看上去好冷静的？”

“我为什么要醉？我又没爱上我的舅妈。”

“哈哈哈……”女孩弯腰大笑起来，好半天才抬头看着我，眼睛犹如弯月，透彻，并且干净，“苏扬，我发现你和他们不一样哦。”

“你……认识我？”

“对的，我看过你写的小说，蛮喜欢的，你小说里的故事都是真的吗？”

“煮的。”

“讨厌——如果是真的，你就太可怜了！”女孩看着我很认真地说。

“为什么？”

“我发现你所有的小说都有一个共同点，那就是男主角都很惨，女主角都很坏，男主角最后不是被无情抛弃就是一无所有，看了后真的很让人心疼。”

女孩的眼神突然伤感起来，月光之下，让我有点儿心碎。

我知道，我又开始无可自拔地沉沦在那段刻骨铭心却痛彻心扉的回忆之中。

何诗诗，你带走的不光是我的初恋，还是我对爱所有的信心。

“你没事吧？”她显然意识到了我的感伤，“你……哭了吗？”

“没有，怎么会？其实呢，真又如何？假又如何？真真假假都一样的，生活就是一场戏，早就注定了结局，我们都是戏子，只要按照既定的剧本，将这部悲喜剧演完即可。”

说着这句长长的话时，我的样子多少显得很伤感很沧桑，我得承认，一大半的效果其实是我装出来的，在女人面前，我总是情不自禁扮沧桑。

而为了将沧桑装到底，我不停大口抽着烟，眼神空洞地看着前方，仿佛沉浸在回忆里久久不愿醒来。

“苏扬，请你不要这样，你会幸福的，我们都会幸福的。”女孩显然入戏了。

又或许，她也是在装，此时此刻，此情此景，谁也不比谁天真，谁也不比谁高尚。

就看谁比谁更能装。

“呵，不说这些了，你叫什么？”我被自己这种不忿的心态弄得很不舒服，决定转移话题。

“叶子。”女孩笑嘻嘻地抬头看天，“我是一棵植物哦。”

“那你很脆弱咯？”我又掏出一根烟，点燃，然后认真地看着这个叫叶子的女孩。

“才不会呢，没人可以伤害我的。”叶子也从背包里掏出烟，是细长的寿百年。

我给她点燃，叶子深吸了一口，然后长长吐出，11月的夜风很快就将烟雾吹得支离破碎。

“哈哈。”叶子大笑两声，突然尖叫起来，“我百毒不侵，耶……”

“真是个傻丫头。”

“切，你才傻呢。”叶子抬脚踢了我一下。

我侧身一闪，没踢到。

“对了，你和那个黑乌鸦是啥关系，好像蛮亲密的嘛。”

“网友啊，昨儿夜里刚认识。”

“我擦，那今天就一起来了？”

“对啊，他说自己是作家，让我一起来玩，说这里有很多作家，很有意思。”叶子俏皮地看着我，“不过我可不觉得有什么意思，感觉挺无聊的。”

“作家？哈哈，太他妈有意思了。”我大笑了起来，笑了好半天才停主，然后认真地看着叶子，“这年头，作家可都不是什么好鸟，跟流氓属于同一阶级范畴，和他们交往很危险的，你可要当心点。”

叶子眉毛一扬，满脸不在乎地说：“我才不要当心呢，男人那点险恶用心我不要太熟悉啊！无所谓，我玩得起，再说了，还不知道谁玩谁呢，我什么没有经历过？”

我没再说什么，这个小姑娘的话让我觉得心寒，为什么现在的女孩一个个都如此凶猛，仿佛历经人生磨难，亲爱的女孩，你们的温柔和纯情都跑哪儿去了？

一辆飞驰的汽车从我们面前高速擦过，叶子长发在空中激烈飞扬，遮住她的脸。

午夜已经来临，这个城市没有一丝睡意，万家灯火，夜的上海，别有一种美。

“不早了，回家吧。”我突然兴趣全无。

“不，我不想回家，苏扬，我们聊天吧，聊到日出，肯定很有意思。”叶子依然一脸兴奋。

“好吧，我奉陪到底，不过聊点儿啥呢？”我毕竟禁不住诱惑。

“人生啊、文学啊、男人啊、女人啊、流氓啊、欺骗啊……我们应该是有很多共同语言的。”

“你不都看透男人的险恶用心了吗？还有啥好聊的！”

“我说过啦，你和他们不一样。”叶子死死盯着我，认真强调。

“有啥不一样？说不定我比那些人还用心险恶呢，古人对我这种人有一个总称，叫啥的？我想想，对，‘衣冠禽兽’，你最要提防的就是我这种人。”

“切，不管，反正我现在特想和你聊天。”

“那好吧，聊就聊，聊出问题来，你可别怨我。”我欲擒故纵。

“能聊出什么问题呢？”叶子似乎好奇。

“问题可大了，比如说聊出爱情，你会爱上我，或者说，聊出性欲，你会和我回家上床。”

“为什么不是你爱上我。”

“也有这个可能，嘿，不一样嘛！”

“不一样的。”

“有啥不一样？”

“我可不想再爱别人了，要是别人爱我的话，我才不在乎呢。”

“好啦，我说咱就别啰唆了，开聊吧，反正有啥后果你自负。”

“行，告诉你，我可不怕你。”

那夜，我和叶子就坐在路边的护栏上，哆嗦着，依偎着，一句接一句聊天，一根接一根抽烟，直到黎明破晓前才说再见。

整个聊天过程，我最起码撒了五十个谎，通过谎言我营造了一个面目全非的自己，比如说，有点儿小坏，又有点儿可爱；有点儿糊涂，人又很实在；现状虽然有点儿窘迫，但有着很好的未来。

我很享受我的谎言，因为我也被自己的谎言麻痹了。叶子显然也享受，因为在我谎言的滋润下，她对我越来越有兴趣，也越来越觉得我是与众不同的，这正是我渴望达到的效果。

我以为，这个世界上，有些女人很笨，什么都看不明白，但你要让她们觉得自己很聪明，仿佛她们什么都懂，因此，你要对这种女人撒谎；还有的女人其实很聪明，什么都看得清楚，但正因为看得太清楚了，她们反而活得特无聊，她们需要谎言来自我欺骗。我不管叶子属于哪种女人，反正我两手都抓，两手都硬，以不变应万变，谎言成了我最好的武器，可攻可守，可进可退。

叶子压根儿就并不爱好文学，但她觉得会写东西的人很牛逼，和这些人在一起很有面子，当我熟悉了她的这些喜好后，更加为自己的谎言觉得万分自豪。我告诉叶子，今年我将会出十本书，届时我会成为全中国最流氓的青年作家。叶子听了，高兴地拍起了手，说我实在太强，简直是她的偶像。

我们就这样一唱一和，一呼一应，为彼此的谎言兴奋不已，犹如两个名副其实的神经病。

叶子家住浦东，从提篮桥正好有一路公车可直接到家。清晨六点，我送她到车站，她上车，投币，回头向我挥手，微笑，露出洁白门牙，然后坐在前面靠窗座位，把头倚在玻璃上，绛紫色长发将脸遮住小半，另外一半脸上则写满了忧伤。

车很快开走，我停留在原地，一直等那辆车完全看不见才转身离开。

回家路上我想：这个叫叶子的女孩可真有意思。

7

回到家，一点睡意都没有，肚子翻江倒海地疼了起来，他妈的张大利肯定买的是廉价不卫生的熟食，加上冻了一夜。我冲到卫生间，趴在马桶上剧烈呕吐了起来。

刷好牙，趴在床上昏昏沉沉睡了会儿，醒来的时候肚子居然饿了，于是煮了包方便面，然后坐到床上边吃边看电视。吃了没两口，武松摇头晃脑、嬉皮笑脸地凑了上来。我取出狗粮倒好，又换了一盆干净的水，武松冲我叫了两声，然后乐颠颠地一边吃去了。

武松是条流浪犬，半年前我在街上捡的。当时我正在吃肉包，就看到条又脏又丑的哈巴狗蹲在街角，眼睛怔怔地看着我，里面有着说不出的寂寞疼痛。我打小就讨厌小孩和动物，更没有养宠物的习惯，可看到武松的那一刹那我突然好难受，或许是觉得它眼睛里的东西和我特别像，总之，我用肉包把武松引诱到我家，顺理成章成为它的主人，并且一起相依为命度过大半年，我给它取名武松，希望它强壮、正直、刚正不阿，并且不好色。

有时想想，武松其实挺可怜，跟了我这个穷主人，没空陪它玩不说，连饭都有一顿没一顿，害得它每天都要出去自己觅食，还好它身手着实了得，每次偷人家肉吃都平安无事。不过也真奇怪，我这样对它，它都不愿离开我，还跟我特亲，每天早出晚归，点掐得特准，从不让我操心，有时我回家晚，它保准会摇着尾巴迎接我。我想，如果有一天，连武松都离开我，我肯定会对这个操蛋的世界彻底绝望。

看完碟，洗好碗，我坐在阳台上抽烟，眼看着街上慢慢热闹起来，小学生手拉着手蹦蹦跳跳去上课，中学生撅着屁股骑着赛车飞速驶过，买肉包的中年人兴高采烈向包子铺走去，数十名老头老太在一块空地上翩翩起舞，放声高歌《走进新时代》。

初冬的阳光很快懒懒照在我身上，我接连打了几个哈欠，可还是不想睡，于是把十几天积攒下来的衣服通通洗干净，还把最起码半年没碰过的地板擦了遍，地板上面灰尘多得能种庄稼了。一直忙到中午，吃了包方便面，然后把窗户关上，把窗帘拉紧，把手机调成振动，把被子摊开，然后，自己像条过冬的小虫子钻到被子里，美美地睡了过去。

下午三点，我被电话吵醒，陈家明打的，他问我在干吗，我说睡觉，他说晚上去同济大学跳舞吧，我说不去，要睡觉，结果他让我去死。

晚上八点醒过来，喝了两口水，水冰凉，流过喉咙时感觉很爽，流到肚里又感到很痛，我看了眼手机，上面有条消息：苏扬，在干吗，想不想我啊？

居然是叶子发的。我回：想。然后把手机塞到枕头下，接着睡觉。

夜里三点再次醒过来，躺在床上看电视，一个台正在放一种能够让女性乳房迅速膨胀的保健品广告，另一个台更夸张，说吃了他们推荐的药，男人能一口气做爱十小时。还有个台在放周星驰的《喜剧之王》，我没再换台，《喜剧之王》是我最喜欢的一部电影，看过最起码十遍，但还是饶有兴致看了下去，边看边笑，一如既往揪心疼，没有人比我更能体味尹天仇的理想和寂寞，无数次，我总是对着无尽的黑夜放声大吼：

“努力，奋斗。”

看完片子，已是四点半，突然想起手机，赶紧从枕下掏出来，上面有三条消息，一条是陈家明发的，说他晚上跳舞有艳遇，认识了一个复旦大学中文系的美女，两人一见钟情，正在同济大学操场上荡秋千呢，估计明天就能上床。

还有两条都是叶子发来的，一条写着：我也想你。另一条写着：明天能见你吗？时间是十一点整，五小时前。

我给陈家明回了条消息，骂他贱人，让他注意安全，小心得艾滋。接着给叶子回消息，说什么时候见我都可以，我啥也没有，就有时间。

消息发出去没一分钟叶子就回消息过来：几点，在哪儿见面？

她回消息速度之快让我惊讶，我忍不住发消息问：怎么，还没睡吗？

二十秒后再次收到她消息：我睡不着，黑夜让我很害怕，我总是睁着眼睛到天明。

她的回答让我有点儿心疼，短短、冷冷的文字表达了多少寂寞和痛苦？只有同样失眠的人才知道。

我赶紧给她回消息，告诉她：明天上午九点，复旦大学门口，不见不散。

8

继续看碟，等看完已经快七点了，路上的行人多了起来，我到楼下包子店买了四个肉包，一袋豆浆，回家路上先消灭了两个包子，到了家将剩下的包子扔给了武松。然后洗了个澡，换了身干净衣服，将凌乱的头发梳理得一丝不苟，将乱七八糟的胡须刮得一干二净，对着镜子，发现居然年轻了不少。

半小时后，我出现在复旦大学正门口。

邯郸路不知道是修地铁还是高架，反正乱得一塌糊涂，卡车、公车、小轿车、三轮车、助动车、自行车无一不可怜兮兮地从复旦大学门口那狭窄无比的小道上缓缓驶过，不时传来因剐蹭而引发的叫骂。

我站在复旦大学传达室前，缩着脑袋，四处打量，没过多久，就看到叶子从远处一晃一晃地走了过来。她穿了件宽松的红色外套，背着浅绿色的双肩包，黑丝袜，高跟靴，围着条花花绿绿的围巾，头发全部烫成了小卷，看上去蓬蓬的，乱乱的，感觉像爆炸头，非常嘻哈，又有点儿不羁的感觉。

我很喜欢她这样的装扮。

“Hi！”叶子朝我热情地招呼，笑容有点儿羞涩。

“说中文。”我白了她一眼，没好气说。

“讨厌，你什么时候到的？”

“刚来。”

“那我们去哪儿？”

“哪儿也不去，就到复旦里面走走，里面风景不错。”

“好啊，我还从没进去过呢。”叶子看起来很欢快，一把将手插在我的胳膊里，和我并肩走进复旦大学。

我们从毛泽东像走到食堂，接着走到研究生宿舍楼，然后走到燕园，最后又走到相辉堂门口的草坪上，背靠背坐了下来。

然后谁也没说话，仿佛真的在看风景。

“这学校可真大。”叶子突然自言自语，“可我们坐这儿干吗呢？”

“我也不知道，随便坐坐呗，反正也没其他事好做。”

“这倒也是，我在家，就经常坐着发呆，一发呆，就是一天，也不觉得无聊。”

我笑了笑，没有接话，于是我俩就那样继续背靠背，不再言语，眯着眼睛看着前方。

已是午后，温暖的阳光直挺挺照在我们身上，周围的风景色彩斑斓，感觉很温馨。路上的学生也渐渐多了起来，三五一群，说说笑笑，去吃饭，或玩乐。在我们旁边不远处，一对情侣先是坐着窃窃私语，过了没几分钟就抱在一起卿卿我我，最后干脆躺到了草坪上，女孩趴在男孩的身上，男孩的一只手紧紧搂着女孩，另外一只手从女孩大腿不停抚摩到脸部，他们把草坪想象成了床，把白天想象成了黑夜，把身边最起码一百个活人想象成雕像，勇气实在可嘉。

就这样过了两个多小时，我对叶子说："走吧。"

"好！"叶子从地上蹦了起来，动作轻盈，原地跳了两下，抖落风尘，然后走到我面前，伸出手，把我拉了起来。

走出复旦大学，我们又在附近的几条马路上晃荡了会儿，那些马路很干净，也很安静，弯弯曲曲看不见尽头，大大的梧桐遮盖住了马路上方的天空，路两边是便利店和面包房，路上是一对对缓步行走的情侣，所有风景让人有点儿怀疑不是在上海街头，而是在梦中的某条天堂马路，充满了温馨色彩。

在其中一条马路，我买了几串羊肉串，味道很不错，卖羊肉串的新疆帅哥笑起来像极了艾尔肯。

在另一条马路，我右手揽住叶子的腰，她没拒绝，而且很自然地伸出左手，也揽住我的腰。

兜完马路，我们又折回复旦休闲街，在一家四川小餐馆吃了顿麻辣烫，吃好后我叫了辆出租车，带着叶子离开。

很快到了我家，我往碟机里放了张英格玛的CD，然后去洗澡。

从浴室出来时，叶子竟趴在床上睡着了，不知真假。

我走到她面前，将她轻轻抱了起来。

"你要干吗呀？"叶子半睁开迷迷糊糊的眼，声音分明有点儿恐惧。

"洗澡！"

"我不洗，我好困。"

“不洗也得洗！”我把叶子抱到卫生间，放下，打开热水阀。

“哼！”叶子无奈，用哀怨的眼神嗔怪地瞪了我一眼，“出去啊，人家要脱衣服了。”

我冲她笑，手在她头发上揉了两下，转身离开，轻轻关上了门。

叶子洗澡时，我躺在床上，闭着眼睛抽烟，大脑一片空白，心中更是有种无法言明的悲伤。

几乎每次和陌生女人上床前，我都会出现这种感觉，我讨厌自己，并不觉得这种悲伤是我本性仍纯洁的象征，反而觉得自己太虚伪，值得所有人鄙视。

可我就是无法控制自己的悲伤。

没过多久，叶子在卫生间里叫我，说洗好了。

我打开门，叶子出现在我面前，只穿着内衣，白皙的大腿还湿漉漉的，散发着说不出的性感。

“你抱我。”叶子伸出双手，对我撒娇。

我抱起她，她在空中用胳膊将我紧紧缠绕，双腿更是用力夹着我的腰，潮湿的头发垂落在我的后背上，一根又一根，一层又一层。

我把叶子轻轻放到床上，开始吻她，她的反应很强烈，浑身急剧颤抖。我能清晰感受到她坚硬的小舌头上传来的力度，还有她脖颈间散发的淡淡兰花馨香。

“等一下。”叶子突然推开我，眼神挣扎，“苏扬，我们第一次约会，你让我考虑一下好吗？”

我笑了笑，有点儿失望，或许，这个女孩并不是我想象中的那样。我立即停止所有动作，将被子盖在她身上，自己转身穿衣。

“苏扬。”叶子轻轻呼唤，“不是我不愿意，只是，我觉得快了点儿。”

“其实，快和慢没有什么区别，结果都一样，不是吗？”我努力压抑着，确保自己的声音很平静，仿佛在说着一个无关的话题。

沉默！尴尬的沉默！

就在我衣服快穿好时，我突然看到叶子身上的被子大幅度抖动起来，接着她从被子里将内衣扔了出来，然后对我说：“你说的没错，这个结果迟早都会发生，我们需要做的只是面对。苏扬，我好冷，请抱紧我。”

风轻云淡后，叶子紧紧搂着我：“你说，我们会不会恋爱？”

“当然不会。”我情不自禁冷笑起来，仿佛听到了一个天大的笑话。

“是吗？”她也笑，仿佛这个笑话真的很好笑，“可为什么呢？”

“我们刚认识，刚认识怎么会恋爱？”

“可是，我们做爱了。”

“做爱和恋爱根本没关系的，这个道理你应该明白的。”

“呵，也是。”叶子叹了口气，“我根本不该问这么傻的问题。”

“没关系，我不会介意。”我很认真地对叶子说，“女人做爱后总归会头脑不冷静，说错一两句话实在很正常。”

“哈哈。”叶子突然大笑起来，“你很了解女人吗？”

“还行吧。”我将浑身肌肉尽量放松，内心深处的伤感已开始肆无忌惮向全身蔓延。

叶子转过身，冷冷地说：“千万别太自信，以为自己真的很懂女人，否则，会倒霉的。”

“其实了解不了解，都没什么区别，因为很多时候，我们的行为根本不受大脑控制。”

“你是想解释你刚才的行为吗？”

“不是，说实话，我也不知道我在说什么。”

叶子没再说话，只是又转过身，将我紧紧拥抱。

就这样，我们抱在一起，不言不语，不怒不喜，形如两只进入冬眠状态的小动物。

半小时后，我对叶子说："你该回家了，太晚回去妈妈会说的。"

"行！"叶子爽快答应，好半天又迟疑地问，"那我明天还能来吗？"

"明天再说吧，我们谁也不知道明天会怎样，做太多计划是件很愚蠢的事情，你不觉得吗？"

"苏扬，我觉得你好可怕。"叶子眼中流露出惶恐，而言语分明是怨恨。

"傻丫头，又乱说了，快起来，早点儿回家，我也要睡了，你知道的，我们都是夜里睡不着的人，所以白天要抓紧时间睡觉，否则会老得很快。"

我一把掀开被子，叶子白皙的裸体顿时暴露在空气中，她蜷缩着，像一只被彻底麻醉的猫。

我突然有点儿心疼，在她额上轻吻："我不想计划明天的事，是因为我不相信明天会和我想象中的一样，我害怕失望，不过，我可以告诉你，这段日子我很无聊，所以无论什么时候你找我，我都会很欢迎。"

9

也不知道从何时起，我养成了失眠的坏习惯。

我知道很多名人都有这习惯，比如说崔永元，都失眠到快自残了。我没他的境界，失眠于我并不算什么无法容忍的折磨，充其量只算一种生活方式罢了，慢慢地，我也就习惯了在黑夜发呆，并且悲伤，而白天欢笑，假装坚强。

那天，叶子走后，我躺在床上，睁大眼睛，什么都不做，生生耗了一个多小时。九点钟左右我给陈家明打了个电话，电话那头异常吵闹，陈家明说自己正和昨天刚认识的女朋友在南京西路的帕多瓦唱歌，我和他聊了几分钟，但他那头实在太吵，说什么基本上我都没听清楚。

接着我又给老马打了个电话，电话被连续按断了三次，我非常有耐心地进行第四次拨打，终于通了，老马问我有啥事，我说你小子他妈的在哪儿呢？赶快到哥哥这，我他妈的无聊死了。

老马电话那头吭哧吭哧说：“玩他妈个屁！我他妈在黑龙江出差呢，这他妈的鬼地方，冻死人了，等我回上海再他妈的找你，古得白（英文再见的音译）了。”

心底又涌出一股世界和我无关的悲凉。

痛苦，继续翻手机目录，上面有不下一百个人的联系电话，可我不知道除了以上两个人，此刻还可以打电话给谁，打过去人家会不会以为我是疯子。

整夜，叶子都不停地给我发消息，说的无非是“和你在一起很快乐，想到明天就能见到你就很开心”之类的话，我讨厌看到这种话，觉得毫无价值，并且丑陋无比。所以我没回，一条都没有回，可是她还是不停地发，也不怕我根本就不看。

我想我们都是奇怪的人，谁都那么固执和坚持，又那么喜欢自欺欺人。

第二天一大早，大概才八点来钟，我睡得正香呢，手机突然响了，我看也没看就按掉了，没两分钟又响了起来，我骂骂咧咧拿起手机，一看号码，北京的。

我迟疑着接听，电话那头的人也没自我介绍，跑上来就热情洋溢地和我一顿神聊，我木木地应答了好一会儿，才蓦然想起此人竟然是我的发小郑中君。

郑中君身份颇多：先锋诗人、新锐画家、独立导演。个个牛逼哄哄，但在这些身份上，还有一个总的称谓：人间禽兽。

回想此人童年，着实不幸，身体弱小，总被我们欺负不说，学习成绩还极烂，家境又不好，几乎遭到所有人鄙视，少年郑中君曾一度绝望得想出家当和尚。不过时来运转，十七岁那年，郑中君意外得知自己在北京有一远房叔叔。此人经历颇为传奇，二十年前独身一人闯荡京城，干起了组织妇女卖淫的勾当，因为脑子活络，市场意识强，生意越做越大，十几年经营下来赚了不少银子。得此消息后郑中君大喜过望，立马退了学，直赴北京认亲。他那远房叔叔倒也厚道，不但慷慨认下了送上门的侄子，还将他送进了电影学院，从此郑中君堂而皇之变成了一名伪艺术家，也真奇了怪了，在北京鼓捣了几年，还真弄出不少成绩，先是在一些鸡毛蒜皮的杂志上开了专栏，接着在某个商场的地下室举办了个人画展，又拿起DV拍了部三分钟都不到的短片，说是实验电影，送到非洲一个岛国的电影节拿了个最佳新人奖，从此摇身一变，成为“第七代”。2003年在北京电视台了干了几个月编导，结果啥节目都没编出来，却把一个女主持导上了床，不凑巧的是那个女主持是台里一个颇有地位的制片人小蜜，从此结下了梁子。一天夜里郑中君和女主持在办公室约炮时被制片抓了个现行，差点儿被打成终身残疾。从电视台出来后，他从他叔那里拿了笔钱，自己开了家模特公司，摇身一变成为CEO，并打着这个幌子到处行凶作恶，两年下来，着实糟蹋了不少良家妇女，还为社会贡献了一新词“90后贱女孩”。

郑中君自发迹后，就很少和我联系，为数不多的几次也都因为在北京女人玩多了，产生了审美疲劳，觉得活着没奔头了，于是让我给他介绍几个上海姑娘，换换口味。只可惜我这里还没脱离贫穷，哪里有余粮给他吃？看我这里没有花头，他很是绝望，哀我不幸、怒我不争，只得另寻他人，开辟其他战场。

真不晓得这次他哪颗药吃错了，又来找我要女人。

“苏兄，最近可好？”

“托您福，还活着。”

“有女人没？发个给哥哥啊！”

“去你妈的，老子都半年没过性生活了。”

“我的天！这不虐待自己吗？快来北京，哥哥带你去嫖娼。”

“谢谢了——听说你生意做到美国去了？”

“没错，刚在美国开个分公司，老外都特傻。”

“很强嘛！我看你都快赶上中石化了。”

“强个屁，我都烦死了，实不相瞒，最近身边美女实在太多了，个个成天缠着我，说要嫁给我，给我生儿子，麻烦啊！”

“我擦，难怪我在上海找不到美女了呢？敢情都投奔郑老师您了。”

“好说、好说，其实每个城市都有美女的，关键看你会不会发掘，有没有洞察能力，有没有往生活的深处钻！”

“郑老师英明。”

“不敢当，共勉！”

“对了，听说那位著名的张导要和你合拍电影，有这回事吗？”

“有啊，前几天刚喝过酒，倒是谈了个本子，丫特感兴趣，说要投资三个亿，美元！”

“您写的吗？”

“嗯，今年刚创作出来的一个短篇，关于世界大战和宇宙和平的，准备冲刺明年的诺贝尔文学奖。”

“有把握吗？”

“诺贝尔文学奖的几个评委都是我哥们儿，问题不大，再说了，我早给他们点过炮了，丫老外一个个都不含糊，心黑得很。”

“那就敬候佳音。”

“放心，获奖了一定告诉你，对了，先告诉你一好消息。”

“您请。”

“我刚在网上泡到了一上海小妞，天天说要和我上床，只是我现在太忙，只能过完年再去上海，到时我给你也介绍介绍，咱兄弟俩一起 happy

happy，三人行，咋样？”

“那就谢您老了先。”

“甭客气，都自家兄弟，唉，你太可怜了，半年没性生活，这是人过的日子吗？”

和郑中君絮絮叨叨侃了半个多小时，挂了电话，我继续蒙头大睡，结果没过两分钟，门铃又杀人似的响了起来，一开始我装死，反正不给开门，按门铃的人特坚挺，足足按了十分钟都没有放弃的意思。

没办法，我只得穿着裤衩去开门，门刚开，叶子就闪了进来，瞪了我一眼，说：“懒猪，都几点了还睡？”然后把手中蛋饼和豆浆递给了我。

我接过蛋饼，重新缩到床上，伸出头把蛋饼吃了，然后继续睡觉。

叶子也不管我，先是玩了会儿我电脑上的泡泡龙，然后趴在阳台窗沿上抽烟，接着又在躺椅上发了半天呆。从头到尾，我都在睡觉，睡不着也不想和她说话，看书或者抽烟，我不是讨厌她，只是懒得和别人交流，叶子也不管我，自己玩自己的。就这样相安无事过了半天，最后叶子脱了衣服钻到我被窝里，说：“我也睡，累死我了。”

她的发香让我的床变得生动，我们相拥而眠，一直睡到下午三点才醒过来，百无聊赖做爱，然后继续睡觉，晚上六点起床，我送她到公交站。

路上我给她买了包糖炒栗子，等车时我俩合力吃掉大半包，栗子壳扔满一地，行人纷纷对我们怒目而视，我和叶子则哈哈大笑，不理不睬。车来时，叶子在我脸上重重吻了下，然后跳上车，我朝她挥挥手，等车消失后自己回家。

谢谢你许下的那些诺言/谢谢你陪我走过的雨天/
谢谢你/和我分手
——浅绿/25岁/写给年少回不去的爱

本章插曲

写给年少回不去的爱

小5<城市上空寂寞的歌>

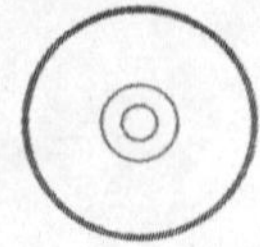

看来命运哟　害怕寂寞　孤单依旧
搞不清哪里有漏洞
作弄离开没　我总是脆弱的样子
该拿什么掩饰平凡

被扣留的情（很沉默）
典当了　就会忘记（寂寞割破）
可惜我不明白不想走

伤痛撑到头　泛滥心雨狠下
傻盼祈祷哟　醉倒　醉倒矣
坦言疲惫双手有点牵强地抬头又举起杯

伤痛撑到头　感激这一路送
我们几杯后　好久没有好酒友
告别过去　每一杯酒一痛

第九章

Chapter

放纵

这是一场没有结局的表演。
我们彻夜不眠，跳着放荡的舞蹈，穿行在城市的荒野上。
所有的荒谬和疯狂都如此可笑，
所有的狂野和破碎又如此悲伤。

1

这样的日子持续了大半个月，叶子每天都会准时过来，准时离开，每天我们一起做的事大体差不多：聊天、看电视、做爱、睡觉、打泡泡龙。

我们从来不逛街，我们从来不吵架，我们从来不谈情说爱，这种生活本来无聊至极，但谁都不觉得厌倦，特别是叶子，仿佛越过越开心，从她脸上明媚的笑容就看得出。那我呢？本来对生活就没什么太大想法，有个人陪我聊天总比一个人发呆好。

我和叶子聊天内容非常广泛，天文地理、家长里短、人情世故，什么都说。

除了爱情。

好几次叶子想和我探讨探讨情感问题，都被我硬生生挡了回去。

叶子问我为什么不能谈，我说我讨厌和别人谈情说爱。

我确实很讨厌和别人谈论感情问题。关于爱情，我倒是有一点自己的看法，多少结合了我这几年的体验，那就是——

所谓女人，都很现实功利，所谓忠贞不渝，都是狗屁，所谓地老天荒，全是谎言，所有海誓山盟，只是图腾，所谓海枯石烂，实在可笑，这个世界上根本没有值得我们信任的爱情，没有谁离不开谁，如果有人说爱你一万年，只能证明他是一个大傻逼。

这些观点确实陈旧，但并不过时，而且能够心如止水说出这些话并不是一件很容易的事，能够真正理解这些话则更难。

然而，曾经我是一个如假包换的真爱崇尚者，梦想拥有一份美好的感情，找到一个深爱的女子，一起牵手看杨花飞舞，相拥到黎明来临，守着梦中的三生石泪流满面，在这个美丽的城市相互依偎，我曾经距离这个梦想如此接近，可最终还是梦想破灭，这个过程中我也曾经哭过、痛苦过，用烟头在自己胳膊上烫过，半夜在空荡的马路上放纵奔跑过……我付出了生命中全部的激情和信任，换回的不过是一个背叛的身影。

甚至连一句解释都没有，从此东方西方，天各一方。

从那以后，我的爱情信仰被无情颠覆，谁要是再试图说服我这个世界还有真爱，我只会狠狠回以一句：真爱你妹，少他妈恶心了。

一开始叶子不太能接受我的观点，总是千方百计从我口中套出对她到底有没有感情，我实在拗不过她，就问她："你和我在一起快乐吗？"

叶子说："当然快乐了，否则我干吗天天大老远地跑到你家？"

我说："我们之所以会快乐，是因为我们关系够简单，如果我们把简单的关系弄复杂了，那么我们就不会快乐了，爱情只会让我们更复杂，让我们不快乐，所以，我们不需要爱情，我们只需要快乐，你明白吗？"

叶子说她明白，她什么都明白，我的这些观点她十年前就明白了，可是只要和我在一起，她就忍不住想问，她也不知道为什么会忍不住，就觉得每当想起我，心就有点儿疼，眼睛有点儿酸，想哭。

叶子的话多少让我有点儿难受，不过我很快就删除了这种情绪，为别人伤心是可耻的，我告诉自己千万不能感情丰富，否则害人害己。这种教训不是没有过，如果我想活得更安全，就要做到更绝情，最起码不能对别人产生感情，所以听了叶子的话，我总是板着脸，装作很不开心。

而如果她再坚持，我就会告诉她："你之所以总想和我探讨感情问题，绝不是因为你对我有感情，只是因为我和你以前交往的男人不一样，我从来不对你流露感情，所以你会觉得很失落，心有不甘，你想努力证明点什么。而如果一旦我对你说喜欢你，你反而会不在乎，也就是说，你之所以会坚持问我到底对你有没有感情，只是源自你的占有欲，和感情本身毫无关系。”

在一个自私的人眼中整个世界都是自私的，我从来不认为自己的观点是错的，我总是为我的警惕和小心沾沾自喜。

我曾问叶子为什么每天都要过来？为什么我对她不冷不热，她也毫不介意？为什么我从不和她逛街我从不给她买东西，我甚至懒得和她讨论感情，她还会那么开心？是这样的生活太美好，还是我们的人生很寂寥？

“其实，很简单，因为我觉得，我们是同一种人，和你在一起我心特别安静，什么都不怕，当然还因为你从来不干涉我的思想和生活，我觉得很自由。”叶子很认真地回答。

“你说我们是哪种人？”

“寂寞、无助、自私、懦弱，还有，内心充满了纠缠不清的欲望。”叶子说这些话的时候闭上了眼睛，让我看不透她的内心。

我的心又开始疼痛，轻轻抚摩叶子苍白的脸，我说：“嗯，说得挺好，那你说，会不会有一天，你突然发现，这种生活其实很无聊呢？”

“或许会吧，但现在我不这样认为，至于以后会怎样，我懒得想太多，你也说过，计划实在是一件很愚蠢的事。”叶子睁开眼盯着我，里面有着说不出的落寞。

“到时候，你会离开？”

“当然，我不走，你也会赶我走。”

“真不晓得那一天什么时候会到来。”

“或许明天，或许永远不会，或许在我离开你前，你就会离开我，谁知道呢！”

“哈哈，叶子，你说得可真好，道理一套又一套，你的导师莫非是海德格尔。”我低头，轻吻她的脖颈。

“不，我的导师是苏扬。”

叶子的话让我很感动，她说的一点儿都没错，我们自私、懦弱，甚至很自卑，但内心欲望又是那么强，我们都希望别人能够无私地爱自己，付出所有，自己坐享其成，永远不要付出，永远不要受伤，一旦发现情况不尽如人意，宁可放弃，也不要继续，人前人后装作无所谓，时间长了，居然真的麻木，连真痛假痛，都分不清楚。

我说：“叶子，人生太长，生活太苦，我们需要互相照顾，我们需要寻找一个谎言作为寄托，它是乌托邦也好，失乐园也好，只要我们觉得生活可以不那么寂寞，我们就应该彼此感恩，并且珍惜对方身上的味道。”

我又说：“叶子，我们真的属于同一种人，我们不谈情，我们不恋爱，我们是战友，我们是伙伴，这样的关系很安全，大家都开心。”

叶子点点头，只是在我嘴唇触及她脸庞那一刻，她早已泪流满面。

2

有一夜，叶子没回家，晚上我们牵手到附近的大学晃荡了会儿，累了就坐在教室里讲话，惹得正在自习的学生们很有意见，不过看到我们肆无忌惮抽烟的样子，也只是愤怒而已。

午夜零点，我们回家，洗澡后纷纷钻到被窝里，运动过后却依然睡意全无，于是继续聊天，聊了一两个小时，似乎没什么好聊了，于是又百无聊赖做了一次性爱运动，可事后还是睡不着。

叶子恳求我：“苏扬，你不愿意和我谈情说爱，你也不愿意告诉我你的过去，可我特别想告诉你我的故事，可以吗？”

其实第一次见叶子，我就知道这个女孩肯定有着复杂的情感经历，在一起的这段日子，她不止一次想讲给我听，都被我无情拒绝，因为我既没有分享自己过去的勇气，也没有分享他人过去的欲望。

只是这一次，我实在做不到拒绝。于是点点头，再轻轻将她拥抱入怀。

“谢谢你。”叶子将头深深埋进我的怀里，然后开始慢慢诉说——

“我差点儿结婚，去年，就差一点点。”虽然早已做好了准备，但叶子的开头还是让我吃惊，这个1985年的女孩，那时才十九岁，怎么会和婚姻有所牵连！

只是我没有发出任何声音，我知道此刻我最应该做的就是静静聆听，聆听一个受伤的灵魂是如何由完整变得破碎。

“那个男的和你一样大，开酒吧，很帅，家里也有钱，追了我半年我才做他女朋友，恋爱后我课也不上了，晚上就住在他酒吧，白天睡觉，我们偶尔也会开车出去旅游，那段日子可真开心。就这样过了半年，我毕业那天，他突然向我求婚，说会给我一辈子幸福，我好惊喜，想也没想就答应了他，戴上了他给我买的钻戒。可就在我铁了心跟着他时，突然有个女人找到我，说她才是他女朋友，让我从他身边滚开，我很生气，就和这个女人打了起来，结果把这个女孩打昏了过去，送到医院抢救了半天。呵呵，想想那个时候的我真狠，打完这个女孩我就去找我男友，要问个明白，我男友说那个人是疯子，他们早分手了，让我不要误会，我不听，抽了我男友两巴掌，然后说分手。我不知道为什么我会那么绝情，其实那时我已经怀孕了，本来打算和我男朋友结婚后就把小孩生下来，可我突然改变了主意，一个人到医院把肚子里的小孩打掉了。”

叶子的声音变得迟缓沉重，静静调整了会儿，才继续艰难诉说。

“我哭了好久，不吃不喝一个多星期，还自杀了好几次，可都被家里人发现，怎么死都死不掉，我男友天天来找我，其实他并没有错，可我就是不想原谅他，他给我打电话我不接，到学校找我我也不见，我以为，我只要坚持下去，很快就能忘掉他。而为了让他彻底死心，很快我又和其他男人好上了，并且同居，我男友再找我的时候我就把新交往的男人带给他看，并且告诉他，我对他好只是我想玩玩，我那么小怎么可能结婚呢？看得出来那一刻他是多么绝望，他哭了，然后转头就走。后来他去了广州，那个被我打的女孩也跟了过去，他们又和好了，并且在去年国庆结了婚，我还去参加了他们的婚礼。直到那个时候，我才知道，原来自己真正爱的人还是他，我做的一切只是想折磨自己，或许我只是需要一种痛的感觉。我不后悔我的放纵，但我好想回到过去，重新对他好，做他的女人，可是，一切都晚了。后来，我告诉自己，永远不要给自己希望，这样就永远不会再失望。”

叶子断断续续把这个故事说完，并没有出现我想象中的抽泣，她真是一个坚强的女孩。

在她停顿的间隙，我问她：“所以，你不再相信爱情了吗？”

“你认为我还应该相信吗？”叶子直勾勾地盯着我。

“在这个故事里，我感觉是你在伤害别人，你实在没有理由绝望。”

“可是在此之后，我还遇到过其他男人，经历了其他事情。”

“你是说，你爱上过其他人，受到伤害，让你绝望。”

“是，而且伤得很重，没有尊严，猪狗不如地跪在地上求那个我心爱的男人不要离开，只要不离开我，让我死让我做婊子都可以，可是他还是走了，并且和其他女人好上了。”叶子开始激动，咬牙切齿，“我曾经为了给这个男人省钱，连打胎都舍不得做无痛人流，不知道吃了多少苦，我活该，是我自己作践，从此之后，我告诉自己，绝对不可以再爱上别人，我怕，那种感觉真的好痛。”

“哦，这又是什么故事？介意给我讲讲吗？”

“如果介意，我就不会坐在这里了。”

“你不怕，讲出来就再痛一次。”

“以前我怕，想都不敢想，可是现在我不怕，因为你在我身边，我说过，和你在一起，我很安静，什么都不怕。”

“很好，请继续。”

……

那一夜，我们通宵未眠，叶子断断续续将她这几年的感情生活讲给我听。她的故事谈不上惊心动魄，情节也很老套，和这个城市里绝大多数男女的爱情生活很是雷同。但我知道，这个世界上又一个为爱受了伤的灵魂正在我面前，我理应尊重，所以随着叶子的讲述，我时而微笑，时而感伤，时而将面前这个受伤的小灵魂紧紧拥抱。

叶子说现在活得很累，过去的经历太沉重，压得她无法喘息，她不知道如何面对以后的生活，如何再毫无顾忌地去爱一个人。

我一点都不认为她在矫情，我以为，这个世界上，有太多的人像叶子一样，生活在过去的故事中，因为无法有效遗忘，所以越活越累，犹如一台计算机，运行时间越长，垃圾文件就越多，机器也越跑越慢，为了提高速度，就要做碎片整理，把垃圾文件删除。

人也一样，我们需要回忆，我们更需要遗忘，如果能把过去的困难、沉重、泪水、虚情假意、背叛、陷害、无耻等一系列的垃圾文件全都遗忘，那么我们谁都可以活得很滋润。

我一直坚信着这个观点：这个世界上有三样东西永远有市场，一种是忘情水，一种是孟婆汤，还有一种是名叫醉生梦死的酒。

我是如此明白这些道理，如同孔子一样明了人情世故，可是我根本就找不到这三样东西。所以，我无法将你嘲笑，我和你一样，活得很艰难，过得很可怜。

好几次，叶子恳请我讲述我过去的情感经历，我都没答应，我不知道为什么我会一再拒绝，是因为害怕重述一遍自己就会再受一次伤，还是因为觉得没有任何意义？或者这些因素都有，总之，我什么都没有说，只是一个人静静回忆着和何诗诗的点点滴滴，一根接着一根抽烟，一声又一声叹气，直到黎明到来，然后安静入眠。

3

在我的理解中，两个人在一起，只会因为彼此需要的利益——

少女嫁给款爷，对少女而言，利益就是款爷的钞票，对款爷而言，利益就是少女的肉体；

城里老头娶了个乡下姑娘，对乡下姑娘而言，利益就是老头的城市户口，对老头而言，利益则是乡下姑娘的青春。

诸如此类，总之没有利益的情爱关系是不存在的。

或许有人要反驳：那么真心相爱的恋人之间的利益是什么呢？比如罗密欧和朱丽叶，比如梁山伯和祝英台？

这个反驳一点儿都难不倒我。我要说的是，相爱的恋人，利益就是他们的爱情，如果有一天爱情不在了，他们会立即分开，这是毫无疑问的事。

所以，一开始我就对陈家明和他新交的女友间的爱情深表怀疑。陈家明的女友是个不折不扣的小美女，天生丽质，衣着时尚，加上是名牌大学高才生，怎么看都觉得和我们不是一个世界的灵魂。按我的经验，这个女人不是瞎了眼神就是昧了良心，否则决计不会找一个和自己相差十万八千里的人做恋爱对象。

那么，按照我的爱情利益论推断，对陈家明女友而言，她需要的利益是什么呢？难道她是看中陈家明的钱吗？有这个可能，可问题的关键是，凭她的条件，可以轻松找一个比陈家明富裕一万倍的男人。或许还有一个解释，就是她只是想玩玩而已，经历一段有激情却又安全的爱情。反正陈家明长得实在不赖，带出去不丢人，加上陈家明很是温柔体贴，又天生怕老婆，最适合用来做感情陪练。

没错，这肯定就是她需要的利益。

在见到陈家明女友前，我一直对自己的这个揣测自信满满。可是，当我看到此女伏在陈家明的鸡胸前，满脸的幸福、满脸的归宿感、满脸的依恋、满脸的柔情时，我开始对我的判断产生了怀疑，于是我转念想，陈家明或许只是走了狗屎运而已，爱情这玩意儿，本来就毫无道理可言。

“Look（看），床上这位猛男就是我最好的兄弟苏扬。”陈家明第一次把他女友带到我家时，我还在呼呼大睡。这个浑蛋不但有我家钥匙，而且丝毫不顾忌我有裸睡的习惯，居然直接破门而入，然后一屁股坐到了床对面的沙发上。他的小女朋友则坐在他腿上，然后直勾勾笑嘻嘻地盯着我看，仿佛她有双透视眼，可以透过厚厚的棉被，看到我的五脏六腑。

在她的逼视下，我很有点儿不好意思，于是只把头露在外面，用被子将身体裹得密不透风。

我能想象，那个样子肯定无比可爱，犹如襁褓中的婴孩。

“你好，我天天听我老公念叨你呢。”小姑娘自来熟，毫无羞涩。

“没错儿，我天天在我老婆面前讲你的淫荡往事。”陈家明的手在他女朋友头上摸来摸去，神气活现，“对了，忘记介绍了，这是我老婆，薇薇，怎么样，漂亮吧，性感吧，迷人吧，你嫉妒了吧？”

“去你的。”我朝薇薇伸出手，“薇薇，你好。”

“你好，你好。”薇薇忙不迭伸出手和我热烈握手，“见到你好高兴的。”

“我老婆一天到晚嚷着要见你，说你是她偶像，她也很喜欢文学，以后你要多教教她哦。”陈家明一脸神气。

“是啊，是啊，我不要太崇拜你哦，真没想到我还能认识个作家呢。”

“别，我不是作家，我是坐家。”见薇薇一脸雾水，我补充说，“整天坐在家里，俗称宅男。”

“哇，果然有深度。”薇薇兴奋得尖叫起来，“作家大哥，你认识小四吗？我们班女生个个超级迷他。”

“小四不认识，小三倒认识几个，都天天想转正呢！”

“OMG，你连他都不认识啊？他好忧伤的，经常抬头四十五度角仰望天空，简直迷死人，以后你多介绍一些作家给我认识好不好？”薇薇说话的表情很夸张，仿佛我不认识小四是一件天理不容的事情。

“真不好意思，作家我真的一个都不认识，我的朋友都是流氓，要不要给你介绍介绍？”

薇薇显然没有料到我会这样说，表情有点儿尴尬，怔怔地看着陈家明。

“老婆，你别介意，他就这德行，好像全世界都欠他一百万一样。”陈家明立即安慰小女朋友，狠狠对我翻白眼。

这些年来，陈家明眼睁睁看着我变得越来越愤世嫉俗，越来越偏激。

门铃突然响了起来，我用脚指头思考也知道是叶子来了，就让陈家明去开门，薇薇蹦蹦跳跳跟在他后面，我趁机用最快的速度把衣服穿好。

叶子看到家明和薇薇，有点儿吃惊，愣在门口。

我上前把叶子拉了进来，然后介绍给陈家明和薇薇。薇薇和叶子相视一笑，算是打了招呼。

陈家明则特别热情，对叶子说：“叶子你好，我经常听苏扬谈起你，说你很温柔，而且特别贤惠，上得厅堂，下得厨房，还会洗衣服呢。”

“拉倒吧，他会这样说我？他肯定说我好吃懒做。”叶子边说边用眼睛瞄我。

“答对了，加十分，我就这样说你的。”我接过话，坏笑着看着叶子。

“讨厌。”叶子瞪了我一眼，又装大尾巴狼对陈家明和薇薇说，“晚饭吃什么？要不我给你们做吧！”

“做什么做啊，你会做菜吗？”我挤兑叶子，“认识你这么久，碗都没看你洗过一次，还做菜呢，我看你就经不起表扬，刚才人夸你贤惠，你还就真以为了。”

叶子有点儿不悦，却也没多说什么，赌气地坐到一边。

我搂着陈家明，热情招呼：“走，晚上咱出去吃，好久没喝酒了，今晚不醉不归。”

家明和薇薇很兴奋，连声叫好。家明呵呵直乐说我喝醉酒了最好玩，不但丑态百出还会现场写诗，薇薇连声叫好说自己什么人都见过就没见过诗人，今天一定要好好见识。我说那得先把我灌醉了再说，就凭你陈家明那点儿酒量估计这辈子都没机会了。结果陈家明哈哈一笑说大哥忘记告诉你了，我老婆薇薇白酒能喝一斤，啤酒无数，十三岁时和她老爹喝酒差点儿没把她老爹喝死，至今还没有败过。今儿个我遇到她只能算我倒霉了。

我疑惑问薇薇此言可真？薇薇说不好意思自己没什么特长就特别能喝酒，今天一定要和我好好沟通沟通。我说你没醉是因为没尝试过心醉的滋味，如果有一天你被男人甩了保准一喝就醉。薇薇听后傻傻地看着陈家明说老公你会抛弃我吗？陈家明则一边发誓一边怒骂我说今儿个不把我灌醉他陈家明就当我孙子。叶子在一边看着我们闹腾，眼神是那么温暖，我知道那是因为她很少看到我如此高兴。我快乐所以她也快乐，这样的她让我害怕。

我们打闹着前往附近的川菜馆，路上叶子和薇薇开始聊美容聊时尚聊各种化妆品，我则有意走慢脚步，然后悄悄问陈家明这次是不是来真的。

“废话，当然了。”陈家明对我的问题非常气愤。

“你爱她吗？”我依然不依不饶地追问。

“爱，很爱很爱。”陈家明瞅着我，很认真地回答。

“那你懂什么是爱吗？”

陈家明想了会儿，然后告诉我：“我不懂爱是什么，我只知道，失去她，我会死的。”

我暗暗叹了口气，知道这小子是陷进去了。或许面对这样一个美丽聪慧的女孩，没几个男人可以不动真情。其实薇薇对陈家明也不错，只是我总是有点儿暗暗担心，就怕陈家明越是爱她，就越危险，我怕有一天，她会突然离陈家明而去，并且用世界上最恶毒的语言中伤我的好兄弟。

唉！或许只是我多想吧，自己内心灰暗，对爱情不信任，所以总把别人也想得阴险，但愿我只是杞人忧天。

那天我们四个人整整喝了三十多瓶啤酒。薇薇果然好酒量，喝完后一点儿事都没有，连厕所都不要去，我已经有点儿七荤八素，自从几年前还在学校时我和老马喝大过一次后，从未再喝过如此多的酒。如果不是叶子帮我挡了不少酒，肯定得被薇薇喝趴下。说到这儿，我突然惊讶于叶子的酒量也好得惊人，难怪那天在张大利家她也没有醉。至于陈家明，早就趴在桌上呼呼睡去。喝到最后就只剩下薇薇和叶子两个女人举着啤酒瓶对吹，我则倚靠在墙上嘿嘿直乐，第一次看女人拼酒，虽然动作不算粗鲁，却暗藏凶机，比起男人拼酒别有一番风味。

叶子和薇薇一直拼到餐馆打烊也未分胜负，我去柜台埋单时陈家明跟了上来抢着把钱付了。我说你不是醉了吗？陈家明说我装的，我还有重要的事情没做怎么能轻易醉去？然后不等我发出疑问就说要我帮个小忙，今夜把我家留给他住，今夜他要在我家和薇薇战斗。陈家明说在自家床上待腻了，产生了审美疲劳，导致每次好长时间都无法勃起，因此想换个地方，或许会有新的力量。

这个理由实在不错，我显然没有理由拒绝，只得反复叮咛他一定记得戴套，套子就在我床头柜的第二个抽屉里。还有，千万不要把我的床单弄脏，娱乐完毕后一定要清理战场。

我注意到，在我和陈家明悄悄说这些话时，薇薇一直有意无意地看着我，她正将最后一瓶啤酒一饮而尽，嘴角则似笑非笑。我实在不知道，她为什么会笑得那么隐蔽，又那么妖娆。

房子留给了陈家明，我和叶子只能开房。刚进房间，叶子就剧烈呕吐了起来，原来此前她一直在强忍着。我说你既然不是那么能喝为啥还坚持，她边吐边说她不想输给我兄弟的女人，那样我会很没面子。我觉得好笑又有点儿感动，给她端来热水帮助她喝下，然后放好热水替她洗澡，最后将她抱上床。整个过程叶子一直紧闭着眼睛，仿佛晕死了过去。可就在我关灯的瞬间，她突然疯狂摇头大声说不要，我吓得赶紧把灯打开，就看到她满脸是泪。

“你怎么哭了？”认识她这么些天，第一次看到她哭泣。

“苏扬，我好害怕，”叶子突然号啕大哭起来，紧紧将我拥抱，“我害怕你会离开我，我真的好害怕。”

“傻丫头，你醉了，赶快休息吧，不要胡思乱想好不好？”我轻轻安慰她，过了会儿又尝试着关灯。

“不要。”叶子死死拽着我的手，眼睛里充满了渴求，“苏扬，你说你不会抛弃我好不好？求求你，你快说啊。”

我怔怔地看着眼前这个女孩，这个正哀痛哭泣的女孩，这个放下所有尊严和防备的女孩，这个说不相信爱可比谁都渴望爱的女孩。我知道这样的渴求意味着什么，这样的承诺又代表着什么。

“对不起，我真的做不到。”我用力掰开她的胳膊，然后关灯。

黑暗中，一切恢复平静。所有的欲望，所有的希望，所有的眼泪，所有的心碎，所有的坚强，所有的伪装，所有的心动，所有的坚硬，所有的后悔，所有的遗憾，所有的羞愧，所有的骄傲，所有的高贵，所有的卑贱，所有的昨日，所有的未来，所有的所有，所有的一切。

4

12 月底，我随张大民等一干上海写作的朋友，应邀到北京一所民办大学，参加了个什么青年文学研讨会。按理说，我这种书都没出一本的南郭先生自然是没资格参加这种研讨会，好在主办方够大度，也不考核我们功名到底是否实在，只要有人过去就 OK，睡的是四星酒店，顿顿好酒好菜，尽情招待。

所谓研讨会，其实和开茶话会差不多，十几个人围着一个傻不拉叽的主持人，然后回答他提出的一个比一个傻的问题。现场除了我们这帮伪文艺青年外，还坐着几个下巴长胡须的老头，据说都是文化名人。真奇怪，既然那么有名，为啥我愣是没听说过呢？我看过的书也不算少吧。一开始我特纳闷，后来，我算思考明白了，敢情这帮老家伙也和我差不多，也都是些南郭先生，过来骗吃骗喝了。

总之，一大帮人坐在那里，像模像样说着一些貌似和文学相关的事，讨论得还特热烈，挺像回事，最后十几个人很是庄严地在张红纸上签了名，算是达成一项共识，至此，文学研讨会圆满落幕。

活动一共举办三天，剩余时间我们要参加一些联谊活动，美其名曰“文学青年下乡”，活动内容还挺丰富，一会儿“老鹰抓小鸡”，一会儿“阿里巴巴和四十大盗”。所有人都玩得好开心，一个矫情的女作家甚至当场抒情发骚，说她回到了无忧无虑的童年。

活动之余，我们总是三五成群，外衣披在肩膀上，在那所民办大学里到处游荡。如果你看过周星驰的《唐伯虎点秋香》，如果你还记得“江南四大才子”那副德行，基本上，你也就能想得出来我们当时的模样。

要不说作家爱观察生活呢，很快我们就发现，这所学校两种人特别多，一是有钱人多，学校里到处是小车，还都是些特豪华的车，你要是开个普桑捷达，都不好意思过来；二是美女多，总有 N 多个衣着时尚、体态婀娜的女孩在眼前晃来晃去，她们是那样风骚，总是冲你阵阵傻笑。

发现了这两个事实后，一起去的几个家伙那个开心啊，纷纷施展十八般武艺，没两天，几乎人手一女，白天给学生讲文学，晚上玩人家学校美女。那帮倒了大霉的孩子还乐呵呵地说青年作家真是品德高尚，思想纯洁，真是傻到家了。

我没那么好福气，没嗅到女人，不过却和北京电台的一女DJ交上了朋友。那女DJ名叫马可，没错，就是马可·波罗的前俩字，人也跟马可·波罗似的，是个性情中人，因为负责全程活动报道，所以对我们每个人的一举一动都了如指掌。马可见我话少，人老实，总冲她傻笑，因此断定我是一好人，后来又发现我身边没女人，顿生喜爱之情，颇为豪迈地对我说："不错，苏扬，还是你丫好，其他人特孙子，个个八百年没见女人一样，我真不待见这些大色狼。"

我没敢告诉马可，我没女人，不是因为我是君子，只是我没能耐，要是我有本事，一天给我换一个我都不含糊。我看马可大大咧咧挺可爱，人长得又俊秀，跟男人似的，自然乐意和她交往，短短三天我们建立起伟大的友谊。最后她亲自送我到火车站，我上车前她还特激动地洒了两滴泪水，说好人一生平安，她会思念我的。

回到上海，我加了马可MSN，她在电台随时都可上网，我更是一天到晚挂在网上，因此我俩总能遇到。要不说，首都青年嘴都特贫呢，这不，在网上，我们经常有如下风格的对话：

"Hello！请问您认识一个叫马可的女孩吗？我是她男朋友，我把她搞丢了，这些天我特想她，如果遇到她，麻烦您告诉她声，多谢。"

"不认识、不认识，你丫认识这么多姑娘，弄丢了自己找去。"

"哎呀，马可这么有特色的名字都不认识？那么，马可·波罗你总该认识了吧？马可·波罗是她舅。"

"你他妈的还找洋妞，那我更没处给你找去了。"

……

交往时间越长，感情就越好，彼此之间的那种默契让我十分感动，这个外表看起来大大咧咧的女孩其实心思缜密，并且浪漫，你若不信，且听听她的两大梦想：

第一，在樱花树下睡一个午觉；

第二，吃遍全世界的提拉米苏。

怎么样，够小资吧。

和马可聊天总是很有意思，有时我也会想，会不会有一天，和这个叫马可的北京女孩，发生点儿和爱情有关的故事呢？

5

“基本上，女人为什么有阴蒂，和为什么有上帝，是同一个问题。”

这是 2004 年 12 月我看的一部电影《不要让我死于周日》的最后一句话。12 月生活平淡至极，我成天窝在家里看碟，差不多看了五十部 DVD。看碟时，我并不孤单，叶子有时会陪我一起看，虽然她对这些影片毫无兴趣，甚至我觉得她内心深处其实是深恶痛绝的，因为往往看了没几分钟她就会歪着头睡着。叶子从来不问为什么我喜欢看这些冗长且充满变态色彩的电影，她从来不打扰我的行为，并且乐于倾听我的观后感，时而点头，仿佛享受，然后对我加以褒扬，说我感情丰富，知识渊博。我的虚荣心在叶子身上得到了前所未有的满足。

那夜过去，我以为我会失去叶子，对此我虽然遗憾，但也不会强求。只是第二天酒醒后，她仿佛什么都没有发生一样，依然每天到我家，给我鸡蛋灌饼，依然和我打闹，说一些没心没肺的话。我甚至觉得那天没有发生过那样的对话，一切只是我内心的意淫，是我内在的需要。

12 月底的一天，在叶子的强烈要求下，我陪她去了趟城隍庙，烧香拜了菩萨。许愿时叶子双目紧闭，嘴中念念有词，许愿完毕后她面目含笑，心满意足。我问她对神仙说了什么，她摇头不答，然后拉我到城隍庙附近的福佑小商品市场购物。

在犹如迷宫般的小商品市场里，叶子拉着我的手，东奔西走，游荡了半天，最终买回两只花花绿绿的碗，两对黑不溜秋的筷子。叶子说很喜欢这几样东西，我表示不能理解，她也不解释，只让我买下便是，若我不乐意，她自己掏钱，但一定要放到我家，我拗不过她，只得全部买下，叶子高兴地在我脸上亲了一下，说："老公，有你真好。"

那一刻，夕阳西下，晚霞无限，我的内心突然升腾起一丝甜蜜温暖，迅速游遍全身。

回去的车上，叶子将头倾斜在我的肩膀上，睡着了。我透过玻璃，冷冷地看这个世界，穿着大衣迅速行走的路人，小孩在外滩接吻，白鸽在外白渡桥头飞翔，蜘蛛在金茂大厦八十八层艰难地编织着网，一只受了惊吓的黑猫正在四川北路上逃亡，黄黄的苏州河水正静静流淌，更黄的黄浦江上航船阵阵嘶鸣，突兀的东方明珠在东风中尽显寂寞，我身边有一个女孩，还有即将逝去的2004年的上海。

是的，2004年即将过去，这个城市的天气变得越来越冷，凡是2004年在上海过冬的人都明白，那年冬天，上海遭遇了前所未有的寒流，气温之低不但难以想象，而且持续时间相当之长。本来在这些寒冷的日子，我应该束手无策，坐以待毙，幸亏有了叶子出现，我不但顽强活了下来，而且在某个孤独间隙，看上去挺美。

随着几声稀疏凌乱鞭炮声的灰飞烟灭，时间来到新的篇章。细细回想这一年，能够记起来的内容居然很少，充分喻示了我的可怜。

2004年最后一天，我坐在电脑前好几个小时，试图写下点什么，最后才发现一切都是徒劳，最终觉得似乎没有必要。我抽了会儿烟，到街上游走，看行人木然走过，看烟花天空绽放，看小孩嘻嘻哈哈，看老人步履蹒跚，看世界万物生机盎然。

夜幕最终降临时，我决定停止回忆，将剩余的激情和勇气用来期盼来年有所变化，这个想法很快让我感到开心。

可是，来年会有变化吗？还是会一成不变，我们选择了不相信，我们又有什么理由要求生活可以改变？

6

然而生活毕竟还是有改变。

2005 年春节刚过没几天，对我而言，就传来了一个好消息，以及一个不好也不坏的消息。

好消息是，我的小说居然有三家出版社同时愿意出版，并且条件都给得相当不错，其中著名的湖南某出版社更是给出了首印两万册，版税 8%的条件，而且是他们的谢社长亲自操刀编辑出版，对一个新人而言，这个条件确实太诱人了。现在我面临的问题不再是能不能出，而是选择谁出，对于我这样有选择强迫症的人来说，同样是一件麻烦事。

不过想到我再也不要看李姐的脸色，再也无须生活在李姐的谎言中了，我感到前所未有的欢乐。

不好不坏的消息是，叶子恋爱了，和别人。

过了春节，叶子突然不再像去年年底那样天天来我家，而是两三天才来一次，来了就自己抽烟、发呆，一个人静坐在房间里，眼角眉梢尽是伤感，甚至会深深叹息，静静流泪。

那几天，我正酝酿着新长篇《写给年少回不去的爱》，每天花很多时间考虑里面的人物关系和结构布局，因此对叶子这些怪异的举动，虽然注意到了，却没给予足够关心，甚至当叶子问我是不是对她真的一点儿感觉都没有时，我脱口就说让她一边玩儿去，别在我眼前碍手碍脚。

叶子到我家的次数越来越少，有一次整整一星期都没过来一次。对此我也没太在意，直到一星期后突然收到她短信，她好奇怪地问我过得好不好，仿佛和我失散多年。

我回："我活得不要太好，请你放心。"

叶子回消息："嫌我烦了是吧。"然后不等我回又说："放心吧，我不会再烦你了，我一个老同学从美国回来了，我陪他玩了好几天，玩得可开心了，这个人不要太有钱哦，现在连绿卡都拿了呢。”

“那你得好好把握，人家现在可是外国人了。”

“你烦死了，我的事不要你管。”

我不再回消息。

第二天，又收到叶子消息：“我们已经拉手啦接吻啦，今天晚上我留在他住的宾馆里不走啦。”

我回：“干吗和我说这些，你不觉得很滑稽吗？”

“我干吗不和你说？你是我好朋友啊，你不是说希望我幸福的吗？”

“无聊。”回完这个消息，我就关机了。

大概又过了一个多星期，叶子再次出现在我家，仿佛什么事都没发生一样，我们一如往常地聊天，吃饭，做爱。

躺在床上，叶子突然对我说：“苏扬，我恋爱了，以后不能来找你玩儿了。”

“是吗？”我真的是有点儿惊讶，“恭喜啊！”

“谢谢，你以后要照顾好自己，别总熬夜，到饭点就吃饭，还有，少抽烟，少喝酒，听到没？”她紧紧抱着我，一个字一个字很认真地说。

“嗯！”我点头，“放心吧，我会活得很好。”

“苏扬，你真的好狠心。”叶子的眼泪涌了出来。

“哭什么？你都找到真爱了，多高兴的一件事啊！”

“我不爱他。”

“奇怪了，你不爱他干吗和他一起呢？”我突然特别想嘲讽，“对了，你不是说不会再相信男人了吗，口口声声说得跟真的一样，你可真能演戏。”

“可他爱我，我只要他爱我就够了，总比你这种无情无义的人好。”

“我又怎么了？”

“你……你太坏了。”叶子哭得更伤心，好像她真的受到了天大的伤害一样。

“神经病，我看你才坏呢。”我口气突然变得十分恶劣，“你凭什么说我坏？你他妈是我什么人啊，我他妈又不要对你负责，你他妈恋爱了就牛逼了是吗？”

“好了，不说了，苏扬，请你祝福我吧，你说过希望我过得快乐的。”

我没有言语，我突然想，其实就在不久前，她还挽着我的手和我一起逛城隍庙，把头往我肩膀上靠，好温馨地叫我老公，现在却让我祝福她和另外一个男人幸福，我即使再不在乎，心中也不禁怅然。

“说啊，说你祝福我。”叶子突然像一个疯子一样摇晃着我，声嘶力竭。

“祝你幸福。”

“祝福我这次能够和我男朋友白头到老，地老天荒。”

“祝福你们白头到老，地老天荒。”

“祝福我永远不要再被人伤害，永远都能幸福。”

“祝福你永远不被伤害，永远幸福。”

“苏扬，谢谢你。”

“不客气，举手之劳，如果你还需要，我可以一直祝福下去。”

“谢谢，不用了，足够了，我好开心，苏扬，知道吗？和你在一起的这些日子，是我这辈子最平静、最快乐的日子，我会永远记得你的，真的，我永远都不会忘记，永远都没法忘记。”叶子喃喃自语，边说边紧紧抱着我，一个字一个字很认真地说，“请你以后也要照顾好自己，别总熬夜，到饭点就吃饭，还有，少抽烟，少喝酒，不要总是愤世嫉俗，其实你的内心真的很好很善良，你会找到你爱的那个女孩，你会和她一起过上幸福的生活，相信我，你不要总是去怀疑，去否定，你要去相信，我们都应该去相信，相信我们的未来是可以幸福的，苏扬，请你相信，求求你了……”

她的眼泪几乎将我胸口淹没。

我不再言语，我已经丧失了言语的能力，我不知道我到底可以说些什么，事实证明了我所有的悲观不是杞人忧天，可这些话语又分明将我深深感动。我能做的只是深深吻着这个女孩，此时此刻，她如此真切，她的温度，她的眼泪，她的祝福，她那柔顺的长发，她那坚挺的胸脯，她柔软的身体，我们内心犹疑，彼此安慰，我们蜷缩在这个城市相依为命，我们不是彼此的伤口，也不是彼此的解药，我们曾经相遇相伴，本来有最幸福的可能，却注定错过离开，所有短暂的熟悉都会灰飞烟灭，并且一辈子都不再相见。

这个城市说大不大，说小不小，上千万人口演出一场戏，你我都是配角，舞台上无法相见，实在正常。我无意将这样的场景描述得足够凄凉，而且对于这种结局，早就心知肚明，这样的故事也数次在我生命中上演，这一次，我依然猜中了开头，也猜中了结局，我究竟是该庆幸我没有付出更多，还是悲叹我没有努力争取？

而下一次，是否依旧如此？不上不下，不死不活，不付出，不争取，不拒绝，不相信，不负责。

7

大概是叶子离开我后的第十天，一个广东女读者千里迢迢来到上海，在我家住了几天，她说她很喜欢我的文字，想给我生个儿子。

别惊讶，这是真的，骗你孙子。

也真奇怪，我书没出一本，顶多也就是在一些杂志发了些无病呻吟、故做姿态的小说，结果喜欢的人还真不少。比如说这个女孩，去年年底在一本青年文学刊物上看了我一篇名叫《情人》的小说后，认为我很有智慧和情怀，加上看到了那本杂志封面上我的一张PS过的照片后，觉得特有男人魅力，顿时下定决心要和我谈恋爱，哪怕千山万水，也不能阻挡她爱恋我的脚步。

只是小姑娘倒也识相，知道爱情是勉强不来的，但做爱是勉强得来的，甚至根本不需要勉强，因此她考虑到即使没法和我谈恋爱，好歹也要和我上床。用她的话说便是，我要给你生个儿子，让他继承你的美貌和智慧。

对于这个要求，我自然没有理由拒绝，虽然这个广东姑娘的脸蛋长得比较亢奋，但身材很是小巧玲珑，颇有几分味道，在我家的几天，我们一起买菜、做饭、逛街，像对真正的恋人，因为没有压力也没有感情，所以我觉得很自然，也很快乐。她也是，她曾流着泪告诉我，即使马上死去，她短暂的生命也会因为这几天变得非常美丽。

这个广东女孩在我家待了一个多星期后就走了，果真一干二净。等她走后，我回头思考这件事情，才感到有点儿不可思议，觉得有点儿像做梦。

这件事给我另外一个感触就是，我们真正需要的其实只是一个可以依赖和发泄的对象吗？比如叶子以前依赖我，后来找到了新男友，就忘了我，我难受，可有了新女人，也就没什么想法了。

想到这里，我更加为当初没和叶子讨论太多感情问题深感自豪，如果一开始，我们忘乎所以互诉衷肠，现在又是这副模样，岂非太讽刺了吗？

我为我的聪慧而沾沾自喜。

8

3月底我生了一场不大不小的病，先是感冒后是头痛最后是疯狂拉肚子，全身虚脱如死去一样——躺在床上，我真的担心自己就这样死去，没有人知道我此刻有多么痛苦，也没有人在乎我是生是死，我感到了前所未有的恐惧。我把所有灯都打开，电视也打开，可还是觉得恐惧，就把电脑打开，放着最喧嚣的歌曲，以此来驱逐内心的恐惧。

一个星期后，我的病莫名其妙痊愈，不过病好了也没地方去，只能上网，QQ上好友几百人，却没有一个人可以说话，仿佛大家都很忙。我一生气，删掉一大批人，又不停加新的好友，不管是瘸的还是跛的，只要是女的就加，加好了就发：你好，可以聊聊吗？

大多数都不予理会，有几个说：聊个屁，我是男人。

还有几个姑娘跑上来直接问：先生，要视频做爱吗？三百一次，超值哦！

我说，你给我一百我就脱给你看，OK不OK？

然后看着对方发来一串的污言秽语，嘿嘿直乐，觉得过瘾。

而为数不多正常的人虽然可以聊上几句，但很快又觉得索然无味，只能放弃。

寂寞犹如病毒，渗透到灵魂深处，吞噬着我的肉，我的骨。

我想大吼，我想奔跑，我想出走，我想流泪，我想反抗，我想和这个糟透的世界对抗，但首先要把更加糟烂的自我灭亡。

我的生活到底怎么了？我前所未有地痛恨自己。

我内心虽然翻江倒海，外表却异常平静，像一摊鼻涕瘫倒在椅子上，歪着脖子，盯着屏幕，麻木地移动着鼠标，加人，删人，打发煎熬的时光，直到最后麻木不仁地睡去。

前前后后这些年/爱过很多人/却丢了最初的心跳

——靖子/28岁/写给年少回不去的爱

本章插曲

写给年少回不去的爱

Xun<最远的距离>

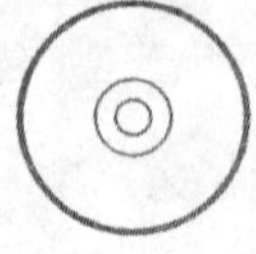

我站在　拥抱你的未来
这场梦　结束得太快
你的爱　看不见的花开
醒过来　黑夜好苍白

异想天开　牵你去看海
我们却有太多的阻碍
漫长等待　你总会明白
我不会让自已离开

我们最远的距离　我努力靠近你的心
请你留下爱的痕迹　在我的生命里
我绝不会放弃　就算已失去了意义
只要相信总会有奇迹

给我最近的距离　没有你我无法呼吸
你的身影挥散不去　在我的血液里
还有多少风雨　就算我变成了灰烬
也要在这里守护着你

就算你从未将我记起

第十章

Chapter 10

迷失

在你曾经爱过我的那些短暂岁月里，我或许是世界上最幸福的人。
只是那些日子已成过往，就算时光真的可以倒流，
也会发现，一切早已经面目全非。
我们都已经回不去。

1

终于来到了 4 月，真正的改变也来自 4 月。

4 月初的一天大清早，正当我琢磨是不是要出去旅游，以此打发百无聊赖的岁月时，竟然意外收到了顾飞飞的短信，这让我异常惊喜。

顾飞飞是我的大学同学，也是我大三前最好的兄弟之一，只是他大三下学期就搬出去了，这几年也一直很少联系，听说他现在混时尚圈，成了一个业内颇有名气的化妆师。我上次见到他还是两年前，他请我参加一场时装发布会，说里面模特儿的妆都是他做的。那晚我看着冷艳高贵的模特儿在走台后庆祝时和他搂搂抱抱，觉得世界真奇妙。此后的两年他就消失了踪迹，我曾经尝试着联系过几次，想约他出来喝茶叙旧，但电话打过去他永远在忙。一开始我还老觉得遗憾，试图挽留点儿什么，但慢慢地也就变得无所谓。

包括老马和陈家明，现在虽然我们依然是好兄弟，但很有可能有一天我们就永远都不联系，在我的心底，已经为最终的分离做好了准备。

人生很短，岁月很长，友情和爱情一样，都没那么坚强，都是说忘就能忘，说放就能放。

顾飞飞现在突然找我不知道有什么事情呢，我有点儿小激动，立即打开顾飞飞的短信。

短信很短：苏扬君，今晚八点，四丁目，我组织了一场“同志之明天”的主题聚会，你有空过来一起玩吧。

对于这条短信，我情绪复杂，我想他们同志聚会我凑什么热闹，我虽然不反对，但一直有顾忌，本想拒绝，但转念一想现在每天度日如年，实在无聊，再说了，多了解一下别样的生活，对自己创作或许还有好处，于是便答应了下来。

整个白天过得特别无聊，好不容易挨到六点多，匆匆吃了包方便面，给武松喂好食，就坐车前往南市区。因为人生地不熟，我找了很久才找到那家名叫“四丁目”的酒吧，足足迟到了半小时。

那家酒吧隐藏在一个石库门弄堂里，从外面看上去平淡无奇，走进去才发现里面别有洞天，整个酒吧里充满着暗紫色光影以及蛊惑销魂的音乐，穿着奇特、面色诡异的年轻男子们来回穿梭，氛围异常暧昧。一排排半人高的木板将空间划分成若干不规则的开放式小包间，正中央有一个一百多平方米的大舞台，舞台一边有个乐队正在演奏，舞台上一个上身赤裸的男人一手提着瓶啤酒，一手拿着个话筒，正在声嘶力竭地高歌。一根钢管竖立在舞台正中央，时不时地有一些身材肥硕的男人冲上舞台，犹如飞天神猪一般抱着钢管就往上蹿，动作非常勇猛。

顾飞飞和四五个衣着鲜亮的年轻男子坐在最里面的包间里，除了顾飞飞其他人我都不认识，见我到了，那帮人纷纷发出刺耳尖叫。顾飞飞上前和我热烈拥抱，表示欢迎，我勉为其难接受，有几个家伙也试图和我如此亲热，被我毫不犹豫地推开了。

包间正中央的木头桌上摆满了扎啤和洋酒，看样子又要进行一场豪饮，坐定后顾飞飞先做了介绍，然后他的朋友们一个个上来敬酒，十分钟不到，我就干掉了三扎啤酒和半瓶洋酒。那天状态显然不好，很快就头昏脑涨，昏昏欲睡，我说什么都不想再喝了，悄悄坐到了包厢门口。其他人越喝兴致越高，并且开始动手动脚，在彼此的身上尽情胡闹，他们嘻嘻哈哈地笑，他们荒唐的态度让我想逃，我愈发觉得和这些人在一起实在太无聊，于是一边喝酒一边朝大厅打量，寻找什么能让我眼前一亮的目标。

挨着我们包间不远的吧台上，坐着一个高高瘦瘦的女孩。

在这个同志酒吧竟然出现一个姑娘，我表示很好奇，于是仔细打量起来。

酒吧的灯光扫过，女孩的脸亮了起来，我神魂为之恍惚，女孩的眼角眉梢，竟然像极了何诗诗。

只是我知道仅仅是相像而已，何诗诗此刻远在大洋彼岸，绝无可能出现在我的面前。事实上，两年来我曾无数次幻想过能够在这个城市和她再次相遇，但随着时间流逝，我愈发知道这个幻想将永无可能实现，于是只能更加勤快地从不同女孩身上寻找她的踪影，以此拼凑出我心中完整的何诗诗。

眼前的女孩面容清秀，神清气爽，扎着马尾辫，看样子不似红尘中人，不过也可能是伪装，这年头，妓女爱扮演学生，男人爱扮演女人，老头爱扮演小姑娘，扎个马尾实在说明不了什么问题。

慢慢地，我意识到此女出现在我面前并非偶然，因为她总是朝我们房间瞅，面容诡异，神色慌张，和我四目相对时，立即尴尬一笑。

预感告诉我，这家伙肯定会过来搭讪的，果不其然，没过多久，女孩走了过来，用种特别怪异的口吻对我说："先生，你好，请问可以采访下你吗？"

见我不语，女孩掏出记者证："你放心，我不是坏人，我是晨报的实习记者。"

我乐："哈哈，你不是坏人，可我是坏人，我想你找错人了。"

"没找错，没找错，"女孩不停地摇头，拼命解释，"找的就是你们，你别误会，我没恶意的，我只是想对上海的男同志做个科学调查。"

我不说话了，只暧昧地对女孩笑，心想：这个冒失鬼，真可爱。

“当然了，如果你不愿意接受采访也不要紧，其实你们男同志不应该采取如此对立的姿态，社会并不是你们想象中的那么狭隘，你们应该积极一点。”见我始终无言，女孩居然自说自话起来，满嘴跑火车，张口伦理道德，闭口人生哲理，滔滔不绝给我上课，说的跟唱的一样。

“小姑娘，你真的找错人了，我可不是什么同志。”我淡淡地说。

女孩颇为迷惘地看着我，无奈地摇摇头，接着掏出张名片递给我：“什么时候你想通了，你想让更多人了解你们的内心世界、你们的生活状态、你们的痛苦和无奈，都可以找我。”

女孩说完转身走了，高跟皮鞋激烈地撞击着酒吧的金属地板，发出铿锵有力的声响，把它主人的姿态衬托得无比趾高气扬。

借着闪烁不定的灯光，我看着名片上写着：李楚楚，晨报实习记者。地址则是F大新闻传播学院。

敢情这个小姑娘还是个大学生呢，无知者无畏，难怪这么牛逼。

那天晚上，他们一直闹到凌晨三点才散席，顾飞飞和他一帮朋友不知道要去哪儿过夜，和我匆忙说了声拜拜，就消失在黑夜中，其他人也都作鸟兽散，一分钟之内消失得干干净净。

我不想回家，就在大街上慢慢行走，午夜的上海不见得有多少寂寞，高架下灯火辉煌，高架上小鸟飞翔。我沿着高架走了大半个小时，坐在一处不知名的小河边，抽烟，思考问题。

顾飞飞和我在一个寝室睡了整整两年，一起光屁股洗澡，一起大声谈女人，他都表现正常，和我们一帮糙爷们别无二样。直到大三，我才知道这厮原来是个同志。

是他自己告诉我的，如果他不说，很可能这辈子我都无从知晓，虽然说或不说对我而言，都不重要。

1999年年初，我们学校突然掀起减肥浪潮，身为一个名副其实的胖子，我自然首当其冲。顾飞飞曾是一个如假包换的帅小伙，身高一米八，体重六十公斤，体态婀娜，女人要是和他比身材，不被气死也要气伤，可这厮听说我要减肥，直嚷嚷也要同去，说嫌自己大腿太粗、小腿太胖，这两块地方的肉成天让他意乱心慌，欲除之而后快。

有人陪跑，我自然欣然接受，只可惜坚持跑了一个月，我身上肥肉没见丝毫减少，和顾飞飞的友情却增添了许多。1999 年 4 月的一天晚上，在足球场，我们一起追逐着一只无比狡猾的皮球，一边小声交流，跑了一会儿后，顾飞飞突然躺到了地上，面朝天空，双眼紧闭，满脸的惬意，我在他身边坐了下来，突见他嘴角微张，对我说：

“苏扬，知道吗？我是同性恋。”

“哦？你小子掩藏得够好啊！”我内心无比慌张，却缓缓应答，尽量语气平淡。

“呵呵，我怕你们知道了，会觉得我怪异，不理我。”

我突然不知道该怎么回答，干脆什么都不说，也躺了下来。晚风阵阵，吹在身上，非常清凉。

“你知道吗？我高三那年被一个男人强奸了。”顾飞飞似乎谈兴很浓，一张口就爆猛料。

我继续保持沉默，虽然依旧面不改色，但内心已是波澜迭起。

“高中时，我是校舞蹈队主力，我的教练特别喜欢我，说我身材好，脑子也聪明，我也特别信任他。有一天他让我去一家酒店，我也没多想，过去了，可进了房发现我们当地一个建筑老板在里面，见到了我，他很开心，说要和我好好聊聊，我想走，可是走不了，门被锁死了，我想反抗，可是根本不是他的对手……苏扬，你说像不像一场电影？”

“嗯，有点儿像。”

“可这是真的，不是电影，是我亲身经历的事。”

“嗯。”

“这几年我过得很辛苦。那天从酒店回来，我想到了自杀，我变得痛恨所有人，那个老板，还有我的舞蹈老师，所有人都面目狰狞，所有人都心怀鬼胎，甚至我父母，我恨他们为什么要把我生下来。我开始极度自闭，不和任何人说话，把所有精力都放到学习上，现在想想，要不是遇到了这事，说不定我还考不上大学呢？挺滑稽的，整整过了一年，我才恢复过来。不过有些事情，被扭曲了，这辈子都不会再恢复了。”

“你是说，你开始喜欢男人了？”我试探着问。

“准确说，应该是，我发现我无法再喜欢女人，因为我觉得自己不配再爱一个女人。”

“说实话，我有点儿无法理解。”

“我自己都无法理解，像做梦一样，其实苏扬，说这些，我不是想要你安慰我，都过去三四年了，当时再怎样受伤，现在也愈合了，我只是好想说出来，想告诉你，觉得心中很舒服。”

“我明白，怎么说呢？谢谢你信任我。”我伸出手，在他肩上拍了拍，“踢球吧。”

“嗯，踢球。”

大三快结束时，顾飞飞从宿舍搬了出去，据我所知，他男朋友从老家过来了，两人同居了一年多，日子过得还算不错。算是我们一帮同学中，最早拥抱爱情的那个人，只是不知道现在两人感情如何，从种种迹象判断，应该早已劳燕分飞。看来爱情这东西，不管男女，还是男男，只要当真，必须玩完。

2

也是 4 月，陈家明工作的医院要迎合领导意图，突击搞一个卫生认证，陈家明说自己得每天加班做文件，没时间陪我玩了，让我别找他，尽管自生自灭。

陈家明的话让我很是郁闷，此前虽然他恋爱后找我玩的次数本来就寥寥，但每个月至少还能有个两三次，现在好了，彻底断了我的后路。生命中没有他做伴，我该怎么办？就在我心烦意乱并且感到绝望之际，李楚楚突然粉墨登场蹦了出来，并且一不小心蹦进了我的生命里。

后来我常想，要不是认识了李楚楚，那几个月我真得活活无聊死。

还是先说说我是怎么和李楚楚开始交往的吧。

那天从“四丁目”回来后，我一觉睡到下午三点，醒来后发现又没事可做了，时间太多，这可怎么活啊？就在担心害怕之际，突然想起昨天晚上见到的那个叫李楚楚的姑娘，她不是要采访我吗？说不定可以陪我聊聊呢，于是赶紧拿起电话，掏出名片，按照上面的号码拨了过去。

“喂。”电话响了好久才被接通，那边声音有点儿急促。

“在干吗？”

“洗澡呢，你谁啊。”

“昨天在酒吧，你见过我的。”

“你到底是谁啊？”那边声音警惕了起来。

“昨天在‘四丁目’你要采访我的，想起没？”

“哦——想起来啦，你是那个白胖子吧！找我有什么事吗？”

Fuck，我暗暗骂了句，没好气地说：“想和你聊聊，给你讲故事，可以吗？”

“可以、可以，你说个时间、地点。”

“今晚八点，南京路步行街上的星巴克，怎么样？”

“今天晚上啊……没问题，我准时过去，你一定要来啊。”听得出来，她很兴奋。

“放心，想我不去都不行，你快去洗澡吧，别冻感冒了。”我满意地挂了电话，哈哈，他妈的老子终于找到事做啦。

起床，洗澡，哼着小曲儿，七点离家，七点三刻顺利到达人民广场，十分钟后出现在南京东路星巴克，点了杯现榨橙汁。运气不错，位置靠窗，可以轻而易举看到大街上的美女，看满脸是毛的老外腰间挟持着个丑陋无比的亚洲女人从我面前缓缓走过，趾高气扬。

八点十分，李楚楚终于出现在我面前，她气喘吁吁，额角流汗，看得出来是急匆匆赶过来的。

“真不好意思，真不好意思，路上堵车，我提前两站下车，跑过来的。”李楚楚依然扎着个马尾，湖绿色的吊带衫衬托在略微有些透明的白色衬衣里面，隐约泛出一些颜色，黑色皮短裙，围着一根白色印着灰黑色图案的皮带，银灰色的高帮匡威鞋，搭配着白色长筒袜，很有学生气息的清纯打扮。

再好好打量她的面部，瘦瘦脸颊，眉毛高挑，眼睛虽然不大，但非常有神，牙齿很白，笑的时候感觉很可爱，不笑的时候则又透露出一股冷艳，估计那晚我觉得她有点儿何诗诗的感觉，其实就是因为嘴角那若隐若现的冷冰冰让我感到亲切。

另外，我发现她虽然很瘦，但胸部异常丰满。

李楚楚一边向我道歉，一边手在空中对着自己乱舞，仿佛那样真的能迅速降温。

我指指前面的座位：“快坐下歇歇。”

“不。”李楚楚依然站在原地，表情倔强，“女人运动后不能立即坐的，否则屁股会大的，大屁股女人好丑的。”

“哇，你好可爱。”我惊讶万分。

李楚楚脸立即红了，过了会儿，她从包里掏出记事本，“我们开始吧。”

“开始什么啊？”我面露惊讶。

“采访啊，你约我出来，不就是想让我采访你的吗？”

“谁说要采访了？我又不是名人，干吗让你采访啊？”

“奇怪了，电话里你不说要和我聊聊吗？还说要给我讲故事呢。”

“没错，这不我特地准备了好几个黄色笑话，正准备讲给你听呢。”

“什么跟什么啊？别闹了好不好。”

“谁跟你闹了，我一正常人，和你谈什么同性恋，我有病啊？”

“你不是同性恋？”

“我脸上写着我是同性恋吗？”

“那你去那里干吗，那可是同性恋酒吧。”

“真滑稽，去同性恋酒吧就是同性恋，你不也去了吗？”

“那算了，我走了。”李楚楚显然生气了。

“别啊，好不容易来了，聊聊再走，咖啡都给你买好了，好几十块钱呢。”我把服务生端上来的咖啡推到李楚楚面前。

“OK，你想聊什么。”李楚楚突然又一屁股坐了下来，端起咖啡就喝。

“黄色笑话啊。”

“无聊。”

“那你说聊什么。”

“我问你，你是干吗的，好像很神秘的样子。”

“你猜猜。”

“不猜，你说。”

“实不相瞒，我是一民工，上海不少高楼大厦就是我参与建造的。”

“真的啊？看你不像哦。”

“我不像民工像什么？”

“还是像同性恋。”李楚楚瞅着我，回答得很认真。

“我说你还有完没完啊？告诉你，我前年来上海打工，这两年光顾盖楼房，忘记思考人生问题了，最近几天工地上没活干了，我开始想一些从没想过的事，我发现上海太大了，我总迷失方向，因此我觉得很迷惘。小姐，你能不能指点指点我，让我不要活得这么痛苦？”说这些话时我表情相当认真，目光空洞，面部肌肉还不停颤抖，仿佛我真的很痛苦。

“说，你哪里迷惘了？”显然，李楚楚感兴趣了。

“哪里都迷惘，一天到晚依靠看黄色笑话，寻求一点儿活着的能量。”

“我觉得你挺油嘴滑舌的。”

“你说对了，黄色笑话看多了，口才一般都不错。”

“真受不了你，你到底是不是同性恋啊？”

“疯了，我真不是同性恋，不过我知道谁是。”

“谁啊，谁啊。”

“Look——就是她。”我指着南京路上一个正在扫地的老太婆，“看到没，她是一拉拉，如假包换。”

“哈哈，你真逗。”李楚楚乐了起来，“真想不到，现在民工都这么幽默。”

那晚，我和李楚楚聊了三个多小时，李楚楚被我逗得整整笑了三个多小时，笑得她花枝乱颤，用她自己的话说就是，肚肠都笑硬了。最后分别时，我俨然已成为她的闺中密友。站在星巴克门口，李楚楚依依不舍地对我说：“我好久没遇到你这么有意思的人了，跟你聊天实在太有劲儿了，以后你工地上要是没活干了，就找我聊天，好不好啊？”

“绝对没问题，盖楼哪有和你聊天有意思啊，放心，我会常找你的。”

“好啊，好啊，我们拉拉钩吧。”

“干吗？”我满脸愕然。

“拉钩，上吊，一百年不变，你不知道吗？”李楚楚同样满脸愕然。

“小姐，你多大了？”

“二十一岁，你刚才不是问过吗？”

“我还以为你才十二岁呢。”虽然嘴上冷嘲热讽，我还是顺从地伸出小拇指，和李楚楚拉了拉钩，订下我们之间的第一个海誓山盟。

随后的一个多月，我和李楚楚一起玩了七八次，每次都尽兴而归，非常快乐。

客观而言，我和李楚楚，于彼此世界出现，都意义重大。对我来说，能找个人说话，让生活显得不那么无聊就是快乐：对她而言，有人逗她开心，更是一种幸福，李楚楚虽然光大学就读了五年——她研究生一年级——但人性并没有受到教育荼毒，还是非常单纯，一些再简单不过的笑话都可以让她哈哈大笑觉得很快乐。因此和李楚楚说话，我特别有成就感。

我问李楚楚理想是什么，我以为她最次也要当个居里夫人，可她说她小时候最想当的是饭店服务员，让我听了真没趣。

其实我也好不到哪里去，我的理想是当个理发师。

我知道李楚楚有一男朋友，两年前去了法国，什么时候回来还不知道，不过两人非但没因时空距离遥远而感情淡漠，反而你侬我侬，情深深雨蒙蒙，每天都要打电话互诉衷肠，顺便警告对方不要和陌生人上床。

正如你明白的那样，我心胸狭隘，小肚鸡肠，平生最见不得别人恩爱，看到甜蜜相爱的恋人，总想横加阻拦、妄图拆散，因此和李楚楚一起时，我总情不自禁打击她，成天给她讲罗密欧和朱丽叶、梁山伯与祝英台的故事，就是想让她明白她眼中的真爱其实是春梦一场。结果我的险恶用心每次都会遭到她严正指责：

“我说苏扬，你这人怎么就那么肤浅呢？自己没女朋友，还特见不得别人恩爱。”

“别，您千万别上纲上线，我还真没嫉妒到那份儿上，我就是特见不得你那傻样。”

“谁傻啦？我乐意，谁说不在一起就不能恋爱了？告诉你，他一回来，我们就结婚。”

“OK，说不过你，到时候你哭可别找我。”

“切，谁会找你，那么变态。”

“喂，说什么呢？朋友归朋友，乱说我还是会打你的。”

“你打啊，我可不怕你。”李楚楚扬着脑袋，样子特别可爱。

结果她话还没有说完，我就冲了过去，掐她脖子。她头一缩，跑掉了。我在后面穷追不舍。我们俩一前一后在大街上东奔西走，惊到无数看客，我们感到很快乐。

有一次，在正大广场二楼KFC，李楚楚突然特正经地对我说：“苏扬，如果我爱了一个人，爱了五年，你相信吗？”

“和你男朋友？”

“不是啦，是另外一个人。”

“哇，三角恋，厉害，还真没看出来。”

“你正经点儿好不好，人家和你说真的呢，我爱了八年，都没爱到头，现在却和另外一个男人在一起，你说我是不是特悲哀？”

“简直太悲哀了，都能写小说了。”我嘻嘻哈哈。

“你是在嘲笑我吗？”

“是啊，怎么你才发现啊？”

“我说你这人怎么这么坏啊！我不理你了。”李楚楚站起来就往外走。

她的恐吓一点儿都吓不倒我，我知道，像她这种女孩子，有个人陪她吹牛，逗她开心，她烧香磕头都来不及呢，生我气？小样儿，当我新来的？

事实也正是如此，过不了两分钟，她保准又出现在我身边，和我有说有笑，有打有闹。

“我很好色的。”一次吃饭时，李楚楚突然红着脸对我说，仿佛很不好意思，手中汤匙在搪瓷杯里疯狂摇动，当当作响。

“说说看，你怎么个好色法？”

“我最喜欢漂亮男人了，大街上，我看到帅哥，会心跳加速，恨不得奔上去抱抱人家。”

“哇，你果然挺色的。”

“你损我？”

“难道我夸你？”

“哼，大坏蛋，真讨厌。”

“哈哈……”我大笑，浑身轻松。

李楚楚说她把自己所有的事都告诉我了，连她左侧乳房比右侧乳房稍大一点儿，她做兼职已存了一万块钱，她什么时候来月经等等私人小秘密我都了如指掌，可我什么都没对她说，这很不公平。我则表示我一没欺骗二没暴力，你李楚楚说这么多完全是心甘情愿，既然如此，就不要抱怨。

3

如果说一个女人很认真，那么她会很美丽，可如果一个女人太认死理，且钻牛角尖，还自以为是，那么她非但不美丽，而且很烦人。

李楚楚一不小心把这三样毛病全拥有了。

李楚楚除了抱怨我小气，什么都不肯告诉她外，更是指责我人很奇怪，她不止一次地问我到底想不想被别人了解。

“不需要。”我斩钉截铁地回答。

“为什么？你不觉得被别人了解是件很幸福的事吗？”

“不觉得，我只觉得被人了解是件很傻逼的事。”

“你是个怪人。”她得出结论。

“答对了，我就是怪人。”

“放心，我会改变你的。”

“哦，怎么改变我啊？你要把我改变成什么样子啊？”

“用我的爱心和态度改变你啊，让你不要像现在这样玩世不恭，这样游戏人间，这样颓废这样悲观，让你相信这个世界上是有真爱的。”李楚楚很认真地对我如是说。

听到这里，我突然不可遏制地大笑了起来，笑到面部肌肉抽搐，笑到无法正常站立，我对李楚楚说：“真爱？狗屁，三年前，我爱上了一个女孩，那是我第一次那样认真投入地去爱一个人，我用尽全力，拼命争取，可她始终不为所动，我一次又一次地付出，换回的只是她的冷漠，可是我不想放弃，于是我继续无私付出，后来我终于打动了她那颗坚硬冰冷的心，可就在我觉得我拥有她的时候，我才意识到一切都是我虚幻出的美好，她还是那个现实的她，她不会为我有任何改变，所谓的真爱，只是在真空里的感动，一旦接触现实，比如风，比如雨，比如男人的金钱，就会消失得无影无踪。”

我看着目瞪口呆的李楚楚继续说：“丫头，别傻了，我自己都改变不了自己，你瞎操什么心啊？何况，我根本就不想改变，我现在活得挺好的，我特满意。”

“你在撒谎。”李楚楚突然说，表情相当固执，“我知道你在撒谎，你言不由衷，你骗不了我的。”

她的固执让我心烦意乱，我觉得这个女人真是太傻太烦了，我可不想再在这些无聊话题上和她纠缠不清。我说：“好了，你是我什么人啊？你又不是我女朋友，你又不是我父母，你有什么权力来管我，我是死是活和你有什么关系？”

“不管我是你什么人，我都不想你这样对自己。”

“我的天，我到底怎么对自己了？我就搞不懂，我一没杀人，二没自残，我一良民，怎么到你这儿就好像犯法了一样？”

“你这样会害了自己的，总有一天，你会很后悔。”李楚楚显然活在自己的世界中，我的话她是一点儿都没听进去。

“省省吧你，别以为自己多高尚，可以去拯救别人了，告诉你，在我眼中，你的行为才很滑稽可笑的，你还是把你自己管好吧。”

“随便你怎么说，反正我不会再让你这样生活的。”看看，这家伙到底有多固执。

疯了，真疯了，直到这时我才发现，和李楚楚理论真是一件超级无敌愚笨的事。我彻底怒了，我对李楚楚大吼大叫：“好，要管我是吧，告诉你，从现在开始，我们再也不要见面了，就当从来没认识过一样，这下你该满意了吧。”

眼泪立即从李楚楚的眼眶中汹涌而出，她一边大声哭泣，一边忙于承认错误，说自己以后再也不敢惹我生气了，只要我不和她断交，怎么都可以，哪怕罚她十天不吃零食。

这辈子，我最见不得的就是女人哭，像李楚楚这种二十岁的大姑娘，却可以哭得像个小孩一样，声音嘹亮且不分时间、场合，想哭就哭，我更是头大。看在她眼泪的分儿上，我只得不和她计较。

可很快我就发现李楚楚是个勇于认错、死不悔改的主。这不，还没过两天，再遇到我时，她保准又要给我上思想品德课，教导我应该热爱人生，相信别人，拥有理想，活得像她一样健康。

李楚楚这种婆婆妈妈的性格让我很是讨厌，本来和她玩就是为了打发时间，大家开心就 OK，现在弄得这样意义重大，跟改造犯人似的，我显然受不了。加上此人仿佛特别纯情，玩了那么久，连拉个手都不让，有意无意碰到她胸部，她立即大惊失色，对我横加指责，说我流氓。照她这个态度，想和她上床，最起码得一百年后。

没错，俺是色狼，俺很流氓，可流氓也有流氓的审美标准，那就是特不待见这种忠贞烈女。有啥意思啊？这不自己跟自己过不去吗？我开始慢慢疏远李楚楚，即使在一起时，也是横眉冷对，没什么好脸色，却没料此女不但丝毫没察觉，反而变本加厉，更是频繁地约我出去玩，基本上做到一天十个电话，五分钟一条短信，外加两到三封Email，以致一天二十四小时我最起码有一半时间在和此人打交道。

我不知道为什么李楚楚就这么喜欢和我玩，她同学呢？她同事呢？她亲人呢？天大地大，犯得着只盯着我吗？真奇怪。我表达了这个疑惑，我说："大姐，我一民工，吃不饱，穿不暖的，事儿多着呢，你别老缠着我好不好？"

"不好。"李楚楚断然否定，"我不管你是什么人，反正和你在一起很有意思。"

"有意思？我说姑娘，你当我是玩具啊？我要盖楼的，上海现在房价这么贵，行情好啊，我要多盖几幢楼，赚多点儿钱回家讨老婆呢。"

"不管。"

"你别什么都不管啊，你老缠着我也不是个办法。"

"谁老缠着你了。"

"那是我老缠着你啦。"

"是的。"

"我的天！那，说好了，我以后不缠你了，你也别再找我，我盖我的楼，你读你的书，OK？"

"哦。"李楚楚委屈得眼泪又快出来了。

结果第二天保准又能接到她的电话："苏扬，我们去唱歌吧。"

"唱歌，唱歌，一天到晚就知道唱歌，玩物丧志，真不知道大学教育怎么就把你教育成这样的。"

"这和大学教育有什么关系啊，你到底来不来？"

"不来。"

"我哭。"

“哭去吧你。”

“坏蛋。”

“你才坏蛋。”

“讨厌。”

“你更讨厌。”

“去死。”

李楚楚愤愤然挂了电话，过不了五分钟，电话肯定又会响起来，我把电话线拔了，手机立马就响，我将手机关机，耳根这才得以清净。

4月中旬的一天，李楚楚突然打电话给我，说她男朋友要回国待段日子，她要陪他，不能和我一起玩了。对此我表示强烈欢迎，我说：“好好陪你的男人吧，不过千万别纵欲过度哦，同时要注意床上动作，别累成腰肌劳损，哈哈。”

李楚楚笑嘻嘻地骂我坏蛋，让我去死，然后挂了电话。

接下去的两个星期，李楚楚果然再没给我任何消息。人真贱，消息多了嫌烦，消息没了又不适应，都两星期了，也不晓得她男朋友走了没，我没问，懒得问，也不敢问。我常想，她从此以后就别和我联系最好，要来就来狠的，来绝的，千万别遮着掩着，欲擒故纵。说实话，我早习惯了很熟悉的人从我生命中突然消失，每当遇到这种破事，我总对自己说：消失就消失，千万别强求，否则就没意思了。

4

很快进入5月，天还是冷得很，5月的第一个星期五，我过得特别无聊，一觉睡到中午才起床，看了部冗长的动画片，说一千年后老鼠怎样蹂躏人类；接着听外国人唱R & B，叽叽喳喳不晓得在唱什么鸟语；躺在床上连抽三根烟，抽得头昏脑涨；爬起来打游戏，结果十分钟内死了五次，水平烂得像垃圾。

人要是倒霉起来，喝凉水都能噎着，我算是明白这话的深刻含义了。

手机突然来了条短消息，居然是李楚楚发的，这家伙消失了两个多星期，终于又出现了，我发现自己按手机的手指居然有点儿颤抖，仿佛很兴奋，短消息写着："苏扬，晚上干吗呢？"

我回："不晓得干吗，你呢？"

没过一分钟就收到她信息："我回学校，我从家里带出来很多东西，特重，我拿不动，你送我去学校好吗？"

我回："送你没问题，关键是送完你后我干吗？"

结果她回："该干吗就干吗呗——送完我你当然回家了。"

"有空哦。"我对着手机骂了一句，决定不理她。

没过两分钟，手机响了，李楚楚对我叫："喂，你到底送不送我？"

"不送，你学校太远了，现在又那么晚。"我从来就不怕女人对我凶。

"我东西实在太重了，我拿不动，你就帮帮我吧。"她苦苦哀求。

"你东西重关我什么事？又不是我让你拿那么多的，再说了，我和你非亲非故，干吗要受累帮你？"

"没良心的臭东西，恨死你啦。"她大叫。

"别叫，你也不想想，从我这到你学校要两个多小时，现在已经七点了，送完你我怎么回来？不过，你一个小姑娘这么晚去学校，还拿那么多东西，确实蛮可怜的，我看这样好了，要不你今晚睡我这儿，我管吃管住，明天一早我打的送你过去，你看如何？"

"不可能的。"她回答得斩钉截铁。

"那就没办法了，不要说我没诚意，不够朋友，你还是自己一个人去学校吧。"

"别拐弯抹角了，我知道你想干什么，那绝对不可能。"她再次强调，以此说明她非常忠贞。

“你看你，小小年纪，成天乱想，你倒是说说看，我想干什么。”我突然觉得很有意思，兴致盎然地说，“别一天到晚尽乱想，说了不怕你激动，那事就算你愿意我还不干呢！”

“随便你，你这个没有良心的东西，我今天算认识你了。”李楚楚“啪”地把电话挂了。

我继续玩游戏，大概又过了半个小时，李楚楚的短消息又来了：“苏扬，你还是来送我吧，我真的很想见你的。”

“想见我干吗？又不是没有见过。”

“我也不知道，就是想见，你别那么现实好不好？你就真的不需要朋友吗？”

“不需要。”我回了过去，然后关机。

很快家里电话响了，李楚楚无比哀怨地说：“你为什么关机啊？”

“嫌你烦呗。”

电话那头她不说话了，只听到阵阵吵闹声，听得出来，她在公交车上。

“有事快说，我可不想浪费你手机费。”

“你出来送我吧，求求你了，如果太晚了，你就睡我宿舍好了。”她似乎鼓足了勇气才说出这句话。

“睡你宿舍？”这个回答挺有创意，我来了兴趣。

“今天是星期五，同学都回家了，应该没问题的。”

“那你干吗不睡我这儿啊？”

“因为我晚上要等我男朋友的电话。”

“真够痴情的。”我嘲讽。

“你到底来不来？”

“让我想想……你现在在哪儿。”

“虹口公园。”

“好，你在那等我，我半小时后到。”

“你快点儿啊，我可不喜欢等人。”

“爱等不等。”我挂了电话。

关了电脑，我躺在床上抽了根烟，缓和了下情绪，然后背上包出发，等走下楼后发现风好大，吹在身上直打寒战，于是又折回取了件大衣。

虹口公园在四川北路最北边，晚八点的四川北路车水马龙，热闹非凡，我坐在公交车最后一排，高高在上，看着窗外，心如止水，面无表情。

路上收到李楚楚消息：“你能答应我，今天夜里不要强迫我做那事，好吗？”

我看着手机，哑然失笑，过了会儿，我回：“没问题。”

等在虹口公园门口的KFC找到李楚楚时，她已经冻得不行，蹲在地上，瑟瑟发抖，瞪着火眼睛四处打量，远远望去，像只无家可归的猫。她的身边放着只大包，光看外表就知分量不轻，真搞不懂，每个星期都回家，还带这么多东西，弄得跟要出国一样。

“喂，看什么看？”李楚楚看到我时，脸上出现很奇怪的表情，有点儿愤怒，有点儿委屈，还有点儿窃喜。在我还没来得及回话之际，她突然像只兔子一样蹦到我面前，对准我胸口就是一拳：“等死我了，怎么那么慢？跟乌龟一样。”

我赶紧把外衣脱下来，递给她：“快穿起来，别冻感冒了。”

“哼，这还差不多。”李楚楚把我大衣裹在身上，“从来都是本小姐让人等，今天第一次等别人，真郁闷。”

“哈哈，我这么容易就把你第一次得到啦。”

“去死吧。”她不由分说又是一拳，然后指了指身后那只大包，“快拿东西。”

“哎呀，还真重。”我拎了起来，做龇牙咧齿状。

“废话，不重要你来干吗？”她说完，甩了甩衣袖，径直往前走去。

“那么急干吗？”我在后面叫，“你放心，我肯定把你送到学校，不会耽误你和你男朋友打电话的。”

“你知道就好，我十一点前肯定要到。”

“知道了，我说你烦不烦——擦，这包怎么这么重啊！”我气喘吁吁地在她背后追着说。

李楚楚的学校在浦东一个叫三林塘的地方，那地方是名副其实的荒郊野外，从人民广场坐车过去要一个多小时。近几年，上海市政府为了解决市区拆迁户住房问题，投资在三林塘建了大批居民住宅区。我们赶到人民广场开往三林塘的公交车站时，被眼前晃动的人群吓傻了，等车的不下上百号人，队伍弯弯曲曲也不知道延伸到了哪里。

“这么多人，怎么办啊？”李楚楚焦虑万分地望着我。

“什么怎么办？排队啊。”我把包放了下来，“累死我了——我说你包里都是什么东西，搬家啊。”

她递给我张纸巾：“就是些吃的东西。”

“昏过去。”我翻了翻包，尽是苹果、梨什么的，“哪里不好买？非得从家带，真是的。”

“又不是我要的。”她反驳，“临走时妈妈硬塞给我的，不能怪我。”

我被她的认真逗乐了，“又没怪你了，我们排队吧。”

排了半个多小时，感觉队伍动都没有动，我到前面一看，才发现原来每当一辆车来了，总有些不排队的人玩命似的往上钻，个个疯子一样，排队的人根本就上不去几个。一个少了只胳膊的老头戴了顶脏兮兮的小黄帽，挥舞着面小红旗在前面维护秩序，大声叫：“排队，排队上车。”可惜根本就没人听，结果那老头也就不喊了，装模作样地在那儿把红旗乱舞一通，等车子开走了再骂两句完事。

“走，别排队了。”我背起包，拉着她，“这样等下去，到明早也上不了车。”

“不排队怎么办？你打的？”想到打的，这家伙满心欢喜。

“打你个头啊。”我瞪她一眼，“插队去。”

“要紧吗？”

“不要紧，跟着我就是了。”

我们很快走到候车队伍最前面，站在队伍旁边，结果无数愤怒的目光立即瞪着我们，仿佛我们在犯罪，那个戴黄帽的老头也转过来，对我们吆喝：“排队去，没看那么多人在等吗？”

“排什么队？”我对老头叫，“我们又不是在等车。”

老头瞪了我两眼，也就不说什么了。差不多过了十分钟，车来了，混乱的人群中，我拉着李楚楚猛往上挤，她倒也配合，紧攥着我手，撅着屁股往里钻。

结果我们正好坐到了车上剩下的最后两个位置。

车开时，老头挥舞着小红旗在下面指着我骂，不过我什么都听不到。

李楚楚很是兴奋地对我说：“太刺激啦，简直比嘉年华还刺激，哎，你说如果我们被那老头抓到了怎么办？”

“他又不是警察，他凭什么抓你？再说了，我们又没违犯法律，怕什么啊？”

“可我们违反交通规则了呀，长这么大，我还是第一次违反交通规则呢，真有劲。”李楚楚刚说完，意识到又说了第一次，有点儿不好意思。

“有意思吧。”我有点儿得意，“以后跟着我，有意思的事多着呢。”

“好啊，好啊。”李楚楚拍手称快。

车开了没几站，越来越多的人拥了上来，车厢里人多得连坐的人都坐不安稳，一个中年男人半个身体压在我身上，我被压疼了，就使劲儿往外推，结果根本推不动，那个男人也没什么反应，跟死了一样。我只好往李楚楚身上靠，也不知道李楚楚是动不了还是怎么回事，反正她没有避让，就这样我半压在她身上。车子摇摇晃晃地驶离市区，走在一片田野间，我昏昏沉沉，几乎要睡着了。

“苏扬，这么久你都不联系我，我以为我们再也不见面了呢，还好我主动找你，哼？”李楚楚突然用胳膊顶了顶我。

“不晓得。”

“那你想想啊。”

“我懒得想。”

“你这人怎么这样呢，讨厌。”

我没睬她，我的头好疼，而且很困，我只想好好睡一觉。后来我真的睡着了，而且挺香，直到李楚楚把我摇醒，“到站啦。”我睁开眼，车上空荡荡的，只剩下我们两个人。

下了车，我环顾四周，除了大片大片的农田，什么都看不见。

“请问，这还是上海吗？”

“废话，当然是了。”

“你们学校在哪儿呢？”

“那儿。”李楚楚手一指，我顺着看过去，发现远处确实有几片灯火。

我说：“敢情我们还要走过去啊。”

“不要走，我们叫三轮车，五块钱就到。”

说话间，也不知道从哪里一下子冒出那么多三轮车，个个贼眉鼠眼地冲着我们笑，像鬼一样。

“几点了？”我忙看表，“你男朋友电话……”刚上三轮车，我突然想起这么一回事。

“别看啦，快十二点了。”李楚楚语气平静，“想不到你这人还蛮有良心的，没把这事忘了。”

“你现在是不是特难受？”

“干吗要难受？不就一个电话吗。”李楚楚嘴角上扬，满脸无所谓。

“真搞不懂你，刚才叫着嚷着跟等金山银山似的，现在就不在乎了。”

李楚楚没再和我争辩，而是把头轻轻靠在我胸口。三轮车嘎吱嘎吱地在空旷的路上艰难地行驶着，风吹起她的长发，打在我脸上，生生发痛。

本章插曲

写给年少回不去的爱

王熹蛮<还想站在他右边>

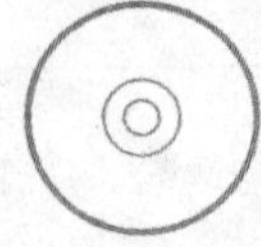

最后一次吻他眼睛　眼泪也一起滚烫了唇印
我又跌进回忆
该好好记录些曾经　让我也安心
别急着结局　我还来不及整理

我想我不再畏惧　每次不经意的相遇
微笑说没关系　我没那么不堪一击

还想站在他右边　听他说他的一切
假想着没改变我在他故事里面
最后的心愿　结局未画上句点
替我告诉他我还在一个人上演

左眼一直跳个不停　会不会幸运
我转过身去　他出现如梦境
周围的空气好安静　嘲笑我的迂　全都是幻影
我只能拥抱空气

我想我不再畏惧　每次不经意的相遇
微笑说没关系　我没那么不堪一击

还想站在他右边　听他说他的一切
假想着没改变我在他故事里面
最后的心愿　结局未画上句点
替我告诉他我还在一个人上演

还想站在他右边　说出心底的想念
他走后才发现曾经的爱多纯粹
最后的心愿　他依然爱在左边
替我告诉他我在等待曾经的续演
替我告诉他我在等待

第十一章

Chapter 11

害怕

你是我遗失的梦想，老去的青春，
是我丢在旧时光里的那个任性而青涩的身影。
我忽然害怕，
与你目光再次交汇的那一刻。

1

一刻钟后，三轮车在学校大门口停了下来。

“到啦，到啦。”李楚楚跳下三轮车，身手矫捷，然后朝大门里走去。

我紧跟着李楚楚走了进去，传达室门口有一高个子校警甚是警觉地看着我，我没看他。我知道，这时你越是紧张他就越怀疑你，虽然你并没有犯下什么罪，但总归深更半夜，孤男寡女，非盗即娼，值得怀疑。

幸好那高个校警并没上来询问，我们顺利走到女生宿舍楼下，刚松一口气，突然发现宿舍楼大门居然给锁上了。

“我们宿舍过了十二点就要锁门的，你等会儿，我去问校警拿钥匙。”

结果刚回头，就发现那高个子校警已在我们后面了，吓了我一大跳。

“叔叔，麻烦你开下门。”

“怎么这么晚才回来？”校警边开门边盘问。

“从家出来得晚，路上又堵车。”我抢着回答，“堵了两个多小时呢。”

校警开好了门，对李楚楚说：“上去吧，动作轻点儿。”说完还愣在原地，并没有离去的意思。

“我先上去了，你也早点儿回去休息。”李楚楚冷冷地对我说，然后转身上楼了。

我愣在那里，大脑顿时一片空白，感觉中了别人的算计，一时间不晓得走还是不走，可走到哪里去？我想今天这当算是上大了。

看我迟迟不动，校警追问我：“你还不回宿舍睡觉？”

“哦。”我应了声，转身便走。

校警一声不吭跟在我身后，走到一个十字路口时，校警突然说：“我到其他地方看看，你回宿舍动作轻点儿，别打扰其他同学睡觉。”

我懒得再理此人，低头快速往前走。

快走到校门时，手机响了，李楚楚问我：“你在哪儿呢？”

“我以为你不理我了呢。”

“谁不理你啦？刚才校警在，你让我怎么说？”

“那你说我现在怎么办吧。”

“你过来好了，我给你开门，快点儿。”

“好。”

“你要小心啊，那校警很……”没等李楚楚把话说完，我就挂了电话，转身朝女生宿舍楼飞速走去。

结果还没有走到宿舍楼，我就看到那校警朝我迎面走来，原来那家伙一直躲在宿舍楼附近的一个楼道里看着我，实在狡猾。

回头肯定来不及了，只好硬着头皮走上前，同时拨打李楚楚的手机。

“你到了吗？你要小心那个校警，他很坏的，千万别给他看到了。”李楚楚把刚才没说完的话一口气说完了。

“不要小心了，我已经被他看到了。”我悻悻地说。

“啊！”电话里一声尖叫，“那怎么办？”

“就说我有东西丢在你包里，刚才忘拿了，现在过来跟你拿，你等会儿拿点儿东西下来。”

校警到了我面前，我挂了电话，装作若无其事的样子。

“你怎么又回来了？”

“我东西忘我女朋友包里了，现在过来拿。”

校警看着我，将信将疑，这时门开了，李楚楚提了包不知道什么东西走到我面前。

“拿去，下次长点儿记性，自己东西别老塞我包里，烦也烦死了。”

“知道了，你真啰唆。”

“那……我上去了。”李楚楚瞅了我一眼，声音微微发颤。

“嗯，早点儿睡，我也回宿舍了，明早我叫你起床。”说完我扭头便走。

“同学，你站住。”刚走几步，校警突然叫住我。

“干吗？”

“以后注意点儿，早点儿回学校。”

“知道了。”我应了声，硬着头皮往前走。我根本不知道男生宿舍在哪里，就害怕一步走错，被那浑蛋识破，到时候就真麻烦了。

我尽量将脚步放慢，竖起耳朵，听后面没有脚步声，壮着胆回头看了眼，结果连鬼都没看到，那家伙保准又躲起来了，不过这次我学乖了，我没有走远，而是躲在另外一幢楼边的草丛里，探出头正好可以看到李楚楚宿舍楼的门口。

万籁俱寂，我蹲在草丛中，盯着看了足足半个多小时，始终没看到那校警，可我还是不放心，心想再忍会儿，敌人相当狡猾，必须要沉得住气。百无聊赖之际突然想起李楚楚刚才给我的东西，翻开一看，原来是包水果，我拿出一根香蕉，津津有味地吃了起来。

就这样，我躲在草丛中，等了大概一小时，已经凌晨一点了，那校警还没出来，也不知道还在不在那儿，可我还是不敢动，就怕一动那浑蛋突然出现，到时连借口都没有了。可老躲在这里也不是个办法啊，深更半夜的，万一被逮到，更说不清，想到这里，我头大了起来。

大门口突然传来吵闹声，听口气好像是晚回校的学生跟门卫发生了争执，就在这时，我看到那校警拎着根警棍从女生宿舍对面的楼洞里走了出来，往大门方向匆匆奔了过去。

“擦，这傻逼果然狡猾，幸好老子谨慎，否则真死了。”我暗自庆幸，机不可失，我赶紧朝女生宿舍楼奔去，躲到楼洞里，然后给李楚楚打电话：“我在你们楼下，你快来开门。”

2

李楚楚宿舍在五楼，两室一厅的房型，我站在宿舍门口，一时反而不晓得能不能进去。

“快进来啊！”李楚楚对愣在门口的我小声说，“你轻点儿，隔壁房间还有个女孩子呢。”

我跟着她走进了她们房间，十几平方米的房间放置了四张组合床，上面睡人下面学习，房间被桌柜、椅子还有其他东西填充得满满的，空中挂满了各种花花绿绿的毛巾和同样花花绿绿的内衣裤，不过整体倒是整齐干净。想起读书那会儿，班主任老孙曾在课堂上大发感慨，说世界上最脏的地方就是女生宿舍，脏到让人简直无法下脚，当时让我们一帮不讲究卫生的男生着实得意了好一阵。后来在老孙的安排下，大四时我成为大一新生的学生辅导员，得以堂而皇之进入女生宿舍“视察工作”，也就是那一次遇见了我生命中的劫难，算起来，这是第二次进女生宿舍。

“你随便坐好了。”李楚楚没有怎么搭理我，而是不停地收拾东西，我找了靠窗的床坐了下来。

“现在安全了吧，刚才可吓得我不轻，你们学校的校警也太负责了，赶明儿我一定写封表扬信给你们校长。”

“没事。”李楚楚特无所谓地说，“你看我动作快吧？刚才我已经和我男朋友打好电话了，他一直在等我呢，我们谈得可开心了。”

我为她忽略我内心的紧张显得非常生气，但也没什么办法，只能傻瓜一样坐在原地东张西望。李楚楚就在那不停收拾，进进出出，仿佛忘记了我的存在，直到最后一切收拾妥当，才对我说：“睡觉吧。”

“睡哪儿？”

“你想睡哪儿？”

“我想跟你睡。”

“那不太好吧，床那么小，睡不下。”

“那我睡别人床好了，就睡这张床。”我拍拍屁股下的床。

“也不好。”李楚楚想了会儿，“等她回来发现有人睡过她的床就不好了，这些女人很烦的。”

“那怎么办？你总不会让我在这儿坐一夜吧，要不我们聊通宵好了。”

“不行，我明天还要去报社上班呢——算了，你就睡我床好了。”

“这不床挤，睡不下吗？”

“挤挤还是睡得下的——都怪你，谁让你长那么胖。”

“你就不怕我半夜非礼你。”

“怕。”李楚楚看着我，“可都到这个份儿上了，怕也没有用，你先转过去，我要换睡衣了。”

“不转。”我说，“你换好了，就你那柴火身形，谁稀罕看了。”

“讨厌，随便你。”李楚楚果然很生气，转过身体，背对着我把衣裤脱了下来，露出黑色的内衣，然后换上睡衣裤，接着爬上自己的床，开始放被子，动作有条不紊，又风情至极。

“你愣着干吗啊？”李楚楚放好被子，对我说，“快上来睡觉啊，对了，睡觉前，先把脚洗一下，自己倒水，脚盆在床下，毛巾在床头。”李楚楚说完躺了下去，然后把被子一直密密严严地盖到头上。

洗好脚，我爬上床，揭开被子，李楚楚居然在颤抖，我的腿刚触及她，她就威胁说：“别碰我。”

“谁要碰你？被子往我这来点儿，你想冻死我啊。”

“哦，那么凶干吗？”她回答得很委屈。

我慢慢伸出胳膊，朝她头下插去。

“你要干吗？你说不碰我的。”她反应很强烈。

“别激动，我只是想让你头枕在我胳膊上，很舒服的。”

她犹豫了片刻，最终还是把头放在我胳膊上，我顺势把她揽到怀里，“天这么冷，我们抱在一起能够暖和点儿，想必你不会介意吧。”

她果然没有介意。

紧紧拥抱了会儿，我轻轻将手放在她乳房上，她的胸小小的、柔柔的、软软的，透过厚厚的脂肪层，我能明显感受到里面传来的震动。

我说床太小，我手没地方搁，放在你身上，但不乱动，想必你不会介意吧。

她果然又没介意。

我开始吻她，吻她的脖颈和耳垂，吻她的胸膛和大腿，李楚楚的挣扎逐渐放缓，并且开始随着我的抚摸亲吻大口喘气。

在时机成熟之际，我开始占领她最后一块阵地。

我没再问她介意不介意。

这个时候，如果我再问这话，我就是个傻瓜。

我不是傻瓜，和这么多姑娘上过床，再傻的傻瓜都不傻了。

一切按部就班，一切驾轻就熟，她那里早已湿透，以致我的长驱直入显得尤其顺理成章。

可是她喊痛，脸上的器官挤到了一起，看得出来，不是伪装。

她还是处女，这个出乎我意料，我的动作有所凝滞，不过最后还是大踏步前进。

终于，我用最大的热烈将自己融入她体内，一切尘埃落定，所有嬉笑和伤悲，所有真诚和欺骗，都画上了句号。

做完爱，我感到很累，一阵浓烈的睡意袭上来，没几分钟，我就昏昏沉沉地睡着了。

半夜，我被李楚楚摇醒："不要睡，不准睡。"李楚楚对我大声嚷嚷。等我恢复知觉，发现她头枕在我胸膛上，赤裸的身体蛇一样缠绕着我。

"我睡不着，你也不要唾。"

"你干吗睡不着？"

"你打呼噜，很响的。"

"那我不打好了。"

"我还是睡不着。"

"又怎么啦，你明天不还上班吗？"

"我害怕。"李楚楚把头从我胸膛移开，"你说你不会和我做爱的，是不是？"

"是。"

"可你和我做了，我根本没有思想准备，我们根本不是男女朋友，就算是男女朋友也不好这么快就发生性关系的。"

"你后悔了？"

李楚楚不说话，只是头动了动，也不晓得是点头还是摇头。

我也没心情研究，过了半天突然听她冒出一句："你是个骗子。"

我叹了口气，转过身子，背对着她。

李楚楚从背后紧紧抱着我，然后又蛇般地缠着我，"不准你睡，你和我说话吧。"

"三更半夜的，不睡觉，说什么话啊。"

“不管，随便说什么，反正就是不准你睡。”

我猛然又转过身子，把李楚楚压到身下，我说：“是你不让我睡觉的，说话我又不愿意，因此我做别的事，你也不要怪我了。”

黑暗中我看到李楚楚的眸子散发着晶莹光芒，不知是否是泪水，只是她并没推开我，而是死命用指甲掐我，然后死命抱着我，我开始吻她，她没有拒绝，疯狂迎合，用一种我无法想象的姿态和热情。

我再次醒来时，天色已经发白，我看了眼手机，快六点了，李楚楚面朝上一动不动直挺挺躺着，跟具死尸一样，只是身上已经穿好了衣服。

我推了推她，结果她突然睁开了眼睛，吓了我一跳。

“你醒了？”

“我根本就没有睡着。”

“干吗不睡觉？”

“我很脏，我觉得自己太脏了。”

“说什么呢你？别他妈的胡说八道。”

我把胳膊伸了过去，她抬头放到了我胳膊上，“昨夜的事就像小说，你说是不是？”

“是，简直就是小说。”

“你会把我写进你的小说吗？”

“当然会。”

“怎么写，我想知道。”

“就写你和我同床共枕后，突然发现爱上了我，虽然你不想承认，你说我们今后再也不会见面，可我走了后你无法控制地想我，很疯狂的那种，你想和我在一起，可你放弃不了内心最后一点尊严，还有对你男朋友所谓的责任。随着时间慢慢推移，你对我的思念越来越强大，你决定找我，可就在这时你男朋友回国了，他要和你结婚，可你发现其实你根本就不爱他了，婚礼前你突然做出决定——逃跑，然后找到我，告诉我，你爱我。

“结局呢？”

“这就是结局啊。”

“那我最后放弃一切，找你了，你会接受我吗？你说我们最终会在一起吗？”李楚楚的语气又委屈又急切。

“不会。”我说，“因为小说中的我是个根本不相信爱情的人啊，他不想对哪个女孩负责，他只想玩弄她们，所以你最后还是很伤心地离开了。”

“苏扬，你太自私了。”

“是吗，好像是有点儿，你觉得这个小说如何？你说话啊。”

“不知道，我好怕，怕这小说会变成真的。”

“笨蛋。”我说，“怎么会是真的，你可能爱上我吗？别搞笑了，你会放弃你男朋友，不顾尊严地来找我，和我在一起？别扯淡了，小说是小说，生活是生活。”

“我后悔了。”李楚楚突然说。

“就知道你会这样。”我说，“后悔你昨天还不拒绝我？”

“是你引诱我的。”李楚楚大叫，“你是个骗子，色魔，变态！”

“随便你怎么说，我要起床了。”说完我坐了起来。

“不要。”李楚楚伸手把我重新拉倒，“你别走，和我说会儿话吧。”

“说什么？说你现在多恨我？说我如何欺骗你，说我特自私？”

“我不怪你，其实不全是你引诱我，我应该知道这一切是无法逃避的，只是没想到这么快，要怪只能怪我自己。”李楚楚说完哽咽起来。

“我真搞不懂，干吗这么难受，跟家里死了人一样。”我没好气地说。

“我也搞不明白自己。”李楚楚幽幽地说，“我现在只是很想我男朋友，他对我这么好，我还背叛他，他和我谈了三年，我都没有把自己给他，却把第一次给了你，我真的很贱。”

我头大死了，再也不想听这个女人感慨，我再次坐了起来，“你哭好了，我要走了，我事特多。”

下了床，我很快穿好衣服，离开李楚楚宿舍时，她叫住我，纤瘦的身体微扬在空中，长长的头发笔直垂了下来，我注意到她面色苍白，眼睛红肿。李楚楚缓缓问我：“我们还会再见面吗？”

“不会了。”我肯定地回答，“再见面对谁都不好，你就忘了我，忘了昨夜的事情，什么都别想，就当什么都没有发生，以后我们谁也不联系谁，就像从来没认识一样。”

“你好绝情。

“对不起。”

“我恨你。”

“对不起。”

“这个给你。”李楚楚不知从什么地方掏出封信，“昨夜写的，你回去之后才准看。”

我接过信，想了想，上前吻了下李楚楚的前额。她没退避，而是闭上了眼睛，幽幽对我说：“苏扬，你对不起我，我恨你，可是我会永远记得你。”

我没回话，也没回头，开门走了。

李楚楚在我背后哭了，声音很大。

走出宿舍门，我长叹了口气，感到无比轻松，只是身体一点儿力气都没有。我走下楼梯，打开宿舍楼大门，立即闻到草木芬芳，我想又是一个好天气，心情稍微好了点儿。

正当我满心喜悦地跨出大门，我突然看到昨晚那高个子校警正站在门口，眼睁睁看着我从女生宿舍出来。

3

“你叫什么名字？”

“苏扬。”

“这么奇怪？假的吧？”

“怎么奇怪了？”

“少废话，你在哪个单位工作啊？”

“我没工作，去年下岗了，靠政府失业保险金过生活，正等着政府重新安排工作呢。”

“你这么年轻，也会下岗？”

“你以为我想下岗？这不国家经济形势要求吗？”

“少油嘴滑舌，那你以前在哪个单位工作？”

“我说师傅，您别像审讯犯人一样好不好？你想干吗你直说。”

“你胆子还真不小啊？我昨晚一看到你就知道你不是什么好东西。”校保卫室内，那个高个子校警在我面前走来走去，愤怒异常，“居然敢在女生宿舍过夜，什么时候上去的我都不知道，告诉你，情节很恶劣，后果很严重，你先说，那个女学生是谁，住哪个寝室？”

“我不认识。”

“不认识？不认识你和她睡一夜。”

“擦，你说话文明点儿，你看到我和她睡一夜了吗？你没看到就不要乱诽谤人。”

“说我诽谤？”校警显然被我的言语激怒了，“老黄！”他走到保卫室里面，对着扇门大叫起来，“老黄，你快起来，出事了。”

房内传来一个瓮声瓮气的声音：“什么事？大清早净折腾人。”

高个校警又叫了两声，看里面再也没反应，就推开门走了进去，过了会儿又出来了，那个叫老黄的人光脚穿了双拖鞋，缩着脖子，慢吞吞地跟在后面，高个子恶狠狠地看着我，在房间来回打转，显然拿我也没办法，老黄看都没看我，就出门去了。

“你要没事我就走了，我还有事呢。”我隐约感到情况大大不妙，那个老黄好像出去寻求增援了。

“你不能走，你得把问题交代清楚。”高个子拦在我面前，大有和我动武的感觉。真要打起来，三个我都不是他对手。

“你没权力拘留我，你这不是执法机关。”我只能在嘴皮上下功夫。

“好，我没权力，我让公安局来人，看你嘴再硬。”高个子说完冲到电话机旁。

我真被吓着了，要是公安过来，就真麻烦了，我受到点儿折磨问题不大，但伤害到李楚楚那绝对不可以，我给她的伤害已经够她受的了。

“老孙，你别冲动，有什么事我们学校内部先解决。”就在我心急如焚之际，突然走进来一个中年妇女，矮矮胖胖的，看上去倒是和蔼可亲，“不要动不动就通知公安局，要注意学校形象嘛。”

那个老黄跟在妇女身后，看来此人就是他们拉来的救兵。

“李处长，你来了就好，这个外地人昨天夜里到学校来，睡在一个女生寝室里整整一夜，早上我查房，正好被我抓到。”高个子口齿很是流利，我真奇怪，他怎么没做律师。

“这位同志，”李处长对我说，“我相信你应该知道自己做了什么，你和那位女同学违反了我们学校校规，请你告诉我那个女孩名字，我们会对她进行处分，同时也请你放心，我们是不会为难你的。”

“阿姨，不是我不告诉您她的姓名，我是真不知道啊，我和她只是网友。昨天晚上她回校时路过我家，因为东西特重，加上上星期她正好摔跤脚受伤了，就让我送她来学校，我们关系一直不错，你说我能不帮忙吗？万万没想到，路上堵车，堵了两个小时，这地方又远，把她送到这里已经十一点半了，我想找个地方上网吧，没想到这里特别荒凉，我在外面晃荡了大半个小时，什么都没看到。我想总不能在外面过夜吧，风这么大，而且不安全，万一有个三长两短，怎么办？所以我只得打电话给我这网友，她可怜我，让我到她宿舍，我们在客厅聊天聊了一夜，什么都没做，请你相信我，句句属实，千真万确。”

“这样啊！”李处长频频点头，“也难怪，这地方确实荒凉了点儿，昨晚风也大，同志，其实你应该找他，他会帮你忙的。”女主管指了指高个子校警，“让他给你安排一个地方过夜，不就什么事都没有了吗？”

“找他？我敢吗我？你没有看到他多凶，个儿那么高，就刚才已经给我心理造成很大阴影了，不知要过多少天才能恢复呢。”

“嗯，嗯，我相信你，这样吧，你现在带我去那女生宿舍，好不好？”女主管满脸诚恳，颇有诱敌深入的意味，果然一个比一个狡猾。

“我也不知道她住哪间宿舍，只知道是二楼，昨天那么晚了，我又人生地不熟，哪还记得清具体房间啊。”

“二楼……”李处长拿出一本花名册，趴在桌上查了半天，然后和高个子校警嘀咕了几句，拿出工作本，让我把昨夜的事写下来。

这事难不倒我，我干吗的？我写小说的，半个小时我写了一篇两千多字的爱情小说，人物个性鲜明，情节流畅好看，矛盾冲突合情合理，写完之后我都有点儿恋恋不舍了。

“你走吧。”李处长对我说，“这件事我们会好好调查的，以后你不要这样了。”

“谢谢阿姨。”我连忙弯腰作揖，说完转身就走。

走出保卫室，惊魂未定的我向学校大门口奔去，生怕有人追上来，那种恐惧感前所未有。等奔出大门，才松了口气，赶紧叫了辆出租车，向市区驶去。

出租车上，我突然想起李楚楚给我的信，赶紧打开来，上面这样写着：

苏扬：

这是我第一次写信给你，或许也是最后一次。

今天夜里发生的所有事我都会选择忘记，因为我知道你我之间不可能拥有爱情，更不可能拥有明天。在我眼中，你是一个受了伤的孩子，一个被爱情荆棘刺伤的人，一个需要被呵护的孩子。以前我一直幻想被一个男人伤害，但我始终不知道伤害我的那个人是谁，现在我知道了。

在我心中，始终对你存在着很强烈的恐惧，我想，或许这是因为你给我的感觉实在太过颓废和阴郁，你不快乐，你一点儿都不快乐，虽然你总是笑嘻嘻的，看上去好像很洒脱，可我知道你真的不快乐，因为你眼睛是寂寞的，它出卖了你的伪装。当我发现这一点时，我真的很心疼，我好想把你抱在怀里，让你感到温暖，感到安全。

曾经，我以为自己如果会遇到寂寞的人，会很安慰，但当我遇到你，我感到的更多是恐惧，它毫无来由，却非常强大，让我窒息，我想逃。

很难想象，我生命中的第一个男人居然会是你。但我不后悔，这是我自己的选择，我很难过，因为我对不起很多人，我没有经验，可我也知道，你有过很多女人，我只是其中普通的一个，想到这儿，我会有点儿难受。感觉你很渴望拥有一份稳定的爱情，拥有一个固定女友，你想好好爱她，给她幸福。可是，你对一切都没把握，你根本就不想结婚，你只想恋爱，最好这个世界上有个姑娘可以什么都不顾忌就和你天天风花雪月，不要考虑事业，不要考虑将来，什么都不考虑，在你需要的时候出现，在你厌烦的时候自动消失，你就是这样想的。

或许，你想要的只是一种无约束的状态，一种无限制、绝对自由的生活，这是你内心的一个无法解脱的心结。我可以理解你，因为你本身就是一个矛盾的因子，你的血液里流淌着激情和不安定，任何人和事都无法阻挡你追寻你心中的自由，如果哪天你离开了这些，你的生命将会很枯燥，对吗？所以，无论你如何努力，你都无法快乐，你都无法不寂寞，对吗？

现在，我好难受，我想到我们即将离开，永远不再相见，我真的好难受，我好想大哭一场，可我怕吵醒你，你在我身边，安静地睡着，像个真正的孩子，我看着你，这一刻，我属于你，你也属于我，这一刻，我们是幸福的。可是我好害怕，害怕我也变得和你一样，变得对爱情绝望，所以我们不会再见，永远都不会。

李楚楚

2005 年 4 月

静静地读完信，我的眼眶有点儿酸，这么多年来，我一直在寻找一个真正懂我的人，我不得不承认，她说的完全正确，可这又能如何呢？这无法构成我去爱她的理由，同样无法成为我们不分开的借口。

我把信一点点地撕碎，出租车经过南浦大桥时，我打开车窗，把手中的纸片向车外的天空尽情抛去，我看到那些凌乱的碎纸片，在空中疯狂飞舞，犹如洁白的蝴蝶。

4

推开家门，就发现陈家明正坐在客厅的沙发上焦灼不安地抽着烟，见我回来了，陈家明赶紧上前拉住我的手：“大哥，你可回来了，打你手机一直关机，家里也没有人，我还以为你遭到什么不测呢，就差报警了。”

“我说，还好你没报警，否则现在被抓起来的人就是我了。”

“怎么了？”陈家明大惑不解。

我把昨晚和早上发生的事讲了一遍，陈家明听完后长长呼了口气：

“还好你机灵哦，否则我真的要到派出所看你了，不过以后还是别做这种事了，下次可不会再有这么好的运气了。”

“下次？呵呵，下次也没这么好的福气了，这年头，处女越来越少，遇到一个实在太不容易了。”我自嘲道。

“你准备怎么办？”

“什么怎么办？”

“你准备怎么对李楚楚啊？你睡了她。”

“那又怎么了？”

“她还处女呢，你睡了人家，总得负点儿责吧。”

“负责？怎么负责？娶她做老婆？”

“那你总不见得拍拍屁股当什么事都没有吧？”

“有可能，我想我不会再和她见面了。”

“我擦，你这是什么话啊？”陈家明竟然急了，“拜托，你把人家小姑娘睡了，然后说不理就不理了，你别这么禽兽好不好。”

“你不懂的，我不适合她，还是不要再联系的好。”说这话的时候其实我也很矛盾，我实在不知道以后到底要怎样面对李楚楚。更何况，也不是我想怎样就怎样，或许，她现在特恨我，就算我想联系她，她也不会理睬我吧。

“不适合，干人家的时候怎么就适合了？”陈家明显然真急了。

“擦，这不两码事嘛，我说你不要上纲上线好不好？”我也急了。

“是我在上纲上线还是你在狡辩？苏扬，我觉得做人要有点儿良心的。”陈家明简直出离愤怒，对我冷嘲热讽，“实话告诉你吧，当年你把何诗诗肚子搞大到我那里做人流时，我就觉得你很过分，现在我觉得你越来越禽兽了，最可怕的是，你还意识不到，还沾沾自喜，真让人受不了。”

我彻底蔫了，这是我最好的兄弟说出来的话吗？他过来就是为了狠狠打击我的吗？他知道真相的全部吗？不，他不知道，他不知道当年何诗诗打胎其实和我没关系，我只是一个可怜的备胎，他也不知道何诗诗突然离开我究竟中间有过多少复杂纠结无奈，他甚至不知道我在和那些姑娘们逢场作戏和她们上床然后分开其实内心是多么失落和无助，每次我在她们身上印证这世界上没有真爱都能得到肯定的答复。所以这些年来我安心扮演着无情下贱的角色，并且甘愿承受所有的责难，不管是陌生人还是自己最好的兄弟，没有人可以知道我内心的痛楚，我早已做到了无所谓。

只是，我依然不能轻易触及何诗诗这三个字，虽然我自认为已经走出了那段失败感情的阴影，但不管何时何地，只要提到何诗诗我的心情一定会立即变得很坏。我不想和陈家明继续讨论谁有良心谁禽兽这个傻逼问题，嫌我没良心你就一边玩儿去，谁道德高尚找谁。

于是我恶狠狠地对陈家明说："你他妈少废话了，你来找我要是想站在道德的高度谴责我，现在就可以走了，我没时间和你讨论这种傻逼问题，我要睡觉。"

面对我的怒斥，陈家明也蒙了，脸色一阵青一阵红，愣在原地。

我不理会他，走进卧室，瘫倒在床上，我太累了，都什么乱七八糟的事啊！

过了好一会儿，陈家明慢慢走了进来，坐在我身边，唉声叹气。

我还是没说话，我是真的生气了，而且很受伤，印象中这是性格温和的陈家明第一次和我吵架，而且是突然间态度变得很恶劣，宛若更年期的女人，他吃错药了吧。

"大哥，对不起，我最近情绪不太好。"陈家明迟疑了半天，喃喃说道，"总爱莫名其妙发火，想控制都控制不住，好痛苦。"

"好了，别抒情了，快说你到底怎么了？"本来我已经决定不再理他，但听他说自己心情不好，就忍不住想关心，不管怎样，家明毕竟是我这两年来最好的兄弟，兄弟有事，绝对不能坐视不理。

“算了，还是不说了，我来找你其实是想请你帮个忙。”陈家明显然正竭力控制着自己的情绪，脸上很快又出现温暖的笑容，“是这样的，再过一个月就是薇薇的生日啦，我想给她举办一个浪漫感人终生难忘的生日party，大哥你是策划高手，帮我谋划谋划吧。”

看着陈家明伪装出来的笑容，我知道他一定遭受了不小的打击。刚才他的情绪太过异常了，以往我又不是没做过类似的事，也没见他如此在意，非得和我剑拔弩张，感觉现在的他一下子变得纯情而忧伤，难道他的爱情遭遇了什么不正常？看来这个叫薇薇的女孩本事真不小，把陈家明迷得神魂颠倒，我心中隐隐觉得不妙，还记得上次她和家明过来看我，笑得那么隐蔽又那么妖娆，根据我多年的临床经验，能呈现出这样蛊惑笑容的女人绝对不是什么好鸟。

我说：“帮你没问题，不过我也没什么经验，搞不好你不要怪我。”

陈家明说：“放心吧，不管你做成怎样，肯定都比我强。”

“那行，这事就包在我身上了。”我轻轻拍打着陈家明的肩膀，然后故意说，“你最好明后天就把薇薇叫过来，我想装作不在意问她几个问题，了解她的一些审美和喜好，这样就能更有的放矢地去准备了。”

“唉！明后天恐怕不成。”提到薇薇，陈家明突然长叹了口气，再也控制不住自己的情绪，一脸忧伤，“我都好几天没见到我老婆了。”

“为什么？”

“她说和同学一起去丽江旅游了，都走半个月了，电话也没几个，发消息也不怎么回。”

“和什么同学？男的还是女的？”

“我哪知道？我都不敢问，每次问她就很生气，说我不相信她。”

“你特紧张吧。”

“有点儿，你也不想想丽江是什么地方？艳遇之都啊！”

“我说你们关系是不是出问题了？”

“没有啊，挺好的。”

“还嘴硬，是不是她对你越来越冷淡了？”

“擦，你怎么知道？”

“是不是你觉得她越来越难把握，越来越不理解她？”

“擦，这你也知道？”

“是不是你觉得自己一腔热血，却有力无心，自己很委屈？”

“擦，大哥你啥也别说了，再说我就要哭了。”家明已经完全颓了，“说了不怕你笑我，我总感觉薇薇对我的感情不如一开始那么强烈了，因此这次给她过生日我其实也有点儿想挽回的意思。我要让薇薇知道我会一直对她好，永远对她好，我是这个世界上对她最好的那个人，不管何时何地，我都是她最值得依赖的人。”

听着陈家明絮絮叨叨，我除了叹气再无其他言语，我能怎么说呢？陈家明说的话全部是我说过的，陈家明想的全是我想过的，陈家明憧憬的全部是我憧憬过的，陈家明正在经历的或许也是我经历过的。当初我幼稚，以为爱一个人就可以保护她一辈子，以为爱一个人对方也会同样付出，后来我为这样幼稚的想法受到了惩罚，自己也在痛苦中成长，并且学会了自我保护，得以在这个现实庞大的城市安全生活。因此受伤不是一件坏事。而作为男人，实在要感谢伤害过自己的女人们，她们总是领先于我们成熟，她们总是更容易接受生活的现实并且做出改变，她们被比自己年长的老男人们伤害，然后再伤害了比自己幼稚的男人，如此能量循环，薪火相传，生生不息，完成一幕幕生活和爱情的悲喜剧。

5

生活再次归于乏味。

陈家明走后，我在家整整待了三天，大门不出，二门不迈，就整天看碟，累了就睡，醒了再看，饭都懒得吃，本以为这样休息沮丧的心情会好点，结果却越来越糟糕，到最后看什么都不顺眼，恨不得到街上去打砸抢烧。最倒霉的就是武松，好几次它凑上来问我要吃的，均被我抬脚踢了三丈远，我真怀疑这条狗练过轻功，诸如燕子三抄水或乾坤大挪移什么的，不管我下脚多重，它飞出去多远，最后总能稳稳当当落地，然后又摇头晃脑、嬉皮笑脸地凑上来。

手机一直扔在床上，我时不时会看一眼，但它总是悄无声息，偶尔来条短信，也是中国移动让我充值，要不就是有人兜售假证件。李楚楚始终没给我打电话，也没给我发消息，我想她是真的恨我了。我有想过给她发条消息，连信息都写好了，可最后还是删除了。

或许，我们是真的不会再联系了吧。

这个想法，居然让我变得更加悲伤。

每当这时，我就会质问自己，你不挺牛逼的吗？你不是识破女人险恶的本性了吗？你不是生离死别见多了吗？你不说不管什么女人离开你都无所谓的吗？为啥现在人家李楚楚不和你联系了你会难受呢？你这不虚伪吗？

一开始，我想不明白，幸好是我自己质问自己，您要是当面问我这问题，我肯定无地自容地满世界找柱子撞死。我想总得给自己个交代啊，否则这日子没法活了，于是我想啊想，嘿，最后还真让我给想明白了。

是这样的，我呢，本质上就是一老实人，一个善良的屌丝，有点儿小聪明，也有点儿缺心眼儿。过去的岁月，我曾经深深为爱付出过，虽然疯狂，但也荒唐，结果被玩弄了，于是开始不相信女人，更不相信爱情。特别是这几年，我遇到的女人们，个个都是豪放派，不是老奸巨猾就是无比淫荡，反正没一个把感情当回事的。对这种女人，我从一开始就畏惧，所以不会太当真，也造成一种拿得起、放得下的假象。但李楚楚不同，这人单纯，往傻里单纯了，和她比，我太坏了，所以潜意识里我总觉得自己对不起她，害怕伤害她，现在她不和我联系了，毫无疑问是我伤害了她，我内疚，所以我总是有所牵挂。

想明白了这个道理后，心情好了不少，我是一好人，我努力证明给自己看，并且接受了这个结果。这个结果让我终于可以好好睡一觉，当天晚上八点我便美美进入梦乡。

第二天早上九点多，我睡得正甜呢，门铃突然响了起来，谁啊？我躺在床上冥思苦想，以前除了叶子，没人会这么早登门造访的啊！

难道叶子过来了？

透过猫眼一看，天哪，居然是李楚楚，还大包小包的，耷拉着个脸，跟难民似的。

“干吗啊，你这是？”我打开门，心情有点儿激动，对着站在门口的李楚楚说。

“苏扬，我想住到你家。”

“你不说不会再见我了吗？怎么一下子又要住我这儿了？”我让李楚楚进门，给她倒了杯热水，拉了张椅子给她坐下，虽然我对她的到来无比欢迎，但嘴上还是忍不住要讥讽几句。

李楚楚没回答我，她的眼睛不停地转来转去四处打量，双手紧紧握着杯子，身子扭来扭去，显得局促不安。

我奇怪她为何如此反应，就问了句：“你到底咋啦？”结果话刚出口，她就突然朝我扑了过来，把头深深埋入了我怀里，同时“哇”的一声痛哭了起来。

“苏扬，你好坏，我恨死你了。”

我轻轻抚摸着李楚楚的长发，不晓得说什么，只是心中开始窃喜起来。怎么说呢？如果说这是一场战争，无疑此刻我获得了胜利——前面我为没有李楚楚的消息而有所失落，除了因为伤害了这个善良的女孩子有所内疚，其实还有一个原因，就是觉得这个女孩居然可以说忘就忘，比我还强，面子上下不来。现在李楚楚主动上门，并且在我怀里流泪，充分表明我的担心是多此一举，我依然魅力无穷，所以我实在应该开心。

这心态，如同一个穷酸秀才本以为科考落第，正准备回家种田之际，突然发现自己高中了状元——妈的，说这么复杂干吗？就是范进中举。

哭泣向来就是李楚楚的强项，她一口气足足哭了半个小时才停住，然后哽咽着问我："我可以住在这里吗？"

我实在想不出有什么理由拒绝她，我说："先住下再说。"

"嗯，谢谢你。"李楚楚擦干眼泪，擤好鼻涕，开始收拾她带来的行李，都是些生活用品和衣服，春夏秋冬都有，看来她是想打持久战了。

收拾好自己的东西，她又开始收拾起我家，相比叶子，李楚楚显得更加勤奋，也更加高效率。她仅仅用了一上午时间就把我凌乱不堪的房间收拾得整整齐齐，所有物品摆放得井井有条，油腻不堪的厨房也被刷得干干净净，快裂成几块的被单也被她缝好熨平，甚至从来就没洗过澡的武松都被李楚楚洗得干干净净。我这才发现武松原来压根儿就不是黑狗，它的毛竟然是灰的——总之，你不得不承认在某些方面，女人确实拥有男人永远无法企及的天赋，比如在于家务活上，一百个我都不是李楚楚一人的对手。

李楚楚研究生的课程并不多，加上报社工作是兼职，无须天天上班，因此她每个星期都可以到我家住几天，基本上她都是下午四五点的样子过来，每次一来就是"干活三部曲"：收拾房间，清洗衣服，买菜做饭。李楚楚犹如一只不知疲惫的小蚂蚁，在我家成天忙来忙去，并且任劳任怨。

我从来没有问李楚楚和她男朋友的事，她也从不和我说，我想她肯定是瞒着那个男人。

开始几天，我还挺沾沾自喜，以为这些都是李楚楚爱我的表现，她若不爱我，何以有如此动力？然而很快我就发现了一些细节，一些我忽略了却不能忽略的细节，这些细节足以推翻我之前所有的判断。

首先，李楚楚在我家仿佛并不高兴，我是说她表现出来的情绪太平静了，根本不像恋爱中的女孩。我给她讲笑话，她也不乐，我脱光衣服在她面前跳艳舞，她也不笑。更可怕的是，她不但不高兴，同样也不伤悲。好几次我埋怨她家里够干净了，无须再打扫，我的样子那么凶，她居然无动于衷，她的表情始终是机械的、麻木的，她心如止水，没错，就是心如止水。

其次，她根本就不关心我，我是说一些精神方面的关心，比如她根本不会关心她不在时我干了些什么，我有什么人生计划，我的小说进展如何了，我是不是还在和其他女人交往。总之，她从不和我交流，哪怕我主动和她聊天，她也只是“嗯嗯哦哦”的唯唯诺诺。

连武松摇头晃脑想跟她亲热，她都无动于衷，

还有，她从不和我谈情说爱，除了收拾房间就是发呆。

甚至连做爱时，她都像具尸体，从头到尾一动不动，默默无闻，让我觉得自己的动作好可笑。而等完事后，她总是静静地说，好了没？然后自己拿纸巾擦干净，再穿上内衣，背对着我，睡觉。

我有说过，我的理想是做名理发师，给漂亮女孩做头发。这个多年夙愿在李楚楚身上终得实现，每次她洗澡后，我都会给她吹头发，我的动作足够温柔，可她从头到尾都面无表情，像尊石像。

我还交代过，做饭是我的强项，好几次，我买了好多小菜，花一个多小时做了满桌精美可口的菜，从来没有一个女人面对我做的菜可以无动于衷。但李楚楚可以，她一点儿都不兴奋，才吃了一点点，就说：“我饱了，你吃吧，吃好了我给你洗碗。”

总之，表面上她很勤奋，但她所做的一切更像在履行一种义务，当我意识到这点时，我突然觉得好可怕。

我曾试图和她交流，但她每次都不理不睬，要不就是避重就轻，三言两语就将矛盾转移，我真怀疑她学过乾坤大挪移。

一次她趴在地上狠狠擦地板时，我站在她前面，她擦到我面前时就自

动自觉地绕开，我再走到她前面，她又绕开，我忍无可忍，我问：

“喂，我说你是不是觉得和我上床了，我是你第一个男人，你才过来这样的啊。”

“无聊。”李楚楚没好气地应了句，手上的动作并没有停止。

“如果真是这个原因，你完全没有必要，都什么年代啦，你以为还是封建社会吗？”

“你讨厌。”李楚楚继续埋头擦地板。

“真的，我觉得我们应该谈清楚，你这样不但耽误自己，也耽误我，你倒是说话啊，你就算不为我想，也要为你自己想，更要为你男朋友想想啊。”

“我和他分手了。”

“啊，为什么？你们不特相爱吗？”

“我配不上他。”李楚楚冷冷地说出这句话。

“擦，什么意思你？”

“该睡觉了，你先洗澡，我给你去放水。”李楚楚说完去卫生间了。

“神经。”我骂了句，却也无可奈何。

夜里，我翻来覆去睡不着，我知道李楚楚其实也没睡觉，虽然她始终一动不动。

“做爱吧。”我说。

“嗯。”李楚楚应了声，开始不声不响地脱衣服，她把内衣裤折叠好，放在床头，然后面朝上，双腿分开，眼睛闭上。

我没做什么，看着她的裸体，我内心出现了一种前所未有的凄凉，我现在已经不在乎女人欺骗我，也不在乎女人玩弄我，但我见不得女人作践自己，还自以为很聪明。

“你走吧，明天早上你就走，我永远不想再见到你了。”我平静地说完这句话，然后躺下，背对着李楚楚。

过了很久，我听到李楚楚小声抽泣了起来，然后她抱着我，紧紧抱着我，哭声越来越大，仿佛一个受伤的小孩。

第二天早上，李楚楚照例买好早饭，然后坐在桌边看我吃饭，还是那副不死不活的模样。吃好早饭，我对李楚楚说："等会儿你把你东西都收拾好，你走吧。"

"你赶我走了？"

"我不是赶你走，我只是觉得这样对你不好，你没有必要这样。"

"你就是赶我走。"

"那好，我赶你走，你快走吧。"

"我不走。"

"你干吗不走啊？你根本就不喜欢我，你留在这儿干吗？你想证明什么吗？你以为你这样做就显得你很高尚吗？你很纯洁吗？"

"你讨厌我了。"李楚楚用牙齿咬着嘴唇，眼泪充满眼眶。

"是，我太讨厌了，我从来没遇到过像你这样烦的女人，拜托，你走吧，以后再也别找我了。"

"不，我不走。"李楚楚回答得无比坚定。

我不想再和这个女人磨嘴皮子，我站起来，走向她，然后不由分说把她抱了起来，她拼命挣扎问我要干吗。

"你不走，我就把你抱走。"

李楚楚高喊："不要，快放我下来。"我不理不睬，把她扛在肩膀上，朝门外走去，她的头发垂在我背上，她的脚在空中乱蹬，我扛着她，很快走到外面。路上行人纷纷投射过来诧异的目光，不少人甚至停了下来，对着我指指点点，我根本不管，拦下一辆出租车，把李楚楚塞了进去。我扔给司机一百块钱，说："师傅，麻烦了，请你快把这个女人拉走，随便拉到哪儿，拉得越远越好。"

车里，李楚楚一动不动地蜷缩在座位上，我可以清楚地看到她洁白的脸庞上正流下两行泪水，她看着我，眼睛里，充满绝望。

后来，李楚楚告诉我，她就是那次爱上我的。李楚楚还说，那天你送我回学校，我一时糊涂和你上床后，特别后悔，也特别恨你。本来打算再也不见你的，可我觉得我已经是你的人了，就应该和你在一起生活，照顾你，虽然自己也不知道到底爱不爱你。直到和你一起生活后，才发现你这人挺细心的，你可以花半个小时给我吹头发，把头发吹得好柔顺；你还给我做好吃的饭菜，自己满脸是汗从不抱怨；你还会脱光衣服在我面前跳艳舞，扮演猴子逗我开心；夜里我睡觉不老实，总把被子蹬掉，每次你都会悄悄给我盖好；你会第一时间察觉到我感冒了，然后半夜出去帮我买药；看杂志时，我随口说起我喜欢哪款衣服，第二天，你就会悄悄帮我买来；我总丢三落四，你会第一天晚上就帮我把第二天的上课资料准备好，然后告诉我第二天天气如何，给我准备好雨伞，在我包里放好坐车的零钱；还有，你上进，常常熬夜写小说，你待人真诚热心，隔壁邻居家有什么事需要帮忙你从不推脱，你还热爱动物，武松和你玩得那么铁，仿佛亲兄弟俩……

李楚楚说她后来发现了我无数个好，她真的想过好好和我生活在一起，可她只要一想起那夜，想起我欺骗了她，她就觉得难受，她不知道我到底是个怎样的人，到底是骗子还是君子。她一直犹豫着、挣扎着，她活得好痛苦，直到那天我抱起她，把她抱走，塞到出租车的那一刹那，她才清晰明白，她已无可救药地爱上了我。

本章插曲

写给年少
回不去的爱

小5<那时年少>

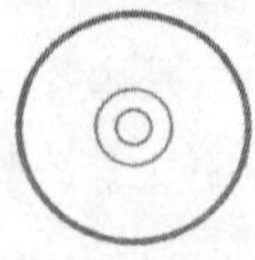

如果青春记忆是一本笔记　我该如何写你才能永远不忘记
那岁月的画笔还残留痕迹　我和你的过去可不可以不过去

第一次流泪　还记得是为谁
第一次心碎　熬几个失眠夜
没有是与非　爱过就是一切没有错与对还没走到结尾

只因那时年少　总把未来想得太好
叫作时间的那条轨道　我们在拼命奔跑
只因那时年少　爱把承诺说得太早
以为可以这样到老　原来爱情故事都只是参考

如今我们哼着同一个旋律　不需任何言语就能拉近了距离
这些年的遭遇全放在心底　一个眼神交替就已泄漏了秘密

上一次流泪　还记得是为谁
上一次心碎　熬几个失眠夜
没有是与非　爱过就是一切没有错与对还没走到结尾

只因那时年少　总把未来想得太好
叫作时间的那条轨道　我们在拼命奔跑
只因那时年少　爱把承诺说得太早
以为可以这样到老　原来爱情故事都只是参考

只因那时年少　以为有天总能明了
就算是日子太过潦草　也是我们的骄傲
只因那时年少　可以承受更多风暴
相信幸福总会来到　擦肩而过也是人生的味道

第十二章

Chapter 12

习惯

习惯一个人走路，习惯用左手翻书，
习惯睡前在手机上看你的名字。
习惯了失去，习惯了漫不经心，
却不习惯天长地久。

1

赶走李楚楚后，我的生活再次恢复无聊。直到 5 月底的一天中午，郑中君突然给我打电话，说他到上海了，让我去找他玩儿。

“苏兄，有空没？我在华亭宾馆呢。”

“擦，你丫当真发财了嘛，五星也住。”

“我没钱也住五星，男人在外面要对得起自己的身份。”

“牛逼，我现在就去找你。”

“No、no、no，现在可不成，你最好下午三点后再过来，可千万别早来。”

“干吗那么晚？我一整天都有空的。”

“我没空，今儿个下午我要先会个姑娘。”

“哈哈，你丫又禽兽了，就是上次你说泡到的那个上海女孩？”

“嘿嘿，没错，都谈了好几个月了，今天是收割的时候了。”

“什么谈了几个月？你不还没见过人吗？”

“网恋。”

“喂，我说哥哥，你也太怀旧了吧，上世纪的游戏你也做。”

“没办法，在北京，女人见面就要和我上床，多没意思啊。你还别说，搞搞网恋真有劲，这个娘儿们可骚了，是个文艺女青年，说自己最喜欢文化人。”

“那正对你禽兽的口味，好了，我有数了，肯定不打扰你。”

“OK，那下午见，到时把那女的介绍给你，反正你在上海，以后你负责和她玩。”

“那就多谢兄弟有心了。”挂了电话，我恶狠狠地骂了句：傻逼，玩过的女人给老子，当我难民不是？

虽然我不太待见郑中君，但如此无聊的生活中有个人能陪你说说话，终归聊胜于无，因此我对和他的见面竟然期待起来。好不容易熬到下午两点半，我先坐轻轨到漕溪路站下，然后走了十分钟，来到华亭宾馆。

三点半，在大堂我给郑中君打了个电话，问他完事没？

郑中君气喘吁吁地告诉我房间号，让我等会儿再上去，抱怨说这个姑娘性欲太强，他们的肉体战争时间大幅度延长，现在正在清理战场。

电话里我让郑中君悠着点儿，小心精尽人亡，然后蜷缩在大堂的沙发里，百无聊赖地玩着手机里的小游戏，游戏结束的间隙，斜眼打量眼前的来来往往的人们。

他们大多衣着鲜亮，表情高傲，看上去个个是英雄人物，可背地里指不定有多么龌龊呢。就像郑中君，丫还新生代艺术家呢，丫就是一如假包换的烂人，我虽然也烂，但烂得真实，不伪装，不逃避，值得赞扬。想到这里，我从内心发出一阵冷笑。

一个熟悉的身影突然从我面前匆匆走过。

我眯眼，看清楚薇薇那张精致的脸，虽然戴着墨镜，但也无法掩饰她的憔悴。

我本想打招呼，但想了想还是作罢。

她没发现我，步伐匆忙地离开酒店大堂，上了门口一辆出租车离开了。

看着楚薇薇的背影，我若有所思。

郑中君的电话很快打了过来，说请我立即上去。

敲门，郑中君赤裸着上身开门，见我后张开双臂要行拥抱礼，被我推开了。丫也不以为然，晃晃悠悠走到沙发前，一屁股倒在沙发上，然后一副洋洋得意的表情，掏出一根烟点燃，美美抽了起来。

我始终没说话，就等他发言，我知道这孙子现在肯定有无限情感要抒发。

果然，丫边抽烟边露出淫荡且满足的表情，且越来越强烈，最后长吐一口气，高声说："爽啊，可没把我给累死，上海女人，一个字：强。"

"你他妈太淫荡了，现在空气中都漂浮着你孙子的臭味儿。"我真心反感。

"不要这样嘛！我看出你内心的嫉妒了。"郑中君得意地笑了起来，"放心，我说话算话，回头准给你介绍，告诉你，你丫享福了，这女人实在太骚，而且床上功夫一流，以我纵横情场十余年的经验来看，绝对极品！"

"滚蛋，你这算啥兄弟？玩过的给我。"我真心生气。

"擦，你丫还挑肥拣瘦，这年头兵荒马乱的，有得玩就不错了。"

"那女孩叫什么名字？"我假装不经意地问。

"鬼知道叫什么。"郑中君则丝毫不以为然，"我也问她来着的，她就说自己叫薇薇，薇薇，这他妈怎么可能是真名？出来做的十个小姐有八个叫薇薇，不过可以确定的是，丫如假包换是一名大学生。"

"擦！"我狠狠骂了一句。

"擦，我他妈也傻逼，本来以为可以白干，没想到丫原来是出来做援交的，专门网上找男人拉客，我他妈还以为遭遇了纯洁的爱情呢。"郑中君丝毫没有意识到我的怒气，骂骂咧咧道，"不怕兄弟你见笑，就刚才一炮，我给了她两千块，丫可真够贵的，不过就冲她的床上功夫，倒也值得。"

援交，我的心如针刺般疼痛起来，残酷往事一幕一幕浮现。

我再也无法安心聊天，随便和郑中君应付了几句就找了个借口匆匆离去。

我没有坐车，而是选择走路回家，从华亭宾馆到我家超过十公里，可是我一点儿也不觉得远，我有大把时间，不用也是浪费，我有很好的体力，此刻更需要宣泄。我不知道要不要将薇薇的事立即告诉陈家明，让他明白自己正蒙冤受骗所爱非人自己女朋友其实是个援交女他所有的付出和憧憬都是水中花镜中月。我怕我说出来陈家明无法接受会疯狂会崩溃会自残，一如曾经面对这个现实的我，可是我怕不说陈家明会越陷越深，直到有一天彻底无法自拔到时候会万劫不复。我还是应该私下找薇薇谈一次，告诉她应该悬崖勒马，不要再用肉体换取金钱，那样的生活并不踏实，她应该好好去感受陈家明的爱更要去爱陈家明，因为她这辈子都不会再遇到如此珍爱她的人。可是我知道就算我说了也会徒劳无功，因为她一定会认为我是一个丧心病狂的笨蛋，因为她对自己的人生早已经有了明确规划，在她的规划里，金钱超过一切，欲望大于真爱，男人只是实现她欲望的工具而已。

女人啊女人，为何你们都是那么复杂难辨？为何你们都是那么欲望强烈？为何你们都自以为聪明？你们不知道什么叫珍惜吗？你们知不知道遇到一个真爱你们的男人是多么不容易，你们玩弄于股掌之中的爱情可能是你们这辈子都无法再拥有的真情？

女人啊女人，我不知道究竟如何才能把你们坚硬的心打动，让你们知道在这个庞大而坚硬的城市，其实只要两个人内心依靠就可以互相取暖。房价是很贵，工作是很难，上班是很远，人心是很坏，可是我们只要十指相扣，紧紧相偎，从无到有，一起打拼，就能感受路途中每一点每一滴进步的快感，那样一起吃苦的幸福最真实也是最可贵。我不知道我们欺骗对方背叛彼此，将诺言当作儿戏将真爱视为粪土，我们急功近利总想快点儿成功，总想轻松拥有，总想不劳而获，总想投机取巧，就算有一天我们拥有了所有想要的物质生活，是不是也会一样的孤独。

信仰在崩塌，梦想在变质，我不知道我们的生活还能不能改变，我们还能不能过上最初想要的生活，单纯而质朴的生活，有你有我，有情有义，有始有终，有生有死。

我不知道，我什么都不知道。

2

走了整整两个小时才回到家，我将自己重重摔在床上，内心复杂纷乱的情绪依旧无法平息，纠结、愤怒，委屈、恐惧、疼痛……像一群疯狂的蚂蚁一样，大口吞噬着我的肉身，我辗转反侧，大声喊叫，往事如刀，刀刀见血，让我无处可逃。

何诗诗，何诗诗，何诗诗！

我好恨！这么多年了，为什么我还记得你，为什么我还记得那些痛！

那些全情投入的岁月，那些不堪尊严的过往。

我大口喘气，表情狰狞，我大汗淋漓，翻来覆去。我无法再一个人面对这空荡荡的房间冰冷的墙壁，我恐惧呼吸这让人窒息的空气，我厌恶一个人孤独面对生活的孤独，一个人感受春夏秋冬的寂寞，此刻我需要别人将我温暖，哪怕她什么都不说什么都不做，只要出现在我面前，也会让我犹如溺水时抓到一条救命的绳索。

我艰难地掏出手机，挣扎着拨通李楚楚的电话："求求你，快过来，现在，立即，马上！"

此刻我是那么想见李楚楚，她是我的光芒，可以驱除我身上的寒冷，她是万能的吗啡，可以让我忘记疼痛，她是春天里的暖风，可以吹散我心中的恐惧。

总之，在我最痛苦最无助的时候，我只想见她一人。

一小时后，李楚楚再次出现在我面前，她羸弱的身体以及暗黄的面色让我吃惊不已，才半个月，一个本来活蹦乱跳的女孩怎么能消瘦成这样呢？仿佛老了十岁，不，二十岁。

李楚楚看到我，什么也没有说，只是紧紧将我拥抱，她瘦小的胳膊力气之大将我勒得快岔气了，最后推开她时，她已满脸泪水。

我说："哭什么，我又没死掉。"

"我就知道你一定会找我回来。"李楚楚突然放声大哭了起来，她用沙哑的嗓音对我说，"我一直在等你找我回来，苏扬，我爱你，我们永远不要分开好吗？"

我说："好。"

李楚楚伸出小拇指："我们拉钩，上吊，一百年不变。"

"嗯。"我顺从地伸出小拇指，完成了我对李楚楚的第二个承诺。

李楚楚花了半个月，把自己变老二十岁，结果在我家，只用了一星期，又变回二十二岁。

女孩的身体仿佛有无穷魔力，让我匪夷所思。

对此我的观点是，爱情的力量让她恢复青春靓丽，李楚楚却坚持自己是超级无敌美少女，想老就老，说变就变，实在太臭屁。

李楚楚说我是她真爱过的第一个男人，李楚楚问我，她是不是也是我爱过的第一个女人。

我说："不是。"

结果她立即号啕大哭，她的眼泪说来就来，比自来水还快，我感觉《还珠格格》应该让她来演。

于是我赶紧说是，她也是我真爱的第一个女人，如假包换。

她又说我恶心。

我说骗你我就是小狗。

结果她颇为不在乎地说："那你就是狗好了。"

我听了很郁闷，突然想起件事，我说："你不是爱一个人爱了五年吗？"

结果，李楚楚特瞧不起地看着我说："逗你玩呢，你也信啊？你不会那么傻吧。"

我只得更加郁闷。

李楚楚不止一次对我说，不管我爱过几个女人，她都不在乎，她只要从此以后我只爱她一个，哪怕现在不爱也不要紧，她有信心将我改变。

我鼓励她加油，期待她成功的那一天。

一天早上醒来，我俩都不想起床，就躺在床上嗑瓜子，同时有一搭没一搭闲聊。李楚楚突然若有所思，问我既然将她赶走，为什么突然又要她回来。

李楚楚很臭屁问我是不是因为她魅力太大，我已经深深爱上了她，离不开她，对她朝思暮想。

我说你少膨胀了，其实那天我叫你来，只是想给你讲讲我曾经的故事。

"好啊，好啊，我最喜欢听故事了，快说吧，你是怎么迫害少女的。"

"去你的。"我没好气地白了一眼李楚楚，"我不想说了，睡觉。"

说完我倒头便睡。

"你这人怎么这样啊，真小气，开个玩笑也不能够吗？你还是不是男人啊！"李楚楚不停摇晃我，"快说，我要听。"

我不理她，装死。

整个白天，李楚楚都气鼓鼓的，洗衣时把水溅得哪儿都是，关门时干脆用脚猛踢门，做饭时故意摔打锅碗瓢盆，看电视的时候把音量调到最人声……只是我依然不理会，我始终坐在电脑前写小说，她做饭端到我面前，我也不吃——其实我压根儿没生气，只是那天的写作比较顺利，对我而言这是千年等一回的事情，因此我怕灵感失去，争分夺秒，拼命码字。

小说一直写到凌晨两点，写得我头昏脑涨，眼睛发酸，却又心神荡漾，心满意足。关上电脑，转身回头，才意识到李楚楚一直站在我身后，伊穿着空荡荡的睡衣，披头散发，无声无息，面色因为熬夜而略显苍白。

“擦，你吓死我了。”此时的李楚楚演恐怖片连装都不用化，将本来困意很足的我吓得一激灵，“怎么还不睡觉？”

李楚楚没有说什么，而是用手轻轻揉我的太阳穴，喃喃说：“苏扬，你写小说的时候特别美好，特别有魅力，特别吸引人。”

我闭上眼睛，再次坐下，靠在椅背上，轻轻感受手指的温度。

李楚楚低头，嘴凑在我耳边轻轻说：“对不起，我是真的很想知道你的过去，苏扬，你答应过我，不会再和我分开，我也答应过你，要给你幸福，可是你不告诉我你的过去，我怎么对症下药呢？所以，请你告诉我，我一定会认真听，苏扬，我真的，好爱你！”

我转头，静静地看着李楚楚，思考了片刻，然后慢慢说：“好吧，我告诉你。”

“谢谢。”

“我以为这辈子都不会再提这段往事的。”

“说出来就好了。”李楚楚深情地看着我，表情真挚，似乎在给我打气。

“嗯。”我点点头，缓缓而言，“五年前，我曾很深很深爱过一个女孩子，为她付出了所有，情感，尊严，欲望，所有的所有。那个女孩名叫何诗诗。认识她时，我大四，她大一，那时候的我，真的还相信所有的美好，最期望的就是遭遇一场完美的爱情。”

3

那一夜，我全情投入，认真细致地向李楚楚讲述了我和何诗诗的故事，可能是压抑了太久，想说的太多，直到天色微亮才几乎讲完。虽然时隔两年，似乎我已经完全走出那段失败爱恋带来的负面影响，只是再次面对，依然泪湿眼眶，犹如大梦一场。

我以为心地善良又多愁善感的李楚楚听完会泪流满面，甚至会大哭一场，如此纠结感伤的爱情，试问哪个女孩可以不为之动容？

却没想到，李楚楚在听完后竟然痴痴笑了起来。

仿佛刚听完了一个很可乐的笑话，这让我非常不爽。

我郁闷地质问："拜托，你为什么笑，难道我的故事很好笑吗？"

李楚楚没有回答，还是一个劲儿笑，笑得很灿烂，笑得很美丽。

我彻底颓了，我说："算了，你笑吧，我知道你肯定觉得我太傻，当年的我，确实够傻帽的。"

李楚楚突然抱紧了我说："不是的，你不傻，想不到你那么认真，认真得让我心疼。"

"那你还笑？"

李楚楚从我怀里探出头，脸上依然是灿烂的笑容，只是泪水已经布满脸庞。

"谢谢你，苏扬。"李楚楚说完干脆抽泣起来。

我彻底蒙了，李楚楚同学，你到底唱的是哪出戏？

"记得我看过一本书，上面讲，如果你的男朋友愿意把他曾经的爱情对你和盘托出，哪怕是非常不堪的过往，也证明他已经忘记了过去，而爱上了你。"李楚楚很认真地对我说。

"无聊！"

"苏扬，你果然是爱上我了，对不对？"李楚楚又笑了，"我好高兴，好想笑！"

"拒绝回答。"

"你回答不回答不重要，反正我知道你肯定是爱上我了。"李楚楚摇头晃脑，非常臭屁。

我干脆转身躺下，我太累了，不想再面对这个复杂的问题。

李楚楚很高兴地换上睡衣，躺在我身侧，然后紧紧搂住我的身体，很快就睡着了，并且发出轻轻的鼾声。

我却辗转反侧，难以入眠。转过身去，静静地看着眼前这个面容清秀、内心单纯的女孩，是那么熟悉，可又还有点儿陌生。我爱她吗？我还可以爱一个人吗？我究竟什么时候开始爱上她的？

是夜店的那一眼觉得她很像曾经最爱的人？是因为我想负责因为我是她的第一个男人？是因为她爱我爱得深沉？还是因为她足够简单足够单纯？

内心复杂的波动让我突然感到害怕，我害怕自己再在一段情感当中沉溺，因为我真的还是没有信心相信感情上自己可以善始善终。

真的很恐惧，我究竟该怎么办？是大方承认呢还是一直否认下去？

我决定起床，我现在需要一个人静静，在她的身边，只会让心变得优柔寡断。

轻轻掰开李楚楚紧抱我身体的胳膊，慢慢坐了起来，给李楚楚盖好被子。

只是刚准备下床，睡梦中的李楚楚突然紧紧拽着我的手，嘶声喊叫："不要离开我，不要离开我……"

我只得再次躺下，李楚楚干脆整个人缠了过来，缠得我无法动弹。

我以为她是故意的，只是观察了半天，看她眉头紧锁，表情痛苦，但呼吸均匀，分明已经睡着，长长的睫毛已经被泪水打湿，鼻翼在呼吸中微微颤动着，是那么让我心疼。我情不自禁地在她白皙的脸庞上轻轻一吻。

李楚楚缠绕得更加用力，让我呼吸困难却也感受到了前所未有的安全感。

其实我真的很需要这样的安全感，可以让我有力量去抵挡内心的严寒。

突然有一种冲动，好好和眼前的女孩恋爱，彼此认真负责，不久的将来，向她求婚，然后相濡以沫，白首不相离。

这样的冲动让我感到温暖和感动，于是我也紧紧抱着李楚楚，并且很快安心睡去。

一觉无梦，好久没有睡得如此踏实。醒过来的时候已经是中午十二点，李楚楚还在睡觉，只是面部表情安详了很多，像个襁褓中的婴孩。我又欣赏了一会儿李楚楚睡觉的样子，越看越可爱，突然觉得肚子好饿，于是下床到厨房泡了包方便面。等回到房间时，发现李楚楚已经醒了，正安静地坐在床上呆呆地看着前方，两行清泪从她眼中悄悄流下。

“苏扬，我做了个噩梦，梦到你走了，你离开我了。”

“傻丫头，别乱说。”我揉揉李楚楚的长发，将碗递到她面前，“饿了吧，快吃面。”

“不，我不想吃，你告诉我，你会离开我吗？”李楚楚有点儿撒娇地看着我。

“不会。”我斩钉截铁地回答，这种话我从来不走心，要多少就能说多少，一点儿负罪感也没有。

“你会爱上别的女人吗？”

“不可能。”

“那你会和别的女人上床吗？”

“这都哪儿跟哪儿，我说咱别说这么无聊的话题好不好？”我上前轻轻将李楚楚抱起来，“好了，你得起床了，下午还有课呢。”

“好吧，等晚上回来我再问你，你个大流氓。”李楚楚噘着嘴，下床收拾好东西，“你好好在家写东西，等我回来给你做饭吃哦。”

说完李楚楚在我脸上响亮地亲了一下，然后乐颠颠地去上课了。

我吃好方便面，打开电脑，继续写小说。刚写没两分钟，电话响了，我以为李楚楚忘了拿什么东西，等电话接起来，才发现原来是叶子。

叶子，一个突然闯进我的生命，又突然消失的女孩，现在，她的声音又在我耳边响起，亲切依旧，宛若昨天。

叶子说：“苏扬，我现在正在你家楼下，我……可以上去吗？”

我想了想，说：“你上来吧，我给你开门。”

叶子很快坐在我面前，好好打量，发现她比几个月前胖了不少，妆也化得更浓了，早先她身上还有一点儿青春色彩，现在彻底荡然无存。

我和叶子面对面坐着，有点儿尴尬。几个月前，在同样的地方，我们亲热得犹如小夫妻，现在连说句话也困难，人与人之间，隔了一点儿，就隔了万水千山。

最后还是我打破沉默：“我以为你再也不会来了呢。”

“怎么会？我说过我会回来看你的。”叶子说得很轻巧，仿佛我们之间从来没发生过什么不愉快。

“你怎么突然就过来了呢？你就不怕我不在家，或者我不让你进来？”

“你不会这样做的，我了解你。”

“人是会变的。”

“哦，那你变了吗？”

“我没有吧，依然是那样忠厚老实、和蔼可亲。”

“哈哈。”叶子乐了起来，“你确实没有变，还是那样能说会道。”

“别光说我啊，你呢？变没？”

“应该……变了不少吧……”叶子突然小声问我，“苏扬，你恨我吗？”

“我干吗要恨你啊？你有什么让我可恨的。”我回答得很大声，装作什么都不记得的样子，我不想因为那件事，大家再尴尬。

受我感染，叶子的神情果然明媚起来，“苏扬，如果我说这些天一直很想你，你相信吗？”

“相信啊，我这些天也很想你的。”

“真的？”

“煮的。”

“哈，你还是那么坏——我累了，想洗澡，然后在你这里睡会儿，可以吗？”

叶子一句一个可以吗，慢慢得寸进尺，攻城略地。而我似乎并不想防备，只是用身体惯性思维。

……

感觉和几个月前并没什么两样，和叶子在床上依然是那么默契，或许是停战时间实在太长，居然有了久违的激情，一连做了两次，叶子才低低从喉咙里发出一声：好爽啊！然后心满意足地搂着我睡着了。

因为昨夜没睡好，加上战斗消耗大量元气，我很快便睡了过去，醒来时已经下午五点。李楚楚快回来了吧，我吓出一身冷汗，推醒还在熟睡的叶子：“快起来，你该走了。”

“不，我不走。”叶子翻了个身，继续睡觉。

我一把拉开被子，语气加重：“你给我起来。”

“干吗啦？”叶子对我怒目相视。

“你该回去了。”我的声音再次恢复平静，甚至带着几分哀求色彩。

“干吗现在让我走？你有新的女人了？”

“嗯。”我点头。

“漂亮吗？”

“还行。”

“比我漂亮吗？”

“差不多。”

“哪里人？”

“本地人。”

“你爱她吗？”

“哎呀，姐姐，您就别这么多问题了好不好？快走吧。”我把衣服扔到叶子身上，“算我求你了。”

叶子一副心不甘情不愿的样子，慢吞吞地穿着衣服，半天又冒出一句：“你会和她结婚吗？”

好不容易等叶子把衣服穿好，我拉着她的手走到门口。叶子回头抱着我，在中午李楚楚亲过的地方响亮亲了一口，叶子说：“那我还能再来吗？”

“我什么时候阻止过你来？再说，我阻止得了吗？”

“嗯，那就好，我会很快再来看你的。”

门开了，门关了，叶子终于走了。我赶紧折回房间，收拾狼狈不堪的床单，把地上的长发和卫生纸通通装进垃圾袋，然后喷上李楚楚的香水，没两分钟就搞定这一切。

刚收拾完，门就开了，李楚楚回来了。

“老公，我回来啦——哇，怎么这么香？我说你干吗用我香水啊？”李楚楚拎着好几个塑料袋，跑到我面前，在刚才叶子亲过的地方又响亮地亲了一口。

“家里有味道。”我假装不在意。

“什么味道？哦，我知道了，你放屁了。”李楚楚坏笑起来。

“别乱说，对了，你都给我买什么好吃的东西？”我转移话题。

“可多了，有你最喜欢吃的猪头肉和猪大肠。”李楚楚拎着袋子走到厨房，一边切肉一边对我说：“喂，我刚才在楼梯口看到一个女孩，可漂亮了，我们这幢楼好像没这么漂亮的女孩的呀。”

我一听，浑身汗毛又竖了起来，难道叶子一直没走，她不会这么坏吧？她有没有和李楚楚说什么？我的心七上八下，但只是静静地问：

“哦，这女的干吗的？”

“谁知道呢，我才看了她一眼，结果她就看了我好久，还对我冷笑，有毛病的，我没睬她——我说苏扬，该不会这女的是在找你吧，是你以前的小情人。”李楚楚说着说着突然蹦出这句话。

“喂，说什么呢你？告诉你，可别乱说，否则别怪我发火。”我一下子跳到李楚楚面前，指着她鼻子，很认真地警告。

“干吗发这么大火啊！你别紧张嘛，我说着玩呢。”李楚楚往我嘴里塞了块猪头肉，“那么漂亮的女孩会找你，我才不相信呢。”

“反正不许你乱说。”

“知道啦，快去拿筷子，菜弄好了，我们吃饭吧。”

夜里，我们分别洗好澡，刚躺到床上，李楚楚就撅着屁股动来动去，喉咙里发出哼哼声，跟个发情的小老鼠一样。

我早就累死了，啥也不想做就想好好睡觉，可她闹得我怎么都睡不着。

“你干吗？快睡觉。”我心烦意乱。

“不。”她坚决回答。

“那你别动，我要睡觉。”我态度恶劣。

“不让你睡。”她毫不动摇。

“好了，乖，今天我太累了，不做了好吗？”我哀声求饶。

“不行，不行，人家要嘛！”李楚楚软磨硬泡。

“要不我给你继续讲我和何诗诗的故事吧，其实还没讲完呢，后面的更精彩。”我转移话题。

“不要听，现在我不想听到其他女人的名字。”她态度强硬。

“哎呀，真的不行，我……身体吃不消了。”我实话实说。

“讨厌，你现在就满足不了我，那以后结婚了怎么办啊？”李楚楚气急败坏。

我愣住了，李楚楚说要和我结婚，我真的会和她结婚吗？

“瞧把你吓得。”李楚楚佯装无所谓，转过身睡去。

我多想告诉李楚楚，其实我爱她，我想和她结婚。可是我还是没说，我想我刚和叶子上床，现在就和她说这些话，我真的说不出口。

全无睡意，脑子里乱七八糟的不知道想什么。过了没多久，就听到李楚楚在低声抽泣，我不想理会，因为不知如何安慰，渐渐她的哭泣声越来越大，最后竟然痛苦哀号，悲痛欲绝。

那声声哀号，仿佛正预示着我们最后分离的命运。

4

我不知道为什么叶子会突然又出现在我生命中，并且比以往任何一个时刻更加纠缠着我。

她有何目的？或者说，上帝如此安排，有何居心？

好几次李楚楚刚离家去上课或上班后，叶子都会立即给我打电话，告诉我她就在我家楼下，让我为她开门。我真怀疑，她在我家装了针孔摄像头，或者窃听器，又或者，她就在我家对面的居民楼上住着，成天在窗台上架一高倍望远镜，观察着我的一举一动。

我似乎没有理由拒绝一个已经站在我家门口的女人，何况这个女人和我曾经有过一段还算美好的时光。其实，这些都是借口，客观而言，换成任何一个有姿色的女人来敲我的门，我都不会拒绝。总之，我打开门，叶子闪了进来，和以前并无两样，她熟悉无比地在我家进行着以前做过无数次的动作，比如抽烟，比如打泡泡龙，比如，和我做爱。当然，还有做家务。虽然，我家所有地方和家具都已被李楚楚擦拭得一干二净；虽然，我的所有衣服都被李楚楚洗得清清爽爽，但叶子还是不厌其烦地重新擦一遍，重新洗一遍。我看着这个女人做着这些，觉得很奇怪，有必要吗？难道这样，就可以代表我们真的可以回到过去吗？什么都没发生，什么都没改变吗？

我并没有阻止叶子做这些事，因为我知道，阻止了也没用，更何况，没有人会嫌弃自己的家更干净，就像没几个男人会嫌弃多一个女人和自己上床。

叶子的性欲仿佛比以前旺盛一千倍，几乎每次过来都要疯狂和我做爱，而且在不同地方——床、阳台、地板上、客厅沙发、饭桌，厨房……我想，要不是我及时阻拦，她保准会把我拉到外面走廊上做爱。

每次她不榨干我最后一点精力，绝不罢休。

叶子说："我要你家每一寸土地都留下我的味道。"

叶子说："你是我的，我要你把所有的都给我。"

叶子说："我本来以为既然得不到我爱的人不如找一个爱我的人，所以我毫不犹豫离开了你，反正你也不珍惜，却没想到爱也是枷锁，他越是爱我就越想控制我，和他在一起什么也不能说什么也不能做，要完全按照他的要求去活，那一点儿也不幸福。我越来越怀念和你在一起的时候，是那么自由那么快乐，你虽然不爱关心我，但也不会干涉我太多，你虽然有点儿冷血，可是你简单而且幽默，直到我离开你才知道我对你的爱有多么投入。"

叶子还说："我好傻，在我就快得到你的时候离开你，现在才知道，我根本不该放弃，你是我的，我也是你的，我不会和你再分开。"

叶子喜欢一边做爱一边说着这些话，这个时候她是疯狂的、她是淫荡的、她是真诚的、她是勇敢的，她疯狂地叫着、喊着、哭泣着，手在我身上抽打着，她的高潮即将来到，她需要这种方式发泄她心中的伤痛。

"告诉我，你是我的，你永远不会离开我，用力一点儿，再快一点儿，告诉我，你是我的……"高潮爆发的那一瞬间，叶子犹如午夜幼狼，朝向天空，高声嘶鸣，亢奋中透露出一丝绝望的凄凉。

同样，对叶子这些近乎变态的举动，我依然没有拒绝，我的意思是，在这个城市里，你总会遇到很多诱惑，要命的是，其中总有一些是你无法拒绝的，或许，从根本上讲，你没有想过要去拒绝。

叶子的种种举动和挑衅，我更愿看作一种诱惑。

我自然无法抗拒。

就这样，黑夜我陪着李楚楚，白天我伴着叶子。居然相安无事过了一个多月。

好长的一个多月啊，我足不出户，就在家中，荒度年华。白天撒谎，夜里扯淡，一个多月就仿佛老了十岁。

连陈家明都看不下去了，陈家明问要不要给我搞点印度神油。

我说神油就不要了，来点儿伟哥吧，我现在需要的是短平快。

陈家明说多行不义必自毙，你现在在玩火自焚。

我说我知道，可我他妈就是控制不住，无法拒绝。

真的，我不知道为什么我无法拒绝，有时候，我也会难过。特别是看到李楚楚满脸倦意，花一个多小时从学校赶过来，给我买菜，给我洗衣做饭，还特抱歉地说对我照顾不周，让我受苦挨饿。每当那时，我也会暗骂自己真不是东西，也想好好对李楚楚，不要再做任何对不起她的事。可我所有的忏悔和决心很快又被更为强大的欲望吞噬。

我身不由己，我无法克服心中的魔鬼。

和以前不一样的是，叶子不再吝啬对我说一些肉麻之言，前后仿佛两个截然不同的灵魂。

“苏扬，真的，我以前离开你特后悔，我错了，你就再给我一个机会吧。”

“什么机会。”

“爱你的机会，和你在一起的机会。”

“你现在不和我在一起吗？”

“我要每天都和你在一起，而且，你不能和其他女人在一起。”

“别乱说了，我们不适合谈恋爱的。”

“为什么？”

“如果我们真的适合恋爱，早在半年前就谈了，还要等到现在？”我反问。

叶子不说话了，沉默半天后，她总是会说：“我不会放弃，我一定会等到你再给我一个机会的。”

我不再反驳，反正在我心中，她已注定是我生命中的一颗流星。我的心门已经为李楚楚开启，并且不再关闭，我要做的是寻找机会将流星清除，不留痕迹，从此只为一人而心动。

如果说这些年我受过爱情的伤害，也伤害过其他女孩，那么就让李楚楚作为我情感的终结者，从此将过往恩怨一笔勾销。

对于那一天的到来，我真心期待并且自信满满，而对于步步来临的危机，竟然浑然不知。

6月下旬，李楚楚告诉我，她快要期末考试了，得回校住段时间，好好备考。

对她的这个提议，我表示热烈欢迎，我让她安心复习，告诉她我会好好照顾自己，绝对不会把自己饿死。

“每天至少要给我打五个电话，至少要给我发二十条短信，至少要想我一百次，听到没？”李楚楚收拾好自己的衣服和一些日常用品，通通装在一个小箱子里。我拎着箱子送她下楼，临别前，李楚楚如此对我再三要求。

“遵命。”

“我好舍不得离开你那么久的。”李楚楚突然拉下脸，一脸悲戚地对我说。

“真矫情，又不是以后再也不见了。”我也舍不得，但就是嘴上不承认。

“哼！你再说我麻烦我就不走了。”李楚楚开始耍小性子。

“我错了，我错了，都怪我嘴欠。”我赶紧赔礼道歉。

“那你还说我矫情吗？”

“不敢说了。”

“哼！你干吗那么心急赶我走啊？”

“我没有啊！”

“你就是赶我走，巴不得我立即消失一样，我就知道，你嫌我烦了。”

“乖，别闹了，快上车吧，我会想你的。”

“嗯，这还差不多，记住了，发消息，打电话。”李楚楚说完在我脸上轻轻吻了一下，转身走了。

看着她转过拐角消失不见，我开心地欢呼起来：“耶，老子终于自由啦！”

说实话，和李楚楚同居这几个月，可没把我给闷死，表面上她把我服侍得舒舒服服，其实限制了我很多自由。比如我再也不可以像以前那样夜不归宿，像以前一样夜夜笙歌，像以前一样红男绿女。这次她至少离开一个星期，也就意味着我最起码可以好好玩乐一星期。哇！一星期，七天耶，没人管，想怎么玩就怎么玩，那还不得爽死啊！

我越想越高兴，回家路上，居然蹦蹦跳跳唱起了歌谣，我决定先好好睡上一觉，等养足精神，再找陈家明吃喝玩乐。我计划得美美的，很快回到家，跳到床上，美美地睡了过去。结果刚快睡着，电话就响了起来，拎起来一接，果然又是叶子。

“我可以到你家吗？”

“你不会告诉我你在我家门口吧？”

“嗯。”

“好吧，算你狠，我去给你开门。”

叶子很快走了进来，对我说："我刚才看到你和你女朋友了。"

"啊！不会吧，在哪儿看到的？"

"就楼下，我看你拎着箱子，送她去车站。"

"你早就来了？"

"嗯，你女朋友长得确实不错。"

"谢谢。"

"人好像也蛮老实的，还是学生吧？"

"研究生。"

"哟！原来还是高级知识分子，难怪你对她那么死心塌地。"叶子阴阳怪气地说。

"什么意思你？"

"本来就是，有了新欢，就忘了旧爱，没良心。"叶子开始咬牙切齿。

"我说你这些话我怎么那么不爱听呢？什么新欢旧爱的？你当我是你什么人啊。"

"是，我什么人都不是，可以了吧？你好人，你君子，以前我做的全是狗屁。"叶子突然抓狂，对我咆哮。

"神经病啊你，一过来就跟我吵？你要是不乐意就滚蛋，没人强迫你过来。"我也怒了。

"苏扬，我错了，你再给我一次机会好不好？让我回到你身边，只有和你在一起我才是真正快乐的，我再也不敢和别人好了，再给我一次机会好不好。"叶子突然扑了过来，嘴里说的还是老一套。

我推开叶子，冷冷地说："你没错，我也没资格原谅你什么，我们曾经走到一起，彼此都很开心，后来分开了，也是宿命。这些天虽然经常纠缠，但毕竟不是那么回事，我挺累的，也觉得对不起我女朋友。今天咱把话说开了，以后你还是不要再过来了，否则对你对我都不好，我希望你以后好好对自己，找个人好好爱，珍惜对方，就这样。”

我一口气说了很多，也说得很明白，我突然发现说这些话并没有多困难，而说出来后心情变得轻快不少。李楚楚虽然刚走，但我已经开始强烈想念她，她在我身边的时候我还不那么确定，但此刻她不在身边，我已经明确她就是我深爱着的女孩。

“难道，你真的不打算再给我一个机会了吗？”叶子面如死灰。

“是的，我们已经没有可能了，刚才你看到的那个女孩，我很喜欢，她很善良，也很单纯，对我很好，我不想伤害她。叶子，对不起，怪就怪我们缘分不够，你走吧。”

“放心，我会走的，我不会再来打扰你了。”叶子傻傻地坐到椅子上，眼泪喷涌而出。好半天，才幽幽地对我说：“苏扬，我可以向你提最后一个要求吗？”

“你说。”

“我想和你做爱，最后一次做爱，答应我，好吗？”

很多年以后，我依然想不通，叶子为什么会向我提这个要求，我都已经把话说得那么明白了，她为什么还不死心。我同样想不明白为什么自己会答应叶子的这个要求，我对她的身体并不陌生，甚至已经没有了欲望，我为什么不能拒绝。我更想不通的是，为什么当我脱光了衣服抱着同样赤身裸体的叶子上床，当我们开始接吻并且疯狂抚摸对方时，门会突然开了，然后就看到李楚楚摇着马尾辫走了进来。我傻愣在床上保持着一个奇怪的姿势整个人完全傻掉了。我看到李楚楚的瞳孔慢慢放大，脸色瞬间苍白，表情是匪夷所思更是痛苦恐惧；我看着李楚楚不停摇着头，泪水喷涌直下，突然发出一声凄惨的哭泣声，仿佛是从地狱深处发出的亡灵之音；我听着李楚楚接着痛苦地喊了一句：“不要啊……”竟然和两年前何诗诗的那声一模一样，都是绝望到极端时的挣扎，直刺灵魂；我听着李楚楚用手指着我浑身急剧颤抖地说：“苏扬，你说过不会背叛我的，你说过会给我幸福的，原来你一直在骗我，我恨你，我恨死你了。”最后我看着李楚楚摔门而出，看着门被砰地关上、被弹开、再关上、再被弹开……

整个过程犹如一场最庸俗的爱情电影，我不知道为什么这么庸俗甚至恶劣的情节会在我的生活中上演，我只知道，从头到尾，我并没有恐惧，我没有慌张，我没有想过解释，也没有想追出去把李楚楚追回来，我什么都没想，因为我已经丧失了所有思维的力量。

所有的一切，部已毁灭，所有的一切，都无法再挽回。

背叛——一个月前，我对李楚楚说，我永远不会背叛你。

珍惜——五分钟前，我对叶子说自己说要珍惜李楚楚，对她负责。

可现在一切都没了，就几分钟，什么都没了。就在我以为自己可以重新拥有爱情的时候，就在我决定再次好好去爱一个人的时候，所有的美好和憧憬全部破灭，并且万劫不复。

荒谬吗？离奇吗？滑稽吗？我不杜撰，我不虚构，我不矫情。我想说的只是，分离之于爱情是唯一的属性，这是我们真实的生活和命运，我们都无法挣破，只能接受。

哪个没心没肺的人/没有一段为某人掏心掏肺的曾经
——王逸/29岁/写给年少回不去的爱

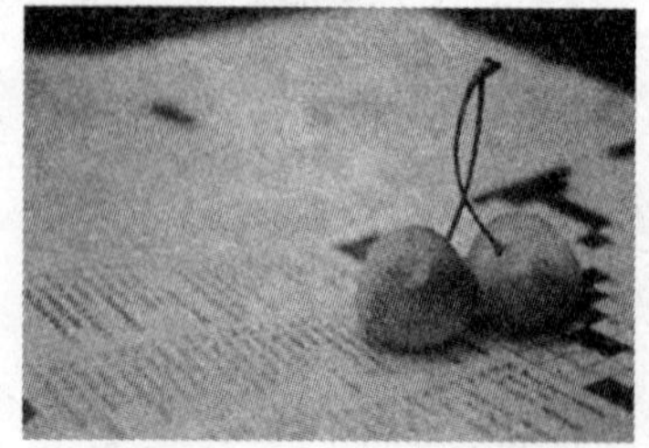

尾声 离开

每个人的心里，都会有那么一个人。
你永远不会提，也永远不会忘。
年少的时光里，那些被细心藏好的爱恋，
就这样凝固成梦，后会无期。

1

6月底，在我的策划下，陈家明大出血本，在森林公园为薇薇的二十岁生日举行了一场草坪party，邀请了一百多位亲朋好友前来参加。现场又是鲜花又是气球，又是烟火又是白鸽，又是真情告白又是痴情唱歌，知道的是庆祝生日，不知道的还以为是举办婚礼呢。这就是陈家明要的效果，陈家明说我要让她知道我到底有多爱她，我要让她以后每年过生日就会想起我，我要让她知道永远不会有人比我对她还要好。那天陈家明一身西服，表情肃穆，全程紧紧拉着薇薇的手，一刻都不愿意松开。在最后的表白阶段，陈家明哭得比薇薇还要伤心，家明说薇薇是他这辈子最爱的女孩，他愿意用尽一切力量去给她幸福。薇薇显然被深深感动，家明为她准备的连连惊喜让她目不暇接，最后在璀璨的烟火中她幸福地接过家明送给她的钻戒，然后流泪点头，她紧紧拥抱着家明，哭泣着表示愿意接受家明的求婚。他们的恩爱让所有人都为之动容，甚至连我都怀疑他们之间没有任何情感裂缝，也没有什么力量可以将他们分开。

Party从上午十一点一直到下午三点才结束，让我讶异的是酒量颇大的薇薇已经喝醉了，但家明似乎还是很清醒。散场后家明让我和他一起先把薇薇送回家，我说我就不去了，看到你们如此恩爱我会觉得自己真失败。家明苦笑一声不答应，说送完薇薇后有话对我说。

车上，我坐在副驾驶座，从反光镜看到陈家明紧紧抱着薇薇，表情沉溺，薇薇则用胳膊紧紧缠绕着陈家明的脖子，嘴在他的耳边，痴痴地问："老公，我好感动好幸福，你什么时候娶我啊。"

家明微微一笑说："快了，我下个月就订婚了。"

薇薇听了痴痴地说："好啊，我快要当新娘了，老公，我永远爱你。"说完头一歪，睡过去了。

我闭上了眼睛，不忍再看，我怕我再看会哭出来，多么幸福的诺言啊，多么值得憧憬的未来啊，可这一切都和我无关了。

我没有再去找过李楚楚，我对不起她，我不配做她爱的人，我一定要让她忘了我。

我决定放手。

如果我真的爱她，那么这就是现在我最应该对她做的事。

送完薇薇后，我和陈家明来到外滩，我突然很想看看黄浦江。七年前当我来上海读书，我一度以为自己将不再离开，特别是毕业后的这几年，上海的美好已经融入我的血液，她蓬勃有序，姿态万千，她充满魅力，又泾渭分明。在这里只要你努力奋斗，就不会迷路，只要你真心渴望，就一定可以拥有。我多么渴望永远徜徉在她的怀抱，汲取她的养分，可是现在眼前的一切都让我羞愧和痛苦，让我觉得继续存在于此只是一种错误。

我们比肩而站，让黄浦江上的风吹过我们的胸膛，我们看着天色渐暗，华灯初上，相视却无言，因为一切尽在不言中。

最后是陈家明打破了沉默，陈家明对我说："大哥，我下个月就订婚了。"

我说："我知道，恭喜你修成正果。"

"谢谢，不过不是和薇薇。"陈家明点燃一根烟，痴痴地看着黄浦江，眼神有点儿迷惘，说不清楚是高兴还是忧伤。

“那和谁？”

“欧阳明菲。”

“欧阳明菲？就是你那个去了日本的前女友？”

“对的，明菲下星期就从日本回来了。”

“她不是说要去日本五年的吗？现在两年都还没到。”

“明菲说不想待在那儿了，她说她离开了才发现很爱我，很想我，她这次回来就是要和我订婚的，然后就不走了。”

“太匪夷所思了。”我目瞪口呆，怎么也想不到是这个结局。

“我也觉得很突然，明菲说她舅舅身体很不好，好像得了绝症，活不了多久了，这次回来正好可以照顾她舅舅。你要知道，她舅舅可是身价好几千万的人，而且没有子女，欧阳明菲是他唯一的法定继承人。”

“是不是你只要和欧阳明菲结婚，就可以和她共享那几千万？”

“没错，我至少可以少奋斗五十年。”陈家明笑了，“大哥你是知道的，我胸无大志，就想安生过日子，有了这些钱，就可以不用那么累了。”

“可薇薇怎么办？”

“能怎么办？当然分手了。”陈家明反问我，“不然怎样？”

“疯了，你不是很爱薇薇吗？为她可以连命都不在乎的吗？”

“是，我是很爱她，现在依然爱她，以后还会爱她，可这和我跟欧阳明菲订婚有什么关系？欧阳明菲家里有钱，将来会更有钱，她个人条件也很好，更何况，欧阳明菲还那么爱我，我没有道理不选择和她在一起的。”

“你也太现实了吧！”

“现实不好吗？你不是一直告诉我要现实，不要轻易投入感情吗？”

“很好，非常好。”我也觉得自己有点儿大惊小怪了，这个世界上还有什么是不能发生的？还有什么是不能接受的？再光怪陆离的事情我都遇到过，再匪夷所思的事情我都经历过，我需要做的只是面对和接受，而不是在这里伤春悲秋。

我问家明："这么说，今天你给薇薇庆生，其实是最后的晚餐了。"

"可以这么说，我明天就会把我和欧阳明菲的喜讯告诉她。"

"你不怕她接受不了这个消息？"

"不怕，我要的就是这个效果。"说这话的时候，家明的眼睛竟然透露出丝丝冷峻的神色。

"你为什么要这样做？"我听出了一些异样。

"我想让她知道世上是有因果报应的，我那么爱她，可她还背着我做那些伤害我的事情，就应该为之付出代价，否则她是不会长大的。"

"原来……你早就知道了？"

陈家明愕然看着我："怎么？你也知道？"

我们都愣了会儿，突然一起笑了起来。

"果然，人在做天在看，自作聪明最可笑。"家明脸上虽然还在笑着但声音却颤抖起来，"大哥，这事连你都知道了我怎么可能不知道呢？其实从她说和同学一起去丽江时我就开始怀疑了，只是我不愿意去相信而已，后来她越来越过分，几乎是把我当傻瓜一样哄骗，可能到现在，她都还以为我是一个傻瓜，一个只会无私爱着她的傻瓜吧。"

"唉！"我长长叹了口气，此时此刻，除了叹息我不知道还能说什么。陈家明说的因果报应我已经切身体会，只可惜一切都已经来不及了。

又是一阵沉默，只是气氛有点儿尴尬，我突然觉得自己没有办法再面对这一切，只想早点儿离开。

我说："我走了。"

陈家明却答非所问："大哥，这几年，你一共和多少女人上过床？"

"干吗突然问这个？"

“没什么，你说就是了。”

“嗯……不到三十个吧。”

“我比你少，我一共和八个姑娘上过床。”陈家明说完看着我，似乎在等我的评判。

“怎么是八个？不是三个吗？”我有点儿惊讶，我以为陈家明的每个姑娘我都知道。

“三个是你知道的，还有几个我没告诉你。我知道在你眼中我也挺傻的。”陈家明乐了，“天天和你在一起，想不变坏都难，所以我能有这么多女孩，还得谢谢你。”

“好吧，算我小看了你。”我突然觉得自己真的好自以为是，不管是对身边的女孩，还是对自己的兄弟，总以为自己像上帝一样主宰着一切，其实什么都不了解。我就像只猴子，别人逗它玩，它还不停地翻跟头，活蹦乱跳的，以为自己是明星。

陈家明丝毫没有理会我的尴尬，那晚的他像个哲人，不停发问：“大哥，以前我一直觉得能够和这么多姑娘上床挺牛逼的，感觉自己赚到了，可现在我不这样认为了，我觉得其实我们好可怜，大哥，我问你，和这么多女孩子上床，你开心吗？”

“不开心，一点儿都不开心。”

“我也不开心，真的，我不是在矫情。这几天，我一直在想个问题，到底为什么这几年我们总是喜欢在外面到处骗女人，为什么可以随随便便就和一个姑娘上床，骗了人家还沾沾自喜，这到底为了什么，大哥，你有想过这个问题吗？”

“我不知道别人怎么想的，对我而言，可能是因为曾经被爱伤害过，所以总想着游戏，不投入也就不在乎，只是似乎越是放纵就越是失落，经历越多离真爱就越来越远，远到再也回不去了。”

“是的，这就是我刚才说的因果报应，大哥，当我发现薇薇背着我做那些事的时候，我第一感觉不是愤怒和痛苦，而是报应。我们伤害了那么多女孩子，然后又被女孩子伤害，所以说老天是公平的。”

那夜，我和陈家明站在黄浦江畔，一根烟接着一根烟地抽，一起回忆着这几年来的生活，我们忏悔着，我们反省着。在对话的最后，陈家明突然对我说：“所以大哥，你一定要好好珍惜李楚楚，她简单纯真，真的非常适合你，我们现在都大了，不能再像以前那样乱玩了，更不能像以前那样什么都不愿意去负责，现在遇到一个真爱自己的女孩好难，我知道李楚楚对你很好，我希望你能好好珍惜她对你的爱，给她幸福。”

不知道为什么，听了陈家明这些话后，我突然放声大哭了起来，我不知道为什么我会哭，我应该可以 hold 住的，可是我没有，我突然那么痛苦，那么悔恨，那么无可奈何。总之我双手掩着脸，泪水从指缝中流了出来，我哽咽着说：“来不及了，一切都来不及了。”

这么多年来，从来没有哪一次像那天一样痛快流泪过，我哭了好半天，最后哽咽着对陈家明，也是对自己说：“如果你有很多钱，省着点儿花，因为很可能有朝一日你就变成穷光蛋；如果你有很多感情，请你好好珍惜，别太滥情，因为很可能所有女孩都会同时离开你，让你变成一个爱情穷光蛋。”

2

2005 年 7 月，我的小说终于由湖南某出版社出版发行，制作相当精美，任何一个处于发育季节的少女都无法抵抗我小说散发的诱惑，市场反应自然相当不错，出版方乐得合不拢嘴，赶紧加印，并安排我到全国各地演讲、签售。读者的赞美大大满足了我的虚荣心，也冲淡了我的感伤之情，生活就是这样，你失去了一些东西，总归会得到另外一些东西，孰轻孰重不好说，总归有拥有的快乐，也有失去的痛苦，悲欢离合，五味俱全。

8 月底，我在富丽堂皇的香格里拉大酒店参加了陈家明和欧阳明菲的订婚典礼。欧阳明菲家果然财大气粗，典礼高档奢华，还来了不少社会名流，所有人都祝福这对新人幸福快乐。那天，从不酗酒的陈家明也喝醉了，并且在和欧阳明菲接吻的那一刻泪流满面，上千宾客，只有两个人知道他哭泣的真正原因，一个是我，一个就是薇薇。

薇薇也应邀参加了陈家明的订婚典礼，说实话，我不得不佩服很多人，比如薇薇。这个小姑娘，看着自己深爱的男人和别人订婚，居然自始至终非常安静，当陈家明和欧阳明菲走到她面前敬酒的时候，她真诚地对他们微笑和祝福。薇薇说："我祝福你们白头到老，一生一世，相爱永不忘。"

她真的不悲伤吗？她真的说忘就能忘吗？我不知道，我也没有力气再去思考。

从香格里拉回去后，我把自己关在家里整整一个多星期，手机关机，电话线拔掉。我时而哭泣，时而大笑，我和我的武松相依为命，我发现这个世界上有越来越多的问题我想不通，我前所未有地开始怀疑我自己。

一星期后，我重新开始上网，遇到了久未谋面的马可。

马可问我："你丫最近过得如何呀？"

我没像以前那样和她贫嘴，我说："马可，我给你讲个故事好吗？"

马可说："好呀，不是煽情的我不要听哦！"

我用了整整一下午，把这两年来发生的事全部讲给了马可听，用尽我全部力量，讲完之后，整个人仿佛虚脱了一般，躺在椅子上无法动弹。

讲完后，网络那头好半天没有反应。

"马可，你在干吗呢？"我问。

马可说："我正在哭呢，别烦我。"

又过了半天，马可突然说："苏扬，你来北京吧，我感觉这个城市比上海更适合你。"

我想了会儿，说："好，我去北京。"

我很快便把房子租了出去，武松托付给了陈家明。我让他好好对待武松，别饿着它，要是它哪天爱上别人家的狗了，一定不要干涉，随它怎么去爱，哪怕荒唐，也要疯狂。陈家明让我放心，并叮嘱我好好照顾自己，他会和武松一道，等我重新回来，回到精彩绝伦的上海。

疼痛使我有活着的感觉/我决定不忘记你

——周晴芷/28岁/写给年少回不去的爱

番外 最后

你伤害了我，我也伤害了很多人，
年少时我们都曾疯狂而荒唐地爱过，
现在我愿意和你一起收起我们爱的毒苹果，
不管你的生命还有多长，未来有多苦，我都会陪伴你左右，不离不弃，至死不渝。

1

转眼，来到北京已经两年。

在北京的生活远没有想象中那样滋润和浪漫，我也没有和马可发生任何和爱情有关的故事，因为马可早就有男朋友了。我到北京第一顿饭就是马可和她男朋友请的客，地点在望京花家地的一家湘菜馆。说实话，当时我挺失望的，我想我是来投奔你的，你怎么可以这样呢？你说我现在是立即回去呢？还是死皮赖脸地留下来——原谅我当年对北京一点儿感情都没有。离开上海，我才知道我对那个城市有多么深爱。

当然，我是不会表现出来内心的不悦的，我像毫无企图那样对马可的招待表示感谢，并且控制自己的眼神不再多瞅她一眼。对于我的表现马可显然很满意，她向男友介绍我是著名青年作家，放弃上海来北京是为了体验生活。马可的男朋友一边给我倒“普京”一边对我竖大拇指说我真牛，因为我的灵魂一定很自由。

我苦笑说灵魂是自由了但财务也快捉襟见肘了，马可男朋友大手一挥说肤浅，钱是什么？钱是王八蛋，像我这种为艺术而生的人不应该为此而烦恼，否则是对艺术的侮辱。我说话虽这么讲，但最好还是有份工作，体验生活和上班赚钱其实并不冲突，更何况，赚钱也是体验生活的一种嘛！

我的话都说得这么直接了，马可男朋友再傻也明白了我的诉求，他倒也不装大尾巴狼，嘿嘿一乐说自己有一个姐们开了家图书出版公司，如果我愿意，可以过去当编辑，薪水虽然不高，但养活自己问题不大，而且在文化行业工作有助于我的创作。我不假思索地说好啊，图书编辑是我的理想，我曾经被图书编辑折磨得死去活来，现在交换下位置折磨作者一定很爽。马可男朋友一听更 high 了，说有仇不报非君子，哥们你如此坦荡，果然是真性情，来，让所有欺负过我们的人都去死吧，干杯，哇哈哈。

多年以后，我忘记了很多事，但我依然清晰地记得那声“哇哈哈”，是真的“哇”了一声，然后再“哈哈”，我很好奇人在怎样兴奋的情况下会发出如此戏剧化的笑声。此前我一直以为人正常的笑声只包括“呵呵”“嘿嘿”“嘻嘻”等，现在才知道还能笑成“哇哈哈”。这对刚到北京并且对北京的风土人情一无所知却充满好奇的人而言是巨大的冲击，说不上是悲还是喜，仿佛随着这声“哇哈哈”，我再也回不到过去在上海谨小慎微的生活，我内心突然涌上一阵苍茫之感，看着完全陌生的世界，陌生的人们，举起杯中酒，一饮而尽。

散席后，马可男朋友左胳膊搂着马可右胳膊搂着我，热情洋溢地在我耳边说：“别嫌弃哥哥没给你介绍薪资更高的工作，虽然那对我来说不费吹灰之力，但哥是真心为你着想，哥知道你们写作的人不能生活得太滋润，否则就会不接地气，哥看你第一眼就知道你小子不是一般人，你得时刻保持清醒，哥期待你写出倍儿牛 B 的作品，到时候别忘了叫哥喝酒，给你庆贺。”

整个过程我只能一个劲儿点头，来北京前我就听闻北京哥们都很热情，这次算是狠狠体验了一把，我已经完全调整好了自己的情绪，不再对别人有点儿莫名其妙的热情感到别扭。最后我入乡随俗地对马可男朋友说："谢谢哥，我会加油。"然后将他们送上了出租车，马可男朋友显然喝多了，上车了还突然从车窗里探出胳膊和脑袋，竖起大拇指对我吼了一声："牛 B！"

2

我曾听说北京有很多不靠谱的主儿，光说不练，因此刚开始还颇多担心，但马可男朋友却很给力，在我来到北京的第 13 天，我如愿以偿地成为了一名见习图书编辑，上班地点在三元桥附近的一处写字楼，离我租住的呼家楼不算很远，每天我骑着一辆在东郊市场买来的小自行车上下班，沿着东三环骑上 28 分钟就到了。

因为没有行业经验，加上又是朋友人情，一开始公司主编对我的能力相当怀疑，策划编辑的活儿压根儿不让我干，而是派遣我做最简单最无聊的事情：到各大论坛发布公司的征稿信息，然后审阅来稿，从中发现有出版价值的稿件，再推荐给相关编辑。

因为怕我连这么点儿小事都做不好，主编还特意把我叫到办公室，和我叮嘱所谓有出版价值的稿件的几项硬指标。啰嗦了两个小时后还特不放心地问我："我说你到底明白了没？"

"明白了，主编。"我拼命眨巴着眼睛，表露出最大的诚意。

"去吧，好好干！"主编突然叹了口气，冲门口挥挥手。

我不知道她为什么会如此担心，不过我不愿深究，更不愿意辩解，生活总是这样，你不可能一开始就向所有人证明自己，工作和爱情一样，都急不得。

虽然我明白其中的道理，但压力着实不小，细细琢磨后，我认为公司现在的投稿数量很少并且质量也不高的原因在于我们现有的征稿启事实在太平淡无奇，压根儿吸引不了作者。因此我首先花了两天时间认真地重新撰写了一封征稿启事，充分发挥了我在保健品公司学会的种种手段：浮夸、乱承诺，外加不要脸，并将它包装得如情书般的华美动人。整个征稿启事充满了最美好的承诺和最功利的诱惑，不管对方是真心热爱文学还是向往名利，都会被我的说辞打动和征服。

最后当我把这份征稿启事发给主编审核时，向来沉稳庄重的主编都受不了了，她用一种难以置信的口气询问我："我们公司真的有这么好吗？看得我都想给公司投稿了。会不会太过了？"

"一点儿都不过，主编大人，在您的带领下，我们公司业绩蒸蒸日上，备受业界瞩目，虽然我刚来，但已经强烈感受到了公司非凡的气质呢！"

这显然是一句最低级的马屁话，但最小往往就是最大，最浅薄就是最深刻，最短暂就是永恒，如果你说这话的时候能保持住铿锵有力的语气，并且眼神一点儿不畏缩更不猥琐，那么这句话就会变得特别真诚且有说服力。在过去和各种姑娘打情骂俏逢场作戏的过程中，我已经充分掌握了个中要领，因此我说完之后主编果然露出了微笑——我发誓，这是我第一次看到她微笑，此前我以为她丧失了这个重要能力——主编是真的在微笑，微微一笑后就恢复了常态，然后对着门挥挥手说："去吧，好好干。"

如果将职场比作泡妞，此刻已经到了一个比较关键的阶段，就是姑娘对你有意，但还未真正对你动心，你的花言巧语引起了她的注意，但你还要证明自己是高帅富才能让她认可。接下来认真工作是必不可少的，否则眼前一切美好将会成为海市蜃楼。这个逻辑我无比明晰，因此回到工位上我便开始奋发图强，开始一项很牛 B 的动作——发五毛帖。

这的确很牛 B，因为很容易但又非常繁琐，茫茫网络，似乎哪儿都能发帖，鼠标按两下就 ok 的干活，然而要发到位难度却很大，从微博到论坛到贴吧，还要注册各种账号设置各种密码，一开始我还苛求每个地方的ID都不一样，都别具内涵，结果速度慢如蜗牛，烦得我想骂人。后来干脆心一横，将所有ID统一成“最爱何诗诗”，密码则统一成“wahss1314”这是我内心最深刻的话，无论过多久都忘不了。

ID统一后速度慢慢上来了，我奋战了一个星期，发了近万个征稿启事，基本上覆盖了网络上各大文学、文化、教育、色情、变态、恐怖、灵异、耽美等主题论坛，总之不管他好哪一口，只要他上网，我就能让他看到我的征稿启事。

我的工作是立竿见影的，很快各种题材的投稿源源不断地涌进我的邮箱，每天不下两百封，我对这个效果感到非常欣慰，立即疯狂阅读起来。按照我的理解，假以时日我将成为公司优质出版物的稿件源泉，从源头控制住公司的命脉，到时候想没话语权都不可能。只是让我万万没想到的是，稿件数量虽然上来了，质量却一点儿没提高，而且其中不靠谱的稿子特别多，而且充斥着各种怪人，比如有一个号称“不拿诺奖就操你妈”的哥们儿连续发来上百封mail，用我都承受不了的恶心言辞夸赞自己的小说是多么的前无古人后无来者，号称完美融合了宇宙学、人类学、历史学、社会学、哲学、神学，是人类文明至今又一重大的突破，如果出版必拿诺贝尔文学奖，不拿就操所有人的妈。

看着这样的稿件，我似乎开始理解李姐了，原来当编辑也有说不出的苦痛，原来不是每个作者都像我一样谦虚谨慎、知书达理、内心充满了爱——YY完之后我犹豫了半天要不要先去洗手间吐一会儿。

我看稿子的速度越来越快，原来看一篇稿子最少花一个小时，后来我一个小时最少看十篇，再后来看看书名再决定是不是要看下去，最后干脆只看mail主题，如果不吸引我，甚至连邮件都不会点开。

日子就在这种繁琐重复又平淡无奇的感受中缓缓流过，很快，我来到北京已经八十八天了，我似乎已经习惯了北京干燥的天气，习惯了同事之间的夸张热情，习惯了三环主路的川流不息，习惯了大北窑交通的混乱无序，习惯了两块钱就能随便坐地铁，习惯了公交车只要四毛钱。如果说失恋只要三十三天，那么从一个城市到另外一个城市，从惶恐到习惯，原来也只需要八十八天。

第八十八天的早上，我习惯性地打开电脑，开始收稿件，稿件一如既往的多，一共收了一百零四封邮件才停下来。我倒了杯水，把身体调整到最舒服的姿态，开始审阅。今天稿件的质量似乎还不错，我用了四个小时就看到了至少三部可以进入复审的稿件，这让我找到了一种存在感，心情也愉悦起来，就是在这种心情下，我看到了那封mail。

这显然不是一封投稿，因为邮件的主题是：苏扬，如果真是你，请看完。本来对于这种无病呻吟的mail我一定是置之不理的，哪怕对方知道我的名字，然而邮件列表上清晰地显示发件人叫何诗诗，这让我变得一下子高度紧张起来，感觉浑身每个毛孔都张开，每根汗毛都竖立，竟然在瞬间忘记了呼吸、忘记了思考、忘记了我在哪里、我要干吗，犹如濒临死亡的植物人。

何诗诗，是我内心深处一直念念不忘的那个人吗？何诗诗，是给我最疯狂的爱和最深刻的伤害的那个人吗？何诗诗，时隔多年她怎么又出现在我的生活中？何诗诗，这次你要给我带来的究竟是祸是福是喜还是灾？

我已经很难描述当时的心情了，总之我拼命控制，却依然控制不住自己的泪水恣意流出。这让刚进来的主编吓了一跳，主编很大声地说苏扬你没事吧？大白天的你哭什么？正在埋头工作的同事们集体回头，打量着泪流满面的我。

多么奇特的感受就这样被生生破坏，我收回心神，露出笑容说：“我很好，只是正好看到一部特别感人的投稿，一不小心没控制住，让大家见笑了。”

同事们纷纷露出失望之色，纷纷又转过头去，主编递给我一张纸巾：“眼泪擦下，然后到我办公室。”

在主编办公室里，主编语重心长地对我说虽然这见习的三个月我没有做出实质性的成果，按照惯例是应该不予继续录用，但她看到了我的勤奋和好态度，因此还想继续给我机会。虽然公司的其他高管有意见，但她已经力排众议，并且相信只要我工作得法，出成绩是迟早的事情。主编让我写一篇实习总结，人事部过两天就会通知转正。

如果是往常，我肯定又是一堆奉承谄媚之辞，但今天状态全无，只是点头道谢，搞得主编有点儿郁闷，最后不耐烦地对我说：“好了，你去吧。”

回到工位，我突然不想继续看何诗诗的来信，我怕再被打扰，我憋着，挺着，行尸走肉般挨过了白天的工作的时光，等到所有同事都离开，将大门关好，将灯熄灭，将座椅调整到最佳位置，然后深呼吸一口气，轻轻点开那封邮件，心神合一，一字一字，凝神阅读。

泪水很快再次溢出眼眶，洋洋洒洒数千字的mail，我反复看了三个多小时，我曾穷尽所有力量想过何诗诗离开我后的生活，却怎么也没有想到何诗诗在大洋彼岸的生活竟是如此，而在她身上命运又发生了如此巨大的变数。

3

苏扬，真的是你吗？

我是诗诗，你还记得我吧？我在网上看到你的mail，突然很想给你写信，和你说说话。每次在我最无助的时候，我总想找你倾诉，而你也从来没有拒绝过我，这次，你还会愿意继续聆听吗？

我还在纽约，来到这里已经三年了，这里的一切比我想象中还要好很多，我很庆幸当初拼尽全力过来，爸爸也很欣慰，说我是他的骄傲，做到了他没有做到的事情。看到爸爸高兴，我觉得所付出的一切都值得了。

可是，苏扬，我想说的是，如果时光可以倒流，如果我可以重新选择，我一定不会选择过来。

因为，纽约没有你。

这是真的。很多事情只有失去了才懂得珍惜，很多人只有错过了才后悔莫及。苏扬，错过你是我此刻心底最深的遗憾，没有你在身边的岁月，世界再美丽，我的人生也是黑白的。

看到这些，或许你会笑。

或许我伤害你那么深，你一定觉得我像魔鬼。

或许你一直都在疑问，我到底有没有爱过你。

和你在一起的时候，我一直在你面前伪装，不想透露出半点内心的讯息，因为我害怕。害怕我暴露了自己真实的情感，我就彻底失去了最后的防线，任何一点点风吹草动，都可以将我打倒，然后万劫不复。因为你和别人不一样，别人可以用钱获得我的身体，但你却已经进入我的心灵。所以我拒绝你对我的好，更拒绝对你好，我宁可没有表白，就不需要伪装，没有开始，就永远不会结束。

可是现在我想告诉你的是：我真的爱过你，而且很爱很爱。

我怕再不说，就永远没有机会了，我已经错过你，不能再错过爱。

苏扬，你还记得吗？我们一起去凤凰旅游，在沱江边，我把我不堪回首的过往全部告诉你，是因为在我心里，你已经是我最值得信任的人，我虽然还不确定对你的感觉，但已经对你不再防备。后来我突发阑尾炎，你抱着我在凤凰街头拼命找医院，在你怀里看着你认真急切的表情，我突然好想哭。很多男人对我只是贪图外表，只有你是发自内心对我好，其实那时候我已经没那么疼了，可是我不想告诉你，这样我在你怀里待的时间就可以长一点儿，再长一点儿。已经很久没有这种被人真心呵护的感觉了，这感觉让我仿佛回到了从前，回到了我还是一个孩子的时候，过着无忧无虑而且安全的生活——是的，安全，苏扬，和你在一起，我最大的感觉就是安全。

或许，对你的爱，就是从那一刻滋生的吧。

也不是没想过和你在一起，像所有幸福的恋人那样好好谈一场恋爱，也不是没想过可以永远牵着你的手，过着平淡却幸福的小生活。关于我们的未来，我悄悄想过很多很多，可每想一次就害怕一次，我害怕这一切又是上天和我开的一次玩笑，我害怕我投入越多最后失去的时候就会越痛苦，我不允许自己再犯同样的错误，上一次被玩弄欺骗我还能够活下来已经是奇迹，如果再来一次，我一定会灰飞烟灭。虽然我知道你不是那样的人，可是我真的做不到去相信，我不是不相信你，而是不相信爱情。何况我的目标是出国，分开是我们必然的归宿，既然没有结局，那么就不要开始。

所以从凤凰回来后，我决定立即停止我们之间有可能的发展，就让所有的美好都留在旅程。所以再次面对你的热情，我只有冷嘲热讽，只有拒绝，我真希望你会生气，会愤怒，会离开我，那样虽然我也会痛，但痛过之后又会变得更强大、刀枪不入、水火不侵、无情无义、现实冷漠——这些才是我的人生追求。

可是你没有让我如愿以偿，你没有让我的自私得逞，很多时候我觉得我很懂你，你幽默，你积极，你也挺厚脸皮，你不怕拒绝，懂得自嘲，而且你真的很有才华，你给我写的那些情书我其实都有认真看，而且非常喜欢看，这些确实也是我最初注意到你、被你吸引的原因。可是很多时候我又觉得不懂你，我不知道你究竟从哪里来的勇气可以包容我那么多，哪怕知道了我最隐私的秘密，依然选择了理解和接受。苏扬，你知道吗？我真的很感动，我知道天底下没有几个人可以做到，谢谢你总是纵容我，让我可以一次又一次地伤害你，而你还始终在我身边，永远不离不弃。

所以我真的好挣扎，我明明那么爱你，可是却不能说，我明明想和你在一起，可是只能对你冷漠拒绝，看着你一次又一次失望的眼神，我真的好痛苦，可我越是痛苦，我表现出来的攻击性就越强。我甚至开始恨你，恨你不像一个男人，恨你没有血性，恨你为什么什么都可以忍，恨你为什么不对我反击，哪怕你骂我是婊子诅咒我一辈子没有幸福，也好过你什么都不说，永远在我需要的时候出现，在我烦躁的时候消失，那对我才是最大的惩罚。

我决心一定要将这种摇摆的生活终结，否则我会纠结到死掉，只不过在离开你之前我决定要做一回你的女人，所以我装醉，一步步引导你……那一夜比我想象中还要完美，第二天早上从你怀里醒来，我有一种是你妻子的感觉，我那么贪婪地看着你，祈求你永远不要醒来，因为我知道，等你醒来的那一瞬，就是我永远离开你的时候。

可是，我的企图再次落空了，我怎么也没想到你会发动你的同学，在全校师生面前向我求爱，而且方式那么别出心裁，让我瞬间竟然忘记了所有的挣扎、所有的犹豫、所有的害怕，我没有力量再拒绝你，我除了流泪，只能点头答应。

苏扬，我亲爱的苏扬，谢谢你的坚持，让我有勇气再做一次别人的女朋友。

而和你恋爱的两个多月，我真的很幸福，你对我的关怀无微不至，满足我提出的所有要求，你知道吗？我甚至想过放弃出国，放弃我多年的梦想，就这样和你厮守下去……真的，我已经深深依赖着你，已经再也离不开你，我甚至开始庆幸没有凑齐出国的钱，甚至希望永远都凑不齐，那样我就永远不要离开，永远不会和你分离。

可是，老天再次捉弄了我们，当我发现竟然有那么好的出国机会就在眼前，我的欲望再次燃起，我做不到无动于衷，我不由自主地想去争取，那一瞬间我又变成了从前那个自私冷漠的人，我怪你不告诉我这个消息，我怨你不为我好好争取，我一定要得到这个机会，我可以不择手段，也不惜付出任何代价。

事情比我想得要简单得多，那个比我父亲还年长的男人，我们尊敬的院长，几乎没有等我说出条件就已经投降。在我走进他的办公室，和他四目相对的那一瞬，我就明白我成功了，他的贪婪和欲望全部写在了脸上。于是我们很快达成了共识，比我之前和任何一个男人的交易都要快捷。我为自己的聪明感到自豪，虽然我背叛了对你的承诺，心中也会有悔恨，但和出国比起来那算不了什么，何况一切很快就会结束，快到你根本意识不到。只是我真的没有想到最后的结局竟然是被你发现。你知道吗？那个夜晚是我人生最灰暗的时刻，在看到你从黑暗中走出来，看到你犹如死亡般晦涩的双眼，我情不自禁地呼唤着不要，我不要老天给我安排的这一切，算来老天让我之前那么幸福，只不过是为了这一刻的惨痛。

我知道，你一定恨死我了，我的世界终于失去了你，原来这个世界真的不可能有真爱，原来你为我做了那么多只是让我更痛苦。我背叛了我的内心，所以我再次受到了惩罚，我有罪，我愿意接受惩罚。

遗憾、后悔、疼痛、绝望、迷惘、挣扎……带着这样复杂的情绪我来到了美国，开始我憧憬多年的留学生涯，开始我人生新的篇章。

只是出国并不是终点，生活一如既往地给予我挑战和折磨，我的学校压根儿不是院长口中的美国重点大学，而是类似于西太平洋大学那样的野鸡大学，学校也没有遵守诺言提供奖学金，我在美国的所有学杂费用都要自理，加上昂贵的生活费用，虽然之前积攒了一些钱，可是坚持了一年多后我还是陷入了窘迫的生活当中，而且因为我将所有时间都投入到了学习中，忽视了交际，我过得真的很孤独。没有亲人，没有朋友，没有关怀，没有问候，我越来越想爸爸，想你，想中国。好多个黑夜我从噩梦中醒来，被子都已经哭湿，透过窗外，看着陌生的一切，我真怀疑自己多年来的坚持是不是值得，怀疑自己的行为是个笑话，可是我已经回不去了，这一切都是我自己选择并且要承受的，我只能咬牙坚持。

我从自己租住的单间搬了出来，搬进了四人合住的学生公寓，因为生活习惯差别很大，在那里我根本没法安心学习，可是没办法，我的存款已经支撑不了我喜欢的生活品质。我甚至开始尝试打工，可是我真的适应不了那些苦累活儿，而且这些钱顶多只是维持自己的生活，未来几年的学费还远远没有着落。我开始越来越绝望，脾气变得也越来越暴躁，和室友吵架，被她们联合起来嘲弄甚至殴打，我却不知道如何保护自己，只能像只流浪猫一样蜷缩在自己狭小的床上，低声呜咽。

其实我知道如何赚钱，在国外，如果你想过上优越的生活，如果你不是富二代官二代，如果你没有家里的支持，你想赚钱几乎没有其他方法，可是我不愿意，如果说当年在国内我出卖身体是为了出国、为了实现我人生最大的梦想，完成爸爸对我的期待，那么我现在没有理由再重操旧业，否则就是下贱。其实我不做的原因还有一个，就是我曾经答应过你，虽然你已经不在我身边，我依然视你为我的男朋友，我依然保留着你给我的所有情书，记得你对我所有的好，这些温暖一直陪伴着我，伴我度过风风雨雨。

生活越来越艰难，很快四人公寓的费用我也无法承担，我再次搬家，搬进了乡下一幢十几个男女合住的小楼里，那里特别吵闹和混乱，每天都有人酗酒甚至吸毒，打架斗殴更是家常便饭。在那里，我几乎每天都被骚扰，虽然在美国的这一年多，或许是因为我的长相，始终有人在追我，但我除了学习没有别的心思，所以一律拒绝，但现在我突然好需要有一个能够保护我的臂膀，让我远离那种不安。苏扬，我真的很需要安全感，我可以承受苦难，但我不能惶恐不安，我开始打量身边的追求者，最后选择了一位来自韩国的留学生Jeff。其实Jeff的条件不是最好的，对我的追求也不是最疯狂的，甚至他身上有一些习惯和理念是我难以接受的，但我还是选择了他，原因很简单，他也有点儿胖，从左侧面看过去，真的很像你。

所以和他在一起的时候，我永远站在他的左边，这样我就可以更多地看到你，或许是对你亏欠太多，我把所有的爱和关怀全部投入到了他身上，我们住到了一起，我一边学习一边全心照顾他，憧憬着美好的生活。只是我的用心并没有换来他的珍惜，Jeff不但脾气暴躁，而且非常大男子主义，控制欲强得可怕。我们在度过了很短暂的蜜月期后他突然变得很冷血，我虽然远离了别人的骚扰，却逃不过他的残暴。Jeff经常酗酒，酗酒后就会变得很暴力，每次喝醉回家后都会对我拳脚相加，好几次我真怀疑会被他活活打死。身边仅有的几个朋友都劝我早点儿和他分手，可是我不同意，因为我觉得这其实是在弥补我对你曾经的伤害，是我应该承受的报应。直到有一次，我发高烧，而且例假在身，Jeff喝醉酒后回来非要做爱，我拒绝了，结果他冲了上来对我又踢又打，最后还死死掐着我的脖子，如果不是我拼命挣扎踢倒了衣柜和桌子发出声响引起邻居怀疑报了警，我真的会被他活活掐死的。朋友第二天把我接走，我在床上躺了半个多月，才决定离开这个魔鬼般的男人。

后来我又随便谈了很多男朋友，是真的随便，Jeff 对我的折磨让我觉得还清了对你的亏欠，我心中本来对爱不抱任何希望，精神上没有了你的束缚，从此更可以恣意妄为。我选择男朋友的标准很简单也很奇怪，有的只是一句话让我感动，我就可以和他同居半年，有的耗费千金也打动不了我坚硬的内心。渐渐的，我名声在外，在很多留学生眼中，我性感、美丽、放荡、神秘，他们绞尽脑汁向我争宠献媚，只为我的一眼垂青。不少有权有势的当地人也加入了对我的争夺，甚至大打出手，闹出了人命。我看着眼前的一切，无比享受，我喜欢看到男人贪婪丑陋的样子，我喜欢看到男人为我疯狂为我付出，我这辈子用生命爱过一个人，也被别人用生命去爱过，我值了。既然我注定得不到幸福的爱，那么就让我尽情挥霍，挥霍我的美丽，挥霍我的青春，挥霍我的身体，挥霍我的生命，不求永恒，只求刺激。

我身边的男人犹如过江之鲫，我和他们纵欲行欢，尝试着世上最刺激的各种游戏，很多时候早上醒来却不认识身边的男人，很多时候我同时和四五个男人交往。只是他们可以轻易得到我的身体，可谁也得不到我的心，而通过他们，我也过上了非常优越的生活，住在最豪华的房子里，开着最昂贵的跑车，穿着最新款的名牌衣服，出入最时尚的场所，不管到哪儿都有人围绕左右，一举一动都仿佛有聚光灯在照射，我越享受就越放纵，越放纵就越贪婪，我陷入了欲望的泥沼中不能自拔，拼命挣扎却越陷越深，我彻底迷失了自我，直到有一天，我被检查出感染了HIV。

是的，HIV，我们俗称的艾滋病。我成了一名艾滋病患者，死神已经敲响了我的大门。

对于这个结果，我虽然感到恐惧却不意外，我长期混乱的生活注定不会有好的结果，只是这一天来得似乎太快了，我一直觉得我的人生注定是悲剧，却怎么也没想到最后的结局是死亡，在我最年轻最美丽最风光的时刻。从医院出来后我已经完全崩溃，只是我没有想去积极治疗，没有对自己的放纵感到后悔，反而想去报复，既然我的病毒来自于某一个或几个男人的身体，那么我就将这病毒传给更多的男人，既然老天要我不幸福，我就让更多的人痛苦。

我开始我的报复行为，我变得更加疯狂，更加放纵，我放弃了学业，出入于各种娱乐场所，开始肆无忌惮地和男人上床。每次看到他们从我的身体上离开，我都有一种强烈的快感，可是快感过后又是深深的痛苦，我不快乐，我一点儿都不快乐，我的人生怎么会堕落至此？我还有什么面目去见我的爸爸？我究竟还有多少时日可活？我还能不能回到中国回到家乡？还能不能见你一面？还是只能孤独地客死异乡？

我患上了很严重的忧郁症，开始依赖药物才能过活，我性格大变，开始厌食，身体暴瘦，我多次自杀未遂，多次袭人被抓，警方将我列为重点监控危险对象，我的人生越来越窄，就在即将闭合的时候，一位名叫玛利亚的修女找到了我。

我以为我的痛苦无人知晓，玛利亚却不需要我诉说什么，似乎什么都知道了，我以为我的行为不可原谅，可玛利亚告诉我，耶稣被钉在十字架上的时候，我所有的罪就已经得到了上帝的宽恕。我对她的到来非常抵触，因为在我的人生体验里，任何靠近我的人都不怀好意，那些对我好的人最后都会将我伤害。玛利亚只是不断地告诉我，上帝很爱我，我说我的世界早就没有爱了，爱于我而言是恶魔。玛利亚告诉我，神就是爱。如果我们不认识神，也就无法认识爱，如果没有感受到上帝对我们的爱，也就无法用溢出来的爱去爱别人。我们永远不会丧失爱的能力，因为爱不是索取，而是付出。

她希望我能知道上帝有多么爱我，这就是她来到我生命中的原因，她建议我随她到教堂生活一段时间。我答应了她，我不是好奇，只是不屑，我倒想看看到底什么才是她口中所说的真爱，我要用实际行动让她明白，我并不是矫情幼稚的人，而现在的我已经无药可救。

我在教堂整整生活了半年，那半年对我而言真的是脱胎换骨的启示，我每天随着玛利亚等修女以及神父一起生活，他们对我没有太多的干涉，依然有序地进行着他们的日常工作，虔诚地祈祷，对别人真诚的救助，不管是最卑微的草根还是罪不可赦的犯人，在他们眼中都是上帝的孩子，都需要用爱去感召。他们的无私真的让人动容，因为大爱永远在他们心中。

我曾多次亲眼看着行将死去的人紧紧拉着修女的手，哭泣着向她们忏悔自己不为人知的恶习，说完之后那急切后悔的眼神让我终生难忘。我听到修女们为其真心祷告，最后轻轻告诉对方主已经原谅他，主依然深爱着他。我看到那些人在听完修女的这些话后，脸上突然流露出最幸福的表情，然后闭上眼睛安详地离开人间，我似乎突然明白了什么是爱。

爱是恒久忍耐，又有恩慈，爱是不嫉妒，爱是不自夸，不张狂，不做害羞的事，不求自己的益处，不轻易发怒，不计算人的恶，不喜欢不义，只喜欢真理，凡事包容、凡事相信、凡事盼望、凡事忍耐。爱是永久不止息。原来爱是超越了生死的力量，爱不是仇恨也不是不原谅，爱是付出，爱是不占有，爱是宽容。我坚硬的内心开始慢慢柔软，我怀疑的态度开始慢慢瓦解，我对爱固执且危险的观念开始崩塌，我开始读圣经，了解福音，我开始尝试祷告，并且开始帮助他人，我尝试用爱去面对每个进入我生命的人，我努力感受着他们带来的友好，并且将之传播给更多的人，我的内心越来越平和，身体也逐渐康复。虽然我知道体内依然隐藏着致命的病毒，但是我已经不害怕，更不去敌视它，我爱它，爱我身体的每一分每一寸，爱我眼前的每一棵树，每一朵花，爱我生命中的每一道风景每一个人。我虔诚地相信上帝，相信爱，并愿意身体力行，在我有限的生命里，将爱传播给更多的人。

我决定回国，在我的家乡，还有着很多的孩子过着贫穷的生活，他们没有条件接受好的教育，他们需要有人去关爱，这比任何事情都有意义。我将会在那里创建一座教会学校，资助那些想读书却没有条件的孩子，同时救济已经丧失生活能力的孤寡老人，我会亲自当老师，也会做义工，我想这将会是我人生做过最有意义的事情。

苏扬，感谢上帝，让我宛如重生，感谢上帝，让我可以在网上找到你的踪迹，感谢上帝，让我可以将自己的经历最后一次向你倾述，此刻我已经没有丝毫仇恨，却依然对你心存愧疚。此刻我给你写下这封信，不是为了求得你的原谅，也不是为了奢望和你重新开始，我只是想对你说，如果当初我的老师在我身上种下了一个毒苹果，我将它转移到了你身上，而你又伤害了更多的人，那么现在我愿意把这个毒苹果收回，如果这个世界因为我们的努力少了一丝仇恨而多了一份爱，那就是我们对这个世界做过最好的事。

明天我将启程回国，如果你愿意，我在张掖等你。

而如果这个mail的主人不是你，或者你没有看见这封mail，我也已经无怨无悔，总有一天，你我会在天上相见。等到那一天，我会轻轻地走到你的身边，亲口说一句对不起，还有，我爱你！

谢谢！

以马内利！

依然深爱你的诗诗

4

我反复看着何诗诗的邮件，仿佛要从中找回失去她的这几年的每一点每一滴，我流泪，我微笑，我感恩，我以为再也回不来的却又出现在我眼前。我没有丝毫犹豫，写好了辞职信，发给主编，我连夜回到住所，简单收拾好行李，然后买了一大早到兰州的机票。等到天色微亮，我坐上了开往机场的地铁，我打量着依然笼罩在淡淡黑暗中的北京，感谢这个城市对我短暂的收留，今天就此别过，祝福这个城市的人们可以幸福。

何诗诗，我来了，你伤害了我，我也伤害了很多人，年少时我们都曾疯狂而荒唐地爱过，现在我愿意和你一起收起我们爱的毒苹果，不管你的生命还有多长，未来有多苦，我都会陪伴你左右，不离不弃，至死不渝。

我了解那种渺小而又微不足道的感觉/就算遍体鳞伤也要故作坚强

——苏小西/23岁/写给年少回不去的爱

后记 告别

路还很长，美丽已现，告别年少，一切正好。
感谢上苍，让我明白和拥有，让我依然不满足，愿意奋斗，
感谢路上所有人，虽然我们最终的命运一定是分离，
可曾经相伴，不管眼前还是书前，已然足够。

1

这是一部写了太长时间的小说，从 2004 年开始动笔，到 2012 年结束。

八年时间内断断续续创作，反反复复修改，字字句句斟酌，只是为了讲述一个完整而深刻的爱情故事。

这也是我第一次试图纯粹地讲述心中对爱情的理解，毫无顾忌也毫不保留，我将这部作品定义为“那时年少”三部曲的收官之作，也是我告别青春文学的标志。

此后我会继续创作小说，但不会再写青春和成长，我会将笔触伸向我现在同龄人的生活，包括人生梦想、职场奋斗，还有婚姻家庭，这些生活是我正在经历并且最有感悟的，我愿意去反映这个群体的幸福和困惑、无奈和痛苦。

因此，对于《写给年少回不去的爱》，我寄予了前所未有的期望。如果说《那时年少》讲述的是我年少时一段刻骨铭心的爱情往事，是怀旧；《毕业了我们一无所有》是我对毕业生生存状态的反映，是关怀；那么这部作品则体现了我的爱情观，是寄托，我认为是超越前面两部的。

只是说到爱情观，想想未免一身冷汗，在歌颂真善美的今天，我通篇不遗余力表达的观点似乎与之有点儿相悖。在我眼中，所谓真爱都很虚假，所谓诺言都很肤浅，分离似乎才是爱情的真谛，不管因为矛盾而分手还是因为生命终结而分开，总之，当我谈到爱情的时候，总是流露出莫名的伤感和悲观。

我不知道这种悲观是否会让很多人反感，但我知道，创作不是为了迎合，而是表达。在这个城市中，有相当一部分人确实陷入了爱的泥沼，他们怀疑，他们不确定，他们惶恐，他们爱无力，是的，爱无力，不是不想爱，而是没有勇气和诚意，太过自私所以不愿付出，害怕失败受伤所以亦步亦趋，而最后的分离也印证了当初的小心翼翼，于是夜深人静时自己把自己安慰：看来不付出，还真是对的呢。

真的挺悲哀。可似乎也没有更好的答案。这才是爱情中最可怕的循环。

2

记忆中也是如此阳光明媚的一个午后，我慵懒地坐在办公室里，惬意地写着这本书的后记。只不过那是七年前，我刚踏足出版行业，当时最大的目标就是将自己的作品出版，甚至取了一个自以为很美的名字“花花草草”，并且为此得意万分，到处炫耀。

少年心气总是那样稚嫩和直接，充满了赤裸裸的欲望，不但认为给自己出书理所应当，甚至开始憧憬之后的盛况，关于成为一名知名作家，我实在有过太多的期待，也做了不少白日梦，现在想想，深觉荒谬的同时也觉得挺可爱。

说是白日梦，自然是未能如愿，因为当时的条件实在不成熟，不管是文本自身，还是出版实力，全部不靠谱。而七年后的今天，我已经拥有相当的出版资源和力量，可以轻松出版一部作品，并且通过一系列成熟的运作将其打造成畅销书，反而对出版自己的小说却迟疑惶恐起来，因为已经深知市场水深水浅，明了出版的各种不易，如果“滥用职权”给自己出书，最后结果不如人意，不但会遭受各色冷嘲热讽，内心更是会不安。年少的时候可以不在乎，年少后却已经输不起，一如对爱情的态度，曾经动物凶猛，现在只剩惶恐。

正是在如此复杂不安的心态下，我尝试着给自己先后出版了《那时年少》和《毕业了我们一无所有》，真的万分感谢朋友们的厚爱，两本书虽然都是再版，但销量之和已过二十万册，算是畅销书了。

因此在做《写给年少回不去的爱》时，我虽然依然紧张，但竟然有了点儿信心，甚至开始期待，除了前两本的销量给予了足够的正面暗示，信心更来自文本本身。

3

这是一部爱情小说，讲述了屌丝青年苏扬二十一岁到二十五岁的情感遭遇。有被伤害，也有伤害他人，有纯真也有不信任，有爱无力也有爱的回归。

很多人会问我，一草，苏扬就是你自己吧，小说也是你自己的故事吧。

我的回答：不是。

这是事实，虽然这二十万字的文本，不可能说完全没自己的影子。事实上男主角苏扬不但姓名和前两本书的男主角一样，性格身份也大体相同，都是那种最底层的屌丝青年，貌不惊人，有点儿单纯也有点儿蔫坏，梦想很璀璨，现实很悲催，是个标准的文艺小青年。这和我的性格是比较相似的，但是苏扬的经历我肯定没有遭遇过。为了印证我想要的主题，我给他设置了比较悲摧的初恋经历，一段疯狂而荒唐的爱，这也为他多年后变成一个爱无力患者做好了铺垫。我认为任何性格的养成都是有前因的，否则就很牵强甚至矫情，苏扬年少时的遭遇是生命中不能承受之轻，如果真是我遇到了，我估计做得还没他好，我肯定第一时间就放弃，绝对不会宽容和坚持，把疯狂和荒唐演绎得淋漓尽致。

如果从创作完成的年龄来算计，这部作品应该是我的第七部长篇作品，经过之前六部长篇以及两部电视剧剧本的洗礼，我已经能够完全明了创作的方法和意味。总是讲述自己的故事是愚蠢的，因为个人的故事再精彩也不过如此，何况也没那么多故事可讲，事实上除了第一部《那时年少》外，我再也没有在哪部作品中完全讲述自己的故事，这对我而言是一种骄傲，因为在很多人眼中，青春成长小说似乎和创作无关，把自己的经历加以记录和描述，就构成了一部作品，这实在是太浅薄的认知。

我非常享受自己现在对文字风格的把握，对人物性格的设置，对情节矛盾的控制，我的作品将永远是低端的、幽默的、接地气的，我永远不会写那些脱离生活的故事，我写不出，也不屑写，我希望自己的作品能够和我一起成长，从年少一直到终老，苏扬的经历就是所有上世纪80年代前后生人的经历，苏扬所有的困惑就是他们的困惑，苏扬的成功他们可以共鸣，苏扬的失败他们可以理解，直到我老朽也是苏扬老朽的那一天，可以对所有一起变老的读者朋友们说上一句：谢谢老哥们儿一路陪伴了好几十年，我写不动了，就先休息一步了，你们多保重！

我觉得如果真的可以那样，简直浪漫极了。

4

时间过得真的很快，转眼2012年又快结束了。2012年对我而言非常重要，年初的时候我对自己说今年你要有所突破，要在写作出书上往前走一大步，并且在演讲培训上发力，为明后年的职场蜕变做好准备。

2012年上半年我先后在北大、北师大等十余所高校进行了专场演讲，还代表公司给中南传媒、浙江新华、云南新华进行了图书编辑力和销售力的主题演讲培训。这些都体现了我的职场和个人能力的规划，也大大增强了我的综合能力。我想我会持之以恒地将写作和演讲这两条路走下去，我坚信可以走得很好。

2012年我还对自己说要在影视上有所突破，除了自己的小说都卖出了影视版权，更是和数十家影视公司建立了联系，知道了这个行业的水深水浅。对于未来，我将以图书为本，发力影视，提供内容，长于策划，介入制作，成为一位优秀的影视出品人将是我全新的职场奋斗目标。

是的，我非常喜欢规划，不愿停滞一分一秒。我喜欢挑战，喜欢看到自己脚踏实地、一步一个台阶往上走，喜欢看到自己变得更加完善和提升，更加接近自己心中的样子。我喜欢这个追逐的过程，并且永不停息。

因为我曾是一个名副其实的屌丝青年，因为我知道生活到底有多难，我知道幸福需要自己打拼，所以这些年来，我一直在努力进取，始终充满了动力和斗志。认识我的朋友都知道我很有激情，他们很奇怪我的激情是从哪里来，为什么会一直丰盈充沛。我的回答是对生活的期待，对现实的不满。虽然现在的生活条件已然可以，但我依旧不满足，依旧握紧拳头渴望拼搏，每当想到只要我全力去拼未来就有更多可能，心中就会充满激情。

我的身边有很多的朋友都不满意现在的生活，但不是每个人都能够为明天去拼搏，我知道每个人的情况不一样，但我想说，不管如何，我们都应该尝试，不能空余后悔伤悲。

路还很长，但美丽已现，告别年少，一切都正好。感谢上苍，让我明白和拥有，让我依然不满足，愿意奋斗，感谢路上的所有人，虽然我们最终的命运一定是分离，可曾经相伴，不管眼前还是书前，已然有缘，通通不胜感激并真心祝福。

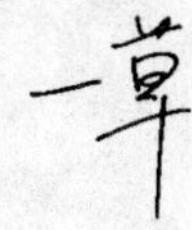

2012/10/30 北京

图书在版编目（CIP）数据

写给年少回不去的爱 / 一草著. —长沙：湖南文艺出版社，2012.11

ISBN 978-7-5404-5815-7

Ⅰ.①写… Ⅱ.①一… Ⅲ.①长篇小说－中国－当代 Ⅳ.①I247.5

中国版本图书馆CIP数据核字(2012)第243533号

上架建议：长篇小说|都市言情

写给年少回不去的爱

作　　者：一　草
出 版 人：刘清华
责任编辑：丁丽丹　刘诗哲
监　　制：一　草
策划编辑：包　包
特约编辑：华　艳　刘　霁　钟慧峥
营销编辑：张　宁
整体装帧：熊琼工作室
出版发行：湖南文艺出版社
（长沙市雨花区东二环一段508号　邮编：410014）
网　　址：www.hnwy.net
印　　刷：北京京都六环印刷厂
经　　销：新华书店
开　　本：640mm × 960mm　1/16
字　　数：300千字
印　　张：22
版　　次：2012年11月第1版
印　　次：2013年8月第2次印刷
书　　号：ISBN 978-7-5404-5815-7
定　　价：29.80元
（若有质量问题，请致电质量监督电话：010-84409925）

小5 / 年少终结曲

SIMPLY JOY

WORKS

写给年少回不去的爱

那时年少

MEMORIES

终场

l o v e ?

01 写给年少回不去的爱_小5/

02 闹够了没有_赖伟锋/

03 陪你到终点_孙子涵&陆瑶/

04 课桌上的青春_Xun/

05 不用谢谢我_常定晨/

06 喜欢你的小秘密_王熹蛮/

07 一千个分手的理由_孙子涵/

08 等你回来抱抱_常定晨/

09 卖萌症_小峰峰/

10 城市上空寂寞的歌_小5/

11 最远的距离_Xun/

12 还想站在他右边_王熹蛮/

13 那时年少_小5/